天涯儿女

赵世伟 著

APGTIME
时代出版

时代出版传媒股份有限公司
安徽文艺出版社

图书在版编目（ＣＩＰ）数据

天涯儿女 / 赵世伟著 . -- 合肥：安徽文艺出版社，2022.8
ISBN 978-7-5396-5996-1

Ⅰ . ①天… Ⅱ . ①赵… Ⅲ . ①长篇小说－中国－当代
Ⅳ . ① I247.5

中国版本图书馆 CIP 数据核字（2022）第 048045 号

出 版 人：姚　巍
责任编辑：卢嘉洋　　　装帧设计：王　培

出版发行：安徽文艺出版社　　www.awpub.com
地　　址：合肥市翡翠路 1118 号　　邮政编码：230071
营 销 部：(0551)63533889
印　　制：合肥创新印务有限公司　　(0551)64456946

开本：787×1092　1/16　印张：18.5　字数：369 千字
版次：2022 年 8 月第 1 版
印次：2022 年 8 月第 1 次印刷
定价：78.00 元

目　录

（一）狼谷之夜

汹涌的海浪冲击着岸边纵横交错的乱石堆，发出凌厉的呼啸声，在空旷的海滩上来回激荡。穆勇把白马从渡船上牵下来，跨上马背，只听"驾"的一声，白马四肢腾空而起，箭一般冲出空旷的海滩。

这是二十年来穆勇第一次离开天涯海角——海南岛。当马蹄声在琼州海峡边响起的时候，错综复杂的武林世界又笼罩上了一层变幻莫测的风云。凭着他初生牛犊不怕虎的勇气，凭着他烈风神掌的威力，他完全可以在武林中掀起狂风巨浪。

穆勇两岁时，天方道长便带着他来到海南岛，然后在五指山隐居下来。天方道长选择在此隐居，是因为这里可以远离武林的纷争。天方道长视穆勇为自己的亲骨肉，关爱备至。穆勇七岁时开始随天方道长习武，他悟性之高，令天方道长惊叹不已。一套普通孩子需要一年时间才能掌握的拳法，穆勇只需一月则可融会贯通、运用自如。

更令人感到不可思议的是，穆勇只用十五年工夫，便达到了绝世武功烈风神掌的最高境界。烈风神掌共有九层，悟性较高的人经过十年以上的修炼可以达到第五层，凭此功力即可在江湖上立足了。当今天下能达到第六层至第八层者寥寥无几，能达到第九层者更是史无前例。穆勇便是天下第一个达此境界的人。学习到烈风神掌第九层时，具有很大的风险，也极艰苦，它要求三年之内必须修成，若超过三年尚未成功，前面所学的八层将化为乌有，且会导致难以治愈的内伤。第九层的修习必须在大风和高温的环境中进行，因为练功者可以吸收风力和热量并将其转化为自己体内的功力。所以遇到的风力越大，温度越高，转化的功力也就越深厚，当然，修习的难度也越大。海南岛一年四季阳光充沛，天气炎热，且常有风暴，是修习烈风神掌的优良天然场所。

他在二十二岁生日前夕，终于练成了烈风神掌第九层。那天，穆勇在练功时，突然感到体内的气浪如大海般汹涌澎湃，自己的意念可以随心所欲驾驭这股气浪。穆勇把这力量无穷的气浪运至双掌，大吼一声，双掌同时击出，只听"轰、轰、轰"几声巨响，前面的一座山头被气浪打得粉碎，山上的树木随即熊熊燃烧起来，被击碎的石头粉末纷纷扬扬地飘着，像起了一层浓浓大雾。穆勇心里明白，自己已经达到烈风神掌的最高境界。

天方道长曾告诉穆勇，穆勇的父母都在长江岸边的菊花镇。父亲穆正海是名震

江湖的海尊派的掌门人，他把烈风神掌练到了第八层，在江湖中已是难逢对手了。在天方道长带穆勇来海南岛之前，母亲菊凤已把烈风神掌的掌谱用针线绣进穆勇的衣裳中，天方道长便按这一掌谱教穆勇修炼烈风神掌。在菊花镇，穆勇还有一位叔叔叫郭云飞，是仁义教的教主。

在五指山，年少的穆勇曾多次询问师父何时能回菊花镇见父母。天方道长告诉他只要把烈风神掌练成，就可以回菊花镇看望父母。

穆勇把烈风神掌练到最高境界后，天方道长心里特别高兴，特意准备了一桌丰盛的酒菜向穆勇表示祝贺。这是师父第一次与徒弟开怀畅饮。

席间，天方道长说道："徒儿，你已经长大成人了，雏鹰的翅膀虽已长硬，但还需要在大风大浪中磨炼。你该去菊花镇看望父母了。"

穆勇说道："多谢师父辛勤栽培。"

第二天，穆勇便告别天方道长，踏上了探望父母的征途。对一个初出远门的年轻人来说，路上的风景都是多姿多彩的，但穆勇无心赏景，渡过琼州海峡后，一路快马加鞭，直奔长江岸边的菊花镇。

在离菊花镇还有五十多里路时，穆勇来到了一座座连绵起伏的山下。横穿山脉而过的，是一条弯弯曲曲、怪石林立的峡谷。当地人说，这条峡谷叫作狼谷，是一个野狼出没的地方，独身进入狼谷的人，几乎没有活着出来的。本地人要经过狼谷，都必须成群结队，携刀带剑，而且要配备驱赶狼群用的火把（狼是怕火的）。狼谷是通往菊花镇的捷径，若是绕道而行，则需多走几倍的路程。

穆勇艺高人胆大，他没把狼的王国放在眼里，单身催马进入了狼谷。

狼谷确是一个恐怖的地方，石壁上长着一棵棵奇形怪状的树。有的树从高处倾斜倒立，似乎要掉下来了，却呈现出蓬勃的生命力；有的树缠绕在一起，形成怪诞的姿态。树丛中不时传出怪鸟凄厉的叫声，揪人心肺，令人毛骨悚然。有时忽然听到山上有乱石滚下的声音，当穆勇警惕注视时，却什么都看不到。

当穆勇走到狼谷中央时，忽然听到有人惊叫的声音，是一个姑娘的声音。穆勇循声赶过去，只见一位手中握剑的红衣姑娘被数十只狼围在中间。她身旁的一匹黑褐色的马倒在了血泊中，很显然，它是刚刚被群狼撕咬而死的。

姑娘挥剑朝离她最近的一只狼劈去，狼惨叫一声，倒了下来。可此时一只体格强壮的狼从侧面扑来，把姑娘手中的剑扑掉了。剑被甩到了一丈之外。紧接着，又一只狼从后面袭击，它扑上去朝姑娘腿上猛咬一口，姑娘"啊"的一声尖叫，便跪倒在地上，伤口处殷红的鲜血喷涌而出。这时又有几只狼嗥叫着扑了上来。

说时迟，那时快，穆勇一个"旱地拔葱"，从马背上一跃而起，飞向那几只突袭的狼。他在快要落地时使出"八步连环脚"，随着"呼呼"的风声，只见几只狼被踢得身子飞起，落到了几丈远的地方，再也爬不起来了。

半路杀出个程咬金来，显然把狼群给激怒了。狼群发出一阵令人不寒而栗的嗥叫之后，数十双眼睛发出凶光，一齐向穆勇猛扑上来。

穆勇站稳脚跟，双手合十从胸前轻轻推出，烈风神掌只用了三成功力。只听到一阵让人毛骨悚然的惨叫声，数十只狼被穆勇的掌力犹如秋风扫落叶般打得四处纷飞，横七竖八地躺了一地。

一切又恢复了平静。穆勇走到姑娘面前，问道："你没事吧？"

"我没事。"姑娘说着，想挣扎着站起来，可是还没站稳，便要倒下去。穆勇赶紧伸手去扶，姑娘一下子靠在穆勇身上，总算站稳。她羞得满脸通红，穆勇也觉得不好意思，可是他不能松手，一松手姑娘就得倒下。

穆勇说："我扶你上我的马吧？"

姑娘点点头。穆勇轻扶她跨上了马背。马儿在弯弯曲曲的小路上迈着缓慢的脚步。

刚才姑娘靠在穆勇身上的时候，穆勇觉得她软绵绵的身体让他就像喷发的火山，全身火热沸腾，心跳急剧加快。他不得不拼命抑制住头脑中胡思乱想的"野马"。

伤口的疼痛稍微缓和了些，姑娘紧锁的眉头这才舒展开了。

"你叫什么名？"姑娘微笑地问道。她白嫩清秀的脸蛋像三月里盛开的桃花，一双明亮动人的眼睛像春天的泉水晶莹透明。

"我叫穆勇。"穆勇说道，"你呢？你叫什么名字？"

"我叫顾红柳。"姑娘说，"你从哪里来的？"

穆勇说："我从很远很远的地方来的。"

顾红柳问："很远很远的地方在哪里？"

穆勇说："在天涯海角，也就是海南岛。"

顾红柳说："那是个很神秘的地方吧？"

穆勇说："是的，很神秘。你一个姑娘家为何只身进入狼谷？"

顾红柳说："我喜欢孤身游览各地的奇山异川，喜欢体验惊险刺激的旅途，不过没想到这次差点葬身狼腹。"

穆勇说："你不该孤身探险的。"

顾红柳说："我不想找人做伴，我觉得多个人是累赘。除非……"

穆勇问道："除非什么？"

顾红柳说："除非找的伙伴就像你一样。"

穆勇脸一红，说："为什么要找像我一样的才行？"

顾红柳一笑，反问道："你说呢？你说为什么？"

穆勇说："我不知道。"

……

夜幕悄悄降临了，一弯明月挂在半空中。狼谷中刮起了"飕飕"的阴森冷风，夹杂着各种野兽的叫声。顾红柳说："天黑了，路也看不清了，为什么不找个地方歇歇？"

穆勇说："也好。"他们找到一个山洞，山洞很小，却十分干净。

穆勇说："你先在洞里休息，我到外面找点草药给你敷伤口。"

顾红柳说："我饿了，你有吃的吗？"

穆勇说："稍等一下。"

穆勇出去了约半个时辰就回来了。他手里拎着一些肉，还有一把散发着香气的草药。穆勇找来一些干柴，他暗运内气，手掌在干柴上缓慢移动，只听"噗"的一声，干柴冒出了熊熊火光。穆勇把肉放在火焰上烘烤。一会儿，整个山洞都充满了让人馋涎欲滴的肉香味。

顾红柳一边津津有味地吃着烤肉，一边说："难得吃上这么好的烤肉，看来这次游玩真有收获。"

穆勇说："你出来游玩就是为了吃？还差一点丢了命。"

顾红柳说："丢了命也不要紧，只要玩得痛快就行。以后我还要去更刺激的地方玩。"

穆勇叹了口气，说："你没有足够的能力保护自己，又没有其他人保护你，孤身一人到处走实在危险。"

顾红柳瞪了他一眼，说："谁说没人保护我？你不是在保护我吗？"

穆勇说："我与你不过是萍水相逢，不可能永远在你身边。"

顾红柳眉头一竖，大声问道："你为什么不能永远在我身边？"

穆勇听了，觉得脸上一阵火辣，他讷讷地说："因为……因为我还要到别的地方去。"

顾红柳步步紧逼："你一定要走吗？不走就不行吗？"

穆勇不知道该说什么好。

两人都吃饱了，穆勇抓起草药，放在火焰上烘烤，草药散发出了沁人心脾、使人心情舒畅的香味。

顾红柳问："这是什么草药？"

穆勇说："这叫飞仙草，对各种野兽咬伤特别灵验，敷上只需一两天就可痊愈。"

穆勇把烤好的草药送到顾红柳面前，说："趁热敷上，你会立刻觉得很舒服。"顾红柳说："我不会敷，你来替我敷吧。"说着她把自己的裙角向上撩起，露出了白白嫩嫩的纤纤玉腿。

穆勇觉得自己的心跳明显加快了，他努力抑制住自己，用平静的音调说："我来给你敷？这不太好吧。"

顾红柳瞪了他一眼，似乎有点生气了，她说："有什么不好？难道你眼睁睁看着我的伤口在疼痛吗？你是这么狠心的人吗？"

此时的穆勇除了从命还有什么选择呢？当他把草药敷上顾红柳的纤纤玉腿时，他觉得心头的火山马上就要喷发起来，就要把他整个人炸开。他拼命压住这一触即发的"火山"，但他控制不住双手的颤抖。他的手触碰到顾红柳的玉腿时，就在不停地抖动，他用尽全身力气也制止不了这样的颤抖。

"你的手为什么抖得这么厉害？"顾红柳问道，她脸上隐隐约约闪出一丝得意的笑容。

穆勇的脸已涨得通红，他说："我也不知道。"

月光透过茂密的树木，铺照在狼谷奇形怪状的石头上，为其增添了几分诡秘的色彩。树叶"沙沙"作响，传来了一阵山风的呼啸声，怪风声中，夹杂着一只狼凄惨悲哀的嗥叫声。

穆勇听出，那是一只母狼的声音，它叫得那么悲切，似乎在思念她已经失去的配偶。

穆勇心中忽然生出一丝歉意。他确信，被他的烈风神掌击毙的狼群中，一定有这只母狼的配偶。

敷完了草药，顾红柳觉得伤口的疼痛停止了。她打了个哈欠，说道："我困了，想睡觉了。"

穆勇说道："你睡在洞里吧，我到洞外的大石头上睡。"

顾红柳说道："这山洞虽小，但睡两个人绰绰有余。狼谷的夜晚寒风刺骨，你何苦到洞外去挨冻？"

穆勇说道："一个陌生男人睡在你身旁，你不觉得害怕吗？"

"不害怕，一点都不怕。"顾红柳说着就在一块干净的地儿躺了下来。

穆勇心里觉得奇怪，他暗自思忖：她为什么对我这么放心呢？她凭什么判断我是好人还是坏人呢？难道她一眼就看出我不会伤害她？

穆勇在一个角落里躺了下来，既然顾红柳允许他睡在洞里，他也不必客气了。

秋天的明月从苍穹上洒下皎洁银白的月光，给狰狞诡秘的狼谷添上了几分温柔静谧的色彩。月光溢进小山洞，映照在顾红柳充满青春活力的胴体上，使仰卧着的她显得更加妩媚动人。穆勇把脸转向另一侧，尽量不朝顾红柳那边看。他不想让那美丽的胴体撩起他的欲火，使他无法控制住内心深处火山的喷发。

顾红柳翻转过身子，看向穆勇，问道："你从海南岛来，准备去什么地方？"

穆勇说道："去菊花镇。"

顾红柳说道："去菊花镇做什么？"

穆勇说道："去找人。"

顾红柳说道："找谁？我家也在菊花镇，说不定你找的人我也认识。"

穆勇想了想，说道："我去找海尊派的掌门人穆正海。"他不愿把穆正海和自己的父子关系说出来，毕竟江湖错综复杂，他觉得还是谨慎小心为宜。

顾红柳盯着穆勇，突然发出一阵大笑，仿佛在笑一个傻瓜。

"你想去找海尊派的掌门人穆正海？"顾红柳说道，"你的脑袋不会有什么问题吧？"

穆勇丈二和尚一摸不着头脑，说道："我找穆正海跟脑袋有问题有什么关系？"

顾红柳说道："你永远也找不到他了。"

"为什么？"穆勇心中突然生出一种不祥的预感。

顾红柳说道："穆正海在二十年前就已经死了，你要找，也只能找他的坟墓。"

这句话不啻一个晴天霹雳，"轰"得穆勇差点晕过去。但他竭尽全力使自己镇静下来，他不能在一个陌生女孩的面前表现出那种悲痛欲绝的心情。

穆勇声音低沉地问道："那么穆正海的妻子菊凤呢？她现在在菊花镇吗？"

顾红柳说道："菊凤就在菊花镇，不过她已嫁给了仁义教教主、武林盟主郭云飞，现在住在仁义府里。"

犹如在寒风中又被泼了一盆冷水，穆勇只觉得全身都凉透了。他满怀希望，日夜兼程赶来菊花镇，却只得到一个令人心碎肠断的消息。

顾红柳又说了一些其他话，穆勇已是一个字也听不进去了，他的脑袋里一片空白。

四周一片沉默和寂静。一会儿，穆勇便听到顾红柳均匀而有节奏的细微的呼吸声。她已经进入了梦乡，在一个初次见面的陌生男人身旁，她竟毫无戒备地睡着了，还睡得那么香甜。

此时的穆勇哪里睡得着，他的内心风起云涌，痛苦、迷惘、悲怆犹如千万只魔爪抓着他的每一根神经。

他记得刚懂事的时候，常常问天方道长："师父，我的父母在哪里？我为什么要来海南岛的五指山？"

天方道长总是说："你的父母在长江岸边的菊花镇，我把你带来五指山，是为了让你能够安心练烈风神掌。等你把神掌练成，就可以见到你的父母了。"

天方道长的话，在年幼的穆勇心中插上了希望的花朵。于是他天天勤学苦练，废寝忘食，图的就是早日练成烈风神掌，以见到他朝思暮想的父母。可是，当"目标"快要实现的时候，他才知道"希望的花朵"原来是"虚幻的花朵"。

穆勇心中产生了一种被蒙骗、捉弄的感觉，他不知道天方道长为什么不肯把父亲已去世、母亲已改嫁的实情告诉他，而要让他每天怀着一个美好的、不存在的幻想。

穆勇辗转反侧想了很久很久，终于找到了一个聊以自慰的"答案"：天方道长曾经告诉他，欲练烈风神掌，内心必须满怀美好的希望和憧憬，就像早晨初升的旭日，放射出灿烂多彩的光芒和生机勃勃的朝气。只有这样，才能练成烈风神掌。

所以，天方道长才欺骗他，让他心中盛开一丛美丽诱人的花朵，远离悲哀和孤独，充满希望和活力，直至他练成烈风神掌。

现在，穆勇的烈风神掌练成了，与父母双亲团圆却成了永远的渴望。

现实往往就是这样，当你不知道真实情况时，你总是那么快乐幸福，而一旦揭开现实的真面目时，你往往会大失所望，无可奈何，甚至悲痛欲绝。

现在，即使穆勇赶到菊花镇，也只能祭拜父亲穆正海的坟墓了。

母亲菊凤呢？她已改嫁给穆勇的叔叔——仁义教教主兼武林盟主郭云飞，穆勇还能理直气壮地称她为"母亲"吗？她还愿意承认穆勇这个被遗忘在天涯海角二十年的可怜儿子吗？

一个漫长的夜晚，穆勇只是一味地苦思冥想这种令人揪心的问题，那痛苦和悲伤的滋味是可想而知的，他平生第一次尝到了这样的滋味。

而这仅仅是一个漫漫伤痛的序幕，后面的路，穆勇应该怎么走下去呢？

太阳出来了，他们又踏上了征途。顾红柳骑马，穆勇走路，所以走得比较慢，等接近中午时，才走出了狼谷，展现在他们面前的是一马平川的平原。

此时，远处传来了一阵急促的马蹄声，只见尘土飞扬，人影闪动，一队人马由远而近，向他们飞奔过来。领头的是一位年轻人，他气宇轩昂、英俊潇洒，透露出一种与众不同的英雄气概。

年轻人催马到顾红柳面前，说道："师妹，你昨天一整天到哪儿去了？可把我们急死了。"

顾红柳笑笑说："没事的，师兄。我又不是小孩子了，你老为我急干吗？"

顾红柳向穆勇介绍说："这位是家父的大徒弟崔子明崔公子。"然后又对崔子明说，"这位是从海南岛来的穆勇穆壮士。"

崔子明瞟了穆勇一眼，双手抱拳，不冷不热地说："穆壮士，在下有礼了。"

穆勇也作了个揖，淡淡地说："在下有礼了。"

崔子明对顾红柳说："师妹，孤身出游要多加小心，如今世道人心叵测，不得不防啊。"

穆勇知道崔子明的话是冲他而来的，但他不回应，只从鼻孔里发出"哼"的一声冷笑。

顾红柳说："昨天我在狼谷遇到狼群，若不是穆壮士及时出手相救，后果不堪设想。穆壮士果真身手不凡，面对数十只狼毫不畏惧，转眼间就击毙了群狼。"

崔子明淡淡一笑，说："他本来就比狼还厉害，当然也就不怕狼了。"

穆勇觉得崔子明话中有话，他实在没必要在这样的气氛中待下去了。于是，他对顾红柳说："顾小姐，你已有自己人在旁边关照，那在下就告辞了。"

顾红柳说："咱们是同路，就一块儿走吧。我家就在菊花镇的莲花山庄。"

穆勇说："我还是一个人走吧，我已习惯了独来独往。"

崔子明也接上话说："对，还是让他一个人走吧，这样大家都舒服些。师妹，你就骑我们的马吧，把他的马还给他。"

顾红柳狠狠瞪了崔子明一眼，说："师兄，你说这话也太难听了吧。"

崔子明说："师妹，防人之心不可无啊，你和他素不相识——"

顾红柳气呼呼打断了他的话："什么防人之心？我看要防的还是你的心。"

崔子明一怔，一时说不出话来。

顾红柳极力邀请穆勇同行，但穆勇执意要自己走。顾红柳看留不住他，就说："穆壮士，到了菊花镇莫忘了到莲花山庄一坐。我父亲是青莲派的掌门人顾若雄，相信我们会成为好朋友的。"

穆勇笑了笑，说："若有机会，我一定到莲花山庄拜访，在下告辞了。"

"等一等。"顾红柳说。她伸手在全身乱搜乱找，似乎想找出什么东西来送给穆勇，可是找了半天什么都没有，急得她团团转。

崔子明笑道："江湖中人最需要的就是银两了。我这里倒有十两银子，还望穆壮士笑纳。"

崔子明手一抖，一块银子便已抓在手中，他大声喝道："穆壮士，拿好了！"手一扬，那块银子如疾风般凌厉飞起，带着寒光直扑穆勇面门。很显然，飞来的银子在崔子明内力的作用下变成了一件凶猛可怕的武器。

穆勇轻轻一笑，他伸出两个手指头，朝飞来的寒光正中一夹，银子就稳稳当当停留在他的两指之间了。穆勇正视着崔子明，说道："谢谢你的慷慨，还有吗？"

"当然还有！"崔子明大吼一声，两手合在一起又猛地向左右分开，只见十几道寒光从他两袖飞出，从前后左右直逼穆勇，每个方向均有两把以上的小飞刀，寒光闪闪，把穆勇退避的方向全都封锁住了。

穆勇知道躲是躲不开的，因此他没有躲，只是暗中运作内气，双掌猛然击出，强劲的掌风把所有的小飞刀扫得荡然无存。

崔子明看呆了，顾红柳看呆了，所有的人都看呆了。穆勇翻身上马，对顾红柳等人说道："后会有期。"然后催动白马飞驰而去。

穆正海的坟墓位于菊花镇北面的一处青松茂密的荒野中，四周群山环绕，流水叮咚，风景也算幽雅，但人迹罕至，给人一种阴森孤寂的感觉。穆正海墓在风云莫测的江湖争斗中静静度过了二十年。

披麻戴孝的穆勇来到父亲坟墓前，两膝"扑通"一声跪下，忍不住放声哭起来："爹，不孝之子穆勇来看你了。"飘云凝固，松涛哀鸣，流水呜咽，它们仿佛都被穆勇的悲痛心情感染。对一个从小得不到母爱父爱的孩子来说，祭拜父亲的悲伤心境是难以形容的。二十年来一直积压在穆勇心头的渴望、忧伤、孤寂、痛苦犹如潮水般倾泻而出。

穆勇在父亲坟墓前守了三天，每天都是以泪洗面。虽然他练就了烈风神掌，但神掌的天威又怎能阻挡思念亲人、渴望父爱的痛苦？

三天之后，即将离开时，穆勇把穆正海坟墓四周打扫得干干净净，再次跪拜道："爹，孩儿走了，明年清明时节，孩儿再来看你。"

穆勇牵上白马，缓缓而去。走出十多步，穆勇忽然感到一股凌厉的剑风疾驰而来，他身子一侧，一把寒光闪闪的利剑从背后擦身而过。

突袭者是个蒙面人，穿着一身黑衣服，一双眼睛从两个面纱洞里放射出阴冷冷的光。

穆勇厉声问道："你是什么人？为何背后出手袭人？"

蒙面人反问道："你到底是谁？竟敢到穆正海的坟墓前来祭拜，莫非你也想当墓中之鬼吗？"

穆勇说："墓中人乃我的父亲，我作为他的儿子，难道不能来祭拜吗？"

蒙面人一怔，随即发出一阵狂笑："原来你就是穆正海的儿子！真是踏破铁鞋无觅处，得来全不费工夫。二十年来，你这只漏网之鱼一直杳无音讯，今日既然来了，就休想逃出我的手心。"

穆勇道："听你口气，好像我们彼此间是不共戴天的仇人。请问你我之间到底有什么深仇宿怨？"

蒙面人道："深仇宿怨倒说不上，但斩草除根的道理你该懂吧？穆正海既已被除掉，那么他的儿子是不该留在这个世界上的。"

穆勇心头猛地一沉："你这话是什么意思？难道我父亲是被人杀死的？"

蒙面人"哼"了一声，问道："难道你老爹是怎么死的你还不知道？"

穆勇说道："我实在不知父亲是怎么死的。你告诉我，我父亲到底是怎么死的。"

蒙面人冷笑一声，说道："既然你不知道，也就没有必要再问了。现在你就要到阴曹地府去找你的父亲了，到时候他会告诉你的。"

穆勇说道："难道你执意要我死？"

蒙面人说："没错，穆正海的儿子既然被我撞上了，就得把命留下。"

穆勇说："那你就来取吧。"

穆勇话音刚落，蒙面人手中剑已刺出，这次他的出手速度比上次更快，转眼间剑锋离穆勇咽喉已不到三寸。看得出，蒙面人的剑法并不弱。

但这时只听"当"的一声，蒙面人手中的利剑被折断成了两截。一截还被蒙面人抓着，另一截则向天上高高飞起，然后像一只折了翅膀的小鸟垂直下落，正好插在蒙面人跟前的草地上。

利剑是被穆勇一掌击断的，他出手速度之快，连蒙面人都没看清他是怎么出手的。

蒙面人大骇，他咬着牙说道："父强子不弱，穆正海的儿子果然厉害。"

话音刚落，蒙面人的身子已凌空飞起，一下子飞出去五丈远，葱郁的树林已将他的大部分身体遮掩住。

穆勇捡起插在地上的半截断剑，手一挥，断剑迅疾飞出，接着，树林那边传来一声痛苦的叫声。

飞得再高的鸟，若是翅膀被箭射中，它就只能掉下来；轻功再好的人，若是腿部插上了一柄断剑，他就寸步难行。

穆勇走过去，只见蒙面人趴在地上，双手捂着鲜血直流的右腿。断剑正好插在

他的右腿上。

穆勇伸出手，把蒙面人脸上的黑纱一扯，就现出一张蜡黄蜡黄的脸。

这张脸蒙上黑纱还好看些，露出真容后给人一种不寒而栗的感觉。这种脸应是从地狱中逃出的厉鬼才有的。

现在，这张蜡黄的脸上充满了恐惧的神情，他望着穆勇说道："你要杀我吗？"

穆勇说道："你还没有告诉我，我父亲到底是怎么死的。"

黄脸人道："我说出来了，你还要杀我吗？"

穆勇说："只要你说的是实话，我就不杀你。"

黄脸人说："那好，我说。二十年前，在菊花镇举行的推选武林盟主的比武大会上，你爹穆正海被顾若雄的莲花掌一掌毙命。"

穆勇说："顾若雄是何许人？"

黄脸人说："他是青莲派的掌门人，莲花山庄的主人。"

穆勇说："莲花掌既然如此厉害，那么顾若雄是否当上了武林盟主？"

黄脸人说："顾若雄最后败在仁义教教主郭云飞手中，郭云飞当上了武林盟主。"

穆勇目光闪动，说道："你凭什么让我相信我爹是死在顾若雄手里？"

黄脸人说："这件事在当时的菊花镇可谓家喻户晓。你在菊花镇的街头巷尾随便找一个上年纪的人问问，他们都知道海尊派掌门人穆正海二十年前就死在莲花掌之下。"

穆勇说道："那么，是谁叫你来杀我的？"

黄脸人哀求道："穆壮士若真的要放在下一条活路，就不要强迫在下把此人名字说出来。一说出来，在下必死无疑。"

穆勇看着黄脸人可怜巴巴的样子，说道："好吧，我不强迫你。你走吧，不要让我再看见你。"

黄脸人拜谢过穆勇，拖着受伤的腿一瘸一拐地离去了。

穆勇暗想：莲花山庄难道就是顾红柳提到的那个莲花山庄？那么她就是顾若雄的女儿？正所谓不是冤家不碰头。

菊花镇的街道上熙熙攘攘，在来来往往的人群匆匆忙忙的脚步声中，穆勇慢慢地走着，他左看看，右看看，仿佛一个无所事事的人。

穆勇突然拦住一个白须飘飘的老人，说道："老人家，我想打听一件事，好吗？"

老人问道："什么事？"

穆勇说："你知道二十年前武林中海尊派掌门人穆正海吗？"

老人说："穆正海是二十年前威震四方的武林高手，在一次推选武林盟主的比武中，他被顾若雄的莲花掌打死了。莲花掌从此名声大振，在江湖中没几个人敢去招惹莲花山庄的。"

穆勇心头猛地一沉，久久说不出话来。

他继续走在菊花镇繁华的街道上，又拦住了几位老者，得到的都是相同的答案。

穆勇决心要领教一下莲花掌到底有多厉害。

（二）苦涩的酒宴

莲花山庄坐落在菊花镇的东南面，它依山傍水，风景秀丽，在此建立家园能与大自然和谐地融为一体。穆勇来到莲花山庄时，太阳已逼近西山，一群群归来的鸟儿在树丛中鸣叫不停。莲花山庄的大门气派巍峨，一条木雕金龙盘旋在门檐上。大门的正前方，昂首坐着两只石雕雄狮，一左一右的雄狮怒视前方，给人以威严不可冒犯的感觉。

穆勇刚走到大门的石阶下，一个老头就探出脑袋，问道："这位公子，来本山庄有何贵干？"他看起来有五十多岁，满脸的皱纹，想必是看门的仆人。

穆勇说："我要找你家主人。"

老头说："找哪个主人？是找顾若雄老爷吗？"

穆勇说："不错。"

老头说："公子你来得真是不巧，我家老爷与朋友相邀出门去了，得几天后才能回来。再过十天就是老爷的六十岁大寿，你到时来，必定能见到他。"

穆勇说："好吧，十天之后我再来。"说完，他转身便走。

这时，耳畔传来一阵疾驰的马蹄声，穆勇一纵身，"呼"地飞进了一片树丛中，躲在暗处窥视。马队有十余人，为首的是顾红柳，后面跟着崔子明，他们手里提着各种猎物，想必是刚刚狩猎归来。顾红柳骑在高头大马上，一件红披风迎风招展，看上去又美丽又威风。马队进了大门之后，莲花山庄的大门便"轰"地关上了，在夜幕中只留下一片寂静。

穆勇站在树丛中看得发呆，人去影空了，他还是茫茫然站在那里。杀父仇人为什么会有这么一位如花似玉的闺女呢？这女孩的笑貌为什么老在自己的眼前挥之不去呢？穆勇自从那天与顾红柳相遇后，便总忘不了她的笑脸。穆勇想道：我若是向顾若雄出手，顾红柳一定会阻拦，我该不该向她出手呢？如果我手下留情，又怎能复仇？他突然大声对自己说："我与顾红柳素不相识，非亲非故，她如何阻止得了我？"他大吼一声，猛然击出烈风神掌，前面的树丛轰然倒下，那里变成了一片空旷之地。

十天过去了。早晨，带着花香的雾气在旭日的照耀下慢慢散去，莲花山庄早已是人声鼎沸，热闹非凡。为顾若雄祝寿的人从四面八方会聚而来，有坐马车携带各种礼物的，有赶着驴子带来土特产的，有气喘吁吁挑着沉重的担子的。男女老少络绎不绝，说话也带着各地不同的口音，那喧闹的气氛就像赶集一样。穆勇随着人群走进了莲花山庄的大门，他暗想：青莲派高朋满天下，其势力在武林中确实举足轻重。从进进出出的人来看，并不乏身手不凡的武林人士，穆勇感受到了自己面临的阻力和困难。

前来祝寿的人虽然形形色色，但他们的座位是按照身份、地位分成三个等级。与莲花山庄关系不深、名望不高的被安排坐在最外面的一个大厅；与莲花山庄关系稍密，在江湖中有一定地位的坐在中间的一个大厅；莲花山庄最亲密的亲友、各武林门派的掌门人、江湖中德高望重的名人，则坐在最里面的拜寿聚义厅。

穆勇大步往前走，直奔拜寿聚义厅。里面已是人头攒动，许多气概不凡的好汉聚在一起谈天说地。穆勇在拜寿聚义厅的正中央找了个醒目位置，毫不客气地坐了下来。这时，莲花山庄的一位家丁走了过来，问道："不知这位公子尊姓大名，从何方而来？"

"在下穆勇，从海南岛来的。"穆勇冷冷地说。

家丁说："我家主人在海南岛并没有贵宾，公子的名字我也未曾听说过。"

穆勇说："我既然来了，那就是贵宾。"

家丁皱了皱眉头，说："穆公子既已来，我们也表示欢迎。不过请穆公子到外面大厅入席，公子意下如何？"

穆勇说："我既然已经坐稳了，就不想再动了。"

这时拜寿聚义厅里突然来了十几个人，都是家丁模样的打扮。那位家丁说："穆公子不想动，我们有办法让穆公子动。我再问一问，你真的不愿动吗？"

穆勇说："本公子从未说过假话。"

那家丁一挥手，十几个人一拥而上，抱胳膊的抱胳膊，抱腿的抱腿，想把穆勇抬出去。可是穆勇就像一棵扎根在土壤中的大树，任凭他们怎么使劲，就是纹丝不动。那家丁气急败坏，便挥拳向穆勇头上打来，穆勇伸手一把抓住他的拳头，稍稍一捏，只听见骨头断碎的声音，家丁痛得杀猪般大叫起来。

这时，从里面走出一位鹤发童颜、衣冠楚楚的老人。他的虬髯向两边迎风招展，一双丹凤眼炯炯有神，额头条理分明的皱纹透露出刚毅和坚定。穆勇暗道：莫非这就是青莲派掌门人顾若雄？

来人喝道："我顾若雄一向欢迎天南地北的朋友，今日有佳朋远道而来，应该以礼相待，岂能出手动粗？你们这帮家伙还不给我滚下去！"十余个人挨训后一溜烟逃得无影无踪了。

顾若雄向穆勇一抱拳，说道："壮士远道而来为顾某六十寿诞助兴，顾某不胜荣幸。方才家丁无礼冒犯，还请壮士多多包涵。"

穆勇淡淡一笑，说："我不会跟他们一般见识的。"

寿诞宴会照常进行。高朋入席坐满了，酒菜佳肴摆上来了，祝寿音乐响起来了，欢笑声此起彼伏，里里外外洋溢着喜庆祥和的气氛。

顾若雄左边坐着"千重山功"的创始人汪天，右边坐着飞龙派的掌门人邢胜龙。酒过三巡，他们的话也就多了起来。

汪天说道："顾掌门数十年来在江湖中鹤立鸡群，卓尔不凡，取得的辉煌声誉犹如泰斗星辰，令在下敬佩之至啊。"

顾若雄淡淡一笑，说道："汪贤弟所言过奖了，顾某受之有愧啊。"

邢胜龙说道："顾兄过于谦虚了。二十年前，顾兄一掌击毙海尊派的掌门人穆正海，从此英名天下皆知。按座次排名，顾兄现在的武功可在江南各大武林门派中名列第二了。"

顾若雄只是轻描淡写地点头微笑，并不答话。

汪天说道："穆正海的烈风神掌虽然名声显赫，却只是徒有虚名。顾兄的莲花掌一出手，顿时使它黯然失色。"

汪天和邢胜龙一说一和，把穆正海和烈风神掌贬得一无是处，把顾若雄捧得熠熠生辉。穆勇听得怒从心头起，他用一个手指在酒桌上一点，发出的声响虽然不是很大，却使全场立刻鸦雀无声，大家纷纷转过头看着穆勇。

穆勇的目光和汪天、邢胜龙的目光碰到了一起，穆勇问道："两位真的认为烈风神掌如此不堪一击吗？"

邢胜龙说道："穆正海的烈风神掌在二十年前的武林中确实是举足轻重的，但顾掌门的莲花掌是它的克星，这一点已是有目共睹、无可争议的事实。"

汪天眉头微蹙，说道："听这位年轻公子的口气，一定是跟穆正海和烈风神掌有着非同寻常的关系和渊源了？"

穆勇正色道："没错，我就是穆正海的儿子穆勇，烈风神掌的传人。"

顾若雄一听，脸色突然变得煞白，浑身上下仿佛一下子失去了活力。他用惊奇而呆滞的目光看着穆勇，似乎在面对一个他极不情愿看到的、迷惑不解的事实。

汪天眼睛里闪过一缕诡异的神情，他说道："汪某不知穆公子的身份，所以说了一些对穆正海和烈风神掌不尊的话，还请穆公子多多包涵。"

穆勇说道："只要你们不是存心贬损我父亲和烈风神掌的，我不会与你们计较。"

汪天倒了满满一杯酒，端到穆勇面前，说道："很高兴看到烈风神掌的传人出道了，来，我汪某敬穆公子一杯薄酒。"

穆勇伸手去接汪天的酒杯，他的手刚碰到酒杯，就一下子停住了。穆勇感到千斤之力压在自己的手心上，想把手收回来已是不可能。

这千斤力量，正是来自汪天的"千重山功"的内力。这种力量犹如泰山压顶般

天涯
儿女

压在穆勇手心上。若无力承受或畏缩退却，"千重山功"便会如山崩地裂般把对方击得体无完肤。

穆勇没有退缩，他把内力运到手心上，接住汪天的千斤压力。汪天也暗中加大"千重山功"的力量，他的牙关已咬得紧紧的。

两个人都纹丝不动，看起来很平静，却在悄悄进行着一场惊心动魄、你死我活的内力比拼。在场的人一片沉寂，沉寂得让人几乎窒息。

高手之间的内功比拼虽然平静，但散发出来的腾腾杀气却使周围的人不寒而栗。

时间一分一秒地过去，汪天的额头上汗如雨下，脚步也有些不稳了。他已把"千重山功"的力量加到最大，穆勇接住这力量却显得泰然自若，不费吹灰之力。旁边的人已经看出谁是赢家了。

穆勇已经胜券在握，他猛一用力，借助"千重山功"的力量反手一推，把汪天推出了三丈多远，汪天一下子重重地趴在地上。汪天已受了内伤，但不是很严重，因为穆勇不想在主人寿诞之日对其客人出手太狠。

穆勇手里依然握着酒杯，杯中的酒竟然一滴都没有溅出来。

然后穆勇把汪天"敬"他的酒一饮而尽，这是胜利之酒，这是强者之酒。

周围的人向穆勇送来雷鸣般的喝彩声。

邢胜龙胳膊上钢铁般的肌肉一起一伏，他怒目圆睁，喝道："你吃下汪天的一杯酒，未必能吃得下我邢胜龙的双龙掌！"

穆勇说道："既然你这么说，我倒想尝尝双龙掌的滋味。"

邢胜龙厉声喝道："那你就来尝吧！"

邢胜龙猛一蹬地，双脚把脚下的地砖都踩碎了，小腹一用劲，丹田之气灌注全身。他大喊一声"双龙出水"，只见两掌挥动强劲猛烈的气浪，犹如两条凶猛的巨龙，直扑穆勇。

穆勇直直站立着，身子岿然不动。待他感到双龙掌的气浪已逼近身体时，轻吸一口气，右掌划弧线从胸前击出，强劲的内气形成一面看不见的钢铁屏障，严严实实地挡住了双龙掌袭来的气浪。邢胜龙发现气浪被阻，便拼命加大内力，双脚踩得地砖都凹下去一个洞。他额头上豆粒般的汗珠往下流，可是双龙气浪依旧被穆勇的单掌封锁得寸步难行。

邢胜龙大吼一声，只见"双龙出水"变成"双龙飞天"，整个身体向前飞出，闪电般击向穆勇。"双龙飞天"是双龙掌最强有力的撒手锏，借助身体向前飞出的劲道，双掌气浪的力量猛增十倍，犹如排山倒海，势不可当。

穆勇毫不示弱，他以硬对硬，双手合十，猛然击出烈风神掌。两股强硬的气浪在空中相遇，随即发出"砰"的爆炸声，震得地面要沉陷下去似的。双龙气浪敌不住烈风神掌的气浪，邢胜龙的身体被震得似秋风中的一片树叶，直往后飘。只听"轰"的一声，他的身体重重撞击在镶金的"寿"字牌匾上，把"寿"字打得粉碎。

邢胜龙受伤不太严重，穆勇的烈风神掌只用了五分力，但对付双龙掌已绰绰有余了。邢胜龙与穆勇无冤无仇，穆勇不想伤害他。

穆勇向两边的人问道："谁还想来领教？"全场无一人出声。穆勇转过头，他的目光和顾若雄的目光碰到了一起。

顾若雄说道："父强子不弱，穆公子身手出众，使顾某又领略到了二十年前穆正海叱咤江湖的那种雄威。"

穆勇说道："顾掌门过奖了，在下的雕虫小技，若与顾掌门的莲花掌相比，简直就是班门弄斧。不过顾掌门今日若肯出招赐教，在下就算输了，心里也是不胜感激。"

顾若雄眉头皱了皱，说道："穆公子今日光临老夫的六十寿诞，目的就是向老夫请教吗？"

穆勇点点头，说道："在下是有这个愿望，但不知顾掌门能否成全在下？"

顾若雄长叹一声，说道："穆公子，我知道你心里的想法。二十年前，在推选武林盟主的比武中，你爹穆正海被我的莲花掌击毙，所以你对此耿耿于怀。但有一点我必须阐明，比武前，双方已明确约定，只要不是暗计伤人，比武中双方不论谁死谁活，都只能算天意注定，永不记恨。而穆公子在老夫寿诞之日欲与老夫切磋武艺，这究竟是何意？"

穆勇说道："在下只是表露了个人的愿望，至于是否接受，全由顾掌门定夺。在下绝无寻仇斗恨、挑衅滋事之意。"

顾若雄说道："今日是老夫寿诞，本应是喜庆吉祥。老夫不愿看到血光搏杀，赐教之事还是改日再说吧。"

穆勇心头掠过一丝失望，但他仍彬彬有礼地说道："既然顾掌门这么说，在下就不勉强了。等顾掌门寿诞过后，在下随时恭候顾掌门的赐教。"

穆勇斟满一杯酒，端到顾若雄面前，说道："在下敬顾掌门一杯，祝顾掌门福如东海，寿比南山。"

顾若雄把酒一饮而尽，便对其他客人说道："大家都坐回原位吧，寿宴继续进行。"一直在看热闹的客人们纷纷坐回去，拜寿聚义大厅内又恢复了秩序。

汪天和邢胜龙依旧分坐在顾若雄左右两边，他俩身上、脸上青一块紫一块。穆勇主动向他们频频敬酒，他们也赔着笑脸回敬穆勇。

不打不相识，武林中人不会因为比武挨打而记恨对方。

寿宴逐渐进入了欢乐热闹的高潮，这时候，有两个人走进了拜寿聚义大厅，穆勇一看，原来是顾红柳和崔子明。从他们风尘仆仆的模样来看，一定是从别处日夜兼程、长途奔波赶回来的。

顾红柳和崔子明分别向顾若雄行了拜寿礼之后，崔子明说道："师父，我和红柳从庐山赶回参加师父的寿宴，原计划前一天赶回，不料途中遇到了一些意外，耽

误了时间，请师父恕谅。”

顾若雄也没有过问究竟遇到了什么意外，毕竟今天是他的寿诞，他怕问出什么麻烦事来影响了喜庆气氛，他只淡淡地说道："只要能平安回来就好，耽误点时间也无妨。"

顾红柳长途奔波之后略显疲惫的眼睛突然冒出了惊喜的亮光，因为她发现了坐在人群中的穆勇。

顾红柳走到穆勇面前，高兴地说道："穆勇，没想到你也来参加我爹六十岁的寿宴，真是太好了。"

穆勇微笑地说道："能参加顾掌门的寿宴，实乃穆某之荣幸啊。"

顾红柳说道："你是我爹的寿宴中最受欢迎的客人。"

顾红柳这句话一出口，立马有一些客人向她投来不满的目光：你说穆勇是最受欢迎的客人，那我们这些客人就比他次一等？

顾若雄眼睛轻轻眯了一下，问道："红柳，原来你和穆公子早就认识了。你们是怎么认识的？"

顾红柳神秘地一笑，说道："我和穆勇认识的过程真是太浪漫了，这就叫作缘分。"

崔子明一听，原先疲惫而兴奋的脸上隐隐约约闪现出一丝不悦，他不轻不重地干咳了一声。

顾若雄一头雾水，问道："红柳，你和穆公子的认识究竟是怎么一个浪漫法？"

顾红柳说道："我和穆勇在狼谷里领略了一番奇光异彩，在一群野狼的撮合下，我们彼此认识并成为好朋友。这个过程难道不浪漫吗？"

顾若雄此刻更是丈二和尚——摸不着头脑："野狼撮合你们成为好朋友？野狼不通人性也不懂人语，怎么能撮合你们？"

穆勇说道："顾掌门，红柳只不过是为了把话说得更有趣一点。其实我们认识的经过很简单，红柳在狼谷时遇到狼群袭击，我恰好从此经过，便出手驱散狼群，并采草药为红柳敷伤口。整件事就这么简单。"

顾若雄眼睛睁得圆圆的，说道："穆公子，原来你是红柳的救命恩人，老夫真不知道该如何感谢你！"

穆勇说道："顾掌门何必如此客气？这举手之劳何足挂齿？"

崔子明心里头仿佛打翻了一个醋瓶，很不是滋味。他盯着穆勇暗自骂道："你怎么在狼谷里出现得这么巧？我看你比狼更可怕、更可恶！"

顾红柳说道："穆勇不仅武艺高强，而且英俊帅气，人品出众。这么好的男儿，这世界上再也没有第二个了。"

她这句话，实际上是故意说给崔子明听的。崔子明好像被人当头打了一棒，差点气晕过去。他狠狠用力在地砖上跺了一脚，周围的地面都剧烈震动起来。

顾若雄看看崔子明，又看看顾红柳，无可奈何地叹了口气。

顾红柳仿佛没有注意到崔子明的"强烈反应"，也仿佛没有注意到父亲的叹气，继续说道："有的人刚好相反，虽然武艺平平，吃醋的本事却很大，容不得别人比自己强，像这种没有自知之明的人真是一钱不值。穆勇，你说对吗？"

穆勇只是笑而不语。崔子明脸上已是青一阵红一阵，脸肌也开始抽搐起来，他恨不得在地上找条缝钻进去，再也不要出来。

（三）生死之崖

秋天的菊花镇淹没在菊花的海洋里，漫山遍野的菊花把整个镇装扮得如诗如画。穆勇和顾红柳在香飘四溢的菊花丛中信步漫游，他们被灿烂多姿的菊花美景深深吸引住了。

今天是个晴朗的日子，顾红柳以东道主的身份邀请穆勇到郊外赏菊观景。

顾红柳问道："你知道菊花镇的菊花为什么这样多、这样美吗？"

穆勇说道："因为菊花镇的气候和土壤适宜菊花的生长繁殖。"

顾红柳摇摇头，说道："不对。在菊花镇周围的其他各镇，它们的气候和土壤与菊花镇差不多，可是每到秋天它们就无法形成如此绚丽多彩的菊花海洋。"

穆勇说道："那菊花镇为何和其他镇有这么大的差别？"

顾红柳说道："那是因为在很久以前，天上的一位菊花女神来到菊花镇。当时的菊花镇遭遇了一场天灾人祸，满目疮痍，民不聊生。菊花女神见此情景，流下了伤心的眼泪，她在心里默默祝福菊花镇的人们能够早日摆脱灾祸，过上幸福的生活。菊花女神返回天上后，她流下的眼泪就化作数不清的菊花，把菊花镇点缀得美丽无比。从此，美丽的菊花胜景代替了满目疮痍的景象，这让菊花镇焕发出了无限的生机和活力，这里的人们也过上了幸福美满的生活。"

穆勇说道："想不到美丽的景色背后还有如此美妙的传说。"

顾红柳说："在秋天欣赏菊花，那感觉肯定与在春天赏花不大一样。"

穆勇说："菊花高雅文静，它的美是一种孤独美。而春天里的百花美景是一种纷杂的美。"

顾红柳说："如果让我选择，我宁可选择孤独美。"

他们边走边聊，仿佛忘记了时间，把自己都融入了花的海洋中。

顾红柳指着一簇花丛，说道："在菊花群里，数这种红黄相间的菊花丛最多，我们不论走到哪里，都能遇到这种花丛。"

穆勇看了一眼红黄相间的菊花丛，说道："这不叫花丛，应叫作花仙。"

顾红柳说道："花仙？为何叫它花仙？"

穆勇说道："因为花中有一位多情的仙子，所以叫它花仙。"

顾红柳说道："花中有仙子？这怎么可能？"

穆勇说道："你没看出来，我却早就看出来了。"

顾红柳说道："这花仙是不是一位很美丽的姑娘？"

穆勇说："不是。这花仙是一位五大三粗、长胡子、能喝酒、能发脾气的男人。"

顾红柳惊诧地说道："不可能，世界上怎么会有这样的花仙？"

穆勇说道："偏偏造化就创造出这种花仙来。"

顾红柳顿了顿道："而且这种花仙的数量多，我们游览了这么久，到处都能遇到这种花仙。"

穆勇说道："其实这种花仙只有一簇，只不过我们走到哪它就跟到哪，所以你觉得它们的数量多。"

顾红柳说道："好像是这么一回事。"

穆勇说道："这花仙专门做离奇的、不可思议的事，它一直在生闷气，一定是当花仙的滋味并不好受。"

穆勇顿了顿，接着说道："花仙啊花仙，你快现出原形吧，何必躲在花丛中糟蹋美丽的花朵？"

"够了！""花仙"突然爆发出雷鸣般的吼叫。接着，一个人从花丛中跳了出来，把身上披着的花朵全部掸掉。

顾红柳吓了一跳，等她回过神来时，她生气地骂道："师兄，原来是你躲在花丛中跟踪我们。你到底想干什么？"

崔子明冷冷地说道："你们俩倒挺有雅兴的，来野外欣赏菊花了。"

顾红柳说道："我们就不能欣赏菊花吗？你吃什么醋啊！"

穆勇说道："红柳，子明是你师兄，你应该尊重他，怎能用这种口气与师兄说话呢？"

崔子明鼻子里发出"哼"的一声，他对穆勇说道："你倒挺会说客气话的。要不是你，我师妹对我的态度会发生这么大的变化吗？"

穆勇说道："子明恐怕是误会了吧，我和红柳不过是出来散散步，彼此之间并不存在暧昧关系，还望子明放宽心。"

崔子明说道："叫我放宽心？你以为我是傻瓜吗？你们之间存在什么关系，你自己心里清楚。"

顾红柳圆睁杏眼，冲着崔子明嚷道："我和穆勇就是存在关系又怎么样？依我看，穆勇不知比你强多少倍。"

崔子明仿佛被一个闷雷从头顶上重重"轰"了一下，半晌，他才回过神来，用悲哀的目光看着顾红柳，说道："师妹，你说的是真心话吗？在你心里，你真的认为他比我强？"

顾红柳一下子答不上来了。

穆勇说道："子明不必多虑，红柳只不过在说气话，其实她心中还是把你放在第一位的。"

此刻，崔子明血管里奔腾着愤怒的血液，他的脸涨得通红通红的，他咬着牙说道："到底她把谁放在第一位，要通过事实来说明。"

穆勇说道："通过什么事实？"

崔子明说道："这事实就是用决斗的结果来证明谁强谁弱，谁更值得红柳的青睐。"

穆勇说道："我与你无冤无仇，我不会与你决斗的。"

崔子明说道："难道你怕了？"

穆勇说道："这不是怕不怕的问题，我认为我们俩中的任何一个为此而死都不值得。"

崔子明冷冷一笑，脸上露出轻蔑的神情，说道："你有心计夺人所爱，却没胆量与人一比高低，这算什么？这分明就是懦夫、小人！"

穆勇也是气血方刚的男儿，被崔子明这么一激，血管中的血液也沸腾起来："既然你这么说，那我只能奉陪到底了。"

崔子明正色说道："好！明天中午，生死崖见。"说完，他大步而去。

穆勇静静地注视着崔子明远去的背影。

顾红柳走到穆勇身边，说道："明天中午，你真的要去与他决斗吗？"

穆勇点点头，说道："他执意要与我决斗，我想躲也躲不开。"

顾红柳心中突然涌起一股无法说出的痛楚和担忧。面对男人之间这种你死我活的决斗，她觉得万分无奈。一方是她从内心喜欢的穆勇，一方是从小就无微不至关照她，待她像亲妹妹般的师兄崔子明。她觉得这两个人都是值得信赖的人。

可是到明天中午，这两个人中将有一人永远从这个世界上消失，只留下一个血淋淋的场面。对顾红柳来说，不论谁死，都将给她的心灵造成无法弥合的痛苦和创伤。

但现在她不得不面对这种残忍的现实。

生死崖位于菊花镇的郊外，那是一块从高山顶端向半空伸展出去的断崖，断崖下面是令人望而生畏的万丈深渊。

菊花镇是武林圣地，五湖四海的武林高手都云集在这里。高手遇高手，彼此间难免产生不服气。既然不服气，那就要通过一场较量来一决高低。生死崖因地形险峻成了高手决斗的理想场地。

有决斗就有胜负和生死。古往今来，从生死崖走出了多少一战成名的武林豪杰，也产生了多少死不瞑目的战败鬼魂。凡是上了生死崖的双方，只有一方能活着离开。

第二天，早晨的太阳越升越高，崔子明已来到了生死崖。他腰间佩着长剑，手握剑柄，像一尊塑像一动不动地面对着前方的万丈深渊。

他脸上的表情很冷峻，冷峻得犹如萧条肃杀的秋风。

过了一会儿，生死崖又出现了一个亭亭玉立的倩影，那倩影就像一朵婀娜多姿的白莲花，慢慢向崔子明靠近。当离他只有三尺距离时，这个倩影停了下来。

那倩影正是顾红柳。

崔子明仿佛没有察觉到她的出现，依旧一动不动地面对着万丈深渊。

在崔子明面前，顾红柳像是个爱"撒野"的小妹妹。有时她会无缘无故地冲他发脾气，有时她会在他面前摆出娇嗔的姿态，有时她还会讲一两个笑话来奚落他。所有这些，崔子明都笑呵呵地接受了。

可是今天，她的脸色也跟他一样，冷峻得如同萧条肃杀的秋风。她只是默默地注视着他的背影，一句话也没有说。

因为她知道，再说什么都是没用的。

中午时分，穆勇向生死崖慢慢走来。他的脚步显得很轻盈，脸上的表情也不像崔子明和顾红柳那么严峻，完全是一副轻松、自然、洒脱的模样。

穆勇那样子，让人感觉到他似乎不是来决斗的，而是来参加朋友的约会的。

听到穆勇的脚步声，崔子明缓缓回过头，面无表情地说道："你准时来了。"

穆勇说道："我不论做什么事都是准时的。"

只听"唰"的一声，崔子明腰间的长剑已出鞘，剑刃寒光闪闪，生死崖顿时弥漫着一股杀气腾腾的气氛。

顾红柳的神经绷得紧紧的，几乎欲断裂。她转向一边，不敢直视穆勇和崔子明。

穆勇注视着崔子明，说道："既然剑已出鞘，就请出招吧！"

崔子明一挥手，长剑化作万道金光，带着"嗖嗖"的剑风，向穆勇迎面急袭而来。

穆勇的脚步只轻轻移动一下，崔子明发现穆勇整个人依旧被长剑的万道金光笼罩在中间，长剑朝着他的胸膛不偏不倚地刺了过去。

可是当崔子明把剑刺到尽头时，这才发现刺了个空。

一连五十多个回合，都是重复着同一个结果。崔子明不断进攻，穆勇只守不攻。崔子明已累得气喘吁吁，汗流浃背，穆勇却依然步履轻盈，应对自如。

久攻不下的崔子明开始急躁起来，他大吼一声，使出"五雷轰顶"招式，竭尽全力向穆勇直扑过来。

"五雷轰顶"是青莲派中攻击力最强的一个剑招，没有超群的功力，是绝对躲不开这致命的一击的。由于它是全力出击，没有留下回防的余地，因此若不能立即把对方置于死地，便很容易被对方抓住时机反击。所以"五雷轰顶"是威力和风险都极高的招式。

穆勇毫不迟疑，几乎在崔子明使出"五雷轰顶"的同时，他已向前使出烈风神掌，在自己面前形成一个强大的掌力防线。

烈风神掌是一种遇强则强的掌法，对方的攻击力愈猛，它的反击力就愈强。崔子明的进攻无法突破穆勇的掌力防线，相反，却被穆勇的掌力震得向后直飘，身体也失去了平衡。

崔子明暗运内力，尽量使自己不摔倒，但他止不住自己后退的步伐。

在快速的后退中，崔子明忽然感觉到自己的左脚踩了个空，一股略带寒意的秋风从下面吹上来，他突然觉得自己的骨子里都是冰凉的了。

崔子明已退到了生死崖的最边缘，身后就是神秘可怕的万丈深渊。他若想停下脚步，已经是不可能了，他整个身体朝着万丈深渊倒了下去。

崔子明暗自惊呼："彻底完了！"他绝望地闭上了眼睛。

但崔子明并没有掉到深渊里，他的手臂被另外一只更强有力的手臂拉住了，他整个身躯也被提了上来。

拉住他的人，竟然是穆勇。

崔子明惊魂未定，他呆呆地看着穆勇，简直不敢相信穆勇会出手救他。

半晌，崔子明用低沉的语调问道："你为何救我？"

穆勇说："我不想看着你被万丈深渊吞没。"

崔子明说："你救了我，你会后悔的。"

穆勇说："如果我不救你，我会更后悔。"

崔子明说："总有一天，我还会来找你较量。"

穆勇说："好啊，我随时奉陪。"

崔子明的身子即将落下万丈深渊的一瞬间，顾红柳也惊得说不出话来。但看到崔子明安然无恙，她跳动不停的心才慢慢镇定下来。她看着崔子明，脸上露出鄙夷不屑的神情。

"师兄，既然你输了，就应该服了人家，为何还要口出狂言？！"顾红柳说道。

崔子明看着顾红柳，脸上露出悲伤的神情，他说道："师妹，我就是不服他，我就是掉下去摔得粉身碎骨了，我也不服他。"

顾红柳说道："服也好，不服也好，反正你现在是人家的手下败将。"

看着顾红柳投过来的轻视的目光，崔子明心里头仿佛有千万根针在扎。他回过头，冲着穆勇咬牙切齿地说道："只要我还活着，就一定让你败在我手下。"

说完，崔子明大步朝山下而去。

穆勇看着崔子明远去的背影，忽然转过身，对顾红柳说道："红柳，我希望你

对崔子明的态度温柔一点，你师兄是全心全意爱着你的。"

顾红柳说道："他爱我又怎么样？反正我不喜欢他，我不会去喜欢一个饭桶。"

穆勇说道："你为什么说你师兄是饭桶？"

顾红柳说道："他学了那么多年武功，在你面前却毫无抵抗之力，这种人不是饭桶是什么？"

穆勇说道："强中更有强中手，这个世上总有人的武功比我强的，那么在他们面前，我岂不也成了饭桶？"

顾红柳说道："就算你败在别人手里，我也不会把你当饭桶，我永远把你当作好朋友。"

穆勇说道："如果你把我当作好朋友，那就听我一句话，回去后待你崔师兄温柔一些，友善一些，好吗？"

顾红柳怔住了，一时不知该说什么好。

（四）明月春院

菊花镇的街道上可谓熙熙攘攘，衣饰穿搭各异的人群在繁华的街道上来来去去，夹杂着天南地北不同的口音。

来菊花镇的人，有因仰慕武林圣地而千里迢迢前来拜师习武的，有因迷恋秋天菊花遍地怒放、烂漫多姿而相伴前来游览观光的，也有携带千金来做生意的商贾。不同的人有不同的消费、休闲、玩乐需求，所以成就了如今菊花镇的繁荣和兴旺。

光从酒的种类来看，就可以领略到其消费水平的不同凡响。黄酒是众多酒类的领头羊，有山东人酿制的黍米黄酒，有绍兴人引以为豪的绍兴黄酒，也有福建流行的红曲黄酒。菊花镇人把外地引进的黄酒经过改造后形成了本地独特的风味。

果酒也是菊花镇吸引客人的一种招牌酒。这里的果酒以柑橘、山楂、葡萄、大枣为原料，通过发酵酿制成低浓度的酒。不但口感好，而且真正是让人喝了千杯不醉。

菊花镇的白酒更是酒鬼们一日不离的。这里的白酒香气浓郁，甘润醇厚，余味不尽，让人喝过有种痛快淋漓的感觉。

但是对穆勇来说，美酒是想都不敢想的奢侈之物。如今他的口袋里已无分文，唯一能让他支撑下来的，是行李袋中的几个硬馒头和几块牛肉干。他脑海里一直在盘算着馒头和牛肉干吃完后，下一步的餐食问题该怎么解决。

在一家风味店的门口，穆勇不由得停下了脚步，因为风味店里散发出来的浓浓的肉香味把他吸引住了。店门口的橱窗里，挂着狗肉、烤鸭、乳羊……穆勇看得馋涎欲滴，若是这些食物是属于他的，他完全可以在几分钟内把它们全部吃光，那是多么痛快淋漓啊！

正当穆勇陶醉在肉香味中望梅止渴的时候，一阵激烈的吵架声传到了他的耳畔。

吵架声是从风味店附近的明月春院中传出来的。吵架的人是一男一女，男的粗声粗气，气势汹汹；女的略带哭腔，娇声中带着气愤，也是一副毫不示弱的架势。

接着，一个五大三粗的男人从明月春院中走了出来，他大步流星地向外疾走。紧跟着他跑出来的是一位身材窈窕、口红胭脂涂得光鲜的风尘女子。

风尘女子三步并作两步，疾跑到男人前面，用她纤弱的身躯挡住了那个男人的去路。

风尘女子半哀求半愤怒地说道："公子哥，我们事先已经讲好，只要我弹奏了这曲《春江夜》，你就付十两银子。如今怎能言而无信？"

男人说道："都怪你弹的曲子太美妙动听了，撩得我春心荡漾。所以你若答应陪本公子睡一觉，别说十两银子，就是一百两，我也悉数奉上。"

风尘女子说道："本女子在明月春院只卖艺不卖身，你就是出再高的价码，我也不会接受你非分的要求。"

男人说道："既然你不接受，那我们只好分道扬镳，各走各的路了。"

风尘女子说道："但是在你走之前，你必须付十两银子的听曲费。"

男子冷笑一声，说道："本公子在许多的饭店里吃饭，从来都是不付钱的，更何况是听一个女人家弹的小曲子。"

风尘女子说道："但是遇到了我，我就决不答应白吃白喝的人。"

男子说道："你不答应又能怎样，难道要把我永远堵在这里？"

风尘女子说道："没错，你要是不付这十两银子，就休想离开这里。"她纤弱的身躯与她斩钉截铁的强硬语气显得极不相称。

男人呵斥道："好大的口气，今天我让你尝尝我的厉害。"说着，他便高高举起手掌。

此时，周围已经挤了许多人，他们都在兴致勃勃地看热闹。

一名围观者悄声说道："那男的名字叫许标，据说他的鹰爪功厉害得很哪。"

另一名围观者说道："一名弱女子想跟许标这种人斗，岂不是拿鸡蛋碰石头？"

面对许标凶狠逼人的手掌，风尘女子没有畏缩，她依旧挺直身躯挡在许标的

天涯儿女

前面。

许标的手掌已落下，重重地掴在风尘女了娇嫩的脸蛋上，风尘女子被打得一个趔趄，一下子跌坐在地上。

但风尘女子毫不示弱，她站直身子，怒骂道："你打呀，你再狠狠地打，把我打死了叫你偿命。"

许标狞笑一声，说道："你既然想死，那我就成全你。你死了，我倒要看谁敢来找我偿命。"

只见他抬起右脚，以千斤之力猛地踹向风尘女子的胸口。他这一脚又准又狠，犹如迅雷疾风，凶悍无比。一个纤纤弱女的胸口若被这么强大的力量踹中，必定一命呜呼。

但许标的右脚没能踹中风尘女子，他的左脚已被人从后面轻轻点了一下。点的力量感觉似乎并不大，却使许标的左脚彻底发麻，让他无法站稳，摇摇晃晃几乎要摔倒。

许标回头一看，发现身后站着一个身材高挑、威风凛凛的青年人。

许标恼怒的眼神中放射出恶毒的光芒，他咬牙切齿地说道："你为何从背后偷袭别人？"

穆勇说道："我从不做背后袭人的事，我只是不想看到你使出这么狠的牛劲来侵害一个纤纤弱女。"

许标说道："你知道我是谁吗？你难道不怕死吗？"

穆勇说道："我不知道你是谁，我也很怕死。"

许标说道："既然怕死，为何要多管闲事？"

穆勇说道："一个堂堂男子汉若没有胆量管这种闲事，那真是比死去还可怕。"

许标冷冷一笑，说道："好一个堂堂男子汉，我今天要让你趴在地上像狗一样求饶。"

话音刚落，许标已使出一招"饿鹰扑食"，一记闪电般的鹰爪朝穆勇的咽喉猛抓过来。

当许标的鹰爪离他只有三寸时，穆勇身子一侧，头一偏，闪开了这狠毒的一招。

一击落空，许标又使出"雄鹰追风"，这一招来得更快更猛，带着"呼呼"的风声。这一次，穆勇没有躲闪，他右掌一挥，向前击出，迎接许标的鹰爪。这回是以硬碰硬，穆勇的铁掌震得许标手臂发麻。许标一下子向后急退了五六步，他锋利的鹰爪仿佛抓在了百炼精钢上，痛得手指发抖。

许标站稳后，眼睛中恶毒的目光已消失，他脸上露出"友善"的笑容，双手作了个揖，说道："这位朋友身手不凡，武功远在许某之上，许某真是有眼不识泰山，还请朋友海涵。"

穆勇也给他还了个礼，说道："不打不相识，能与你这样的高手过招，倒也是机会难得。"

许标说道："我许标最爱结交天下武林豪杰，这位朋友武艺出众，且与我年纪相仿，如果不嫌弃许某人愚鲁的话，咱们结为兄弟，如何？"

穆勇说道："与一欺负弱女子的人结为兄弟，我还从来没有这个先例。"

许标说道："我许某人也知道刚才做得出了轨。我对天发誓，日后若是再有类似行为，我许某人愿意接受五雷轰顶，闪电劈身。"

穆勇点点头，说道："知错就改，仍不失男子汉的风范。我就喜欢有如此勇气之人。"

许标高高兴兴地拉着穆勇的手，说道："咱们能结为兄弟，许某实在是三生有幸。走，咱们上酒馆里喝几杯。"

穆勇欣然答应了邀请。

就在这时，许标拉着穆勇的手突然缩了回去，如猛蛇出洞般绕到穆勇后背，以迅雷不及掩耳之势直点穆勇背后三大穴位。

这种突袭是许标的撒手锏，世上至今还没人能够从许标这致命的一击中逃脱。许标确信这是百发百中的一击。

然而，穆勇的反应却比他还快，在许标出手的一瞬间，穆勇的身体已来了个大旋转，避开了许标闪电般的攻击。

许标不甘心势在必得的一招落空，他另一只手迅速使出鹰爪功，朝穆勇面门直抓过去。

但他笑里藏刀的一招落空之后，穆勇已经不再给他任何机会。在许标的鹰爪击出之前，穆勇的烈风神掌已朝许标的胸膛挥了出去。

这一掌，穆勇只用了三成功力，但对付许标已绰绰有余。许标像一片被秋风吹落的叶子，轻飘飘地向后飞了出去，然后趴在地上动弹不得。

若不是穆勇在出手时有所收敛，许标恐怕早就命归西天了。

这时，从远处匆匆忙忙跑来两个人，看到许标伤在穆勇手下，他们眼睛里冒出了怒火。但他们敢怒不敢言，上前把许标搀扶起来后，灰溜溜地走了。

穆勇和许标打斗的时候，风尘女子只是无动于衷地在旁观看，仿佛是一名过路人在观看两个与自己毫无关联的闲人格斗。许标被扶走之后，风尘女子仍是毫无反应地站在路边看着穆勇，毫无疑问，她并没有因为穆勇出手相助而心存感激之情。

穆勇走到风尘女子身边，说道："姑娘你与那位汉子究竟有何纠葛，惹得他欲对你下毒手？"

风尘女子说道："我和他并没有任何恩怨，也没有什么纠葛，我只是特别憎恶像他这种出尔反尔、言而无信的男人。"

穆勇说道："请问姑娘什么姓名？为何要沦落到明月春院？"

风尘女子说道："我叫方新月，因为生活所迫别无选择，只好把自己卖给了明月春院。"

穆勇说道："世上可以生活的地方和赚钱的机会多得是，为何非要到明月春院来出卖自己呢？"

方新月说道："命运注定要来这里的话，你做任何挣扎和努力都是无济于事的。"

穆勇说道："明月春院出多少钱把你买了下来？"

方新月说道："二百两银子。"

穆勇倒吸了一口冷气。二百两银子对他来说简直就是一个天文数字，就算他想把方新月从明月春院赎出来，也只能是力不从心。

穆勇说道："可惜我囊中羞涩，不然的话——"

方新月打断了他的话："自己做不到的事，最好还是不要说。"

说完，她便大步返回了明月春院。

穆勇一个人在菊花镇繁华喧闹的街道上走着，方新月那白净清纯的面容不断在他眼前闪现。凭直觉，他断定她是一位纯洁善良的姑娘，绝不是那种为了金钱可以出卖肉体的女人。

但纵使穆勇想帮她，也鞭长莫及。穆勇现在连自己的衣食温饱都无法保障，又能上哪儿去弄银子把方新月赎出来呢？他从内心深处感觉到了自己的无奈和渺小。

难道他只能眼睁睁看着方新月身陷苦海而爱莫能助吗？经过一番矛盾的犹豫和苦苦思索之后，他决定去一个地方——仁义府。

仁义府的主人、武林盟主郭云飞和穆勇的父亲穆正海是结拜兄弟，按照辈分，穆勇称郭云飞为"叔叔"。从人情上讲，穆勇来到菊花镇之后，应该去拜访这位声名显赫的叔叔，但他从心底里害怕见到他的"婶婶"菊凤。对穆勇来说，菊凤是他渴望见到却又不愿见到的人。

菊凤是赋予穆勇生命的女人，但穆勇不能喊她"娘"。因为二十年前穆正海死后，菊凤就嫁给郭云飞为妻。因此穆勇见到菊凤时，只能喊她"婶婶"。

把本应称为"娘"的人称为"婶婶"，对一个从小缺乏母爱、渴求母爱的人来说，是多么痛苦和无奈。

但穆勇现在必须去仁义府借点银子，他不能眼睁睁看着方新月这样清纯无辜的女孩子在明月春院惨遭蹂躏。

与莲花山庄一样，仁义府也处于一个依山傍水、风景秀丽的地方。仁义府的正门高大巍峨，檐壁上雕刻的蟠龙舞凤栩栩如生、活灵活现，建筑风格于气势磅礴之中透露出森严神秘的气息。毋庸置疑，仁义府是一块藏龙卧虎、灵气洋溢的风水宝地。

正当穆勇看着仁义府的大门出神时，大门里一位精瘦的老头也目不转睛地看着穆勇。他看穆勇想进又不想进，犹豫不决的样子，就拉长声音喊道："年轻人，来仁义府有何贵干？"

穆勇看了他一眼，说道："我想来找我叔叔。"

精瘦老头问道："你叔叔是谁？"

穆勇说道："就是郭云飞郭教主。"

老头脸上露出诧异的神情，说道："郭教主是你叔叔？我在这里看了三十年的门，从来没听郭教主说过他还有一位侄子。"

穆勇说道："二十年前，你是否听说过穆正海的名字？"

老头点点头，说道："当然听说过。穆正海是二十年前武林中叱咤风云的人物，与郭教主是情同手足的结拜兄弟。"

穆勇说："郭教主与穆正海是结拜兄弟，我是穆正海的儿子穆勇，那么郭教主是不是我叔叔？"

精瘦老头幡然醒悟，他一拍自己光秃秃的脑袋，说道："哎呀，我真是老得有眼无珠了，原来你是穆公子！快快请进，我这就带你去见郭教主。"

穆勇跟在精瘦老头的身后，走在仁义府弯弯曲曲的小路上。仁义府里假山环绕，花木玉立，小桥流水，处处体现出一派典雅别致的园林风格。

置身仁义府中，穆勇心头升腾起一种不寻常的感觉。这种感觉是惊喜，是不安，还是紧张？连他自己也说不清。

忽然，不知从哪里一下子跳出二十多个人。他们手持长枪短剑，把穆勇团团围在中间。原本看起来平静祥和的仁义府顿时笼罩了一层腾腾的杀气。

为首的两个人大声吆喝道："此人就是打伤大师兄的人！"

这两个人穆勇曾经见过，在明月春院门口，穆勇一掌把许标击倒在地后，过来把许标扶走离开的正是这两个人。

原来许标是郭云飞的大徒弟，是眼前这群人的大师兄。

人群中一人尖声叫道："大胆小子，你可知道，打伤仁义府的人，是要以性命偿还的？"

另一人高声附和道："这小子今天定然是竖着进来、横着出去了！"

穆勇说道："许标确实是我打伤的，如果你们一定要取我性命，那就来吧。"

精瘦老头已被这突如其来的场面吓到一边，他颤巍巍地说道："大家不要动手，这位客人是郭教主的……"

没有一个人在听精瘦老头的话，二十多人挥动手中的兵器，张牙舞爪地向穆勇直扑过来。若这些兵器同时落到一人身上，此人都要被剁成肉酱。

但穆勇没有被剁成肉酱。他的双掌只轻轻一挥，一阵强劲的掌风已击出。二十多人仿佛是被风吹落的树叶，轻飘飘地全部趴倒在地上。

但他们只是摔倒，并没有受重伤，因为穆勇并不想伤害他们。

这群人爬起来后，仍然挥动着兵器，把穆勇围在中间。他们仍在大声叫嚣着不

能放过穆勇，但已没有一个人敢出手。

这时候，从远处走来五六个人。他们的步伐看起来很从容，不慌不忙，但转眼间已来到穆勇身旁。为首的一个老人虬髯飘逸，精神矍铄，气宇轩昂，浑身透出一种比别人高出一筹的气概。不用问，穆勇心中已经有底：这位老人一定是郭云飞郭教主了。

郭云飞看看穆勇，又看看略显狼狈的众弟子，然后用沉稳的口吻说道："有客人远道而来，应该以礼相待，为何却大打出手？"

众弟子齐声应道："这人把大师兄打伤了。"

郭云飞望着穆勇说道："年轻人从何方而来？与许标有何仇怨？为何要将他击伤？"

穆勇"扑通"一声跪在郭云飞面前，用负荆请罪的口吻说道："叔叔在上，请受侄子一拜。侄子有眼无珠，不知许标是叔叔的徒弟，才出手……"

郭云飞已怔在那里，他的眼睛里放射出惊异的光芒。

这时，精瘦老头向郭云飞靠近，战战兢兢地说道："郭教主，这位年轻人是穆正海的儿子穆勇。"

郭云飞一听，如梦方醒，他高兴地说道："原来是我穆兄的爱子穆公子！哎呀，穆公子啊，这些年你可让叔叔想死了！"

接着，郭云飞冲着这群手持刀枪的弟子骂道："你们这些没用的饭桶，连自己人都想伤害！还不快来见过穆公子！"

郭云飞的话一出口，众弟子仿佛见到了宝贝似的，纷纷扔掉手里的刀枪，争先恐后上来向穆勇作揖施礼。那友好热情的气氛，让人压根儿想不到刚才这里发生过你死我活的搏斗。

穆勇看着仁义府众弟子脸上浮现的谄媚的笑容，内心暗暗闪过一丝厌恶和轻蔑。

郭云飞接着说道："许标这个不肖之徒学艺不精，还到处惹是生非。莫说贤侄把他击伤，就算把他打死，也是他自作自受，活该！"

穆勇说道："许标与我无冤无仇，我无论如何都不会取他性命的。我一掌将他击倒后，我自己都觉得出手稍重了些。"

郭云飞说道："贤侄真是菩萨心肠，武功超群却不忍心伤害他人性命。这种慈悲之怀与当年穆兄如出一辙。"

郭云飞顿了顿，说道："贤侄，二十年来，你是在哪里生活长大的？"

穆勇便把二十年来自己深居海南岛五指山，在天方道长的抚育、培养下一步步成长的过程，细细向郭云飞说了一遍。

郭云飞听罢，仰天长叹一声，说道："二十年来的风风雨雨、悲欢离合岂是一朝一夕能诉说得完的？贤侄，我们到仁义堂喝几杯，边喝边倾诉这二十年来的酸甜苦辣。"

仁义堂位于仁义府的中央，豪华壮观，气势恢宏。大堂里面悬挂着九九八十一盏明珠灯，每一盏灯上都镀了金。仁义堂正前方的大牌匾上，"仁义"二字仿佛是空中飞腾的金龙和银凤，透露出洒脱飘逸、遒劲刚毅。仁义堂是郭云飞接待贵客的场所，也是他修炼武功的地方。

酒席间的气氛暖融融的，郭云飞不停地向穆勇敬酒夹菜，问寒问暖，穆勇也频频地回敬郭云飞。毕竟是二十年来叔侄第一次相逢，那情意岂能是几杯酒所承载得了的？酒席中的其他人也都被这情意绵绵的氛围感动了。

酒喝多了，酒气冲上了头脑，一直积压在穆勇心头的一桩心事也泛上了他的胸口，他决定向郭云飞问询这件事。

穆勇说道："江湖上盛传，二十年前家父在比武中遭遇不幸后，江湖魔鬼杀手宫鹰率众对海尊派进行屠剿，无数名海尊派弟子惨遭毒手。叔叔，这个传闻究竟是真还是假？"

郭云飞把手中的一杯酒一饮而尽，然后声音低沉地说道："这确实是真的！宫鹰屠杀海尊派欠下的累累血债，二十年来，我郭云飞一直在寻觅宫鹰的踪迹。我发誓，捉住宫鹰后，一定要把他碎尸万段，为海尊派无辜的弟子报仇雪恨。"

郭云飞又倒了一杯酒一饮而尽，接着说道："奇怪的是，海尊派覆灭后，宫鹰也从江湖上销声匿迹。我派了许多仁义教弟子走遍天南地北寻找宫鹰，但一直毫无所获。有人说，宫鹰已不存在于这个世上了，他已悄悄地死去了。"

穆勇说道："宫鹰可能真的死了，但也有可能他还活着，只是藏身于某个隐秘的地方。作为一名嗜血成性的魔鬼杀手，只要他一现形，就意味着江湖将重现血案。"

就在这时，有人高声喊道："郭夫人来了！"

这喊声，犹如一个巨雷，轰击在穆勇的头顶，砸毁了穆勇心灵的堤坝，长久以来埋藏在他心湖中的痛楚、迷惘、渴望、孤独犹如潮水般喷涌而出。

在一群丫鬟的簇拥下，一位中年妇人缓缓步入仁义堂。她身着绸缎长袍，云髻上的饰品流光溢彩，浑身透出雍容华贵的气质。虽然她已年过四十，却依然充满女性的韵味和魅力。

不用问，这位中年妇人就是郭夫人菊凤了。

看到菊凤，穆勇的心灵深处响起了一个沉重的声音——娘！但穆勇用尽全力抑制住了这个声音，不让这个声音从喉咙里跳出来，这是万万不能出差错的！

虽然不能喊"娘"，但穆勇并不责怪"娘"。菊凤嫁给郭云飞，是因为郭云飞

对海尊派、菊凤甚至穆勇恩重如山。

菊凤来到了郭云飞和穆勇面前，穆勇赶紧作揖施礼，嘴里说道："侄了穆勇见过婶婶！"

穆勇说出"婶婶"这两个字时，已用尽了全身的力量。

菊凤似乎把这个"侄子"看得很平淡，她不冷不热地说道："穆勇，既然你说天方道长在海南岛五指山辛辛苦苦把你拉扯大，你不留在五指山孝敬他老人家来菊花镇做什么？"

言下之意不但指责穆勇不该来菊花镇，还责怪穆勇是不肖之辈。

穆勇说道："婶婶，我来菊花镇是为了祭拜家父穆正海。我已二十多岁，才第一次来拜谒家父的坟墓。每当回想起来，总觉得问心有愧！"

菊凤说道："你既已拜过穆正海之墓，还不回五指山，来仁义府有何贵干？"

郭云飞连忙插话道："菊凤，你这么说话就不对了。穆勇是我们的侄子，就算他没什么事，来仁义府坐坐，看望一下叔叔婶婶，也是应该的呀。"

穆勇说道："实不相瞒，叔叔婶婶，我此次前来仁义府，确实是有事而来。我想向叔叔婶婶借二百两银子。"

菊凤长长叹了口气，说道："我说你不该来菊花镇没错吧？你来借这么多钱，一定是欠了别人什么债或是遇到了什么麻烦。"

穆勇说道："我并没有遇到什么麻烦。我借二百两银子，是为了从明月春院赎回一个无辜的姑娘，她的处境实在太可怜了。"

菊凤说道："你连自己都照料不好，却去为明月春院一个素不相识的姑娘操心，真是管闲事管过了头。"

郭云飞说道："菊凤，穆勇为一个素不相识的姑娘操心，说明他心地善良，这一品质与穆正海穆兄一模一样，我们应该觉得高兴才对。"

接着，郭云飞看着穆勇，说道："贤侄，你有这个心愿是好的，叔叔一定会满足你的心愿。二百两银子不是什么大问题。"

菊凤跟郭云飞等人又说了一些闲话之后，便在众丫鬟的簇拥下径直回去了。

看着菊凤远去的背影，穆勇觉得自己尝到了一种说不出口的滋味。这种滋味为何让人如此困惑、迷茫？

穆勇和郭云飞喝酒直喝到很晚，天地间已被浓浓的夜幕笼罩，秋天的夜空中繁星的光芒若隐若现。

仁义堂里的八十一盏明珠灯都放射出柔和明亮的光芒，整个大堂洋溢着一派温暖和谐的气氛。

郭云飞说道："贤侄，你来到了仁义府，就要把仁义府当作你自己温暖和睦的家。你想住哪个房间就随便挑，你想住多久就住多久。"

穆勇满怀感激地说道："多谢叔叔厚爱。"

郭云飞说道："厚爱倒说不上，二十年来我不知道你的下落，无法为你送上作为叔叔应尽的关爱，让你在天涯海角受尽了孤独。每当回想此事，我总觉得问心有愧。"

第二天，穆勇带着郭云飞给的二百两银子，到明月春院找到了方新月，把银子塞到她手里，说道："这是你的赎身钱。"

方新月冷冷地看着银光闪闪的银子，说道："你不是身无分文吗？为什么突然冒出这么多钱来？你说清楚这些钱的来源，我方新月决不接受来历不明的钱财。"

穆勇说道："这笔钱，是我向仁义府借的。"

听到"仁义府"这三个字，方新月清纯白嫩的脸蛋仿佛被什么东西刺了一下，不由自主地抽搐了几下。她的脸上显露出一种奇怪的神情，穆勇捉摸不透它的含义。

穆勇问道："你怎么啦？"

方新月极力使自己的神情恢复常态，问道："你和仁义府是什么关系？"

穆勇说道："仁义府的主人，当今武林盟主郭云飞是我叔叔。"

方新月说道："真没想到，你还有如此非同寻常的江湖背景。"

穆勇说道："你一个单纯的小姑娘，过问江湖之事有什么用？"

方新月瞟了穆勇一眼，说道："你用二百两银子把我赎出明月春院，我自然是感激不尽。只是我这么一个单纯幼稚的女孩离开明月春院之后，又能到哪里去呢？"

穆勇说道："普天之下，难道就没有适合你生存的地方吗？"

方新月说道："如今豺狼虎豹横行霸道，我实在想不出什么地方是我可以幸福生活的乐土。"

穆勇还未开口，方新月又接着说："既然仁义府的主人郭云飞是你叔叔，他又答应借钱把我赎出去，那我想去仁义府当一个丫鬟,以报答你和你叔叔的相助之恩。"

穆勇一怔，说道："你想去仁义府当丫鬟？你这么好的一位姑娘，也心甘情愿当伺候别人的丫鬟？"

方新月说道："我这么一个弱不禁风的女孩，在外面混很容易受到伤害。所以我认为在仁义府当个丫鬟才是我最安全、最理想的选择。"

穆勇说道："既然你这么认为，那我就带你去仁义府吧。"

从此，方新月成了仁义府的一个丫鬟。她起早贪黑、兢兢业业，不辞劳苦，尽职尽责，颇受仁义府的人的青睐和赏识。

（五）痛苦的回忆

夜阑人静，自然界里的丝毫动静都听得清清楚楚。秋风吹过树梢的声音虽然轻轻细细，却足以撩人心肠。

菊凤坐在自己的卧室里，看着蜡烛在黑暗中释放出一丝丝的亮光。烛光在秋风中微微跳动的火焰，点燃了二十年来一直积压在她心灵深处的悲伤和痛苦的回忆。这是永恒的悲伤和痛苦，是一辈子的泪水也洗不掉的。

看到穆勇，菊凤就犹如看到了青年时期的穆正海。若不是年代的隔阂，菊凤定会认为自己看到的穆勇就是穆正海。

"穆正海！正海！正海……"菊凤在心里头不停呼唤着穆正海的名字。二十年前那惊心动魄、充满血腥的一幕幕又浮现在眼前……

二十年前，当穆正海被青莲派掌门人顾若雄一掌击毙后，海尊派沉浸在无限悲伤的气氛中。三天后，穆正海的灵柩被安葬在菊花镇北面的一个青松茂密的荒野中。那里群山环绕，流水叮咚，菊凤希望穆正海的灵魂在这幽雅安静的环境中能够安定地歇息。

菊凤万万没有想到，安葬穆正海仅仅是一场噩梦的开始。当安葬仪式结束后，菊凤和海尊派的三大护卫周展、孟非凡、齐远松以及数十名披麻戴孝的弟子回到海尊府门口时发现，府里浓烟滚滚，火光冲天，哭喊声、惊叫声、拼杀声响成一片，那场面让任何人遇到都会毛骨悚然。

菊凤知道海尊派正遭受一场灭顶之灾，她和周展、孟非凡、齐远松一起，率领海尊派的弟子冲杀进浓烟大火中，把被围困在里面的海尊派人员解救出来。

最让菊凤揪心的，是她和穆正海的亲骨肉，年仅两岁的儿子穆勇。穆勇当时也被困在里面。菊凤挥剑顶着烈火拼命往里面冲，在杀死了十几个敌人之后，她终于冲到卧室，找到了吓得瑟瑟发抖、号啕大哭的穆勇。

菊凤背起穆勇，火速往外面突围。此时，府里到处都是横七竖八躺着的海尊派弟子的尸体，那景象惨不忍睹。

菊凤冲到半路时，遭到江湖魔鬼杀手宫鹰和夺命双斧司马游的前后夹击。菊凤力敌两个杀红了眼的江湖高手，拼尽全力，左冲右突，就是冲不出去，情况岌岌可危。

幸好周展及时赶到，他舞动着手里疾如闪电的快刀，牵制住了宫鹰的鹰钩剑和司马游的双斧，菊凤乘机脱身而去。

背着穆勇的菊凤孤身一人向野外飞奔而去，把海尊府中犹如地狱般恐怖的场景远远抛在了身后。当她来到一条荒无人烟、草木葱郁的小河旁，惊魂稍定时，才停下了飞奔的脚步。

夜幕降临，菊凤背着已经睡着的穆勇，走在野兽呼啸、异鸟号叫的荒野中，一种说不出的恐惧和战栗包围着她。

此时的海尊府几乎已被夷为平地，只剩下死一般的寂静和僵硬的尸体。

在突围过程中，海尊派的三大护卫周展、孟非凡和齐远松被敌人冲散，他们各自带着一部分海尊派弟子向三个方向撤离。战死的海尊派弟子直到走上黄泉之路都不明白，他们到底得罪了谁？为何要遭受这场灭顶之灾？

在荒野，菊凤忽然感觉到背后有一群人在走动。她赶紧躲进一片灌木丛中，仔细观察这群人的动静。

待人群走近，借着明亮的月光，菊凤看清楚了，人群中为首的正是周展，其他人都是海尊派的弟子。菊凤连忙大叫声"周展"，接着从灌木丛中走出来。

看到菊凤，周展又惊又喜，他说道："夫人，终于找到你了。你没事吧？穆公子没事吧？"

菊凤说道："我们母子俩没事。只是我们都饿坏了。"

周展拿出几个馒头，说道："夫人，我手头上只有这些粗粮做的馒头，你就将就着吃吧。"

若在平时，菊凤是不会吃这些粗粮馒头的，但今天她吃得津津有味，小穆勇也吃得津津有味。

菊凤问道："周展，你认为究竟是谁组织了宫鹰和司马游这些江湖杀手来屠杀海尊派的？"

周展想了想，说道："现在我唯一能猜到的，就是顾若雄。他用莲花掌击毙穆掌门后，怕海尊派的人前来报复，所以就先下手为强。"

菊凤摇摇头，说道："顾若雄为人忠厚，追求正气，从不暗计伤人。他击毙穆掌门是光明正大、面对面的武功较量，不会因担心报复而屠戮海尊派的，应该是另一个更为隐蔽、恶毒、狡诈的武林中人。"

菊凤和周展想来想去，就是想不出到底是谁组织了这场杀戮。

经过商议，菊凤和周展决定先去投奔"冷面佛手"天方道长，站稳脚跟后再去查找屠杀海尊派的真凶，报仇雪恨。

天方道长和穆正海师出同门，天方道长的佛手功与穆正海的烈风神掌虽然出手方式不一样，却同属一个武林派别，从渊源上看也是一脉相承的。

天方道长和穆正海虽是同门师兄弟，但两人性格大相径庭。穆正海弘扬正义，

扶弱除恶，凡是武林中发生的不公平、不合理事情，绝不袖手旁观，他属于路见不平拔刀相助的热血志士。天方道长的性格则是"风声雨声读书声，我不作声，家事国事天下事，关我啥事"。凡是能不参与的事，天方道长都不参与，凡是能不理睬的人，他都不理睬。

天方道长和穆正海虽性情迥异，却是肝胆相照的师兄弟，不论是谁遇到了困难和麻烦，他们彼此都会义无反顾地出手相助。

借着夜幕掩护，菊凤和周展率领残余的海尊派弟子向天方道长的居住地雁麟山行进。

他们不敢点火把，生怕被敌人发现了行踪，甚至只能压低声音说话。他们心里清楚，凶手此时必定在四处寻找他们的踪迹。凶手既已发动斩草的行动，那就必定是不达除根的目的不罢休。

尽管他们小心翼翼，但还是遭遇敌人的魔爪。当走了三十里路时，四周突然出现了跳动的火焰，火焰的距离越来越近，密度也越来越大。转眼间，一百多个熊熊燃烧的火把在他们身边张牙舞爪地晃动着、飞舞着。夺命双斧司马游带领一百多人已把他们团团围在中间了。

面对降临的突袭，菊凤和周展毫不畏惧，他们带领弟子们奋力突围。经过一番拼杀，菊凤和周展终于杀出一条血路，继续向前方飞奔而去。

当菊凤和周展突破重围时，才发现除了他俩和穆勇，其他的弟子已惨遭毒手。而此时，司马游带领杀手在后面紧追不舍。

菊凤身后背着穆勇，奔跑速度受到限制，更糟糕的是，小穆勇由于受到惊吓"哇哇"地号啕大哭起来。孩子的哭声在寂静的夜里显得清脆响亮。

再这么跑下去，迟早会被敌人追上。周展说道："夫人，你带着孩子躲一躲，我去把敌人引开。"

菊凤说："你是引不开他们的，现在他们的目标是我和孩子，只有我和孩子才能把他们引开。"

菊凤和周展合议之后，狠下心点了穆勇的哑穴，让孩子停止了哭泣，然后把穆勇交给了周展。

菊凤从地上捡起一块木头，塞进自己背后的襁褓里，伪装成一个孩子。

菊凤说道："周展，穆勇是穆掌门唯一的骨肉，你一定要竭尽全力保护好他。"

周展含泪说道："夫人请放心，周展就是粉身碎骨，也要让孩子安全逃离魔手。"

说完，周展一闪身，便躲进了一片茂密的树林中。菊凤背着假孩子，挥动手中剑向疾追而来的敌人迎击上去。

经过一番博杀，菊凤把冲在最前面的十余个杀手干掉了。这时，司马游赶到，他挥舞着夺命双斧向菊凤猛扑过来。

菊凤与司马游战了几个回合之后，突然一转身，朝另外一个方向疾驰而去。司马游率领众杀手在后面步步紧追。

菊凤的处境虽然是千钧一发，却成功地实施了调虎离山之计。对她来说，只要穆勇能成功地脱离虎口，她就算死了又何妨呢？

在黑暗中，菊凤奔上了一条绝路，当她跑到路的尽头时，才发现前方已经无路可走了。

现在对菊凤来说，除了束手就擒和背水一战，已别无选择。菊凤转回身，杏眼圆睁，怒视着疾追上来的司马游。

司马游在离菊凤两丈远的地方停下脚步，他嘿嘿一笑，冷冷地说道："穆夫人，你现在恐怕是插翅难逃了。"

菊凤问道："司马游，你为何要屠杀海尊派？"

司马游说道："我作为职业杀手，向来只认钱不认人，谁给我钱，我就替他杀人。你若是肯出钱，我也可以为你杀人。"

菊凤说道："那么这次是谁掏钱给你让你来屠杀海尊派的？"

司马游说道："职业杀手虽然冷酷无情，但恪守信用是我们不可动摇的原则。雇主既然要求我保密，我就决不会向任何人透露他的姓名。"

菊凤说道："今天你是非置我们母子俩于死地不可吗？"

司马游说道："没错，快拿命来吧。"话音刚落，手中双斧已风驰电掣般砍向菊凤。

菊凤一闪身，躲过锋利的斧刃，反手向司马游一剑刺过去，两人你来我往地恶斗起来。

菊凤武功本来就不如凶猛剽悍的司马游，再加上连续的奔波消耗了她大量体力，渐渐地，面对司马游强大的攻势，她感到力不从心了。战到第四十个回合时，司马游猛一发力，夺命双斧震飞了菊凤手中的剑。紧接着，他使出泰山压顶，双斧旋风般朝菊凤的天灵盖直劈下来。

手无寸铁的菊凤在司马游面前已经毫无抵抗能力，她没有躲闪，只是站在原处紧闭双眼，等待着夺命双斧带走她的生命。

但夺命双斧并没有落到她头上，相反，司马游却发出一声长长的、令人毛骨悚然的叫声。那叫声，仿佛就是地狱中厉鬼的号叫。

菊凤睁开眼睛，看见一柄飞刀已插在了司马游的咽喉上。

司马游倒下去后，双眼仍睁得圆圆的，直瞪着高高在上的苍穹。他至死都不相信，以杀人为生、以玩命为乐的他会在眨眼之间被人夺走性命。

菊凤还在惊疑之中，一个身影已出现在她面前。菊凤一看，原来是穆正海的结拜兄弟、仁义教的教主郭云飞。

穆正海和郭云飞情同手足，两人常常在一起饮酒谈武，纵论江湖武林大事。每次见到菊凤，郭云飞总是毕恭毕敬地称她"嫂子"，尽管他的年龄比菊凤大。

郭云飞向菊凤拱手作揖，说道："嫂子，你没事吧？"

菊凤说道："我没事。"

司马游的手下见到司马游被郭云飞飞刀毙命，都一哄而上，挥刀舞剑如潮水般向郭云飞猛扑过来。

郭云飞暗运内力，一掌击出冷水阴云功，强大阴冷的掌气顷刻间击毙了冲在最前面的十个人。

其余人见状都吓破了胆，纷纷拔腿四散而逃。

郭云飞回过头，看了看菊凤，说道："嫂子，你受伤了？"

菊凤说道："没有啊，我没受伤。"

郭云飞说："可是你的腿流着血。"

菊凤低头一看，果然，自己的左腿已被鲜血染红，殷红的血还在不停地从伤口往外流。

原来，菊凤和周展从司马游等人的重围中冲杀出来时，左腿被暗器击中。可是当时她竟毫无知觉，这暗器掷得实在是奇妙。

稍微喘了口气后，菊凤开始感觉到伤口在隐隐作痛了。

郭云飞说道："嫂子，这里不是久留之地，我们赶快离开这危险的地方吧。"

菊凤摇摇头，说道："我必须去找周展和穆勇，他们的处境更加危险。"

郭云飞说："嫂子没跟他们在一起吗？"

菊凤说："本来我们是在一起，但为了周展能带穆勇安全逃离，我不得不单枪匹马把司马游等人引开。"

郭云飞说："既然如此，那我就陪嫂子一起去找他们吧。"

菊凤说："多谢郭教主在我们危难时出手相助。"

郭云飞说："穆兄对我恩重如山，如今海尊派大难当头，我岂能坐视不管！"

菊凤和郭云飞一起，赶回她与周展分手的那片树林。树林已恢复了死一般的寂静，但依然能让人感觉到其中暗藏的诡秘和阴毒的杀机。

菊凤扯开嗓子大声呼唤："周展——周展——"

凄然的叫唤声在静谧的夜空下传播得很远很远，但回答她的只是冷漠的沉寂。

菊凤说道："周展一定往天方道长居住的雁麟山去了，我们现在加快速度，也许还追得上他。"

郭云飞说道："嫂子，你左腿流了这么多血，若继续坚持奔波，恐怕伤势会加重。"

菊凤说："这我不管，我放心不下穆勇。我就算爬，也要爬到雁麟山。"

在前往雁麟山的路上，菊凤看到了一片片刀来剑往厮杀过的痕迹以及遗留下的尸体。她知道周展一路上遇到了重重伏击，她心中不由得生起了一种不祥的预感。

菊凤感觉到左腿伤口的疼痛越发加剧了，疼得她大汗淋漓。但她强忍着不吭声，奔跑的速度丝毫没有减下来。她心中只有一个目标：一定要找到周展和穆勇。

但菊凤毕竟不是铁打的，在强忍疼痛奔跑了一段路后，她终于坚持不住了，整个身子一下子重重地摔倒在地上。

郭云飞连忙上前，扶着菊凤坐起来，他说道："嫂子，你左腿的伤势怎么样了？要紧吗？"

菊凤说道："我没事，你扶我站起来。我们继续赶路。"

在郭云飞的搀扶下，菊凤总算可以站立起来了，但是她的左腿已经麻木得不听使唤了，任凭她怎么使劲，就是迈不出一小步。

菊凤对自己不听话的左腿又气又恨，在竭尽全身的力气后，她终于使左腿跨出一步。但她的身体也随之失去了平衡，沉重地向前倒下，郭云飞连忙伸出双手扶住了她，她的整个身体，几乎是倒在郭云飞的怀里。

郭云飞说道："嫂子，有些事情是不能勉强的。当心有余而力不足的时候，我们只能顺其自然，甚至只能听天由命。你的当务之急是养好伤，然后才能做别的事情。"

菊凤还想再说些什么，可是她的双脚已经悬空。郭云飞已把她背了起来。

她现在如果还想赶路，除了被人背在身上，还有什么别的选择呢？

菊凤像一只温顺的羔羊，头老老实实地伏在郭云飞坚实宽厚的肩膀上。她虽然眼睛微闭着，仍可判断出郭云飞是往雁麟山的方向走。

此时的菊凤，除了忍受肉体上疼痛的煎熬，还要遭受精神上愧疚的折磨。夫君穆正海尸骨未寒，她就伏在别的男人的肩膀上，对一个深受传统思想束缚的女性来说，她无论怎么解释都无法原谅自己。

菊凤伏在郭云飞的肩膀上，心里盼望郭云飞能加快速度，早点赶到雁麟山。可是郭云飞的速度始终是不紧不慢，脚下的路被他踩得发出"咯咯"的声音。

菊凤听着那声音，渐渐地什么都不知道了……

菊凤苏醒过来时，发现自己躺在一间茅草屋内软绵绵的床上。床虽然舒服，却只是一张最简陋的、完全由稻草铺垫而成的床。

床的旁边，就坐着郭云飞。他睁着一双亮晶晶的眼睛看着她，看得她都有点不好意思了。

郭云飞说道："你醒了？你睡了很长时间。"

菊凤突然埋怨起自己了，在这种迫在眉睫的时候，她怎么"睡"着了呢？

一道晨光从茅草屋的缝隙里透射进来，正好照在菊凤的脸上，照得她有点睁不开眼睛。

菊凤说道："这里是什么地方？这间茅草屋是谁的？"

郭云飞说道："这里是前往雁麟山路上的一片树林，茅草屋是山间隐居者修建的。"

菊凤问道："那么茅草屋的主人到哪里去了？"

郭云飞说道："主人也许是遇到了什么事，他已经离去了。"

郭云飞从旁边的桌子上端过来一碗热气腾腾的汤，说道："嫂子，这是鸡汤，喝了对身体大有裨益。你现在受了伤，身体虚弱，正需要滋补。"

菊凤接过热汤，一行热泪从脸颊淌下，滴到汤碗里。

郭云飞问道："嫂子，你怎么哭了？"

菊凤说道："现在穆勇和周展生死未卜，而我却躺在这里行动不得，就算给我世界上最精美的热汤，我又怎么有心情喝下？"

郭云飞说道："生死有命，富贵在天。你牵挂的人生死未卜，你为他们坐立不安、焦虑万分照样于事无补。老天爷不会因为你苦苦折磨自己就会对他们网开一面、保佑他们平安无事。留得青山在，不怕没柴烧，处境越是艰难危急，你越需要保护好自己。"

菊凤听了，便把热汤一饮而尽，但她不知道这热汤究竟是什么滋味。

菊凤挣扎着企图站起来，但是郭云飞把她按住了。他说道："嫂子，你现在千万不能动，否则你的左腿就要废了。"

菊凤流着泪说道："我的左腿废了倒无关紧要，如果穆勇真的有什么三长两短，我活下去还有什么用？"

郭云飞说道："嫂子，你的拳拳爱子之心确实令人钦佩。但目前这种处境，你不顾一切地折腾自己，除了白白增加一份牺牲，对事情没有丝毫帮助。"

这时，郭云飞拿出一把草药，说道："嫂子，这种草药对治疗利器之伤有特效，你敷上药之后，再静静卧床养伤，三天之后你就可以自由行走了。"

郭云飞点起火炉，把草药放在火焰上烘烤。潮湿的草药在火焰的烘烤中发出"滋滋"的声音。不一会儿，整个茅草屋里弥漫着一股沁人心脾的香味。

郭云飞把烤好的草药送到菊凤面前，说道："嫂子，药已制好，我替你敷上吧。"

菊凤用手摸摸左腿上的伤口，脸上泛起一阵绯红，说道："郭教主，你来替我敷？这恐怕不大合适吧。"

郭云飞说道："嫂子，在某种条件下，是无须顾及男女有别这个框框的。现在除了我，还有谁能替你敷伤口？"

菊凤说道："我自己可以敷。"

郭云飞说道："这种草药与别的草药不一样。敷上它之后，你伤口的疼痛会加剧，你只要能坚持下来忍住疼痛就很不容易了，哪里还有闲暇自己动手敷药！"

郭云飞说着，已动手扯开了菊凤左腿上的衣物，露出了她洁白如玉的肌肤。

当热腾腾的草药敷到菊凤的伤口上时，一种入骨的疼痛传遍了她全身。豆粒大的汗珠顺着她额头淌下来，她不由自主地发出了痛苦的呻吟。

郭云飞说道："嫂子，良药苦口利于病。这种草药虽然加剧伤口的疼痛，但也能迅速促进伤口的痊愈。敷上它三天，你便可自由行走了。"

菊凤咬紧牙关强忍着剧痛，不一会儿，她便在剧痛中昏睡了过去。

在朦朦胧胧中，菊凤看到周展抱着穆勇在崎岖的山路上一路狂奔，后面宫鹰带着一帮人紧追不舍。菊凤二话不说，挥剑飞跃过去，欲助周展一臂之力。

周展被宫鹰逼上了悬崖绝壁，再往前，除了万丈深渊，已经无路可走。周展反身挥刀以闪电般的速度向宫鹰劈过去，谁知宫鹰的鹰钩剑出手速度比他还快，周展的快刀离宫鹰脑壳还有五寸时，宫鹰的鹰钩剑已刺中他的心脏，把他推下了悬崖。

周展在坠崖前使出全身最后的力气，把怀中的穆勇向菊凤扔过去，声嘶力竭地喊道："夫人，快接着穆公子！"

菊凤不顾一切地猛扑过去，企图接住穆勇，但是迟了一步，穆勇朝万丈深渊跌落下去。菊凤仅仅是抓住了他的一只小鞋子。

"穆勇——穆勇——穆勇——"菊凤绝望地叫喊着，那悲怆的声音在空旷的四周回荡着。

正在这时，菊凤突然睁开了眼睛，原来她在昏睡中做了一个噩梦。梦醒后恐惧依旧笼罩着她，她手里还紧紧抓住一样东西，是不是梦中穆勇的小鞋子？

原来，她抓住的竟是郭云飞的手。郭云飞坐在她身边，睁圆眼睛看着她。

她脸上泛出一阵红晕，略怀歉意地说道："不好意思……"

郭云飞说道："你在做噩梦？"

菊凤点点头，说："我梦见周展和穆勇遭到了宫鹰的毒手。"

郭云飞说道："嫂子放心，周展和穆勇吉人自有天相，不会有什么不测的。"

菊凤说道："我的伤口敷了草药之后，果然不疼了，我现在就要去找穆勇和周展。"

郭云飞说道："嫂子，你的伤口虽好了一些，但还不能贸然走动，还要静卧一两天，否则所有的治疗都会前功尽弃。"

菊凤说道："郭教主，我求你一件事，你一定要帮助我。你能不能给我找辆马车来，我要以车代步，去雁麟山寻找周展和穆勇。我现在一刻也不能待下去了。"

郭云飞沉思了片刻，缓缓说道："好吧，我试试看。"说完，他站起身，走出了茅草屋。

半个时辰后，茅草屋外面响起了一阵响亮的马啸声，郭云飞果然找到了一辆马车。

拉车的马强壮剽悍，汗毛高竖，威风凛凛。很显然，这是一匹产自西域的良种驹。

菊凤坐上马车，由郭云飞驾驭，向着雁麟山疾驰而去。

穆正海在世的时候，菊凤时而会随他一起去雁麟山拜访天方道长，他们走的也是这条路。

那时候，菊凤觉得这条路实在是太美了。婉转鸣唱的飞鸟，涛声澎湃的松林，碧波荡漾的河流，披红戴绿的山峦。这条路的一草一木、一山一水，在菊凤眼中似乎都充满了无穷无尽的诗意和魅力。

可是现在，菊凤毫无兴致欣赏这条路上的景色。她觉得路程是那么漫长，而且充满了令人窒息的杀气和不寒而栗的恐怖。

一路上，她与郭云飞一句话也没说。

到了雁麟山，菊凤被眼前的景象吓呆了。出现在她面前的，是一堆堆浓烟犹在弥漫的灰烬，建筑物被摧毁留下的断壁破瓦，以及横七竖八的尸体。昔日景色宜人、幽雅祥和的雁麟山俨然成了一座人间地狱。

是谁在这里点燃了罪恶的火苗？这里的主人天方道长到哪里去了？雁麟山的弟子都去哪儿了？周展有没有带穆勇来这里？

菊凤一边惴惴不安地想着，一边在满目疮痍的废墟中寻找可能存在的幸存者。

一个躺在草丛中的雁麟山弟子呻吟着翻了个身，菊凤赶紧走过去，把他扶起来，轻声呼唤着："小兄弟，醒一醒。"

雁麟山弟子微微睁开眼睛，用绝望的目光看着菊凤。

菊凤说道："小兄弟，这里到底发生了什么事？"

雁麟山弟子吃力地说道："海尊派的护卫周展带着掌门人穆正海的儿子穆勇来寻求避难，他刚来没多久，宫鹰便带领大批人马把雁麟山围住，声称若不交出周展和穆勇，就把雁麟山夷为平地。天方道长率领雁麟山众弟子与宫鹰交手，但因寡不敌众，雁麟山众弟子伤亡惨重……"

菊凤问道："那天方道长、周展和穆勇都到哪儿去了？他们是不是也遭受了宫鹰的毒手？"

雁麟山弟子说道："这个我不知道……"说完，他就紧闭上了眼睛。

菊凤在一块大石头上坐了下来，悲伤的泪水夺眶而出，浸满了她的脸颊。她恨自己为什么不能及时赶到雁麟山，她恨自己为什么不能亲手救出穆勇。如果穆勇有什么闪失，她如何向九泉之下的穆正海交代。一种沉重的负罪感紧紧地揪着她的心。

郭云飞上来说道："嫂子，你不必一味地责备自己，你已尽了最大努力。既然目前还没有发现他们的尸体，就说明他们很有可能逃离了虎口。"

郭云飞顿了顿，接着说："嫂子，以你目前的处境，你最好先到仁义府去住一住。一则可以养伤；二则可以躲避宫鹰的追杀，以后再寻找机会打听穆勇的下落。不知嫂子意下如何？"

面对郭云飞的热情邀请，已经无路可走的菊凤除了答应，还能有什么别的选择呢？

蜡烛的火焰依然在黑暗中用力跳动，似乎要拼命逃离这沉重、压抑的黑暗。这时一阵饱含凉意的秋风吹进菊凤的卧室，吹在她的脸颊上，让她打了个寒噤，也把她从深沉的回忆中带回到现实中来。

菊凤低下头，发现泪水已湿透了自己的衣裳。二十年来，每当往事涌上心头，菊凤总是以泪洗面，不知这次已是第多少回了。

（六）蒙面大盗

夜幕中，仁义府笼罩着一层神秘莫测的色彩。府里大大小小的房间都灯火通明，却没有听到谈笑声和喧闹声，一切显得那么静谧。在仁义府弯弯曲曲的小路上，一位家丁提着灯笼慢慢地走着。他隔一会儿就敲一下锣，拉长声音喊道："平安无事啰！"

就在这喊声中，一个黑影已悄悄跃上仁义府一棵参天大树的顶端。黑影蒙着面，一双乌亮的眼睛朝四周扫视一阵之后，像一片黑云轻轻地飘到了地面上。

黑影在月光中显得楚楚动人，它在黑暗的掩护下慢慢移动，从一个房间移到另一个房间，丝毫不显得慌张，似乎在浓浓的夜色中从容地散步。

仁义堂里的八十一盏明珠灯释放出明亮柔和的光芒。镶嵌着"仁义"二字的大牌匾前端坐着仁义教教主、武林盟主郭云飞，他双目微闭，表情显得安详平和。

离郭云飞一丈的地方，静坐着郭云飞的大徒弟许标。

师徒俩正在修炼武林界望而生畏的冷水阴云功。冷水阴云功是以阴冷内气杀敌制胜的功夫，被袭者会感到全身冷气弥漫，进而气血逆行，内脏破裂而死。此功夫练到最高境界时无坚不摧，再浑厚的内气遇到它往往会烟消云散，毫无抵抗之力。

收功之后，郭云飞慢慢睁开眼睛，对许标缓缓说道："徒儿，近日来你的冷水阴云功进步神速，已有了六成火候。但欲达最高境界，还需付出更多努力，越往后面，难度就越大，稍一松懈就会功亏一篑。"

许标说道："师父说得极是，徒弟一定加倍努力。"

停了一会儿，许标谄媚地说道："师父的冷水阴云功已达到了最高境界，普天之下已经难寻对手。在比武擂台上，恐怕没人敢挑战师父的神威了，师父武林盟主的地位坚不可摧。"

郭云飞说道："强中更有强中手。武林深不可测，有的高手数十年不出风头，

隐居民间默默无闻，一出手则一鸣惊人，天下皆知。我们不论面对什么样的对手，都必须小心谨慎，全力以赴。"

许标说道："以徒弟现在的武功，要征服江南各大门派，应该不成问题吧？"

郭云飞摇摇头，说道："你的冷水阴云功虽然达到六成火候，但不可轻敌。青莲派掌门顾若雄的莲花掌，变化多端，刚柔相济，你要取胜于他并非易事。"

许标不服气地说道："弟子一定要找个机会与他单打独斗，看看谁强谁弱。"

当郭云飞师徒二人在仁义堂谈话时，外面那黑影像一只壁虎，攀附在仁义堂顶部的墙壁上，在黑暗中静静地听这师徒二人的谈话。

黑影小巧的手掌中已握住了两柄寒光闪闪的小飞刀，当黑影的目光凝结在郭云飞的咽喉上时，眼睛里便冒出了仇恨的光芒。

两道寒光倏地一闪，黑影手中的两柄飞刀已脱手而出，以风驰电掣般的速度直飞向郭云飞的咽喉。

两柄飞刀来得那么突然，没有丝毫的征兆，没有丝毫的声响。

但看起来毫无戒备的郭云飞对来袭的飞刀早已察觉，当飞刀离他的咽喉不到一尺时，他伸出两个手指轻轻一夹，两柄飞刀已被他的手指捕获。整个过程犹如探囊取物般轻松。

一招未中，黑影已从仁义堂的顶部飞起，以闪电般的速度迅疾离去。对已暴露目标的黑影来说，多耽搁一秒钟就意味着丧命。

但郭云飞并没有追赶的意思，只是许标火冒三丈欲起身疾追，却被郭云飞制止了。久经江湖风风雨雨的郭云飞心里清楚，刺客来行刺必然是有备而来的，若在黑暗中贸然追赶，很容易中对方精心设计的圈套。

郭云飞看着被捕获的两柄飞刀，长叹一声，说道："老夫纵横江湖几十年，树敌无数。若谁对老夫心怀仇恨，可以光明正大地出来与老夫一决高低，何必鬼鬼祟祟采用如此伎俩？"

从此以后，仁义府夜间加强了警惕和巡逻，一连几天，风平浪静，平安无事。

正当大家稍稍喘口气的时候，仁义府又出事了，放在层层把守的密室里的武林盟主金牌被蒙面大盗偷走，还杀死了四五名把守密室的家丁。顿时，整个仁义府陷入了恐慌的气氛中。

对郭云飞来说，武林盟主金牌的重要性无异于第二生命。有了它，就可以对各武林门派发号施令。如今金牌被盗，盗贼就可能利用金牌假传郭云飞的旨意，其后果难以预料。

自从武林盟主金牌被偷后，仁义府里进进出出的人群中多了一些陌生的面孔。他们的衣着、相貌跟普通人没什么区别，但个个都是身怀绝技的江湖高手，在打斗中以一当百，小菜一碟。

他们都是郭云飞的好朋友、得力助手。郭云飞作为武林盟主，必须依靠他们的全力支持，才能维护武林的秩序。

这些人在仁义府住下后，便悄悄编织了一张天罗地网，蒙面大盗若再次出现，必将插翅难逃。郭云飞已下定决心，定要捉住蒙面大盗，追回被盗的武林盟主金牌。

一连十几天，始终不见蒙面大盗的踪影。邀请来捉拿蒙面大盗的好汉们已等得不耐烦，他们认为武林盟主金牌落入盗贼之手后，盗贼的目的已达到，不会再返回继续作案了。

但郭云飞让大家耐心等待。他坚信，蒙面大盗是冲他来的，只要他还在仁义府，蒙面大盗必将再次出现。盗贼不只想要武林盟主金牌，更想要他的命。

这些天，穆勇的心情一直很不好。他多次到莲花山庄找顾若雄，想与顾若雄切磋武艺，比比高低，但顾若雄总是以各种理由拒绝了他。

秋天的夜风中夹杂着阵阵寒意，天上的繁星依然在明亮地闪烁着。沐浴着银白色的月光，穆勇一边走在仁义府弯弯曲曲的小路上，一边思索着令他头疼的问题：究竟是顾若雄不屑与他比武，还是不敢与他比武，抑或是有其他无法说出口的原因？

正苦思冥想，穆勇不知不觉来到了仁义堂旁边。仁义堂里灯火辉煌，八十一盏明珠灯放射出明亮柔和的光芒。

穆勇从外面望进去，只见郭云飞端坐在镶嵌着"仁义"二字的牌匾前，双目微闭，正聚精会神地修炼冷水阴云功。望着郭云飞练功的背影，穆勇不知不觉陷入了遐想之中。

穆勇不知在黑暗中站立了多久。忽然，他感觉到仁义堂的顶部有一个黑影在晃动，他的第一反应就是此黑影必定是连日来把仁义府闹得人心惶惶的蒙面大盗。穆勇没有多想，他施展轻功，悄悄地向黑影扑了过去。

尽管穆勇行动时不声不响，但黑影已有所察觉。黑影一纵身，像一片乌云，轻飘飘从几丈高的仁义堂顶部跳下，落地时竟然毫无声响。

黑影暗运内力使出飞行术，快速向前飞奔而去，穆勇在后面紧追不舍。他们一前一后，始终保持五丈远的距离。看得出，黑影的轻功绝非等闲。

两人旋风般追逐到了仁义府一片茂盛的竹林里，这时穆勇加大内力，使出"彩云追月"，闪电似的落在蒙面大盗的前面，挡住了去路。

穆勇大声斥道："何方盗贼，玩命玩到武林盟主的家里了？"

蒙面大盗并不答话，只见白光一闪，已拔剑出鞘，带着"嗖嗖"的剑风，利剑急刺向穆勇。

穆勇侧身轻轻一闪，利剑从他身旁疾驰而过。蒙面大盗转身连续刺出二十余剑，穆勇均轻描淡写地躲了过去。

蒙面大盗多次出招未奏效，显得急躁起来，于是运足内力，使出"流星穿云"，闪电般直扑向穆勇。这一招力量大，速度快，使穆勇全身笼罩在咄咄逼人的剑气中，大有一剑必得之势。

"流星穿云"势如暴风骤雨，由于已全身出击，没有回旋的余地，因此若不得手，很容易被对手所伤。

穆勇没有躲避，面对如此强大的攻势，越是躲避越会使自己处于危险的境地。于是他暗运烈风神掌，运到掌心上，迎上疾驰而来的利剑。只听"当"的一声巨响，蒙面大盗的剑从中间被切成了两截，一截仍抓在其手中，另一截已飞到数丈之外了。

穆勇用手掌断剑，蒙面大盗吓得呆若木鸡。

穆勇的掌力虽然凶悍，但他只破剑不伤人，所以蒙面大盗并未受到什么内伤。

趁着蒙面大盗惊呆的瞬间，穆勇已伸出两根手指，迅速点了其肩上的三处大穴，动弹不得的蒙面大盗发出"啊"的一声尖叫。

这明明是女人的声音，穆勇伸手撕下蒙面大盗的面罩后，他被眼前出现的面孔惊呆了。

蒙面大盗竟然是方新月。在月光中，穆勇发现被点住穴位的方新月清纯白净的脸上淌着晶莹的泪珠。

在此之前，穆勇一直认为方新月是一位弱不禁风的姑娘。此时若不是亲眼所见，穆勇无论如何都不会把蒙面大盗和方新月联系起来。

穆勇问道："行刺我叔叔郭云飞，盗走武林盟主金牌的人原来就是你？"

方新月说道："没错，就是我！"

穆勇气愤地说道："我做梦也想不到，你会做出这种见不得人的事情来。"

方新月冷冷地说道："我是蒙面大盗，当然要做见不得人的事。"

穆勇一声怒喝道："你到底是什么人，竟敢谋害我叔叔！"

方新月说道："我是坏人。"

穆勇盯着方新月清纯白净的脸，他虽然不知道方新月的来历，但他肯定方新月不是坏人。

穆勇说道："也许你和我叔叔之间存在什么仇恨或误会，你能不能跟我说清楚你到底为什么这样做？"

方新月说道："我是郭云飞的仇人，郭云飞是你的叔叔，所以我和你也是仇人，仇人和仇人之间没什么可说的。"

穆勇说道："难道你进入仁义府，就是为了寻仇？"

方新月说道："没错。"

穆勇说道："无论如何，我决不允许你伤害我叔叔。"

方新月说道："除非你把我杀了，只要我还活着，我一定要达到我的目的。"

穆勇说道："难道你就不懂得悬崖勒马？"

方新月说道："我不知道什么是悬崖勒马，前面就算是万丈深渊，我也绝不会停下脚步。"

穆勇想不到面前这个看似弱不禁风的姑娘，竟然有着一副顽固倔强的铁石心肠。

但他不忍心伤害她。

正在这时，不远处传来了一阵嘈杂的喧闹声和脚步声，熊熊燃烧的火把在夜幕中像无数双眼睛在晃动。穆勇知道，仁义府布下的天罗地网已经把他和方新月包围了起来。

穆勇赶紧解开了方新月被封住的穴道，说道："我去把追捕的人群引开，你找机会迅速离开这里。"

穆勇的话像一股暖流传遍了方新月的全身。她实在想不通，关键时刻穆勇为何要帮她。

方新月还想再说些什么，但穆勇已把面罩蒙在自己脸上，扮成蒙面大盗，然后如一阵疾风，朝追赶而来的人群迎了上去。

追捕人群果然把穆勇当成了蒙面大盗，他们把穆勇团团围了起来。穆勇出手击倒了几个人后，闯开一条路向前冲了出去，追捕的人在后面紧追不舍。

当穆勇跑到一片树林时，从一棵高高的树上突然飞出一张巨罗网，张着怪兽般的"大嘴"向穆勇直扑下来。穆勇眼疾"身"快，一闪身，巨罗网罩了个空。

接着从另一棵树上又飞出一张巨罗网。原来，早已有几名仁义府的家丁埋伏在这片树林里了，他们准备了许多张巨罗网，专等蒙面大盗来自投罗网。

穆勇暗运内力，想一掌把树上的这几名家丁击落下来，于是他扬起了鼓足了内力的右掌。

但穆勇的这一掌没有击出去，他知道，烈风神掌若强势击出，树上这几名家丁必死无疑。穆勇与他们无冤无仇，他不忍心这么做。

他只是左躲右闪，避开了飞过来的一张又一张巨罗网。当他准备施展轻功飞离这片树林时，却被最后抛来的一个巨罗网罩了个正着。

猛虎虽威，笼中之虎却难展神威。

树顶上传来一名家丁欣喜若狂的叫喊声："我逮住了蒙面大盗！蒙面大盗是被我逮住的，我立大功了！"

这名得意扬扬的家丁永远也不会想到，若此前穆勇狠下心来，他早已被烈风神掌送上黄泉之路了。

"蒙面大盗"被擒，仁义府沉浸在一片胜利的喜悦中。

穆勇被囚禁在一间昏暗的地下室里。地下室的构造就像一个宽大的铁笼，进出的大门由数十根粗圆的铁棍组成，被囚者若想从这铜墙铁壁逃出去，简直比登天还难。看得出，这间地下室已经囚禁过很多人了。

地下室是蚊虫的乐园，硕大的蚊子"嗡嗡嗡"地不停表演着欢歌曼舞。与蚊虫同居一室的滋味确实不好受，但穆勇无暇顾及这些，因为一个令他心烦和担忧的问题一直萦绕在他的脑海里。

穆勇担忧的问题是：如果见到郭云飞，他该如何交代？难道他要承认自己就是那个蒙面大盗吗？如果郭云飞追问他为什么当蒙面人盗，他该如何解释？

但直到第二天中午，穆勇依然没有见到郭云飞。郭云飞似乎对蒙面大盗落网不感兴趣，他甚至还有可能不知道蒙面大盗是谁。

蒙面大盗落网前，郭云飞兴师动众布下天罗地网捉拿。可是蒙面大盗落网后，郭云飞为何反而不闻不问了？

穆勇此时已感觉到腹中饥饿，他正想喊监守地下室的家丁拿些饭菜来，就听到一阵嘈杂的脚步声和说话声。接着，他闻到了一股令人馋涎欲滴的酒肉香味。穆勇知道，自己可以痛吃一顿了。

只听"咣当"几声铁门打开的声音，有几个人走了进来。为首的是仁义府的家丁总管邓来风，后面跟着几名提酒携肉的家丁。穆勇自入住仁义府，与邓来风混得比较熟，邓来风还请穆勇喝过几次酒，两人在酒席上坐在一起总有说不完的话，天南地北什么都聊，仿佛亲兄弟一般。

邓来风望着穆勇脚上拴着的铁链，脸上浮现出难受的神情，他的眼睛有些湿润了。

邓来风说道："穆公子，我坚信你不是蒙面大盗，这里面一定有什么误会。郭教主向来明察秋毫，他必定会澄清事实真相，还你一个清白的。"

穆勇心里生出一种温暖的感觉，说道："邓兄，有你这句话，我受再大的委屈也毫无怨言。"

邓来风吩咐家丁把酒肉摆开。酒是清冽香甜的竹叶青，菜肴有油炸龙虾、红烧牛肉、宫保鸡丁、清炖乳羊，看起来比较丰盛。

邓来风为穆勇斟了满满一杯酒，说道："邓某无能，对穆公子现在的处境帮不上什么忙，只好备些薄酒略表心意。只要穆公子喝得高兴，邓某也就心满意足了。"

穆勇说道："邓兄能有如此心意，穆勇心里感激不尽。"

穆勇端起酒杯正欲一饮而尽，就听到一个女人严厉的呵斥声："不准你喝酒！"一看，原来是菊凤来了，她来得那么突然，在场的人都没注意到她是什么时候来的。

菊凤把酒杯从穆勇手里抢过去，怒气冲冲地说道："你这个把仁义府闹得鸡犬不宁的蒙面大盗，有什么资格喝仁义府的酒？！"

对菊凤的责难，穆勇并不觉得意外和恼怒，自从来到仁义府见过菊凤后，穆勇就慢慢习惯了这位"婶婶"冷漠、严肃的目光和语言。

邓来风正想上前说两句好话，菊凤忽然转过脸来，严厉的目光像两把利剑直刺向他，刺得他心里发虚，刺得他整个人都缩小了一半。

邓来风面对菊凤的目光想赔笑，却只能摆出一个僵硬的笑容，额头上已冒出汗珠。菊凤问道："你身为仁义府家丁总管，却给危害仁义府的蒙面大盗备了如此丰盛的酒肉，这是什么意思？"

邓来风说道："小的回禀郭夫人，仁义府向来就有让犯人吃饱喝足的规矩。"

菊凤斥道："犯人有吃饱喝足的资格，却没有喝好酒吃好肉的资格。你待犯人犹如嘉宾，岂不是鼓励他人犯法？"

邓来风说道："只是小的和穆公子情深义重，犹如兄弟，这才略备酒肉，也只是人之常情。"

菊凤冷笑一声，说道："好一对情深义重的兄弟，我今天偏来抹杀你这份情深义重。"菊凤把手里的酒杯递到邓来风面前，说道："这酒绝不能给蒙面大盗喝，还是留给你自己喝吧！"

邓来风脸上露出恐惧的神色，他用颤抖的手挡住菊凤递来的酒杯，说道："这酒是小的按吩咐送给穆公子享用的，小的岂敢自己受用！"

菊凤大声喝道："你少说废话，今天我定要你喝下这杯酒！"

邓来风推辞不掉，只好接过酒杯，转身对一名家丁说道："我今天身体不适，不胜酒力，你替我喝了这杯酒。"

那名家丁吓得跪在地上直磕头，带着哭腔说道："小人向来滴酒不沾，你就饶小人一回吧！"

邓来风哪管三七二十一，他伸手点了这名家丁的穴位，端起酒杯就往家丁嘴里灌酒。

酒刚落肚，那名家丁就四肢抽搐，口吐白沫，倒在地上"扑腾扑腾"挣扎几下，就变成了一具僵硬的尸体。

菊凤怒喝道："邓来风，你好大的胆子，竟敢在酒中下毒害人！"

邓来风语无伦次地说道："郭夫人，小的实在是冤枉啊，小的只是按吩咐送酒肉给穆公子，根本就不知道酒中有毒！"

菊凤手一抖，已拔出了一柄雪白锃亮的利剑，架在邓来风的脖子上，说道："你到底是按谁的吩咐送来酒肉的？"

邓来风惊恐地说道："小的是按——"他的话还未说完，就发出"啊"的一声惨叫，后面的话再也说不出来了。

邓来风的喉咙上已插了一柄锋利的飞刀，他的眼睛和嘴巴都张得大大的，仿佛至死都不相信自己突然就丢了性命。

接着又闪起几道寒光，跟随邓来风送酒肉的几名家丁几乎同时发出惨叫，然后就躺在地上一命呜呼了。

他们每个人的喉咙上也都插着一柄锋利的飞刀。

"谁？！"菊凤厉声喊道，她挥剑朝飞刀飞来的方向扑过去。

但她除了看到有个人影晃动了一下，就什么都没有发现了。发飞刀之人在一瞬间就消失得无影无踪了。

菊凤返回地下室，手中剑一挥，邓来风带来的酒肉向外散飞出去。她对监守地

下室的家丁说道："以后不论是谁送饭菜来，都得先由你们品尝了再送进去。若有什么闪失，我取你们脑袋。"

家丁们诚惶诚恐地应道："是。"

菊凤又向穆勇投来一道严厉冷峻的目光，然后大步离开地下室。

就在菊凤投来目光的一刹那，穆勇发现这位"婶婶"看起来冷漠无情的脸上露出一种掩盖不住的关切和慈爱。

可是这种关切和慈爱为什么被冷漠和严峻掩藏得死死的，让人不轻易察觉出来？

穆勇被关进地下室后，仁义府的人都以为府里不会再被蒙面大盗骚扰了，从此可以太平了。

但事实并非如此，此后仁义府发生的失窃案件和骚扰事件更多了，而且都是稀奇古怪的，怪得让人们感到不可思议。

仁义府的家丁睡在数间宽敞的大寝室里，每个寝室睡十几个人。睡觉的时候，他们都习惯于把解下的衣服放在门口，以便第二天起床的时候，在门口穿好衣服就直接走出去。

可是一天早上，家丁们起床的时候，发现衣服全都不见了。数十名家丁穿着短衣短裤在仁义府里四处寻找衣服，那模样狼狈不堪，丑态百出，让人看了不禁感到好笑。

后来实在找不到衣服，仁义府的管家只好去别处借了一些长短不一的衣服给家丁们临时凑合着穿上。

离仁义府不远的地方有一座绿野山庄，其庄主是仁义府多年的好朋友。绿野山庄的庄主五十岁寿诞快到的时候，仁义府为了表示敬意，特意从地窖中挑选出五十坛窖藏了数十年的上等美酒，作为寿诞贺礼。

五十坛美酒刚从地窖中搬出的时候，散发着沁人心脾的酒香，不用品尝，光是闻那香味，就足以让人陶醉万分。

绿野山庄庄主寿诞那天，仁义府的数十名家丁挑着五十坛美酒去祝贺。可是到了绿野山庄，庄里的人把酒坛子打开后，原本香气醉人的美酒竟变成了臭气弥漫的污水，直熏得整个绿野山庄充满了难闻的气味。庄主气得叫人把酒坛子砸烂，还把仁义府的家丁揍了一顿，从此与仁义府断绝了来往。

仁义府里有一个羊场，里面饲养着数百只肥壮的羊。每逢佳节，这个羊场便是仁义府丰富的食物来源。可是一天早上，当掌管羊场的仆人带着羊食去喂羊时，发现平日活蹦乱跳的羊群已不见踪影，羊场里到处都是一只只眼珠凸出的癞蛤蟆。癞蛤蟆张嘴吐舌，潮水般朝仆人扑过来，吓得仆人丢下手里的羊食抱头而逃。

更令人哭笑不得的是，在发生一件件"灾难性"的事情后，竟发生了一件让仁义府高兴的喜事——被蒙面大盗偷走的武林盟主金牌，又鬼使神差般地回到了原来的密室中。

这一切，都发生于穆勇被囚禁在地下室以后。

穆勇知道，这些稀奇古怪的事都是方新月所为，她这么做，只是为了证明穆勇并不是把仁义府闹得鸡犬不宁的蒙面大盗。

仁义府也许已经知道穆勇并非蒙面大盗，却没有把穆勇释放出来的意思。

一天夜里，穆勇正睡得香，忽然被一阵激烈的刀剑撞击声和惨叫声惊醒。睁开眼睛，只见黑暗中人影晃动，刀来剑往，一场惊心动魄的厮杀在紧张进行。其中一个蒙面人左冲右突，把监守地下室的人打得落花流水。

蒙面人使用的是华松剑法，穆勇知道是方新月来了。

监守地下室的人死的死，伤的伤，其余的纷纷逃窜。

方新月用抢来的钥匙打开了地下室的铁门，穆勇依旧坐在原处，一动不动地看着她。

"赶快走啊，还愣在这里干什么？"方新月说话的声音显得很急促。

穆勇说道："我不能走。"

方新月说道："为什么？难道你想坐在这里等死？"

穆勇说道："在我叔叔郭云飞正式表态我不是蒙面大盗之前，我不能走。"

方新月说道："你本来就不是蒙面大盗，他不会怪你，也不应该怪你。"

穆勇说道："他可以不怪我，但我不能这么做。"

正说着，已有几个人影闪了进来，接着传来一阵厉喝声："蒙面大盗，今天你是插翅难逃了。"穆勇一看，进来的这几个人，正是郭云飞请来协助缉拿蒙面大盗的江湖高手。

方新月二话没说，挥剑就朝这几个人迎了上去，和他们杀成一团。

方新月力敌数名江湖高手，竟然从容不迫，有章有法，打得难解难分。

坐在一旁的穆勇看得眼都直了，他想，方新月若再多练几年剑法，一定能达到极高的造诣。

但渐渐地，方新月显得力不从心了。她的剑招虽然敏捷利落，但内力不是很深厚，且又是一人敌数人，她的招法开始凌乱了。

这意味着，方新月处在了危险的境地中，随时都可能被对方伤害。

穆勇坐不住了，他慢慢站了起来，猛一用劲，拴着他双脚的铁链"咣当"就断开了。

穆勇虽不赞成方新月充当蒙面大盗侵扰仁义府的宁静，却也不愿意看到方新月死在眼前这几个人手中。凭直觉，他断定这位清纯直率的姑娘绝不是坏人，她这么做，一定另有原因。

方新月脚下突然一滑，手中剑被对方击飞。接着，对方几柄利剑同时张牙舞爪扑向方新月。方新月躲避不及，她绝望地闭上了眼睛。

但利剑并没有碰到方新月一根毫发，倒是那几名江湖高手像几片秋天的落叶，轻飘飘地飞了出去，然后直挺挺地躺在地上动弹不得。

在他们的利剑伤到方新月之前，穆勇的烈风神掌已经向他们击出了。

方新月稍缓了口气，望着穆勇，说道："真没想到，你的出手又快又准。"

穆勇说道："你想来救我出去是不可能的，只会给我增加不必要的麻烦。"

方新月说道："麻烦既已发生，现在唯一的办法就是赶快离开这里。"

穆勇说道："解铃还须系铃人，麻烦是我惹下的，只能由我来解决。你赶紧回去吧，不要再扮蒙面大盗、给我增加新麻烦就是了。"

方新月知道自己再留在这里也是多余的，她一纵身，向前飞跃离去。

穆勇静静地站在夜色中，秋天的皓月把温和的银光洒在他高挑的身躯上。他望着地上横七竖八地躺着的尸体，深含歉意地自言自语道："这都怪我，若不是我来仁义府，他们都不会死。"

远处响起了一阵矫健稳重的脚步声。脚步声听起来速度很慢，仿佛是在散步，可是转眼间便已来到穆勇面前。接着穆勇听到了那亲切的声音："贤侄！贤侄！"是郭云飞来了。

穆勇"扑通"一声跪拜在郭云飞面前，说道："叔叔，眼前这些人都是我杀的。我惹了这么大的祸，你想怎么处置我，我都顺从。"

郭云飞俯下身，双手把穆勇扶起，说道："贤侄，仁义府就是你的家。在自己的家里，叔叔不会怪你。"

穆勇听了，一种说不出的温暖涌遍全身。

穆勇顿了顿，说道："可是仁义府里仍有不少人认为我是蒙面大盗。"

郭云飞说道："贤侄，他们这么说是因为他们是白痴和饭桶。仁义府是你的家，哪里有人蒙起面来自己盗自己的。今后谁若说你是蒙面大盗，你尽管狠狠地教训他。"

穆勇激动得不知道说什么好。

郭云飞长长叹一口气，说道："都是因为我近来遇到一件寝食不安的麻烦事，没有工夫来过问你。"

穆勇忙问道："叔叔，你遇到了什么麻烦事？"

郭云飞说道："贤侄，我们回仁义堂喝几杯，边喝边细聊吧。"

仁义堂的八十一盏明珠灯释放出明亮而柔和的光芒，郭云飞吩咐摆上酒席，和穆勇对酌几杯。

酒是上等美酒，可穆勇此时品尝不出美酒的滋味，因为他感觉到一种沉重、无形的压力压在他身上。

郭云飞拿出武林盟主金牌，金牌在明珠灯的照耀下闪出神奇莫测的色彩，世人知晓这是一件圣洁的、至高无上的宝物，却无法用简单的语言来描述它。

郭云飞说道："其实武林盟主金牌共有两块，一块叫天光金牌，一块叫地光金牌。我现在手里拿的是地光金牌。天光和地光合起来，才是一个完整的武林盟主金牌。完整的金牌，不仅显露出威严、神圣不可侵犯的气势，而且还能组合成一个神秘奇妙的图形。根据这个图形，可以找到隐藏在深山老林数百年的黄金堡。黄金堡里不仅拥有价值连城的金玉珠宝，而且还有失传多年、威力巨大的各种武林秘籍，以及妙手回春的稀世药方。据说黄金堡是聚集了几位王爷所有的财宝建造的。"

郭云飞喝了一口酒，接着说道："二十年前，江南有众多武林门派，其中以海尊派、仁义教、金门寺、青莲派最为强大。海尊派和仁义教拥有天光金牌，合称天光盟；金门寺和青莲派拥有地光金牌，合称地光盟。天光盟和地光盟各有千秋，互不服气，摩擦不断。最后，双方约定，通过比武大会一决高低。负者遵守诺言交出金牌，胜者把两块金牌合二为一，统领各大武林门派，通过武林盟主金牌向各门派发号施令。"

郭云飞不知不觉已喝光了一壶酒，他继续说道："比武第一天，海尊派掌门人穆正海穆兄经过一番苦战，击败了金门寺的掌门莫孤音。当时莫孤音凭着蛇尾功，胡作非为，他被击败，武林中人都觉得大快人心。第一战结束后，身为仁义教教主的我和穆兄商定，若穆兄再胜青莲派的掌门人顾若雄，当上武林盟主，我就把仁义教并入海尊派，由穆兄掌管。当三天之后穆兄迎战顾若雄时，意想不到的事情发生了，两人战不到十个回合，穆兄就被顾若雄的莲花掌击毙。"

说到此，郭云飞的脸上淌下了两行眼泪，穆勇的眼睛也湿润了。一层抹不去的悲伤浮现在叔侄俩的面容上。

郭云飞说道："穆兄战死，我忍着巨大悲痛迎战顾若雄。经过一番舍命搏斗，我终于将顾若雄击败，为天光盟把武林盟主的位置夺了过来。按照事前约定，地光盟交出了地光金牌。可是天光金牌和地光金牌不能合二为一，因为此时海尊派出现了一个秘密窃贼，盗走了天光金牌，这一盗就使天光金牌失踪了二十年。二十年来，身为武林盟主的我只能通过地光金牌来发号施令。"

穆勇说道："盗走海尊派天光金牌的人究竟是谁呢？"

郭云飞说道："二十年来，我通过江湖中各门派的英雄好汉追查天光金牌的下落，却一直没有结果。最近，我收到了原先为海尊派三大护卫之一，后来背叛了海尊派的孟非凡的书信。孟非凡在信中只说了一句话，说二十年前，天光金牌就是他偷的，现在毫发无损，还保存在他那里。"

穆勇咬紧牙关，拳头握得都发出了响声。

郭云飞继续说道："孟非凡这封书信虽然没有说别的话，但明摆是一封挑战书。天光金牌在他那里，我身为武林盟主，就面临两种选择：夺取和不夺取。若不夺取，孟非凡就会嘲笑我懦弱无能，江湖中人会认为我这个武林盟主一钱不值。若去夺取，必然发生一场恶战。孟非凡这么多年来一直在非凡山庄潜心修炼，已练成了一种铜

墙铁壁的功夫——金衣甲。这种功夫足以抵御世上任何一种内力和掌气，再强劲的掌力都无法穿透它。所以现在要攻破孟非凡的金衣甲，夺回被盗的天光金牌，简直比登天还难。"

穆勇热血沸腾，怒气冲冲，他说道："矛和盾是水涨船高、齐头并进的两样东西。再锋利的矛，都会遇到能阻挡它的盾；再坚固的盾，都会遇到能刺穿它的矛，不存在任何矛都刺不穿的盾。所以孟非凡的'金衣甲'纵使再坚再固再硬，我们总能找到击破他的方法。"

郭云飞哈哈大笑起来，他站起身，把满满一杯酒端到穆勇面前，声音激昂地说道："好！父强子不弱，穆正海的儿子不愧是一位壮志凌云、胆识超群的好汉。只要你有这个决心，我们叔侄俩就同心协力，和衷共济，把天光金牌夺回来。这杯酒，叔叔祝你马到成功。"

穆勇接过酒杯一饮而尽。

郭云飞脸上露出严肃的神情，说道："贤侄，说归说，做归做，决心归决心，成功归成功。若要击破孟非凡的'金衣甲'，光有天大的决心是不够的，最终还得依靠真功夫。听说贤侄的烈风神掌已练到了最高境界，可否让叔叔见识见识它？"

穆勇说道："只要叔叔不见笑，穆勇就班门弄斧了。"

穆勇和郭云飞走出仁义堂，夜空中的星星依旧在闪着让人捉摸不透的光，月亮似已有倦意，半遮半掩地躲藏在云层中。

他们来到一个杂乱无章的巨石堆旁边。郭云飞停下脚步，两眼直直地看着坚硬的巨石堆。

穆勇明白郭云飞的意思，他双脚站稳，通过意念把浑身的内力运至双掌，猛一用力，双掌同时击出排山倒海、汹涌澎湃的气浪。只听"轰隆隆"几声巨响，坚硬的巨石堆被气浪击得"粉身碎骨"，旁边的树木随即燃起熊熊烈火，被击碎的石头粉末纷纷扬扬飘得像起了浓浓大雾般。

郭云飞惊喜地叫道："好掌力！"

然而，就在石头粉末的浓浓大雾中，一个黑影倏地跃起，接着十余道寒光闪闪的暗器同时飞出，借着浓浓大雾的掩护"龇牙咧嘴"地扑向穆勇。

穆勇使尽全力向巨石堆击出一掌后，正在收掌敛气，根本没注意到浓浓大雾中的突然袭击。十余道暗器离他很近了，他依旧没有发现。

黑暗中突然蹿出一个人影，挡在穆勇前面。来人把手中剑舞成一个密不透风的圆圈，阻挡住了那些凶猛阴狠的暗器。那些暗器纷纷落地，但仍有一柄飞刀扎在了来人的左手臂上。

为穆勇挡住暗器的人原来是菊凤。

郭云飞大喊道："有刺客，快来人啊！"他边喊边朝浓浓大雾中的黑影扑了过去。

数十名家丁听到喊声后也火速赶来，但黑影已逃得无影无踪。

黑影头戴一顶竹笠，竹笠上垂下厚厚的青丝，遮住了他的脸面，所以谁也看不清黑影的真实面目。

穆勇看着菊凤淌着鲜血的手臂，满怀感激和歉意地说道："婶婶，多谢你救我一命。"

菊凤只是冷冷地看着他，并不搭话。

第二天，一个丫鬟来到穆勇的房间，说道："穆公子，郭夫人有事找你。"

穆勇来到菊凤的房间，菊凤正坐在一张长椅上休息。她受伤的左手臂已敷上了草药，整个房间里弥漫着一股淡香清雅的草药味。

穆勇说道："婶婶，你有事找我？"

菊凤坐着没动，也没看穆勇一眼，只是淡淡地说道："你可知道我为什么找你？"

穆勇说道："不知道。"

菊凤说道："自从你来到仁义府之后，各种麻烦事、稀奇古怪的事就接踵而来，原先平静安定的仁义府被闹得鸡犬不宁。你心中是否清楚，这一切变化都是你到来的缘故？"

穆勇说道："婶婶说得极是，这些变化确实与我有关。"

菊凤的脸阴沉了下来，说道："你既然已承认，那就应该马上离开仁义府，免得给仁义府添更多的麻烦。"

穆勇脸上露出吃惊的表情，说道："婶婶，你先后救了我两次，我还没来得及报答，你怎么就叫我离开了？"

菊凤说道："若不是因为你，我的左手臂就不会受伤。所以你现在报答我的最好方式，就是赶快离开仁义府。"

穆勇摇摇头，说道："婶婶，我现在不能离开仁义府。我和叔叔已商定好，要齐心协力击破孟非凡的'金衣甲'，把天光金牌和地光金牌合二为一。所以我必须留在仁义府和叔叔一起策划行动方案。"

穆勇这句话刚说完，菊凤已伸出右手，一巴掌重重地捆在穆勇的脸上。这一巴掌打得很响亮，打得穆勇莫名其妙。但穆勇心中生出一种奇特的感觉，这一巴掌与普通人的一巴掌打得确实不一样。

菊凤大声喝道："穆勇，你可知道是谁赋予了你生命，是谁把你带到这个世界来的？"

穆勇说道："是你，婶婶！不，是娘！婶婶，你就是我的娘！"他说这句话的时候，隐藏在内心深处的对母爱的渴望犹如火山爆发般喷涌而出。

这是穆勇二十年来第一次喊"娘"。

菊凤已泪如雨下，她轻抚着穆勇的头，说道："穆勇，娘对不起你。这么多年来，娘没有尽到一个母亲的责任，没有为你送去作为母亲应有的关爱。娘对不起你。

但眼下你必须听娘一句话，赶快离开仁义府！"

穆勇不能抗拒母亲的话，他知道母亲这样要求一定是为了他好，虽然他还弄不清其中的原因。

穆勇声音嘶哑地说道："娘，我听你的。"

当天晚上，穆勇便离开了仁义府。

（七）不堪回首

穆勇走后，菊凤心中涌起一股浓浓的惆怅。她披着月光，徘徊在仁义府弯弯曲曲的小路上，她想借着银白的月光和清凉的秋风，消除心中的惆怅。

一阵悠扬悦耳的古琴曲子传入了菊凤的耳中，菊凤朝着曲子传来的方向走了过去，她来到了一幢典雅别致、装饰华丽的房屋前。

古琴曲子就是从这幢房屋传出的，住在这里面的，是郭云飞的女儿郭雁，她正在弹奏那首流传已久的曲子《春江花月夜》。优美流畅的音乐就像一阵阵神奇美妙的风，在静谧的夜色中营造出令人陶醉、遐想联翩的气氛来。

屋子里点着蜡烛，透过窗户那层薄薄的窗纱，菊凤凝视着屋内郭雁窈窕绰约的身影。郭雁的身影显得美丽而孤独，就像她的古琴弹奏出的优美而孤独的旋律一样。

郭雁很少走出她的闺房，她似乎不愿与人见面，所以穆勇在仁义府住了一段时间，却从未与这位深居简出的大家闺秀谋面。

看着郭雁的身影，菊凤不由得想起了郭雁的生母彩虹。二十年前彩虹的音容笑貌浮现在菊凤的眼前，二十年前的往事又历历在目。

仁义府的最高处，是一座怪石林立的假山。假山的顶部，修建了一个典雅别致的小亭子。亭子的上部，雕刻着龙飞凤舞、百兽欢跳、百鸟齐唱的图案。

每当悠闲的时候，彩虹总爱来到这个小亭子，临风远眺，让思绪展开自由的翅膀在那里尽情地翱翔。

坐在小亭子里，菊花镇的大部分景色都可以尽收眼底。一年四季，彩虹从小亭子里看到了菊花镇色彩各异的景象。花开花落，鸟去鸟来，岁月给菊花镇带来了年复一年的变化，也带走了彩虹昔日光彩迷人的花容月貌。

又是九月，菊花镇满山遍野都是色彩斑斓的菊花。彩虹独自坐在小亭子里，目光在远处山坡上的菊花丛中来回游荡。

她那忧郁而美丽的眼睛仿佛凝住了，她已陷入沉思当中。那双忧郁而美丽的眼睛，是郭雁和她的母亲最相似的特征。

菊凤登上了假山，来到小亭子里，站在了彩虹身旁。彩虹依旧在沉思中如醉如痴，竟对菊凤的到来毫无察觉。

菊凤说道："彩虹姐，你在想什么呢？"

彩虹这才如梦方醒，她回过头，不好意思地笑了笑，说道："菊凤，是你来了。我在观看远处的菊花，都看入迷了。"

菊凤说道："菊花在菊花镇并不是新奇的花，怎么把你迷到这个程度？"

彩虹说道："我想起了那位曾经降临菊花镇，眼泪化作满山遍野菊花的菊花女神。她一定是一位善良、正直、温柔、美丽的女性。"

菊凤说道："那当然。只有心灵美丽纯洁的仙女，她的眼泪才能化作如此灿烂多娇、五彩缤纷的菊花。"

彩虹凝视着菊凤，慢慢说道："我担心善良纤弱的菊花女神在天庭里会受委屈、受欺负。"

菊凤说道："天庭里的神仙能明辨是非，有规有矩，纤弱的仙女是不会受欺凌的。"

彩虹说道："谁又能保证天庭真的一尘不染，毫无瑕疵呢？"

菊凤说道："天庭和人间自然是大相径庭，人间存在颠倒黑白、藏污纳垢的现象，天庭里绝对不是这个样子，天庭一定是一尘不染的。"

彩虹说道："猪八戒不是因为在月宫里调戏嫦娥才被贬谪到人间的吗？怎能说天庭里真的一尘不染呢？"

菊凤笑道："彩虹姐，你为什么总是有一些杞人忧天的幻想呢？为什么不从另外一个角度去想一些令自己轻松快乐的事情呢？"

彩虹美丽的眼睛闪了闪，说道："令自己轻松快乐的事情？对我来说，这世界难道还有快乐的事情吗？"

菊凤说道："当然有。比如说，现在是九月了，菊花镇的郊外开满了多姿多彩的菊花。你可以和郭教主一起携手到郊外，沐浴阳光，欣赏花姿，在菊花丛中尽情享受夫妻间的浪漫恩爱。这种感觉不是很快乐吗？"

彩虹说道："我和云飞依然到郊外游览菊花丛，沐浴阳光，只是我感受不到快乐，快乐只属于从前。"

菊凤的心不禁"突"了一下，她说道："彩虹姐，这又是何故？自从我来到仁义府，我发现郭教主对你一直客客气气，百依百顺，你应该感到幸福才对呀！"

彩虹说道："正因为云飞现在对我总是客客气气，我才感觉到彼此的心灵距离越来越遥远了。"

菊凤说道："彩虹姐，你一定是多虑了，郭教主依然是从前的郭教主。"

彩虹说道："但愿我真的仅仅是多虑了，只是这种感觉总像挥之不去的阴影，时常萦绕在我的心灵深处。"

菊凤一时不知说什么好。

彩虹突然说道："菊凤，你觉得郭云飞这个人怎么样？"

菊凤不假思索地说道："郭教主这人挺好的，待人热情，关心他人，也乐于帮助别人。"

彩虹说道："乐于帮助别人？他乐于帮助谁了？他帮过你吗？"

菊凤说道："他确实一直在帮我。正海死后，海尊派遭受了灭顶之灾。郭教主让我到仁义府避难，帮我打听穆勇和周展的下落，查找屠杀海尊派的真凶。这难道不算帮助吗？"

彩虹说道："你觉得郭云飞帮你有什么别的目的吗？"

菊凤说："郭教主和正海是结拜兄弟，他帮我定是出于兄弟之情，怎么会有别的目的？"

彩虹不再作声，她抬起头遥望着远方，忧郁的眼神定格在山坡上微微起伏的菊花丛。她似乎在遥望着自己变幻莫测的未来，似乎陷入了无边无际的遐想之中。

菊凤也缄默不语，她明白，一定是她来到仁义府使得彩虹醋意大发。菊凤微微叹了口气，心想：这不能怪彩虹姐，女人毕竟是女人，有这种心理是很正常的。

九月十五的月亮，像一面圆圆明亮的镜子，高悬在繁星密布、云朵飘荡的夜空中。

仁义府里有一片茂盛的竹林，竹林中央有一块平坦宽敞的空地。柔和的月光透过竹林倾泻下来，空地像穿上了一件淡淡的银装。

菊凤站在空地中间，仰望着夜空中明亮的月亮，浮想联翩，思绪万千。月光如流水般把她包围在中间，她仿佛是月光中一棵亭亭玉立的竹子。

每年的九月十五之夜，是菊凤最甜蜜、最幸福、最流连的时候。她和穆正海结为伉俪的日子，正是月儿圆圆的九月十五，这一天也就成了他们生命中最珍贵的一天。

每年的这个夜晚，穆正海和菊凤总是在圆月下携手漫步，迎着菊花丛中散发出来的沁人心脾的幽香，充分享受着大自然的静谧和谐，充分享受着爱情之花给予他们的甜蜜幸福。

可是今年的九月十五，却成了菊凤最孤独、最痛苦的时候。故人的音容笑貌历历在目，昔日的甜言蜜语飘荡耳际，为什么人在越痛苦的时候美好的回忆就越是接踵而来？

菊凤望着独悬高空的月亮，喃喃自语道："月儿啊，请你告诉我，穆正海是否还记得九月十五这个难忘的日子，他是否感觉得到此时此刻我的心情？"

月儿沉默，只是泛出冷冷清清的光晕。

菊凤身后响起了节奏协调、踏实有力的脚步声，脚步声由远而近，最后在离菊凤身后三尺远的地方停了下来。

在仁义府避难以来，菊凤已经熟悉了这脚步声。不用回头看，她就知道是郭云飞来了。

郭云飞说道："嫂子，九月十五的月亮已寒意甚浓，你为何还欣赏得如醉如痴？"

菊凤说道："在我心目中，九月十五的月亮比八月十五的中秋月更亮、更圆、更美，因为此时的月亮代表我生命中永远无法忘怀的心上人。"

郭云飞说道："穆兄确实是一个值得你真心真意去爱的人，但他既已远逝，你又何必再苦苦折磨自己？"

菊凤叹了口气，说道："此时此刻，又有谁能体会我的离愁别恨？"

郭云飞说道："嫂子既有离愁别恨，为何不借酒浇愁？"

菊凤说："只怕喝了酒更是平添一分痛苦和怨恨。"

郭云飞似乎没听见菊凤这句话，他已喊来仆人，吩咐他们在月光笼罩的空地上摆好桌椅，放上清甜甘美的上等好酒。

郭云飞给自己倒一杯酒，又给菊凤倒一杯酒，说道："花好月圆直须醉，莫使金樽空对月。嫂子，喝酒吧。"说完，他端起酒杯一饮而尽。

菊凤在郭云飞的对面坐下来，但她没有碰郭云飞为她倒的酒。

郭云飞喝了一杯酒，又倒一杯，他连续不停地喝，仿佛需要借酒浇愁的不是菊凤，而是他自己。

菊凤觉察到，郭云飞眉宇间布满了舒展不开的愁云，目光里好像流露出说不尽的千言万语。有时候他的眼睛直直地看着菊凤，看得她有些不知所措。

当菊凤的目光与郭云飞相碰的时候，她总是把目光移到天上，去凝望高空中那轮孤寂冷清的圆月。而郭云飞也会顺着她的目光举头望明月。

郭云飞说道："嫂子，你望明月会想起穆兄，我望明月也会想起一个人，而且我也想得很痛苦。"

菊凤说道："你望明月会想起谁呢？"

郭云飞说道："我会想起独守月宫、孤芳自赏的嫦娥。"

菊凤说道："郭教主愁眉紧锁，狂饮不止，难道是因为嫦娥撩起了你的相思之情？"

郭云飞说道："正是。"

菊凤说道："郭教主心目中最理想、最渴望的伴侣莫非就是嫦娥？"

郭云飞说道："正是。"

菊凤叹了口气，说道："嫦娥远在人力无法攀登的月亮之上，不论嫦娥是多么

美丽动人，都是凡人可望而不可即的。郭教主若以嫦娥为自己苦苦追求、向往的目标，那永远只能是一个无法实现的愿望。"

郭云飞说道："美好的东西，越是千山万水遥遥相隔，越是增加她的美丽和魅力。越是难以追到手的东西，越是激起我郭云飞追求的激情和狂热。"

菊凤说道："果真如此的话，岂不是徒然给自己增加烦恼和痛苦？"

郭云飞说道："所以我这一辈子就必然注定充满痛苦、孤独和忧愁。尽管我追求得疲惫不堪，但我永不放弃。"

转眼之间，桌子上摆放的一坛酒已被郭云飞喝得干干净净。他又吩咐仆人再端一坛酒上来。

他已喝得大醉，眯着醉眼用一种奇怪的目光看着菊凤，看得菊凤心里有点发毛。

菊凤说道："这也许就是老天爷对人的捉弄吧，你越是追求嫦娥，老天爷偏偏就把她隔得远远的，远得任何人都看不到她。"

郭云飞说道："其实在人世间，也存在一位让我如醉如狂、朝思暮想的嫦娥，只是我无法把她追到手。"

菊凤说道："是吗？郭教主所指的人世间的嫦娥在哪里呢？是不是远在天涯海角？"

郭云飞摇摇头，说道："远在天边，近在咫尺。"

菊凤的心猛地跳动一下，说道："那么这位嫦娥是谁呢？"

"就是嫂子！"郭云飞说这句话的声音很低沉，却仿佛是用了全身的力气。他已经端着酒杯站起身，来到菊凤面前，一只手抓住了菊凤的左手，饱含深情地说道："嫂子，你就是我朝思暮想，令我如醉如痴的人间嫦娥！"

"你在乱说些什么！"菊凤心里不由得生起一种恐惧，她想挣脱被郭云飞抓住的左手，但郭云飞不肯松手。情急之下，她伸出右手，用尽力气向郭云飞脸上打了一掌。

这一掌打得够威够猛，郭云飞竟然被菊凤一掌打得趴倒在地上，他手中的酒杯飞了出去，滚到了几丈远的地方。

菊凤自己也吓呆了，以她的力气和郭云飞相比，就像兔子斗水牛，可是她做梦也想不到，她竟然能够一掌把郭云飞掴倒在地。

"郭教主，你一定是喝多了。"菊凤说着，伸手去拉郭云飞，想把他扶起来。可是她根本就拉不动郭云飞。

这时候，菊凤感觉到背后站着一个人，回头一看，竟是彩虹。菊凤心里感到十分慌张，语无伦次地说道："彩虹姐，对不起。我没想到郭教主醉得这么厉害，竟一下子击倒了他。"

彩虹面无表情，冷冷地说道："这不能怪你，你出手是对的。"

郭云飞摇摇晃晃地站起来，满嘴喷着酒气，说道："嫂子，彩虹说得挺正确，你出手是对的。"

几天之后，彩虹略感身体不适，不思饮食。郭云飞为她请来了大夫。大夫说彩虹身体没什么大恙，吃些中药稍微调理一下，便可很快康复。

令人始料不及的是，与大夫说的话正相反，没过多久，彩虹的身体状态便急转直下，脸色蜡黄，气息奄奄，卧床不起，竟一下子到了死亡的边缘。

弥留之际，彩虹目光绝望，表情悲凄，似乎对自己的命运充满了无比的怨恨，又似乎对生命流露出无限的眷恋。

郭云飞不知何故不见了踪影，只有菊凤守在彩虹的卧榻旁。菊凤握着彩虹的手，对彩虹说道："彩虹姐，你要振作起来，只要心中还有信念，你就会好起来的。"

彩虹说道："生和死都是老天注定的。现在老天要收回我的生命，我毫无怨言，只是我的女儿郭雁年纪尚幼，我在九泉之下放心不下。"

停了一会儿，彩虹继续说道："郭云飞在江湖中有许多事情需要应付，没有闲暇照管郭雁。所以，菊凤，我恳求你就像我一样关爱郭雁，保护郭雁，不让她受到委屈，让她充分感受到生活的温暖，好吗？"

菊凤点点头，说道："彩虹姐，你放心吧，我会像对待自己的亲骨肉一样对待郭雁，倾注我所有的心血去关照郭雁。"

彩虹听了，脸上露出满足的微笑。然后，她安详地闭上了眼睛，也永远地闭上了眼睛。

彩虹去世一个月后的一天，郭云飞来到菊凤的房间，说道："嫂子，我打听到穆勇和周展的消息了，他们现在就在鹅毛山。"

菊凤一听，喜形于色，说道："多谢郭教主提供的消息，我现在就去鹅毛山找他们。"

郭云飞神情肃穆，说道："他们虽在鹅毛山，但嫂子要见到他们绝非易事。"

菊凤忙问道："这又是何故？"

郭云飞说道："江湖魔鬼杀手宫鹰会同十余名武林高手，率数百人把鹅毛山围得水泄不通，周展等人已危在旦夕。"

一种说不出的恐惧紧紧笼罩在菊凤的心头，她"扑通"一声跪倒在郭云飞面前，两行眼泪顺着脸颊直淌下来。

郭云飞连忙俯身把菊凤扶起，说道："嫂子，你这是怎么啦？"

菊凤说道："郭教主，我这辈子从来没有跪下来求人，但现在我不得不这么做。如今除了郭教主，已没人能救得了穆勇和周展。穆勇是穆正海唯一的骨肉，穆勇若有什么闪失，我怎么向九泉之下的穆正海交代？我还有什么资格活在这个世界上！"

郭云飞说道："嫂子说这话就见外了，我和穆兄是结拜兄弟，穆兄的骨肉也就是我的骨肉。如今骨肉有难，我郭云飞岂能袖手旁观？"

随即，郭云飞率全部仁义教的子弟、家丁和菊凤一起，直奔鹅毛山而去。

一场充满血腥的搏杀，已经在鹅毛山进行得天昏地暗。江湖魔鬼杀手宫鹰率手下的人拼命向山上冲杀，周展率残余的海尊派弟子在半山腰死死阻挡。

由于寡不敌众，海尊派伤亡惨重，一名名弟子在敌人的围攻下惨遭毒手，但他们宁可战死，也决不退让一步。

菊凤远远就看见了周展，她知道，只要周展在，穆勇就一定在。周展不顾一切地与宫鹰厮杀，为的就是保护穆勇。

菊凤回过头，焦急地看着郭云飞，希望他赶快采取行动，帮助海尊派残余弟子从虎口中摆脱险境。

但郭云飞似乎没看到菊凤焦急的目光，此刻他反而停下脚步，静静地观望半山腰那惊心动魄的厮杀。

菊凤说道："郭教主，你在犹豫什么？周展他们已经快顶不住了！"

郭云飞长长地叹了口气，面有难色地说道："宫鹰和他手下的杀手心狠手毒，杀人杀得红了眼，仁义教弟子若与他们交锋，必定损失不小。这些弟子已跟随我多年，我实在不忍心让他们去送死。"

菊凤说道："郭教主的意思是，只能眼睁睁看着周展他们死在宫鹰手下了？"

郭云飞忽然眼睛直直地盯着菊凤，说道："嫂子若答应我一件事，我郭云飞就是赴汤蹈火也在所不辞。"

菊凤说道："只要能救出穆勇和周展，不要说一件事，就是一百件，我也答应。"

郭云飞说道："我不需要一百件，只要一件我就心满意足了。"

菊凤说道："郭教主需要我做什么事？只要我能做的，我一定全力以赴。"

郭云飞盯着菊凤的目光仿佛火山爆发喷出的热焰，他说道："我想得到嫂子的人。"

菊凤一怔，说道："郭教主，你说什么？"

郭云飞说道："嫂子……菊凤，我想得到你，我要你嫁给我，当我的妻子。"

菊凤犹如遭到了五雷轰顶，差点晕过去。她说道："郭教主，你是穆正海的结拜兄弟啊，你怎么能说出这样的话呢？！"

郭云飞说道："我为什么不能这样说呢？我和穆正海虽是结拜兄弟，可是他根本不了解我。菊凤，你知道吗？自从我在海尊府看到你的第一眼起，我在内心深处就一直想着你，呼唤你的名字。我想你想得几乎发了疯，你可知道我这些年的单相思是多么痛苦，多么无奈吗？"

此时，两行泪水已顺着菊凤的脸颊淌了下来。

现在的穆勇是命悬一线，她除了答应郭云飞的要求，已经别无选择。为了穆勇，为了穆正海的亲骨肉，她只能付出一切。

菊凤抽泣着说道："好，我答应你。"

郭云飞脸上露出胜利的笑容，他说道："菊凤，既然你已是我的人了，我必定会满足你的愿望，保护穆勇免遭毒手乃是我义不容辞的责任。"

说着，郭云飞率领仁义教弟子，向宫鹰等人冲杀过去。

宫鹰和他带领的杀手虽然气势汹汹，不可一世，但在仁义教面前不堪一击。一番搏杀之后，宫鹰的人纷纷溃退，向鹅毛山下逃窜而去。

撵走宫鹰后，菊凤飞一般地朝鹅毛山上奔去，她要找到穆勇和周展。多少天来，穆勇一直让她牵肠挂肚，现在她终于有机会见到自己的亲骨肉了。

可是一路狂奔的她却不曾看到海尊派弟子的影子，她一口气奔上了鹅毛山的山顶，海尊派的人依然是不见踪影。

原来，趁着仁义教和宫鹰厮杀的时候，周展已率残余的海尊派弟子从鹅毛山后面一条鲜为人知的小径迅速撤离了。

野蛮搏杀后的鹅毛山又恢复了宁静，山上山下遍布着血迹和尸体，一种令人毛骨悚然的恐怖笼罩着鹅毛山。

菊凤呆呆地站在山顶上，凛冽的寒风吹拂着她的衣襟和头发，菊凤心底生出一种说不出的孤独、无奈、痛楚。

这时，一个人影悄悄地站在了她的身后，不用回头，她就知道肯定是郭云飞。郭云飞双手扶着她的肩膀，柔声说道："菊凤，我已经尽了我的责任，现在是你履行承诺的时候了。"

一阵大雁的鸣叫声传来，把菊凤从回忆的思绪中拉回来，她又回到了现实中。

（八）痴情的人

菊花镇的街道上永远是熙熙攘攘，明月春院永远是门庭若市，欢歌笑语不断从里面飘荡出来。

一个身材魁梧、浓眉大眼的年轻人，迈着沉重的步伐，缓缓走进了明月春院的大门。春院的老鸨见有客人来，就嬉皮笑脸地迎了上来，嗲声嗲气地说道："公子哥儿，你来得正好，我们春院的姑娘望穿秋水苦苦等待着你呢！"

老鸨把年轻人领到一个幽雅别致的小房间里，问道："公子哥，我们这里的姑娘个个沉鱼落雁，不知道你想挑哪一种类型的？"

年轻人眉头一挑，说道："我向山连对姑娘不感兴趣，我只想听一听优美的琴声。"

老鸨说道："公子哥儿的爱好真是清高文雅。我们这里的姑娘能歌善舞，个个都是弹琴的好手，十两银子包你听个饱、听个够。"

向山连说道："我只听一个姑娘弹的曲子，她的名字叫方新月。"

方新月早已被穆勇带离了明月春院，若向山连定要找她，老鸨是没法满足他的要求了。如果老鸨直截了当地说"你要找的方新月已经离开，这里没有这个人"，那就等于是把客人拒之门外了，老谋深算的老鸨是不会轻易放走送上门的财神爷的。她眼珠转了两圈，笑嘻嘻地说道："方新月弹琴的水平在明月春院只能算下等的，这里任何一个姑娘都比她强。我给你找一个又漂亮又多情的姑娘，弹出的琴声余音绕梁，保准让你又饱耳福又饱眼福。"

还未等向山连答话，老鸨已轻轻拍了两下手掌，随之一个姑娘从小房间外面走了进来。

只见一个姑娘怀抱风月琴，打扮得花枝招展，楚楚动人，浑身上下散发着难以抵御的香气，一双秋波散发着让人神魂颠倒的诱惑。

老鸨说道："香兰，你好好伺候这位公子哥儿，用你婉转缠绵的琴声让公子哥儿听得开心。"老鸨说完便走了出去，随手把小房间的门关上。

香兰朝向山连投来春花般灿烂的一笑。极少有男人能抵挡得住这撩人春心的一笑，向山连的身子不由得动了一下。

香兰在一张椅子上坐了下来，端起风月琴，纤纤玉手在琴弦上一拨，随着琴弦的振动，悠扬悦耳的琴曲如行云流水般飞扬起来。

香兰弹的一曲《伴君菊中行》让向山连听得如痴如醉，他仿佛看到了方新月那清纯秀美的脸庞在菊花丛中朝他微笑，然后她迈着轻盈活泼的步伐，迎着爽朗的秋风向他走过来。向山连不由得叫道："新月，你终于来了！"

这么一声叫唤，使向山连清醒过来。他发现坐在他面前的不是方新月，而是香兰。他心中生出了一股失望和愠怒的感觉。

向山连伸出两根手指轻轻一挥，琴声戛然而止。风月琴的琴弦似乎被一只无形的手捏住了，再也弹不动了。

香兰脸上流露出恐惧的神情，她声音颤抖地说道："公子哥儿，你……"

向山连冷冷地说道："我不想听了，你出去吧。"

香兰抱起风月琴，匆匆离开了小房间。

没过多久，老鸨走进了小房间，她笑眯眯地说道："公子哥儿，香兰姑娘的琴曲不错吧？你还想要别的姑娘伺候吗？"

向山连瞟了她一眼，说道："香兰弹的曲子是不错，但我今日一定要听到方新月弹的曲子。"

老鸨说道："只要公子哥儿玩得痛快、听得开心就行了，何必非要听方新月一人弹的曲子呢？其实呀，方新月弹琴的水平，不见得比其他的姑娘强——"

向山连恼怒地打断了她的话："不许你这样贬低方新月，今天要是见不到方新月，我决不答应。"

老鸨脸上露出不快之色，说道："你见到也好，见不到也好，反正你已听了香兰弹的曲子，这十两银子的听曲费，你总得付吧。"

向山连说道："我要是不付，你能把我怎么样？"

老鸨的三角眼一瞪，说道："你知道明月春院在菊花镇的地位和分量吗？只要明月春院打个喷嚏，方圆五六里都得哆嗦。任何想在这里吃白食、听白曲的人，都只能竖着进来，横着出去。"

向山连发出一阵大笑，说道："今天我倒是想横着出去，就是不知道你到底有没有这个本事。"

老鸨咬着牙说道："你小子既然有这个愿望，老娘今天就成全你。"她说着举起手掌重重地拍了几下，一个满脸横肉的彪形大汉就出现在小房间里了，他来的速度之快实在令人惊奇。

老鸨说道："金蛤蟆，这小子说想横着出去，今天你就陪他玩玩，成全他。"

金蛤蟆是菊花镇闻名遐迩的打手，他的蛤蟆功夫已不知让多少高手命丧黄泉。

金蛤蟆盯着向山连，说道："把活人变成死人是我的拿手好戏，你小子来这里找死，算找对地方了。"

向山连淡淡一笑，说道："我倒想领教一下你把活人变成死人的拿手好戏到底好到什么程度。"

金蛤蟆喝道："那你就仔细看着！"

金蛤蟆高高跃起，两只手掌变成了两只犀利无比的爪子，像一只凶恶无比的蛤蟆，朝向山连的面门狠狠地抓了过来。

向山连的脚只轻轻一移，就轻而易举地躲开了金蛤蟆旋风般的一抓。

江湖中能避开"蛤蟆爪"的人并不多。金蛤蟆一看这招落空，火冒三丈，他怪叫一声，使出"蛤蟆头"，以雷霆万钧之势向向山连猛撞过去。

向山连依旧只是脚步轻轻地一移，就避开了"蛤蟆头"。金蛤蟆钢铁般的脑袋把房间的墙壁都撞出了一个大窟窿。

二招皆落空，金蛤蟆气得眼球都凸了出来，他的肚子一下子鼓得大大的，像一只充满气的气球。他恶狠狠地瞪着向山连，犹如一只巨大的蛤蟆在虎视眈眈地盯着自己的猎物。

金蛤蟆的口中突然喷出一股势不可当的气体，其来势之猛，犹如平地里刮起了一阵龙卷风，房间里的桌椅被刮得飞了起来。原来他那鼓得大大的肚子竟装着这般威猛无比的狂风。

金蛤蟆喊道："谁也别想躲开我的'蛤蟆气'！"

向山连现在就算想躲，也已躲不开了。他面临的选择只有两种：一种是死亡，

一种是以强制强求活路。

向山连大喝一声："乾坤循回掌！"他双手一挥，一记强劲的乾坤循回掌已击出，掌气与"蛤蟆气"碰撞在一起。

两股气浪相遇，发出了震耳欲聋的声音。乾坤循回掌压住了"蛤蟆气"，金蛤蟆被向山连的掌气打得向后飞起来，从他自己用"蛤蟆头"撞出来的墙壁窟窿里飞了出去。

然后金蛤蟆重重地摔在地上，再也动弹不得了。

明月春院的老鸨吓得魂不附体，撒腿就往外面跑。可是她没跑几步，向山连魁梧的身材就已挡住了她的去路。

老鸨一下子跪在地上直磕头，可怜巴巴地哀求道："在下不知公子雄威，冒犯了公子，求公子放我一条活路吧。"

向山连说道："放你活路可以，前提条件是你要把方新月的下落告诉我。"

老鸨哆哆嗦嗦地说道："我确实不知道方新月现在在哪里。我只知道前段时间有一个年轻人来到明月春院，用银子把她赎了出去。"

向山连问道："这年轻人叫什么名字？长什么模样？"

老鸨说道："那年轻人的名字我不知道，但他的模样我记得一清二楚。"

向山连说道："你把他的相貌特征细细与我说来。"

老鸨说道："老身虽然不学无术，但画像的本事倒是略有一二。老身把他的长相画在一张纸上，公子就拿着纸在菊花镇街头按图索骥，不愁找不到他。"

向山连说："你若能这样做，当然更好。"

老鸨返回房间，拿出纸和笔墨，一会儿工夫，她竟真的画出一张头像来，而且画得形象逼真，与穆勇的实际长相几乎是一模一样。

向山连接过画像，对老鸨说道："我现在就去找这个年轻人，若是找不到人，我还会回来找你。"说着他便大步流星地离开了明月春院。老鸨看着向山连远去的背影，唉声叹气道："我今天怎么遇到这么一个人？真是倒了大霉。"

夕阳西下，落日的余晖洒落在菊花镇的一片荒芜的草木地里，给这里带来了几分凄淡的色彩和幽寒的寂寥。

草木中掩映着一排排断壁残垣，到处散布着破损的石块和烧毁的梁木。有几间房子的四面墙壁基本还是完整的，但屋顶都已天窗大开，门窗已破烂不堪，还残留着明显的烧焦的痕迹。墙壁上长满苔藓，纵横交错的蜘蛛网拉了一层又一层。毋庸置疑，蜘蛛就是这些破残房间的"常住居民"。

这是一个荒废了的院落，孤孤单单地在草木丛中度过了一年又一年。

穆勇站在断壁残垣中，心潮澎湃，一种难以描述的感觉撞击着他的心灵。

这里曾经就是海尊府，是他温馨和睦的家。他的生命就是从这里起源，他呱呱坠地来到这个世界上后，这里曾经传出他稚嫩的哭闹声和无忧的嬉笑声。

然而一场从天而降的灾难改变了一切，改变了海尊府门庭若市的面貌，也改变了海尊府里所有人的命运。

一切都来得那么让人措手不及，仿佛冥冥之中已经注定。

那场噩梦般的悲剧，至今已有二十个春秋了。二十年的时光流逝，能洗得掉缠缠绵绵的悲哀吗？能洗得掉令人肝肠寸断的痛苦吗？

回家的感觉是幸福、温暖的，而穆勇置身于自己家中，却遭受着一种撕心裂肺的酸楚的折磨。这种酸楚，应该向谁诉说？

人在痛苦的时候总会想起酒，此时穆勇心中已涌起了一种想喝酒的强烈愿望。

借酒消愁——愁更愁，但若在忧愁的时候没有酒，那感觉真是比死还要难受。

离海尊府不远的地方就有一个小酒馆，穆勇走进去的时候，小酒馆里没有什么顾客，只见一个戴红毡帽的老头坐在角落里打盹儿。

穆勇说道："老人家，给我来一坛酒和两斤牛肉。"

老头虽然年岁已高，动作却轻巧灵活，一转眼工夫，已把酒和牛肉端上来了。

穆勇一边喝酒，一边望着小酒馆外面的景色。夜幕已经降临，一轮秋月高悬天空，给大地万物披上一层银色的素装。

酒喝了半坛，从外面走进来一个年轻人，此人正是向山连。

向山连也要了酒和牛肉，在与穆勇相邻的一张桌子边坐了下来。

向山连一边喝酒，一边注视着穆勇。

穆勇却没有抬头看他，只顾低头喝自己的酒。

约莫过了半个时辰，穆勇觉得喝够了，便起身付账，临走时又带上一坛酒和数斤牛肉。

穆勇朝海尊府的方向走去，他觉得后面有人跟着他，回头一看，此人正是向山连。向山连手里也拿着一坛酒和一些下酒菜。

穆勇回到海尊府，在一间残破的房间里选了一个稍微干净的地方，端端正正坐了下来。

向山连走到穆勇身边，一声不吭地也坐了下来，他手里还拿着酒坛和下酒菜。

向山连摆开酒杯，往杯中倒了满满一杯酒。他目不转睛地注视着穆勇，穆勇却没有看他，只是抬头望着天上闪烁的星星。

向山连问道："你为什么要住在这荒凉破烂的地方？难道你没有家了吗？"

穆勇依旧看着天上的星星，说道："谁说我没有家？这里本来就是我的家。"

向山连脸上露出奇异的神情："这里本来就是你的家？！"接着他的神情流露出了几分同情，长长地叹了口气，说道，"同是天涯沦落人，相逢何必曾相识。我们同病相怜，走到一起了，应该开怀畅饮，一醉方休，对吗？"

向山连说着，为穆勇递上一杯酒，穆勇接过一饮而尽，向山连又给他斟了一杯。

接下来只是一片沉默，两人面对面地喝酒，什么也不说，什么也不做，仿佛喝

酒就是为了喝酒。

向山连一边喝酒，一边看着穆勇的脸。他希望穆勇的脸色中能露出几分醉意，因为人若喝醉了，往往就会把心里的实话说出来。向山连来找他，就是为了问清楚，他把方新月带到哪里去了。

向山连现在不想问，他要等穆勇喝醉了再问。

可是穆勇的脸上一点醉意也没有，他的脸色始终是那么平静清淡，仿佛不是在喝酒，只是在喝清淡的水。月色清淡，秋风清淡，一切都显得那么清淡。

从穆勇平静的表情中向山连意识到，要灌醉眼前这个年轻人已是不可能了。不是因为他的酒量大，而是一种深厚的内力在保护着他。

向山连心里暗自盘算：这个年轻人的内力到底有多深厚？

满满一坛酒已喝得差不多，坛子已见了底，顶多只能再倒出两杯酒来。

向山连端起酒坛子，给自己倒了满满一杯，然后对穆勇说道："把酒杯递过来，再喝一杯，最后一杯。"

穆勇把酒杯递过去，手停在半空中，酒杯抓在手里。

向山连的手微微倾斜，酒坛子里的酒慢慢流了出来，轻轻细细的，像断了线的珠子，一滴一滴落入穆勇的酒杯中。

向山连倒酒的动作温文尔雅，然而落入酒杯中的每一滴酒都汇集了千斤之力，向山连把全部内力都倾注到了酒水中。因此要想喝到这杯酒，也绝非轻易之事。

穆勇抓着酒杯的手一动也不动，表情也是平静自然，似乎没有感觉到落入酒杯中的酒水的力量犹如泰山压顶。向山连万万没想到穆勇竟能如此从容地接住他的千斤之力。

酒坛子里的酒一滴滴落下来，酒杯里的酒一点点涨高，两个人的身体连丝毫的移动都没有，稳稳当当地保持最初的姿势，仿佛是两尊没有知觉的雕像。

这是一场惊心动魄的内力较量，这是一次竭尽全力的力量比拼，两个人谁都不敢大意。

时间一分一秒地过去，酒坛子里的酒滴空了，酒杯里的酒倒满了。向山连轻轻放下了酒坛子，穆勇慢慢收回了酒杯。

这是一次旗鼓相当的切磋，向山连意识到穆勇的功力不在自己之下，穆勇也明白向山连的功力与自己处在伯仲之间，谁要胜谁都绝非易事。

向山连觉得要想从眼前这个身手不凡的年轻人口中打听到自己需要的消息，并不是一件容易做得到的事。

这时，穆勇却主动开口了："你来找我，是不是想从我这里获得什么？"

向山连说道："是的，我想知道一个人的下落。"

穆勇说道："谁？"

向山连说道："方新月。你把她从明月春院赎出来后，带到哪里去了？"

穆勇说道："你是她什么人？我为什么要告诉你？"

向山连说道："我和她是师兄妹。我们从小拜师于华松派门下，所学剑法和掌法均属华松派。本门派在江湖上虽然名气不是很大，但如果练到炉火纯青的境界，在武林中也可称雄。我和师妹青梅竹马，形影不离，我们一起练功，一起念书，彼此之间逐渐产生了感情。"

穆勇说道："既然彼此之间产生了感情，她为何要离你而去？"

向山连说道："师父在临终前把她身世的秘密说了出来，她就仿佛变成了另外一个人。师父去世半个月后，她突然离开了我，只留下一封信。她在信中叫我不用再等她了，她可能永远不回来了，若有缘分，下辈子她一定当我妻子。"

穆勇问道："你知道她身世的秘密吗？"

向山连说道："我不知道，因为师父在临终前只悄悄对她一个人讲。我再三追问师父到底跟她说了些什么，她始终不肯说出来。"

穆勇说道："她既然叫你不用再等她了，你何必还要苦苦寻找她？"

向山连道："我不能接受这个现实，我不能没有她。自从她离开后，我一直四处打听她的下落。不久前，有人说曾在菊花镇的明月春院见过她，所以我就赶来了。"

穆勇说道："由于我多管闲事，你在明月春院扑了个空，对吗？"

向山连点点头，说道："这就是我来找你的原因。"

穆勇说道："我可以把方新月的下落告诉你，但是作为交换条件，你必须满足我的两个要求。"

向山连说道："没问题，只要我能做到，我会不遗余力满足你的要求。"

穆勇看了看向山连腰间佩带的一把短剑，说道："你腰间之剑看起来气势夺人，与众不同，想必是出自名门的珍稀宝剑，不知你是否舍得割爱赠送与我？"

向山连解下短剑，放在穆勇面前，他直视着穆勇的眼睛，说道："当然可以送给你。第二个要求呢？"

穆勇"唰"的一声从剑鞘中拔出这把短剑，只见寒光闪闪，咄咄逼人，确是一把价值连城的稀世宝剑。

穆勇看着面前摆的两杯酒，说道："我们不该忘记了最后这两杯酒，应先把它们喝完，再做别的事，对吗？"

穆勇说着举起了一杯酒，向山连也端起了一杯酒，两人几乎同时一饮而尽。

穆勇把短剑一挥，说道："你掌力超群，令我羡慕不已，所以我想留下你的一条胳膊做个纪念。这是我的第二个要求。"

向山连静静地看着穆勇，说道："你一定要让我留下一条胳膊，才肯把方新月的下落说出来吗？"

穆勇说道："没错，我的兴趣爱好很特别，专门做别人意想不到的事。"

向山连把右手臂伸了出来，说道："既然你一定要留下我的胳膊，那就拿走吧！"

穆勇说道："那我就不客气了。"他一手抓住向山连的手腕，一手挥动短剑，狠狠地朝向山连的胳膊砍了下去。

只听"咔嚓"一声，发出了清脆的物体折断声。

不是向山连的胳膊断了，而是短剑折断了。

穆勇手中依然握着断剑的剑柄，向山连惊奇得眼睁得圆圆的，仿佛看不懂穆勇在做什么。

向山连俯下身，捡起另外一截断剑，才发现这柄短剑竟是用软木制成的。

向山连说道："我佩带的是一把货真价实的宝剑，不是用软木制成的。"

穆勇说道："但是我砍你胳膊用的是一把只能搔痒的软木短剑。"

原来，趁着刚才两人喝最后一杯酒的机会，穆勇已悄悄地用一把软木剑代替了向山连的宝剑。

向山连说道："你武功非凡，但捉弄别人的本事更是超群。"

穆勇说道："你表情冷若冰霜，对方新月却是一片真诚，痴心不改。"

向山连说道："你还要我的胳膊吗？"

穆勇说道："我已要过一次了，不想再要了。"

向山连说道："你现在可以告诉我方新月的下落吗？"

穆勇说道："当然可以。方新月就在仁义府里当丫鬟。"

夜幕下的仁义府永远透着神秘的气息，皎洁的月光倾泻下来，仁义府弯弯曲曲的小路仿佛被洒上了一层银白色的水，散发出一种宁静、清淡的美感。方新月沐浴着皎洁的月光，走在弯弯曲曲的小路上。她就喜欢在这月光明亮的夜晚独自一人这么走着。她雪白的长裙垂到了地面上，清风徐来，裙角摆动，她就像月光下一朵独自绽放的白莲花。

方新月轻轻哼着一首歌，每当在月光下信步时，她总爱哼这首歌，一首周围的人都听不懂的歌。她似乎是唱给自己听的，又似乎是唱给月亮听的。每当唱起这首歌时，她的眼睛总是盯着月亮，仿佛有说不完的话要倾诉。她的思绪犹如夜风般飘荡起来，飞到很远很远的地方。

方新月呼吸着清新的空气，慢慢走回了自己的房子。她出去的时候灯是亮的，可是回来时灯已熄灭。她想，也许是灯油燃尽了，该加点油了。她轻轻推开门走了进去。

屋子里一片漆黑，方新月借助着从窗户洒进来的月光，缓缓摸向油灯。忽然，在黑暗中她看到了一双眼睛，一双发亮的眼睛，正一眨一眨地瞧着她。

方新月本能地一惊，大声斥道："谁？"

"新月，别慌张，是我啊。"黑暗中的人说道。

方新月厉声道："许标？怎么又是你！你来干什么？"

许标笑嘻嘻地说："今晚的月亮如此迷人，你有雅兴到外面信步赏月，我当然也有雅兴到这里坐一坐。"

对许标来说，方新月是一朵令他馋涎欲滴的嫩花，她娇艳的容姿总是让他在夜里想入非非。

方新月说："油灯可是你吹灭的？"

许标说："是我吹灭的。"

方新月怒道："快把灯点起来。"

"新月，以月光为灯，屋里的气氛岂不更加温馨醉人？"许标话里带着猥琐的笑声。

方新月"呸"一声，说道："你若还是嬉皮笑脸的，我可要喊人了！"

许标仍旧嘻嘻地笑着，说："新月，那你就喊吧，你把仁义府的人全都喊来了才好。到时候别人究竟会认为是你勾引我，还是我勾引你，那就说不清了。"

方新月气得说不出话来了，她的确不愿让其他人知道这种事。自从她进入仁义府后，许标就像幽灵一般悄悄跟着她、盯着她。为了不惹麻烦，她总是尽量装作没看见、不在意。可是许标得寸进尺，胆子越来越大，他找各种借口来方新月的屋子里，口吐污言秽语，总是赖着不肯走。方新月已是忍无可忍。

她气得说话的语音都已发颤："许标，你到底想怎么样？"

许标淫笑着说："新月，我也不想怎么样，只想与你共享这良辰美景。今晚的月亮实在太美了，哈哈哈。"

方新月已经拔剑出鞘，冷冷地说："你若再胡说八道，我手中宝剑就要取你性命。"

许标仍在轻浮地笑着，说："新月，我这条命本就属于你，你若舍得狠心取走，那就来取吧。不过我看你肯定舍不得下手，嘿嘿。"

方新月怒喝一声："看剑！"黑暗中只见剑光一闪，利剑直刺向许标胸膛。

许标向侧面一跳，躲开了剑尖。方新月急转身，接着又是迅疾的一剑。她一连刺出了三十剑，许标皆像猿猴般轻松闪开。他在躲开第三十剑时，突然出手反击，一记带着风声的鹰爪直抓方新月的面门，嘴里还喊着"饿鹰扑食"。

方新月赶紧后退一步，把头一偏，想躲过这招迅猛的鹰爪。但这时她已上了许标的当，许标用鹰爪出击只不过是虚张声势，分散她的注意力。正当方新月全力躲避时，许标抓到半途的鹰爪早已变成两根金刚指，旋即改变方向直点方新月身上的三处穴位。方新月还没反应过来，就被点得僵硬地站在原地了，手里还握着剑。

许标说道："怎么样？我说了你舍不得杀我的。"

方新月骂道："你这个禽兽不如的东西，快放开我！"她的怒火从嘴里喷出，手脚却无法动弹。

许标看着她直笑，就像一只野兽看着被捕食的猎物在开心地笑。他说："我当然要放开你，但你得先陪我度过今晚销魂愉悦的时光。"他伸出手，摸了摸方新月

花朵般鲜嫩的脸蛋。

方新月狠狠呸他一下，他怔了怔，又笑眯眯道："新月，反抗是没用的，还不如服帖顺从来得舒服些。"他手指一伸，解开了方新月胸前衣裳的第一颗纽扣。方新月又羞又怒，但又一筹莫展。她感到今晚是在劫难逃了，只得把眼睛紧紧闭上，做好了任人摆布的准备。

许标又伸手想解开方新月衣裳的第二颗纽扣，黑暗中一颗小石头已从窗外飞来，正砸在许标的手腕上。小石头的力量似不大，却砸得许标整只手都麻木了，痛得他"哎呀"大叫起来。

当许标从惊诧中反应过来后，他怒吼一声，纵身一跃，飞出了窗外。但外面静悄悄的，连个人影都没有，他左看右看也没有发现什么动静。他又来了个"老鹰亮翅"，飞到了屋顶上，居高临下四处观望，可除了偶尔看到草丛中的小昆虫蹦蹦跳跳，其他什么动静也没发现。

许标心中生出一种不安、焦虑之感，他练武多年，深知黑暗中飞来的小石头有着深厚的内力，出手之人绝非等闲之辈，若正面交手，他未必能取胜。何况他是背着郭云飞悄悄来方新月房中干偷鸡摸狗之事，事情闹大，说不定会暴露他"摧花贼"的面目。

许标暗自思量着，还是"三十六计，走为上计"，他向前跃去，一溜烟消失在夜幕中了。

方新月正揣测着是谁在危难中救了她，只见窗口跳进一个黑影，三步两步跳到她面前，一伸手便解开了她被封着的穴道。

"师兄，是你！"方新月惊喜地叫道。

向山连说道："师妹，你让我想得好苦啊。自从你离开华松派之后，我寝食不安，朝思暮想，连做梦都仿佛看到了你的笑貌。"

方新月说道："师兄，我知道不辞而别对不起你，可是我不得不这么做。我必须完成一件事，不论付出多大的代价，我都要完成。"

向山连问道："师妹，你要做什么事？"

方新月说道："了断先辈留下的仇恨。"

向山连说道："你要复仇？"

方新月说道："是的。"

向山连说道："你跟谁有仇恨？"

方新月说道："郭云飞。"

向山连说道："你跟郭云飞有宿仇？可是我们在一起的时候，你从来没有说过。"

方新月道："二十年前，当我还是个刚学会走路的幼女时，师父就把我接到华松派，他一直隐藏着我身世的秘密和仇恨。直到他临终时，才把这个秘密告诉我。"

向山连说道："原来你来仁义府，就是为了接近郭云飞，以便寻找机会复仇？"

方新月说道："没错。"

向山连说道："师妹，你的仇就是我的仇。你要报仇，我可以与你携手共同行动。你怎能瞒着我独自一人来冒险呢？"

方新月说道："找郭云飞复仇是件极其危险的事，随时都有可能丢掉性命，我不想连累你。"

向山连一把抱住了她，抱得紧紧的，她几乎喘不过气来。向山连说道："师妹，你我之间怎么能说连累呢？为了你，我就是赴汤蹈火也在所不辞。"

方新月脸上露出愧疚、感动的神情，汪汪的泪水沾湿了她美丽的脸颊。

向山连魁梧的身材像一棵挺拔的松树，散发着凛然刚毅之气。他问道："师妹，进入仁义府以来，你采取过什么行动？"

方新月抬起头，凝视着他，说道："明的暗的都用过了，可就是无法成功。我在郭云飞过生日喝得酩酊大醉时，雇人来偷袭，可他是条狡猾的狐狸，醉酒中竟还能出掌击毙来袭者。"

向山连说："郭云飞是一代枭雄，得罪的人多，想要他命的人也很多，他即使喝酒也会保持警惕，绝不会烂醉如泥的。"

方新月说："我在他的饭菜中下了毒，没料到他在中毒后竟能运行内功，将所中之毒全部逼了出来。他只受了点轻微内伤，性命毫无大碍。"

向山连骇然道："那他一定怀疑上你了？"

方新月脸上流淌着伤心的泪水，说："他没有怀疑到我。一个丫鬟——我在仁义府结交的姐妹，替我背了罪名。"

向山连说道："师妹，我练成了乾坤循回掌法，这种掌法在实战中内力生内力，越战力量越大，足以跟天下任何一种强劲掌法抗衡。"

方新月高兴地说："师兄，你练成乾坤循回掌法了？祝贺你！"

向山连说："所以你也不必再用暗中偷袭的方法了，我要跟郭云飞面对面做个了断。"

方新月脸上露出肃穆的神情，说道："郭云飞的冷水阴云功阴毒狠辣，他已把此功夫练得炉火纯青，无数武林高手在他手下命归西天。所以在没有较大把握之前，不可贸然与他正面交锋。"

向山连一听急了，说道："师妹，那你说怎么办？我们总不能在没完没了的等待中消耗下去吧？"

方新月说："师兄，别着急，我现在已经基本掌握了郭云飞的生活作息规律，只要我们耐心等待，就一定会有杀他的机会的。"

向山连说："等你报仇雪恨之后，我们就比翼双飞，到一个远离纷争的地方去过逍遥自在、恩恩爱爱的生活。"

方新月脸上泛着红光，说："我们要拥有宽敞明亮的房子、广阔肥沃的农田，还有活泼可爱的孩子。"

两位年轻人紧紧地拥抱着，皎洁的月光照在他们的身上，他们心中也升起了一轮希望、成功、幸福的明月。

（九）离奇生死

秋天的菊花镇，淹没在菊花的海洋里。满山遍野盛开着金黄色的菊花，微风吹过，把一缕缕沁人心脾的花香送到四面八方。

在离莲花山庄十里之遥的山坡上，一队人马张弓拉弦，人喧马啸。顾若雄带着十余名家丁正在狩猎取乐。

秋高气爽，树叶凋落，视野开阔，正是放犬狩猎的好季节。二十多年来，顾若雄不会放过秋天狩猎的好机会，每一次出猎，总会有累累的收获。

风尘滚滚，马蹄阵阵，顾若雄的人马在菊花丛中来回穿梭，时隐时现。所到之处，野鸟惊飞，野鹿狂遁，他们好一副逍遥得意的模样。

在离狩猎人群约二百米远的地方，一直跟随着一个孤独的身影。顾若雄等人欢乐热闹的嬉闹声和叫喊声，越发衬托出了他内心的忧郁、寂寞和苦闷。

"人要是有钱了，总会想出把日子过好的法子。"穆勇自言自语地说道。

穆勇一直跟踪着顾若雄，他想找个机会让顾若雄出手，他决心试探一下顾若雄的莲花掌到底有多厉害。

"我们只是切磋武艺，并不是以伤害对方性命为目的。只要分出高低，我们就立即住手。"穆勇曾向顾若雄提出这个要求。

"我不会与你比武的，就算你出掌把我击得粉身碎骨，我也不会出手还击。"顾若雄斩钉截铁地拒绝了这个要求。

穆勇暗自思忖：他为什么坚决不与我切磋武艺呢？难道他有什么顾虑？

一阵喝彩声打断了穆勇的沉思。他抬头细看，原来是顾若雄射出了精准的一箭，把快速狂奔的雌雄双鹿"钉"在一起。一个家丁高高举起猎物，撕破嗓门极力称颂顾若雄一箭双"鹿"的绝活，那献媚奉承的姿态让人看了实在肉麻。

不知不觉已到了正午时分，一轮白日高高地悬挂在头顶上。秋天的阳光虽然已收敛了夏天的毒烈，但长时间照射在人的肌肤上依然给人以灼热的感觉。

顾若雄的人马经过一番奔波之后，收获累累，只是腹中早已饥饿，人困马乏。这时，他们来到了一家野外酒馆旁边。

酒馆不大，正前面的竹竿上，绣着大大"酒"字的旗子在秋风中飘动。

对饥肠辘辘的人来说，酒馆总是充满了无法阻挡的诱惑力。还未等顾若雄吩咐，家丁们早已一窝蜂似的拥进了酒馆。顾若雄把马匹拴好，也走进了酒馆。

不一会儿，小酒馆里就传出了一阵阵觥筹交错、划拳猜令的热闹声。不用说就知道，顾若雄他们正喝得兴高采烈。

在离小酒馆二百米远的树荫下，穆勇独自一人坐在一块光滑的石头上。他也觉得饥肠辘辘了，于是从怀里掏出两个馒头细嚼慢咽地吃了起来。

穆勇口袋里的银两不多，每顿能吃两个馒头就算是不错了，他无法做到顿顿有酒肉。

"我能用什么办法让顾若雄与我交手呢？"穆勇一边吃着馒头，一边慢慢思索。

"也许我可以扮作蒙面强盗，在他单独行走的时候突然袭击他。在这种情况下，他就不得不出招应敌。"穆勇自言自语地说道。

但他转念又一想："我堂堂八尺男儿，何必采用这种鬼鬼祟祟的小人伎俩？比武应是堂堂正正之事，我这么做，让武林中人知道了，岂不是遭人耻笑？"

"也许我可以袭击他的家丁或亲属，抢夺莲花山庄的财物，这样就会激起他报复的欲望。我没完没了地袭击和骚扰，逼他一定要与我一拼高下。"

但穆勇很快又否定了这个想法："这样做太缺德了。他的家丁和亲属都是无辜的，与我素来无冤无仇，我为什么要伤害他们呢？我若这么做，对得起自己的良心吗？"

"那么我究竟应该怎么做，才能让顾若雄愿意与我交手呢？"穆勇不由得皱起了眉头，他陷入了一筹莫展之中。

这时候，穆勇听到小酒馆里传出怒骂声、酒杯摔地声、桌椅翻倒声、痛苦的叫喊声。他立即明白，顾若雄他们出事了。

小酒馆里飞出一个穿蓝衣服的人，他步伐轻盈，动作迅捷，看来轻功并不弱。两名顾若雄的家丁一边骂一边冲出来，手里挥舞着钢刀要去追赶蓝衣人。蓝衣人右手轻轻一弹，两个寒光闪闪的暗器已飞出。

随后传来两声惨叫声，追出来的两名家丁倒地毙命。顷刻间，蓝衣人已消失在茂密的树丛中。

穆勇施展轻功，向小酒馆飞奔而去。穆勇进去一看，只见顾若雄的家丁们横七竖八地躺在地上，一个个口吐白沫，不省人事。很明显，他们中毒了，下毒人应是方才那个蓝衣人。

顾若雄伏在一张桌子上，双目微闭，面色苍白，眉宇间现出痛苦的神情，看来他中的毒也不浅。

穆勇想：要想救他们，就必须找到下毒者。解铃还须系铃人，除了那个蓝衣人，谁也无法救顾若雄等人的命。

穆勇冲出小酒馆，要去追赶蓝衣人。但他转念又一想：我不能把顾若雄丢在这里。既然他被下了毒，就说明有人想置他于死地。说不定凶手不止一人，我若去追赶蓝衣人，蓝衣人的同伙可能就会在酒馆里把他们全部杀掉。

穆勇返回小酒馆，背起顾若雄，施展快行轻功，朝蓝衣人离去的方向疾驰追去。

穆勇身上虽然背着顾若雄，但丝毫不影响他脚下的速度，他转眼间已追出五里之远。

顾若雄昏昏沉沉地趴在穆勇肩头上，虽然毒性发作使他痛苦难耐，但他仍可清晰地感觉到穆勇疾奔时超群的内力。

顾若雄说道："你为什么要救我？"

穆勇说："我若不救你，你就会很快死掉。"

顾若雄说："我死掉难道你不高兴吗？可别忘了，你父亲是被我一掌击毙的。"

穆勇说："武林中比武终会有你死我活的结果，胜负是正常的事。我父亲战死怨不得你，我也不会记恨你。但现在我若袖手旁观，岂不落下个见死不救的臭名？"

顾若雄说："即使你追上了下毒之人，又确定能从他那里获得解药吗？"

穆勇说："不管能否获得解药，至少应该试一把。"

顾若雄说："就算你救了我一命，我也不会感谢你的。"

穆勇说道："如果我是为了得到你的感谢，那我就不会来救你了。"

穆勇追踪着蓝衣人的足迹一口气奔出了十里之远，依然连个人影都没见到。更头疼的是，一直追踪的足印突然蒸发似的消失掉了。穆勇背着顾若雄，望着面前一条条弯弯曲曲、纵横交错、直通远方的小路，陷入了茫然无措中。

正在焦急万分的时候，穆勇突然听到有人说话的声音，顺着声音走过去，只见一棵大树的树荫下正坐着两个人。其中一个手上、脚上、脖子上都长满了毛，浑身毛乎乎的。另一个眉毛、头发、胡子全都没有，浑身光溜溜的。

穆勇脑海里立即生出一个猜测：莫非这两个人就是江湖中小有名气的"毛秃双侠"——毛原和秃山？

穆勇走上前，作了个揖，问道："冒昧地问一下，两位莫非是毛秃双侠？"

浑身是毛的毛原眉毛一扬，说道："算你有眼力，毛秃双侠正是我们兄弟俩。"

浑身光溜溜的秃山说道："年轻人，在这荒山野岭，你背着一个人风风火火地奔波，想必是遇到麻烦事了。"

穆勇说道："正是，我的这位朋友喝酒时中了毒，我正急着找解药。"

毛原说："你要找的是解药，却来找我们做什么？难道你认为解药在我们身上？"

穆勇说："我只是想向二位打听一个人。二位是否见到一个穿蓝色衣裳的人从这里经过？这蓝衣人是下毒之人，找到了他便可获得解药。"

毛原和秃山对视了一会儿，毛原说道："没错，我们刚刚看见一个蓝衣人匆匆忙忙从这里奔过。"

穆勇目光闪动，急忙问道："那么他是从哪条路走的？"

秃山指着通向正东面的一条小路，说道："他就是从这条路上奔驰而去的。"

穆勇二话没说，顺着秃山指的方向疾驰而去。奔出数里之后，前面竟出现了一个断崖，断崖下面是一条奔腾的河流。再往前，已经是无路可走了。

穆勇知道上了秃山的当，他火速原路返回，当他回到原地时，看到毛秃双侠还在原处。

毛原见到穆勇，失声笑道："我知道你还会返回的。"

秃山说道："瓮中之鳖，爬来爬去还是在瓮中。"

穆勇知道他们话中有话，但他只是冷冷地说道："那是一条绝路，根本就没有蓝衣人的影子。"

毛原说道："既是一条绝路，蓝衣人当然不会往那里走了。"

穆勇问道："两位为什么要骗我呢？"

秃山说道："我们骗你，是为了捉弄你一番。我们在杀人之前，都要把被杀的人捉弄一番，这样杀人就会变成一种有趣的游戏。"

穆勇说道："想不到毛秃双侠还有这种奇特的嗜好。"

毛原说道："不止这种，我们的嗜好都是一般人想不到的。"

穆勇说道："我与你们有何冤仇，为什么要杀我？"

毛原说道："咱们彼此之间素无冤仇，但我们深爱银两。当杀掉你和顾若雄可以得到一笔丰厚的赏钱时，这种诱惑是无法抵挡的。你说对吗？"

秃山说道："你不是想得到解药吗？我可以一五一十地告诉你如何获得解药。这蓝衣人乃二禽怪人，他只会下毒，不会解毒。与他师出同门的大禽怪人才知道如何解毒，你要找的人，应该是在鸭歌园的大禽怪人。"

毛原说道："怎么样？年轻人，现在你该知道的都知道了，就算死，也是死得明明白白了。这种感觉是不是痛快些？"

穆勇说道："死得明白，自然要比死得不明不白好些。可是我只觉得我还没活够。"

穆勇说完，背着顾若雄朝鸭歌园的方向飞驰而去。后面传来了毛秃双侠铜鼓般的笑声："哈哈哈，既然你还没活够，那就让你再活一会儿，等你跑出一里，我们再追也不迟。"

穆勇一口气跑出了一里，这时他听到背后风声"呼呼"作响，毛秃双侠风驰电掣般追了上来。穆勇觉得那风声乍听时还在远处，转眼间已传到了耳畔。看来

毛秃双侠的轻功在江湖中是屈指可数的，加上穆勇身上还背着顾若雄，他们要追上是轻而易举之事。

毛秃双侠犹如苍穹中猛扑下来的两只鹰隼，倏地落在了穆勇前面的路上，挡住了去路。

秃山说道："年轻人，你又多活了一会儿，这回觉得满足了吧？"

毛原说道："你觉得满足了，我们就可以动手了。"

穆勇目光闪动，说道："你们能不能让我再跑出一里的路程，这回你们若是再追上，我也是死而无憾了。"

秃山发出一阵大笑，说道："好，我再让你跑出一里的路程，让你死得心服口服。"

毛原说道："我们要抓住你，就像老鹰抓小鸡，不费吹灰之力。"

毛秃双侠让出一条路之后，穆勇背着顾若雄向前飞奔而去，后面留下毛秃双侠铜鼓般的笑声。

穆勇跑出一里之后，伸手摘下了佩在顾若雄腰间的一把短剑。剑鞘去掉，剑刃毕露，一股腾腾杀气弥漫出来。

穆勇心中暗自盘算：毛秃双侠在疾驰追赶时都是肩并肩"比翼双飞"，当他们从我前面超过时，我抓准时机运足内力使手中短剑飞出，必定能取得"一剑双雕"的效果。

穆勇故意放慢逃跑速度，专心等待毛秃双侠追赶过来。他在内心暗自祈祷：这一剑出手必须击中，否则后果不堪设想。

但是身后一片平静，毛秃双侠并没有追上来。穆勇心中一阵纳闷：莫非我的"一剑双雕"计划被他们识破？毛秃双侠真是难以应付的江湖老油条。

穆勇又跑了一段之后便停下了脚步，回头观望，依然什么动静都没有。

穆勇心中暗自琢磨：毛秃双侠上哪儿去了？他们会用什么方法来对付我？

这时，路边的树丛中传来了一阵爽朗的笑声，接着有人说道："穆勇，你还在傻乎乎地等毛秃双侠吗？他们永远也不会来了。"

话音刚落，一个人就出现在穆勇面前的大路上了。此人现身速度之快，让穆勇大为惊讶。

此人头戴竹笠，竹笠上垂下厚厚的青丝，把他的整张脸都遮住了，却遮不住从他的脸上冒出的咄咄逼人的杀气。他手里拿着一柄鹰钩剑，剑刃上还滴着鲜血。

竹笠人手一扬，两颗圆滚滚的东西就落在了穆勇跟前。穆勇一看，竟是毛秃双侠的头颅。

竹笠人杀人速度之快，大大出乎穆勇的意料，他无法想象两个武林高手怎么会在如此短的时间内被人砍下头颅。

竹笠人为什么要杀毛秃双侠？莫非是路见不平，拔刀相助？但穆勇觉得一点也不像，因为竹笠人正在虎视眈眈地看着他，不但丝毫没有帮他的意思，而且是恨不得一口把他吞下。

穆勇说道："这位朋友，你为何杀了毛秃双侠？"

竹笠人说道："他们和我争抢同一样东西，我只有把他们杀了，才能把我想要的东西抢到手，你说对吗？"

穆勇说道："没错，但不知你们在争抢什么东西？"

竹笠人说道："争抢你和你背后的顾若雄的头颅。"

穆勇问道："争抢我们的头颅做什么？"

竹笠人说道："你们俩的头颅，一颗是五千两银子，两颗是一万两银子。这么巨大的诱惑，难道不值得争抢吗？"

穆勇笑了笑，说道："我做梦也没想到我的头颅竟这么值钱，请问是哪位买家这么看得起我，出如此高价购买我的头颅？"

竹笠人说道："我们江湖中从事杀手这一职业的人，虽然冷酷无情，但恪守信用的原则是必须遵照的。买主要求保守他的身份，我岂能泄露出去？"

穆勇说道："既然如此，那我只好乖乖地等死了。"

竹笠人道："快献上你的头颅吧，我已等得不耐烦了。"说罢，鹰钩剑一挥，一招"流星追月"已朝穆勇扑过来，其出手速度之快真是令人难以想象，难怪毛秃双侠这么轻易就被砍下头颅。

穆勇不敢怠慢，急速闪身避开这凌厉的攻势，接着他手中一直握着的短剑迅速抛出，向竹笠人的咽喉飞过去。

竹笠人击出一招之后，正准备把鹰钩剑收回。趁他回防还没到位之时，穆勇手中短剑出击，这是下手的最好时机。穆勇算好了这是势在必得的一招。

但竹笠人似乎已算准了穆勇出手的时机，他的身子只旋转了一下，就轻轻地把短剑避开了。

接着竹笠人的鹰钩剑一招比一招狠地逼向穆勇。穆勇刚躲开一招，下一招又紧跟上来，一柄鹰钩剑仿佛化作了数十柄，散发出成千上万道闪闪发亮的寒光，严严实实地把穆勇包围在中间。

穆勇身上背着顾若雄，动作本来就迟缓，要想从这万道寒光中跳出去，已是完全不可能的事情了。

但是把烈风神掌练到最高层的穆勇岂是轻易就死在他人手里的？只见他大吼一声，猛然击出一记强劲的烈风神掌。

排山倒海的掌气，把包围着穆勇的万道寒光击打得荡然无存。掌气击打的范围内冒出一股浓烟滚滚的尘土。

但是掌气没有把竹笠人击倒，在掌气刚击出的一瞬间，竹笠人已使出"鸽子翻

身"，敏捷、迅疾地跳了出去，避开了暴风骤雨般的掌气袭击。

一个靠杀人吃饭的江湖杀手，首先要学会的不是杀人，而是如何在危险境地保护好自己。一个不懂得保护自己的人，是无法从事杀手这一职业的。

竹笠人必定是一个在江湖中久经风雨的杀手。

虽然穆勇击出的这一掌没有把竹笠人击倒，但竹笠人知道要取穆勇和顾若雄的头颅已是不可能的事。

竹笠人便丢下一句"烈风神掌果然天下无敌"，然后悻悻离去。

看着竹笠人远去的背影，穆勇忽然觉得这背影有点熟悉，好像在哪里见过。

但穆勇现在没有工夫去细想竹笠人可能是谁，他现在唯一的目标，就是把中毒已深的顾若雄救活过来。

穆勇施展轻功，背着顾若雄朝鸭歌园飞奔而去。

鸭歌园坐落在菊花镇的南边，四周树木丛生，溪水环绕。虽然地理位置比较偏僻，却一点也不显得寂寞，因为溪水里到处都是一群群自由自在、游来游去的鸭子。鸭子引吭高歌，追逐嬉闹，形成一派朝气蓬勃、充满活力的田园景观。

鸭歌园大门的正前方，站立着两只一雄一雌、胖墩墩圆滚滚的木雕鸭子，它们长长的脖子向上伸展，显出一副怡然自得的神情。在鸭歌园看守大门的老头，戴着一顶帽，他说道："两位来造访鸭歌园有何贵干？"

穆勇说道："我们要找你家主人大禽怪人。"

老头说道："我家主人热情好客，但是你们来得不是时候。我家主人唱歌正唱得兴起，他不希望别人来干扰他的雅兴。"

穆勇说道："可是我有十分紧急的事要找他，我背上的这位朋友中了很深的毒，若再有耽搁，恐怕——"

老头打断了穆勇的话："再急的事也不得干扰我家主人的雅兴。你要知道他的脾气，他宁可让你要他的命，也不允许你打断他的歌声。"

穆勇说道："那好，我不干扰他的雅兴，但我到里面听一听他的歌声应该可以吧？"

老头说道："你要听也行，就怕你听不懂，一般人是听不懂我家主人的歌声的。"

穆勇背着顾若雄走进鸭歌园，只见里面假山重叠，清泉绕亭，景致也别有特色。但除了听到一只奇怪的鸭子拉长声音叫个不停，里面什么人影都没有。

穆勇想继续往里面走，却被老头拦住了："你若再向前走，被我家主人看见了，他会不高兴的。"

于是，穆勇找了一块干净的大石头，然后把背上的顾若雄放下来。顾若雄面色已灰白得像个死人一般，连说话的力气都没有了。

穆勇等了半个时辰，依然只听到那只烦人的鸭子的叫声。他问看门的老头："你不是说你家主人在唱歌吗？为啥没听到他的声音？"

老头说道："我说过我家主人的歌声很特别，一般人是听不懂的。"

穆勇说道："难道那个呱呱叫个不停的鸭声，就是你家主人的歌声？"

老头说道："算你有眼力，终于辨别出我家主人的歌声了。"

穆勇听了后，哭笑不得。世上竟有如此离奇的"歌声"，大禽怪人真是怪得离谱，怪得不可思议。

又过了约莫半个时辰，那鸭声终于停了，从假山里走出一个胖乎乎的、像鸭子般摇摇晃晃的人。

不用说，这人必定就是大禽怪人了。

穆勇赶紧上前作揖问好，并自报了姓名。

大禽怪人看了顾若雄一眼，说道："哎呀，原来是莲花山庄的顾掌门，几年不见，怎么失魂落魄到这个程度了，连走路的力气都没有了？"

穆勇说道："顾掌门已中了很深的毒，所以……"

大禽怪人仿佛没有听见穆勇说的话，他继续说道："顾掌门，我们已经很长时间没见面了，今日相逢，应该好好痛饮一番，对吗？"

顾若雄只是轻微地点点头，此刻，他连说话的力气都没有了。

大禽怪人把穆勇和顾若雄带到宽敞的客厅里，然后拿出窖藏了数十年的陈年好酒。塞子一打开，一股沁人心脾的酒香味扑面而来，果然是令人无法抵御的珍品美酒。

但穆勇此时哪有心思喝酒，他对大禽怪人说道："先生，你的解药——"

大禽怪人马上打断了他的话："来，先喝酒，有什么话等几杯酒下肚再说。"

大禽怪人端起酒瓶，斟了满满一杯酒，放到顾若雄面前，说道："顾掌门，你就放开肚皮一醉方休吧，喝酒喝得痛快的人是死不了的。就算死亡来到跟前，也要死得痛快，对吗？"

顾若雄苍白的脸上勉强挤出一丝微笑，然后用颤巍巍的手吃力地拿起了酒杯。

大禽怪人一边喝酒，一边讲述鸭歌园的故事，他讲的话题全都是关于鸭子的。在大禽怪人的心目中，鸭子是他最感兴趣的话题。

穆勇焦急地等待大禽怪人提起解药之事，但大禽怪人似乎早已忘记了这件事，只是滔滔不绝地大谈鸭子。

大禽怪人一边谈论鸭歌园的鸭子，一边频频地向顾若雄敬酒。穆勇说道："顾掌门中毒太深，身体极为虚弱，恐怕不胜酒力，先生还是不必勉强他了。"

大禽怪人瞥了穆勇一眼，说道："看来你真是喝酒的外行。做别的事可以冠以'勉强'二字，喝酒是不可以冠上'勉强'二字的。世界上最快乐、最爽心的事就是喝酒，若做最快乐的事情都勉强了，那么人活在这个世界上还有什么意思呢？"

大禽怪人说着，又往顾若雄杯中添了满满一杯酒。

又喝了一会儿酒，大禽怪人忽然痛哭流涕，用绝望的声音说道："二怪啊二怪，

我的兄弟啊，你死得好惨啊！"他哭得那么凄凉，哭得穆勇和顾若雄都莫名其妙。

穆勇问道："先生，你说二禽怪人已经死了？你怎么知道的呢？"

大禽怪人说道："昨天，二禽怪人来到鸭歌园，说是借我的'五体崩'毒药去用一下，并且说一个千载难逢的发财机会来了。我问有什么发财的机会，他说只要用'五体崩'毒死了顾掌门，就可以领到一笔足够喝三辈子的酒的丰厚赏金。他还说下完毒后就马上回来找我喝酒，把剩余的'五体崩'归还给我。可是现在，被他下毒的人找上门来了，而他自己却没有回来，所以我知道他永远也没法回来了。"

大禽怪人一把鼻涕一把眼泪地哭着，哭得顾若雄都以为是因为自己才害死了二禽怪人。

穆勇问道："那么，先生认为是何人杀害了二禽怪人呢？"

大禽怪人道："当然是收买二怪下毒的幕后人。"

穆勇问道："既然他收买了二禽怪人，为何又要对二禽怪人下手？"

大禽怪人说道："他对二怪下手，既可以杀人灭口，保守秘密，又可以省去一笔价格不菲的赏金。如此一箭双雕的简单道理，难道你不懂？"

穆勇问道："依先生之见，这神秘而残忍的幕后之人会是谁呢？"

大禽怪人说道："我也不清楚，但我知道他肯定是条狡猾的狐狸。"

又喝了约莫半个时辰的酒，大禽怪人把看门的老头叫了过来，对他说道："老陈，我想离开鸭歌园，到外面去看看风景，得较长一段时间才能回来。我不在的日子里，园里的上千只鸭子就拜托你来关照了。"

老陈说道："主人，你要去哪里？难道是非去不可的吗？"

大禽怪人说道："要去哪里我也不知道，我只觉得非去不可。我在鸭歌园待了数十年了，出去走走，换个新环境，心情会更好些。"

老陈说道："既然主人执意要走，那么鸭歌园的事，老仆一定竭尽全力料理好。"

大禽怪人说道："好，你做事我向来都放心。只要有你这句话，我在外面就可以安心游玩了。再见了，老陈。"

大禽怪人说完，站起身，摇摇晃晃向外面走去，仿佛完全忘却了客厅里还有穆勇和顾若雄的存在。

穆勇一看着了急，大禽怪人还没拿出解药，怎么就离去了？他站起来正想去追大禽怪人，只见顾若雄摆摆手，示意让他坐下。

顾若雄说道："大禽怪人已经救了我一命，他的解药放在酒中，我喝了酒后，疼痛已消除，全身气血又能正常运转了。"

穆勇看了看顾若雄，发现他的脸色果然又恢复了红润和光亮，浑身又充满了精神和活力。穆勇笑道："怪人毕竟是怪人，专门做让人意想不到的事。"

穆勇和顾若雄正在高兴，忽然发现在一旁的老陈潸然泪下，脸上一副悲哀绝望的神情。

穆勇问道："老人家为何落泪？是不是遇到什么伤心事了？"

老陈说道："是的，我知道以后难以再见到我的主人了。"

顾若雄说道："大禽怪人不是说过一段时间还要回来吗？你为何说难以再见到他？"

老陈说道："也许他能回来，但恐怕不是活着回来的。"

顾若雄说道："主人到外面游玩，你却说这种不吉利的话。本来他还好好的，被你这么一说还真怕要倒霉了。"

老陈说道："不是我说他倒霉，而是他临走时的脸色和目光告诉我，一场难逃的灾难要降临到他身上了。"

穆勇和顾若雄陷入了沉默中。他们知道，主仆之间的默契可以达到难以用语言描述的程度，心灵直觉往往比理性的判断还要准确。

离开鸭歌园时，穆勇向老陈借了一辆马车，打算把顾若雄送回莲花山庄。一路上两人都默不作声，都在各自想着心事。

马车离开鸭歌园十里，来到一棵大树下时，从树上突然掉下一个沉重的物体，正好砸在马车的前面。拉车的马儿惊得发出一声长啸，停下脚步不敢前行。

穆勇和顾若雄一看，掉下的物体竟是大禽怪人，但已经是死了的大禽怪人。他身上没有刀剑之伤，全身却呈现出一片紫黑色。很明显，他是被一种内力极强的掌法所击毙。

穆勇和顾若雄不约而同地想起了老陈说过的"倒霉话"，只是他们没想到老陈的担忧不是杞人忧天，更没有想到老陈的话会这么快就应验了。

穆勇说道："今天的事怎么发生得这么蹊跷？我们遇到的人一个个都死掉了。大禽怪人向来淡泊名利，与世无争，没想到也遭遇了毒手。"

顾若雄略为思索了一会儿，然后用低沉的语调说道："其实他是因为我而死的。"

穆勇说道："他因为你而死？此话怎讲？"

顾若雄说道："用心良苦的幕后人做梦也没有想到，大禽怪人竟替我解掉了致命的毒。眼看苦心经营的计划化为泡影，幕后人恼怒万分，决定要除掉大禽怪人以解心头之恨。大禽怪人救我一命之后，已隐隐约约感觉到一场血光之灾即将来临，因此他对老陈说自己要出去看看风景，实际上是想躲避杀身之祸。尽管他提前做了准备，但还是难逃厄运。"

穆勇说道："这残忍而神秘的幕后人，究竟是谁呢？"

顾若雄说道："我也不知道。我在江湖混了几十年，得罪的人不计其数，现在也许是报应来到了。"

他们将大禽怪人的尸体送回鸭歌园后，立马赶回莲花山庄。

穆勇和顾若雄的马车快赶到莲花山庄时，只见风尘滚滚，一队人马疾驰而来。为首的是顾红柳，她身后紧跟着几名家丁。

顾红柳汗水涔涔的脸上带着焦虑和疲惫，当看到顾若雄归来时，她浑身绷得紧紧的、几欲断裂的神经才稍稍松弛了下来。

顾红柳说道："爹，你终于回来了，可把我给急死了。"

顾若雄说道："你急什么？难道你以为爹是小孩，出去了会迷路不能回来？"

顾红柳说道："我能不急吗？我在狩猎场的小酒馆里发现了那些跟随你出去的家丁的尸体，我四处寻找就是找不到你，我还以为你也遭遇不测了呢！爹，到底发生了什么事？"

顾若雄长叹一声，说道："爹本来也该命归黄泉的，是穆勇硬把爹从死神手里抢回来的。"

顾红柳惊奇地问道："穆勇把爹从死神手里抢回来？"

顾若雄点点头，接着把今天离奇曲折的经历给顾红柳讲了一遍。

顾红柳听了，又怕又惊又喜，她看着穆勇，秋波闪动，说道："穆勇，今天多亏你救了我爹一命，实在太感谢你了。"

穆勇微微一笑，说道："路见不平，拔刀相助。这是江湖中最起码的道义，我若连这点都做不到，何以在江湖中立足！"

顾若雄说道："不管是从人情上还是道义上，我都应该感谢穆公子。"

顾红柳听了，兴奋得几乎要跳起来。她知道她爹的脾气，不论接受了别人多大的帮助，她爹是从不轻易说出"感谢"二字的。

顾红柳说道："爹，那我们应该如何感谢穆勇呢？"她说这句话的时候，像一朵灿烂的春花，笑盈盈地看着穆勇，看得穆勇都有点不好意思了。

只见顾若雄一下子肃穆起来，他望着天上飘飘忽忽、行踪不定的白云，沉默了良久，才徐徐说道："我准备与穆勇决斗！"

顾红柳脸上春花般的笑容瞬间消失了，她以为自己听错了，忙问道："爹，你说什么？"

顾若雄一字一字清晰地重复道："我准备与穆勇决斗！"

天哪，天底下有这样的感谢方式吗？顾红柳莫名其妙，仿佛一下子掉进了看不到方向的云雾中。她问道："爹，你不是在开玩笑吧？"

顾若雄说道："爹都这把年纪了，还在女儿面前开什么玩笑？"

顾红柳说道："穆勇辛辛苦苦救了爹的性命，你却提出与他决斗，世上有这样的报恩方式吗？"

顾若雄说道："怎么没有？穆勇最大的愿望就是与我切磋武艺，一比高低。现在我满足他这个愿望，岂不是最好的报答方式？"

穆勇说道："多谢顾掌门成全，这确实是对我最好的报答方式，我十分乐意接受这样的礼物。"

顾红柳看看顾若雄，又瞧瞧穆勇，杏花般美丽的眼睛里荡漾着迷惑、惊讶、无奈。她说道："我实在听不懂你们在说些什么。"

顾若雄说道："听不懂，你就不要管了。"

穆勇说道："顾掌门，你我比武之事，该如何安排？"

顾若雄说道："三天之后，在莲花山庄的聚义厅里，顾某翘首恭候。"

穆勇说道："我一定如时赴约。"说罢，穆勇掉转马头，一拉缰绳，马车犹如离弦之箭，载着穆勇飞驰而去。

（十）真相大白

莲花山庄外面，冷漠无情的秋风横扫着天地间的一切，它侵蚀万物的外表，一步一步地把一个生机盎然的天地变成萧条沉寂的世界。

莲花山庄外的松林里，独自坐着一个头戴竹笠，竹笠上垂下厚厚青丝的人。青丝遮掩住了他的脸，却遮掩不住他目光中放射出的腾腾杀气。

竹笠人看着莲花山庄大门口进进出出人群的背影，心里在盘算着一个谋杀计划：如何在得手之后不留蛛丝马迹地离开这里。他在秋风中静静地坐了几个时辰，慢慢地在心中形成了一个比秋风还冷漠的计划。

竹笠人一直静坐如钟的身子突然动了一下，他已嗅到了周围一丝令他感到不安全的气息。一个随时想杀人的人，时时刻刻都在为自己的安全提高警惕。

竹笠人突然大喝一声："想在暗处算计我，你还嫩着呢！"

他这么一喊，喊出了一个人，那人竟是菊凤。

竹笠人的身子又动了一下，但他说话的语气依然镇静平和："原来是郭夫人，不知在身后跟着我有何贵干？"

菊凤说道："我跟着你，只因为我们似曾相识。"

竹笠人说道："哦？！郭夫人在何处见过我？"

菊凤说道："那天在仁义府，穆勇以掌力破巨石，在巨石粉末扬起的浓雾中发射暗器的人可否是你？"

竹笠人说道："正是在下。所以郭夫人耿耿于怀，定要拿在下问罪？"

菊凤说道："令我耿耿于怀的，不仅仅是这件事，还有二十年来仍没有雪耻的血海深仇！"

竹笠人的身子一下子僵硬了，僵硬得像一尊塑像。

菊凤厉声喝道："别以为你头戴竹笠，以青丝遮面，我就认不出你来，就算你

烧成灰烬，我照样认得出你。宫鹰，我总算找到你了。二十年来你欠下海尊派的累累血债该偿还了！"

宫鹰慢慢摘下挂着青丝的竹笠，露出真面目。他把竹笠轻轻一抛，竹笠划了条弧线转眼间消失得无影无踪。

宫鹰说道："郭夫人既已看出我的身份，那我在郭夫人面前也没必要再隐藏什么了。你已成为武林盟主的夫人，还念念不忘海尊派，实在令人敬佩。对海尊派之仇，你打算如何处置我？"

菊凤说道："取你性命，以祭海尊派弟子的在天之灵。"

宫鹰说道："郭夫人一心想取在下性命，那就来取吧。"

菊凤手一抖，一把寒光闪闪的利剑已握在手。她使出一招"白鹤亮翅"，朝宫鹰刺过去。

宫鹰握起鹰钩剑，使出"大鹏翻身"，迎击菊凤的剑招。两人来来去去，战了五十个回合，不分胜负。

一开始，宫鹰并没下定决心置菊凤于死地，只是左右躲闪，招架应付。毕竟菊凤是武林盟主郭云飞的夫人，菊凤若伤在他手中，郭云飞知道后定不会放过他。

但菊凤对宫鹰的"手下留情"并不领情，她出手一招比一招猛，一招比一招狠，宫鹰险象环生，处于极度危险被动的境地。这使宫鹰终于横下一条心，与其被对方杀死，不如将对方杀掉，反正人死了不会说话，又没有第三者在场，郭云飞不会知道菊凤死于谁手。想到此，宫鹰这个"江湖魔鬼杀手"的面目原形毕露，他使出一招招致命的杀招，向菊凤直扑过来。

菊凤的功底本来就不如宫鹰，在杀得红了眼的宫鹰的疯狂反扑下，渐渐难以招架了，招式开始出现了破绽。

又战了三十多个回合，宫鹰瞅准一个机会，使出"千斤压顶"，把浑厚的内力聚集到鹰钩剑上，一下子震得菊凤几乎摔倒，她手中的利剑也脱手飞了出去。

宫鹰的鹰钩剑已闪电般刺向菊凤的咽喉，躲闪不及的菊凤绝望地闭上了眼睛。

"休得伤害我娘！"离宫鹰三丈远的地方突然响起了一个雷鸣般的吼声，接着一阵强烈无比的掌气直击向宫鹰。

宫鹰只顾螳螂捕蝉，却没想到黄雀在后。这一掌击得他的身子轻飘飘飞了起来。

这一掌，是穆勇击出的烈风神掌。

穆勇上前扶住菊凤，说道："娘，你没事吧？"

菊凤说道："我没事。"

宫鹰挨了穆勇雷霆万钧般的一掌后，居然没有死，足以证明他内力之深厚。但是承受了这一掌之后，他的功力已全部丧失。身子落地之后，他艰难地爬了起来。

当穆勇和菊凤来到宫鹰面前时，这个嗜血成性、杀人不眨眼的江湖魔鬼杀手的脸上露出了对死亡的极度恐惧。他跪在地上声音颤抖地说道："郭夫人，穆公子，请饶恕在下一条小命吧，在下实在不想死！"谁也没想到名声显赫的魔鬼杀手是个怕死鬼。

菊凤看着跪得像一条狗的宫鹰，冷冷地说道："要想活命，就得老老实实回答我的问题。若有半句假话，我就立马送你上西天。"

宫鹰说道："郭夫人请问，在下若敢说假话，甘愿受死。"

菊凤说道："二十年前，你率众对海尊派进行大屠杀，无数海尊派弟子惨死在你手下。这是为了什么？是你自己憎恨海尊派，还是幕后有人指使？"

宫鹰说道："在下与海尊派素无纠葛，怎会憎恨海尊派？在下是一时贪图别人钱财，受人指使，才做出这种事。"

菊凤问道："是谁给你钱财，让你来屠杀海尊派的？"

宫鹰说道："我把这个人的名字说出来，只怕郭夫人不会相信。"

菊凤说道："信不信是我的事，你只管说出来，他到底是谁？"

宫鹰用尽全身气力，战战兢兢地说道："他就是当今武林盟主、仁义教教主郭云飞！"

穆勇厉声喝道："宫鹰，你死到临头了还敢血口喷人，污蔑我叔叔郭云飞！我叔叔与我父亲是生死结拜的兄弟，他怎会指使他人来屠杀海尊派？你说这种话是何居心？"

宫鹰吓得浑身发抖，结结巴巴地想说什么话却又一句都说不出来。

菊凤看了看穆勇，说道："真的变不成假的，假的混不成真的。郭云飞到底是不是真凶，我自会调查清楚。"

菊凤问宫鹰道："你说是郭云飞给你钱财，指使你来屠杀海尊派，那么郭云飞有没有告诉你，他这样做到底是为了什么？"

宫鹰摇摇头，说道："在下以杀人谋生，在接受钱财之后，只管按委托人的指令去杀人，从不过问委托人杀人的原因。所以在下也不清楚郭云飞这么做的意图。"

菊凤抬起头，透过松林望着莲花山庄的大门，又问道："宫鹰，你在莲花山庄外面虎视眈眈坐了几个时辰，杀气腾腾，是不是也受了他人钱财，准备对莲花山庄的主人、青莲派掌门人顾若雄下手？"

宫鹰说道："没……没错。"

菊凤说道："那么是谁指使你来行刺顾若雄的？"

宫鹰说道："也是郭云飞。"

穆勇勃然大怒，呵斥道："宫鹰，难道你想把天下所有的坏事都往我叔叔郭云飞身上推吗？你说的话没凭没据，凭什么让人相信！"

菊凤说道："穆勇，不管他说的是真是假，我们总会弄个水落石出。"

菊凤飞起一脚，把宫鹰踢得像个球一样滚出一丈远，她怒喝道："宫鹰，我本想杀了你，但现在你武功已废，丑态百出，连条狗都不如，杀你还弄脏了我的剑。

你快滚，滚得远远的，别让我再看到你了。"

宫鹰连滚带爬，像只狗仓皇而逃。

三天过去了，当穆勇来到莲花山庄时，顾若雄正襟危坐在聚义厅里，他的左右两边都是青莲派的弟子。虽然每个人的脸色看上去都显得很平静，穆勇却感觉到了一股说不出的紧张和杀机。

顾若雄走到聚义厅的中央，他的手轻轻一挥，一个家仆端上来一个托盘，托盘里放着两杯酒。

顾若雄说道："凡是来莲花山庄做客的人，顾某必先以酒相待。穆公子，请吧。"说着，顾若雄先端起一杯酒。

穆勇也端起一杯酒，两人面对面一饮而尽。

顾若雄说道："顾某有言在先，今日之比武，犹如二十年前顾某与令尊穆正海之比武，无论谁死谁活，都只能算天意注定，永不记仇。"

穆勇点点头，说道："那是理所当然。我若死在莲花掌之下，也是倍感荣幸。"

穆勇和顾若雄距离丈余面对面直立着，聚义厅内一片沉默，只听见有人紧张得发出大口大口的喘气声，那沉默的气氛就像暴风雨来临前的寂静，饱含凌厉的肃杀气息。

寂静的对峙犹如泰山压顶般压在每个人的心头。

穆勇说道："顾掌门是这里的主人，请顾掌门先出手吧。"

顾若雄说："穆壮士是远道而来的客人，还是请穆壮士先出手吧。"

穆勇一咬牙，说道："那晚辈就不客气了。"话音刚落，他已使出"猛虎下山"，向前跃出，挥拳直击顾若雄面门，拳风呼啸而来，带着浑厚的内力，仿佛饿极的猛虎扑向猎物般势不可当。

顾若雄感觉到全身笼罩在一股咄咄逼人的杀气中，但他并不躲闪，而是挥出莲花掌，迎击穆勇凶悍的拳头。双方拳掌在空中相碰，发出沉闷的撞击声。双方千钧之力的碰撞震得整个大厅晃动起来，震得在场的人心惊胆战，不寒而栗。

拳掌碰撞分出了力量的高低，顾若雄被向后震出了一丈许，但他依旧挺胸直立着，他迅速运足全身内力，双手一推，莲花掌的冲天掌气直向穆勇扑面击来。穆勇的烈风神掌立即出击，两股内力对面相遇，一时陷入僵持的对抗状态。

顾若雄自挥掌阻挡穆勇的拳头之后，就感到力不从心，难以阻挡穆勇的进攻了。但顾若雄不是一个轻易认输的人，只要有一口气在，他就要拼下去。几十年来，顾若雄就是靠一股拼劲儿立足江湖的。

时间一分一秒地过去了，烈风神掌和莲花掌依然没有分出胜负，仍处在看似平静的内功对抗状态中。只是顾若雄的内力已使出了十成，而穆勇的内力只使出五成。此时，顾若雄的双腿开始微微发抖了，嘴角边已渗出淡淡的血迹。很明显，穆勇的烈风神掌占据了上风。

但是穆勇丝毫不敢懈怠、大意。他知道，江湖中比武，兵不厌诈的策略是经常有的。占有优势者，未必是最后的胜利者。逆境求生、反败为胜在实战中不胜枚举。

穆勇暗中观察顾若雄的变化，只见顾若雄牙关紧咬，气喘吁吁，大滴的汗珠从额头倾泻而下，仿佛浑身的力气已消耗殆尽。

穆勇内心思忖：难道顾若雄真的已经黔驴技穷了吗？还是其中有诈，运用被动战术引诱对方疏忽大意后再后发制人？

穆勇不敢贸然全力出击，因为竭尽全力进攻若不能得手，很容易被对手利用进行反扑。他的父亲穆正海已死在顾若雄手下，他不能重蹈这个覆辙，他必须小心谨慎，先保护好自己，才有机会击败对手。

穆勇一直在小心提防顾若雄运用欺诈战术后发制人，可是他发现顾若雄的眼睛里已流露出绝望和无奈。一个企图使用欺诈战术的人，眼神绝对不是这个样子的。

穆勇暗中用劲，烈风神掌的力量又增加了两成，双方僵持不下的局面立马被打破。顾若雄的莲花掌已无抗衡之力，他感到一股带着热浪的狂风把自己全身笼罩住了，一阵又一阵地猛冲过来，他的脚跟已无法站稳。只听到"呼啦"一声，顾若雄的身躯被冲击出了两丈远，重重地摔倒在地上，一口殷红的鲜血从他嘴里喷出。

现场出现了一阵骚动，惊奇的叹息声和叫喊声充满了聚义厅。青莲派弟子没想到他们的师父，在江湖中享有几十年威望的一流高手顾若雄会轻易被一个名不见经传的年轻人击败。

在穆勇的脸上看不到半点胜利者的得意和骄傲，相反，却流露出了疑惑和不解。他静静看着倒在地上的顾若雄，这时几名弟子已飞奔到顾若雄身边，扶他坐了起来。

穆勇忽然感到剑光一闪，一柄寒气阴森的利剑从后面向他刺来。穆勇来了个"燕子翻身"，纵身跳开八尺，避开了来袭的利剑。

袭击者是顾红柳，她美丽的脸庞充斥着怒气，但依旧楚楚动人。

顾红柳怒斥道："你为何要伤害我父亲？"

穆勇不回答，而是反问道："你带剑背后袭人，岂不玷污了手中宝剑？"

顾红柳柳眉倒竖，喝道："你少废话，看剑！"剑光闪动，又刺向穆勇。穆勇纵身跳开，施展轻功飞驰而去，一瞬间便离开了莲花山庄。

穆勇来到了一座山头，一座光秃秃的山头，再往前走几步，下面就是万丈深渊。一阵阵疾风迎面猛烈吹来，吹得穆勇的头发七零八乱，却吹不掉他心头的烦闷和困惑。他坐在一块圆圆的石头上，呆呆地望着天边的浮云。

浮云变幻不定，一会儿像出水的蛟龙张牙舞爪，一会儿像温顺的小狗蹦蹦跳跳，一会儿像苍劲的松树傲然挺立。看到变化多端的浮云，穆勇觉得世上的事物犹如浮云般真真假假，难以捉摸。他心里仿佛也飘着一团团疑惑不解的浮云。

"顾若雄不应该是杀死我父亲的人。"穆勇自言自语地说。

穆勇知道，父亲是二十年前数一数二的武林高手，他的武功在天方道长之上。

年轻时他独闯武林，数十名心狠手毒的武林败类皆毙命于他的手下。顾若雄的武功与天方道长相比，还差一大截。他怎么可能让父亲毙命于莲花掌之下呢？是不是其中还有更大的谜团？

穆勇想来想去，想得脑袋嗡嗡乱响，他仰天长吸一口气。又一阵疾风吹来，他伸长脑袋去迎接这阵风，他要让疾风吹去身上的疲惫和心中的谜团。

疾风中却带着剑风，在"呼呼呼"的风声中，穆勇感到有一柄利剑从侧面袭来。他身子一翻腾，整个人飞出一丈远，只听"哐当"一声，剑锋刺在他方才靠的石头上，火星闪耀，坚硬的石头被挑起了一大块，带着火星飞向半空。

来人是顾红柳，她刺了个空，正怒气冲冲地瞪着穆勇。

穆勇摇摇头，说道："你跟着我干什么？"

顾红柳喝道："我不但跟着你，还要杀了你！"剑随话音而至，她挥动手中的剑又刺向穆勇。

穆勇没有退避，等剑锋离胸前只有几寸时，他双掌合十猛地一夹，从剑锋处把剑牢牢地夹住了。顾红柳连忙用力拔剑，无奈她的力量与穆勇的力量相较犹如蚍蜉撼树，任凭她怎么使劲也无法把剑晃动一丁点儿。顾红柳急得额头上冒出了汗珠，顺着她俊俏的脸蛋淌下来。

穆勇忽然松开手，正用尽浑身力气拔剑的顾红柳没料到这一手。只听"哎哟"一声，她整个人向后倒，一下子摔倒在地上。

穆勇哈哈大笑起来。顾红柳又羞又怒，喊道："你笑什么？！"

穆勇说："我想笑就笑，你管得着吗？"

顾红柳站起身来，厉声道："我看你能笑多久！"说着她来了个"梨花纷飞"，身子飞腾起来，手中剑如闪电般直逼穆勇。这一招确实厉害，江湖中有好几位高手都败在顾红柳的"梨花纷飞"下。

但这次她遇到的是穆勇，当凌厉的剑光迅疾逼近时，穆勇轻轻一跳，便从剑光的笼罩中跳了出来。

顾红柳又扑了空，由于她用力过猛，身体一下子收不住，继续向前冲。她只顾进攻穆勇，却忘记了前面就是万丈深渊，只听见"啊——"的一声惊叫，顾红柳停不住的身子向万丈深渊冲了下去。

穆勇赶紧来了个"彩云追月"，如旋风般向顾红柳飞去，一把搂住她的腰部，再拔身提气向上升起，就像老鹰抓小鸡般把她"抓"了上来。

顾红柳脚跟落地，惊魂未定，半响都没有反应过来。她脸色苍白，就像一朵在风中飘荡的白莲花。

等她恢复神志时，又冲着穆勇骂道："你救我干什么？我不需要你救我！"

穆勇说："我不想眼看着你摔得粉身碎骨。"

顾红柳说："我粉身碎骨了，你不是更高兴吗？"

穆勇说："我不高兴。"

顾红柳说："别以为你救了我，我就不会杀你了。"

穆勇说："你想杀我可以再来，不过下次别再摔下去了。"

顾红柳说："我就是要再杀你，不杀你不解恨。"她说着说着又举起了剑，但剑没有刺过去。她眼中的泪花像断了线的珠子，顺着漂亮的脸颊直流而下。

穆勇已经迈开步伐，向山下走去。顾红柳在后面喊道："站住！你要去哪儿？"

穆勇头也不回，径直走着。顾红柳快步追过去，可她怎么也追不上，穆勇总同她保持着五六丈的距离。她自己觉得奇怪：穆勇走得似乎不快，可自己怎么就追不上？转眼间来到一片茂盛的树林，穆勇走进树林，顾红柳也跑进树林，可是她看不到穆勇在哪儿了。

"穆勇，你出来！你跑不掉的！"顾红柳大声喊着，山谷里回荡着她焦急的声音。

正当顾红柳还在树林里寻找时，穆勇已离开了树林。他又回到了莲花山庄。

莲花山庄的大门紧闭着，里面静悄悄的。穆勇翻墙而过，三纵两跳便来到了顾若雄的卧室附近。一个家丁发现了穆勇，立马大声喊起来："不好了，打伤顾老爷的人又来闹事了！"

话音刚落，从四周冲出二十多个人，他们手持长刀利斧，个个杀气腾腾。

"穆壮士，你把我师父打得卧床不起，难道还不解恨吗？"人群中走出一人，冷冷地问道。

穆勇一看，原来是崔子明。穆勇说道："我不是来寻恨惹事的，我要为顾掌门治伤。顾掌门中的是烈风神掌，用一般的创伤药是不起作用的。"

崔子明冷笑一声，说："我看你是黄鼠狼给鸡拜年——没安好心。"

穆勇说："你是误会了，我穆某明人从不说暗话。我说来给顾掌门治伤，就绝不会有其他企图。"

崔子明说："我要是不答应你的要求呢？"

穆勇说："你不答应也得答应，你身为徒弟，岂能眼睁睁看着师父有伤不治？"

穆勇说着，大步走向顾若雄的卧室，推开了门。众人见穆勇并没有怀什么歹意，也就不愿上前惹他。他们心里很清楚，即使他们全部联起手来，也远不是穆勇的对手。

顾若雄静静地闭上眼躺在床上，听到有人进来的声音。他睁开眼斜扫了一下，发现来人是穆勇，他在心底里吓了一跳。但他没动，一扭头又把眼闭上。

穆勇向他作了个揖，说："顾掌门，穆某有礼了。"

顾若雄睁开眼，冷冷地看着他，问道："你找老夫，有何指教？是不是老夫不死，你心里不快？"

穆勇说："穆某绝无此意。我此次前来，是要为顾掌门疗伤。"

顾若雄看着他，说："你把我击伤，又来为我疗伤，究竟是何意？"

穆勇不回答，而是说："请顾掌门稍坐起身，以便穆某发功疗伤。"

顾若雄极不情愿地慢慢坐起来，斜靠在床头的棉被上。

穆勇把内力运至双掌，在顾若雄的后背上来回推动。顾若雄感到一股暖流在体内流淌，体内的瘀气被带动起来了，胸口以及两肋的疼痛慢慢消失了。约莫半个时辰后，穆勇手掌对着顾若雄后心猛一推，只听见"哇"的一声，一口黑乎乎的瘀血从顾若雄口里吐了出来。

穆勇俯身问道："顾掌门，现在感觉如何？"

顾若雄长长吐出一口气，说："感觉好多了，现在全身气血均已畅通，疼痛感已经完全消除了。"

崔子明和其他人在一旁看得眼睛都直了。

穆勇看着顾若雄，说："恕穆某多嘴再问一句，我父亲究竟是否死于顾掌门的莲花掌？"

顾若雄刚刚才平稳些的心又猛地被刺了一下，但他没有表露出来，依然很镇定，不紧不慢地说道："你若不认为令尊是死于顾某手下，为何要千方百计找我比武？"

穆勇说："我对家父的死因仅仅是道听途说而已，至于真相如何尚不知晓。"

顾若雄的嘴唇缓缓翕动，说道："穆正海……确是……死于……顾某……莲花掌下。"他说这句话时，似乎有千斤重的压力加在他身上，豆粒大的汗珠从他额头上冒出来。

穆勇摇摇头，说："我觉得这里面有隐情，顾掌门还未说出真实情况。"

"我已说过，穆正海确是死在我手下，可你偏不信。你到底想怎么样？我这老命一条，你想拿就拿走吧。"顾若雄的声音提高了许多。

穆勇还是摇摇头，说："我觉得顾掌门还是没吐露出实情。"其实，穆勇心里想说：我父亲是当时武坛数一数二的高手，你区区莲花掌想击败他，还远远不配。就你这雕虫小技的功夫，还想在江湖中称霸，没门。但他没有说出来，他不忍心损害这位数十年来在江湖中享有威望的青莲派掌门人的尊严。

顾若雄已紧紧闭上了眼睛，脸上的肌肉似乎在互相撕扯，一颤一颤的，似笑非笑，似哭非哭，似痛非痛，似苦非苦，满脸的表情就像一幅让人看不懂的奇异的画。

顾若雄紧闭双眼，就是紧闭了心灵的窗户，他不想让人透过窗户看到他的心灵。此时他的心灵正遭受着难言痛楚的折磨。

二十年来，顾若雄一直保守着一个秘密。这是为了他的性命，为了青莲派，为了整个莲花山庄的安全，他不得不保守这个秘密。长期以来，这秘密像利刃刺扎着他的良心，像无数只蚂蚁在骚扰他心神的安宁，像猛烈的巨浪无情地冲击着他心灵的海岸。

虽然顾若雄一直以为只要守住秘密就是守住平安，但自从二禽怪人对他下毒，多名江湖杀手追杀他的事情发生后，他就意识到守口如瓶已换不来平安无事了。

因为需要他保守秘密的人，现在需要他死掉。人若活着，随时都有泄密的可能，只有让知道秘密的人死掉，秘密才能成为永远的秘密。

顾若雄决定在自己死之前把这个秘密公之于众，让正义和邪恶在光天化日之下作殊死搏斗。所以他才决心与穆勇比武，用事实来揭开这个秘密的面纱。

顾若雄要向穆勇表明，他绝不是穆正海的对手，真正杀死穆正海的人，是一个隐蔽诡秘、残忍阴毒的恶魔。

但是当穆勇急于知道这个秘密时，顾若雄话到嘴边又咽了回去。毕竟是一个保守了二十年的秘密，真要开口时还得瞻前顾后。

顾若雄睁开眼，他的目光和穆勇的目光碰到了一起，他不由得身子微微一颤。他觉得穆勇的目光像一把犀利的剑，刺入他的内心深处，把那个隐藏了二十年的秘密挑翻、刺破，让它毫无遮掩地暴露出来。

穆勇又说道："顾掌门是不是有什么无法启齿的难言之处？"

顾若雄长叹一声，道："穆壮士既然决定要把事情一查到底，那么真相迟早要水落石出，老夫想隐瞒也是徒劳了。"他停了停，然后一五一十地说起二十年前令人心碎的往事。

"二十年前，令尊穆正海的武功在武林各门派中确实数一数二，老夫的莲花掌岂能击败得了他？只不过，在比武之前，穆正海已身中剧毒却浑然不知，他全身各穴道已被封死，不但内力无法施展，而且意识也模糊，无法辨清自己所面临的危险。所以，他在比武中犹如一只前来送死的羔羊，哪里有危险就往哪里撞。"

穆勇问道："我父亲中的是什么毒？"

顾若雄道："按老夫的分析，你父亲中的是'三日绝'。这种毒药被吃进去以后，一开始毫无知觉，但体内真气遭到严重破坏，三日之后，真气完全丧失。在那场比武中，当我一掌击出后，才发现你父亲已毫无抵抗之力。"

穆勇说："那么，我父亲是如何中'三日绝'这种毒的？"

顾若雄道："比武大会前一个月，你父亲足不出户，不参与任何宴请，一心一意在修炼武功。一日三餐均由家中厨师方耀料理，'三日绝'若能进入你父亲腹中，唯一的途径就是方耀。"

停了一会儿，顾若雄接着说："在那场比武大会上，仁义教教主郭云飞取得了武林盟主的地位。但当上武林盟主后，郭云飞便追杀方耀，方耀被追得四处躲藏。几天后，我在莲花山庄附近的树丛中发现了浑身是血的方耀。他全身被砍了二十余刀，已奄奄一息了。我把他扶了起来，他在弥留之际向我倾诉了自己被追杀的原因。原来，郭云飞虽是穆正海的结拜兄弟，却不愿穆正海当上武林盟主。在我和穆正海比武之前，郭云飞买通了作为穆家厨师的方耀，由郭云飞提供'三日绝'，再由方耀掺入穆正海的饭食中，并承诺事成之后赏给方耀十万两银子。方耀见利忘义，竟答应勾结郭云飞谋害穆正海。但阴谋得逞后，郭云飞不但不给方耀钱，反而要杀人灭口。"

顾若雄接着说："方耀说完后不久，仁义教的人便追了过来，他们当场就把方耀的头颅砍了下来。第二天，郭云飞便亲自到莲花山庄找我，威胁我不准把这件事透露出去，否则他就灭了青莲派，踏平莲花山庄。我知道自己斗不过郭云飞，只好委曲求全为他保守秘密。"

穆勇沉默了许久，才摇着头说道："说我父亲中了'三日绝'之毒，我可以相信；但若说郭云飞是策划操纵下毒的人，我无论如何都不相信。郭云飞和我父亲如同手足，至今提起我父亲之死，他依旧热泪纵横，悲怆难抑。他对我也是情同父子，所以我绝不相信郭云飞会做出手足相残的事情来。"

顾若雄闭上眼睛，慢慢说道："你可以不相信我的话，但是我只能这么说。"

太阳又出来了，秋天的阳光照在山川草木上，给天地万物增添了一丝温和美丽的色彩。迎着阳光，莲花山庄的大门打开了，一行人骑着高头大马走了出来，为首的是顾若雄和大徒弟崔子明。顾若雄向来喜欢打猎，今天的他看上去精神焕发、神采奕奕。

离莲花山庄三里路就有一片茂盛的树林，那里是打猎的好去处。顾若雄虽已六十岁，但箭法仍百发百中不减当年。转眼工夫，数十只兔子已成为他的囊中之物。

又一只兔子飞驰而过，顾若雄在三十米远之处拉满弓，一箭射出，正中兔子臀部。兔子带着长箭拼命奔逃，顾若雄立即策马直追，崔子明也催马紧跟上来。

兔子一转弯，便突然消失了踪影。顾若雄勒住马，用敏锐的目光四处搜寻着。树林里什么动静也没有，似乎一下子陷入了死一般的沉寂之中。顾若雄心中突然生出一种不祥之兆，感觉一股杀气正向自己逼来，他的神情变得警惕起来。

只见人影一晃，有两个人已从树丛中跳出，站在了顾若雄面前。顾若雄一看，原来是郭云飞和他的大徒弟许标。

郭云飞似笑非笑，冷冷地说道："顾掌门被穆勇击伤没多久，现在还有闲情逸致出来打猎取乐，实在是难得。"

顾若雄厉声道："郭教主潜伏暗处等候老夫，究竟有何指教？"

郭云飞道："郭某今日前来，是要和顾掌门了断一件事情。"

顾若雄道："你要了断何事？"

郭云飞道："其实你心里很清楚，你出卖了我和仁义教，此事该如何了断？"

顾若雄正色道："二十年来，我为你保守穆正海死因的秘密，时时刻刻就像一条毒蛇吞噬着我的良心，折磨着我的灵魂，使我寝食不安，无以为人。而这二十年来，你继续无恶不作，杀害了多少武林志士，我对此已是忍无可忍。"

郭云飞咬牙切齿地说："既然你已忍无可忍，那就去死吧，死掉了就什么都不需要忍了。"

崔子明走到顾若雄身边，大声喝道："郭云飞，休要猖狂，谁死谁活还不知道呢！"说着只听"唰"的一声，他已拔剑出鞘。

许标早已按捺不住，大喝一声："那就来试试到底谁死谁活！"

崔子明喊一声："看剑！"剑光闪动，他已挥剑砍向许标。许标躲过剑锋，伸出犀利凶狠的鹰爪抓向崔子明，崔子明赶紧侧身躲过。

两人你来我往战了十多个回合，许标瞅准崔子明进攻中的一个破绽，一个闪电般的鹰爪抓向崔子明的喉咙，崔子明闪身不及，只听一声惨叫，他的喉咙被生生抓断，鲜血四处喷溅，整个人"扑通"一声倒在地上。

顾若雄大怒，暗运内力，右手一挥，一记迅猛的莲花掌拍向许标。许标并不躲闪，而是双掌运作内力正面迎上。他的冷水阴云功已练到八成火候，他自信击败顾若雄没问题。

但是许标算错了，顾若雄的莲花掌已有深厚的功底，而且现在处于背水一战的境地，掌力超常发挥。当两种内力相碰时，莲花掌掌力冲破冷水阴云功掌力的封锁，直打到许标身上。许标被打得口吐鲜血，败下阵来。

郭云飞冷笑一声道："顾掌门的莲花掌果然厉害，老夫倒要领教领教。"说完，他一掌击出，九成功力的冷水阴云功打向顾若雄。顾若雄躲避不及，赶紧用莲花掌进行抵挡，但他的功力本就不如郭云飞，加上刚才击伤许标已消耗了他一部分内力，他最终没能挡住冷水阴云功。顾若雄只感到一阵阴冷彻骨的寒气直冲到自己体内，使他气血逆行，整个身躯几乎要膨胀破裂。他"哇——"一下猛吐一口鲜血，身体后仰倒了下去，整个人都已变黑发紫了。

郭云飞看着顾若雄的尸体，发出一阵冷笑，说道："与我作对的人，都是这样的下场。"

忽然，郭云飞的冷笑凝固了，因为一个身影出其不意地出现在他的眼前，像一棵挺拔的青松，巍然屹立。

来人是穆勇，他的目光像两柄犀利的宝剑，直刺得郭云飞浑身发毛。

自从顾若雄受伤后说出谁是杀害穆正海的人这番令穆勇半信半疑的话，穆勇就一直在暗中跟踪顾若雄，他想探察顾若雄有没有什么异常的举动，没想到竟看到了这血淋淋的一幕。

穆勇缓慢地说道："顾若雄和宫鹰都说杀害我父亲的真正凶手是你，我一直不相信他们的话，现在看来，他们的话竟然是真的。"穆勇费了很大的劲，才把这句话说完，因为他现在不得不面对一个他不愿接受的事实了。

在血淋淋的事实面前，郭云飞也没有什么可隐瞒的了，他咬着牙说道："没错，你父亲就是死在我手里的，你打算如何讨回这个血债？"

穆勇说道："讨回血债的唯一途径就是决斗，在这个世界上，你我之间只能有一个人存在。"

郭云飞冷冷地说道："好，十天之后，在生死崖上，老夫恭候你前来讨回血债。"

穆勇说道："一言为定。"

夜幕中，仁义府笼罩着一层神秘莫测的色彩。

仁义堂里的八十一盏明珠灯释放出明亮柔和的光芒。镶嵌着"仁义"二字的大牌匾前端坐着仁义教教主、武林盟主郭云飞，他双目微闭，表情显得安详平和，他在专心修炼冷水阴云功。

菊凤站在仁义堂外面，静静地注视着郭云飞那张安详平和的脸。二十年来，他的脸一直都是这样，给人以友好善意的感觉。现在，菊凤发现这张安详平和的脸皮后面，隐藏着一颗多么阴鸷的心。想起二十年来自己就同这蛇蝎般的毒物一起同床共枕，菊凤不由得打了个寒战。

自从穆勇踏进仁义府的第一天起，菊凤就本能地感觉到郭云飞那张脸变得诡异莫测，充满了一种无法描述的焦躁和杀气。但若不是仔细观察，那张脸依然给人一种友善的感觉。

所以穆勇入住仁义府的那段时间，菊凤一直对穆勇冷淡、尖酸、刻薄，目的就是让他尽快离开仁义府，远离这股令人不寒而栗的杀气。她不知道穆勇能否理解她作为母亲的用意和苦衷，她只希望穆勇能体谅她的"冷酷无情"。

菊凤慢慢走进仁义堂，一步一步向郭云飞靠近。当她离郭云飞不到一丈时，停下了脚步。

"菊凤，你来了。"郭云飞双目依旧微闭，但他已经知道菊凤来到跟前了。

菊凤用沉默来回答他。

"菊凤，你今日的神情为何与往日判若两人？"郭云飞还是微闭着眼睛。

菊凤感觉到体内一股炽热的"火山熔岩"在涌动，几乎欲冲破她的体腔，就算她竭尽全力想压制住这股火山也无济于事了。猛烈的火山熔岩终于从她口中喷发出来："二十年前，用'三日绝'毒害你的义兄、海尊派掌门人穆正海的人，原来就是你！"

郭云飞终于睁开眼睛，长长叹出一口气，说道："没错，就是我！"

菊凤的眼睛就像正在喷射出熔岩的火山："你，为什么要这么做？"

郭云飞注视着菊凤的眼睛，说道："我这么做，只是为了得到两样我梦寐以求的东西。一样是武林盟主的位置，一样就是你，菊凤。"

菊凤问道："穆正海死后，暗中操纵江湖魔鬼杀手宫鹰对海尊派进行屠杀的人，也是你？"

郭云飞说道："没错，也是我。"

菊凤问道："你为什么这样做？"

郭云飞说道："在江湖各大武林门派中，唯一有力量与仁义教抗衡的，就是海尊派。仁义教若要独霸江湖，就必须除去海尊派。所以我要趁穆正海刚刚死去，海尊派群龙无首的时候先下手为强，灭了海尊派。"

菊凤问道："穆勇来到仁义府后，遭遇了多次暗算，这幕后策划人也是你？"

郭云飞说道："没错，也是我。穆勇把烈风神掌练到最高层，是冷水阴云功最强有力的劲敌。自从穆勇来到菊花镇后，我就感受到了巨大的压力和威胁。穆勇一日不除，我郭云飞武林盟主的位置就一日不稳。"

菊凤说道："你认为这样做，就一定能守住武林盟主的地位，能拥有整个江湖吗？"

郭云飞举起双手，说道："是的，我一定可以守住武林盟主的地位，整个江湖也是属于我的，所有的武林豪杰都要听从我的指令。"

郭云飞说完，爆发出了一阵疯狂大笑，这笑声仿佛是从阴森森的地狱深处传出来的，充满了咄咄逼人的杀气。菊凤不由得感到一阵毛骨悚然。

九月十五的月亮，像一面圆圆明亮的镜子，高悬于夜空中。

夜幕下，从仁义府的大门缓缓走出一位中年妇女。她迈出的脚步是那么沉重，仿佛有千斤之力压在她身上。皎洁的月光倾泻在她的云髻上，已到中年的她依旧显得魅力十足、韵味飘逸。

那中年妇女是菊凤，她走出很长一段路程后，才停下了脚步，慢慢回头，遥望着月光中仁义府隐隐约约的背影。她的目光中透露出一种幽怨和怅恨，还有一种难以描述的、被命运捉弄的痛苦。

菊凤已经在仁义府生活了二十年，现在她决定离开它，永远不再看到它，永远把它遗忘。

她可以把仁义府遗忘，但她能遗忘掉心中浓浓的怨恨和被命运捉弄的痛苦吗？

菊凤来到菊花镇北面一处青松茂盛的荒野中，这里群山环绕、流水叮咚、环境幽雅，但此处弥漫着一种阴森孤寂的气息。穆正海的坟墓就坐落在这里。

菊凤静静地站在穆正海的墓前，仰望着夜空中明亮的月儿，浮想联翩，思绪万千。月光如流水般把她包围在中间，她仿佛是月光中一棵亭亭玉立的竹子。

九月十五，是穆正海和菊凤结为伉俪的日子。

可是穆正海在比武大会中身亡之后，每年的九月十五便成了菊凤最孤独、最痛苦的时候。曾经熟悉的音容笑貌，曾经陶醉的甜言蜜语，全部化作了痛苦的回忆。即使是菊凤成为郭云飞的妻子之后，这种痛苦依旧吞噬着她的灵魂，但是她又能向谁倾诉这种痛苦呢？

今天又是九月十五，菊凤站在穆正海的坟墓前，回首往事，不禁潸然泪下。

她在月光中站了许久，然后双膝慢慢在穆正海的墓碑前跪了下来。她双眼凝望着墓碑，好像在凝望着穆正海深沉明亮的眼睛，一种无法摆脱的负疚感袭上她的心头。

菊凤说道："正海，我真是没有脸面来见你。但我还是来了，我要把我想说的话说完，然后远走高飞，去一个遥远沉寂，与世隔绝，没有纷争，没有忧愁，也没

有苦恼的地方。"

泉水般的眼泪从菊凤脸颊上淌下，打湿了她的衣裳，但她浑然不觉。

菊凤继续说道："我不是一个好妻子，我一直以为你是被莲花掌击中身亡的，却没想到是被你最亲密的结拜兄弟所害。更可悲的是，我还与凶手同床共枕了二十年。我一直以为我的所作所为是为了穆勇，为了海尊派，结果却是背道而驰。"

说到此，菊凤已泣不成声。

菊凤点起一炷香，摆上碗，斟了满满三碗酒。菊凤凝视着穆正海的墓碑，说道："正海，我已经彻底厌恶了这个尘世。在我远走高飞之前，我要在你面前敬三碗酒。"

菊凤端起第一碗酒，说道："正海，这碗酒敬给你我之间的感情。你是否知道，虽然我嫁给郭云飞为妻，但每到九月十五，我总在回忆你的音容笑貌，陶醉在昔日花前月下的甜言蜜语中。多少次我在梦中牵着你的手，走在菊花镇缤纷多彩的菊花丛中。虽然我们相亲相爱的时光不长，但这段时光是我生命旅程中最珍贵的部分。如果有来世，我希望我们还会结为夫妻。但愿下辈子命运不再捉弄我们，让我们携手走完恩爱的一生。"

菊凤端起第二碗酒，说道："正海，这碗酒敬给我们的骨肉穆勇。我欠穆勇太多，二十年来我没有给他作为母亲应给的关心和爱护，我不是一个合格的母亲。但穆勇在孤苦、残酷的环境中把烈风神掌练到了最高层，他是穆家唯一的希望。正海，你要保佑穆勇，赋予他弘扬武林正义、铲除江湖邪恶的智慧和力量，实现你未完成的理想。"

菊凤端起第三碗酒，说道："正海，这碗酒敬给肝胆相照、矢志不渝的海尊派弟子。在郭云飞暗中操纵宫鹰屠杀海尊派的时候，周展率海尊派弟子奋起反抗，宁死不屈。他们的一片赤诚之心永远值得怀念。"

敬完了三碗酒，菊凤再次跪拜在穆正海的墓碑前，声音颤抖地说道："正海，我真的对不住你啊！"她哭得那么凄惨，成了一个泪人，但泪水能洗去她此时的悲痛和愧疚吗？

天上飘浮的云朵凝固了，无边无际的松林静静伫立着，奔流不息的溪水悄无声息，它们仿佛都被菊凤悲痛欲绝的心情感染了。

菊凤身后响起了一个声音："凤姨，你不必如此深深地自责，你所做的一切都是为了穆勇和海尊派。你一直都在牺牲自己，像一根蜡烛在燃烧自身，照亮别人的路。你所做的都没有错！"

菊凤回头一看，说话人原来是方新月，她不知什么时候已站在了菊凤背后。

菊凤问道："新月，夜阑人静，你来这荒无人烟的墓地做什么？"

方新月说道："我来参拜穆正海穆前辈，我要向穆前辈请罪。"

菊凤惊奇地问道："穆正海去世时你不过是个刚降临的孩子，你能欠他什么罪？"

方新月说道："二十年前，郭云飞买通了海尊派的厨师方耀，把'三日绝'掺到穆正海的饭食中，致使穆正海不知不觉中毒丧失功力，然后在比武中被莲花掌击毙。后来方耀被郭云飞灭了口。"

菊凤说道："难道你与方耀有什么不同寻常的关系？"

方新月说道："我就是他的女儿。"

菊凤一听，吃惊得说不出话来。

方新月斟了满满一碗酒，慢慢端起来，说道："穆前辈，我敬你一碗请罪酒。二十年前，我父亲方耀见利忘义，受人驱使，加害于你，这是一桩无法饶恕的罪。现在，作为方耀的女儿，我在这里向你请罪了。"

方新月在穆正海的墓碑前重重地磕了三个响头，磕得额头渗出了鲜血。

菊凤问道："既然你父亲方耀被郭云飞所杀，那你为何到仁义府当丫鬟，勤勤恳恳侍奉仁义府的人？"

方新月咬得牙齿咯咯直响，说道："我到仁义府当丫鬟，是为了接近郭云飞，报仇雪恨。"

菊凤轻轻摇了摇头，说道："你想杀郭云飞，谈何容易？"

方新月又斟了满满一碗酒，端起来，说道："穆前辈，我再敬你一碗求胜酒。穆勇即将与郭云飞决斗，你一定要给予穆勇无穷无尽的力量，保佑他战胜郭云飞，让郭云飞这个笑里藏刀、危害武林多年的老贼得到应有的报应。"

菊凤盯着方新月透露出坚毅而清纯的脸蛋，叹息着说道："想不到见利忘义、害主求荣的方耀竟能生出如此深明大义、爱憎分明、疾恶如仇的女儿来。"

沉默了一会儿，方新月问道："凤姨，你说你要远走高飞，去一个没有忧愁、没有纷争的地方，这个地方在哪里？"

菊凤说道："在烟波浩渺的南海，它的名字叫作忘忧岛。"

方新月说道："忘忧岛？忘却了忧愁的岛屿，这世间真的有一个无忧无愁的地方吗？"

菊凤说道："当然有，到了忘忧岛，人就终止了贪图荣华富贵的欲望，摆脱了追名逐利的枷锁，淡薄了争强斗狠的仇怨，自然而然也就没有了忧愁、烦恼和痛苦。"

方新月说道："凤姨，你打算什么时候启程去忘忧岛？"

菊凤说道："现在就启程。"

方新月说道："现在？穆勇和郭云飞很快就要决斗了，你不等他们胜负见分晓再走吗？"

菊凤说道："不等了。他们两人一个是我的亲生骨肉，一个是我目前的丈夫，

不论谁死谁活，我都不愿面对这个现实。"

方新月不知道该说什么好。

皎洁的秋月照在这两个不幸女人的身上，显得那么凄凉、迷茫。

（十一）又见"三日绝"

菊花镇郊外的荒地上又多了两座并列的新坟，一座是顾若雄的，一座是崔子明的。披麻戴孝的顾红柳跪在两座坟前哭泣了好几个时辰。树上的鸟儿在悲戚地鸣叫着，香火中袅袅升起的一缕缕烟就像流离失所的人，不知要飘向何方。在一阵阵风中，穿着白色孝衣的顾红柳就像一朵纤弱的白莲花，被无情的秋风吹打着。

她的身后不知何时出现了一个人——那人是穆勇，正在默默地注视着她。她没有回头，任凭小溪般的泪水浸湿了她的衣裳。穆勇向她靠得越来越近，虽挡住了阵阵透着寒意的秋风，却挡不住顾红柳撕心裂肺的痛苦。

顾红柳抬起头，她的目光同穆勇的目光碰到了一起，她哭得红红的眼睛透出的幽怨和凄凉使穆勇的内心也荡起痛楚的涟漪。

顾红柳说："他们本不该死的。"

穆勇说："是的，如果我没有出现在菊花镇，就什么事都没有。他们就会照样过着平静自在的生活。"

顾红柳说："可是你确实出现在菊花镇了。"

穆勇说："所以我要义无反顾地走下去，直到拿郭云飞的性命来祭你父亲和我父亲的在天之灵。"

顾红柳慢慢站起来，凝视着远方连绵起伏的群山，群山的绿意在秋风的横扫中已变得越来越淡，弥漫着萧条和冷清的气息。她突然把目光从远方收回，直盯着穆勇，问道："你有把握杀了郭云飞吗？"

这句话像一把利剑，直刺入穆勇的心灵深处。穆勇怔了良久才回答说："我没把握杀了郭云飞，但我确信，只要我豁出去，至少可以做到与他同归于尽。"

顾红柳向墓地外迈开了脚步，穆勇问道："你要去哪里？"

顾红柳说："四海为家，任意流浪。"

穆勇急了，说："你父亲和师兄刚走，莲花山庄需要你来支撑……"

"仁义教的人已放火烧毁了莲花山庄，青莲派也被消灭殆尽。"顾红柳的话语中带着绝望。

穆勇的心头燃起了一股熊熊怒火，拳头握得骨骼都响了，但他没有失去理智，他说："仁义教已采取对莲花山庄和青莲派斩尽杀绝的行动，你现在出去，无异于自投罗网，必须找个安全的地方躲一躲。"

顾红柳说："现在对我来说还有什么地方是安全的吗？"

穆勇说："当然还有。我的家海尊府虽然只剩下断壁残垣，但那里是最安全的，没有人会注意到那里。就算有仁义教的人找上来，我也必叫他有来无回。"

穆勇和顾红柳回到了海尊府的废墟中，这里已放置了一张桌子，桌子上有两坛酒，这是穆勇从别的地方弄来的。只有酒，没有下酒的菜。月亮已悄悄爬上树梢，皎洁的月光给四周披上一层美丽雪白的银光，可银光中的人却已无心欣赏这宜人的美景。

穆勇拿出两个酒杯，斟满酒，一杯递给坐在桌子对面的顾红柳，一杯留给自己。

穆勇端起酒杯，说："顾小姐，喝杯酒吧，酒可解愁消恨，喝了感觉会舒服些的。"说完他便一口饮尽。

顾红柳却没有动，她静静看着杯中酒，弯弯的月儿倒映在酒中，酒色显得更加晶莹光润。少许，她伸出纤细光滑的手，握住酒杯，却没有端起来，仿佛酒杯有千斤重。

顾红柳说："喝酒可解愁消恨，人世间为什么有那么多的愁与恨？"

穆勇说："自从每个人降临到这世上，就已注定无法摆脱愁与恨的纠缠。不管是达官权贵，还是平民百姓，都是一样的。愁与恨已是人的生命中不可分割的一部分。"穆勇一举杯，又一口饮尽。

顾红柳说："为什么二十年前的旧仇宿怨不能随着时间的流淌而逐渐消逝？为什么刀光剑影无法从世上彻底消失？"

穆勇端起酒杯，又"咕咚"一口饮尽。他慢慢地说："干戈可以化为玉帛，仇恨可以化为友好。但邪恶无法自行转化为正义和善良，只要邪恶还没被消灭，仇恨就永远无法消失，流血争斗也就无法消失。"他又斟了满满一杯，一饮而尽。

顾红柳略有所思地停了停，又说道："邪恶会有彻底消失的一天吗？"

穆勇摇摇头，说："我们可以用自己的鲜血和力量来捍卫正义和善良，但无法使邪恶彻底消失。"他又倒了个满杯，一口喝干。

顾红柳说："你已下定决心要与郭云飞一拼死活了吗？"

穆勇说："是的，这个世界上有穆勇就不能有郭云飞，有郭云飞就不能有穆勇。"穆勇用颤抖的手又端起酒杯一干而尽，他已连喝了二十余杯酒了。

顾红柳说："既然邪恶无法彻底消灭，那你杀了郭云飞又有什么用？"

穆勇的眼睛中已泛出迷茫的醉意，他又缓缓举起酒杯，说道："就算我杀了郭云飞，将来还会出现许多郭云飞式的人，但我还是要坚持斗争下去。如果每个人都站出来为维护正义而斗争，邪恶就会降低到最低限度。即便我们不能达到最高境界、

天涯儿女

最高理想，我们也万万不能放弃斗争。"

顾红柳端起了酒杯，说道："既然酒能消愁，那就喝吧。"她也一饮而尽。而此时的穆勇，又斟满一杯，用颤抖不定的手端起，语无伦次地说："好……喝……痛喝……"他想把酒倒入口中，却一头趴在桌子上，烂醉如泥地睡着了。

烂醉的感觉真好，没有忧愁，没有烦恼，没有痛苦，醉梦中的穆勇觉得自己天马行空地飘了起来，飘在无拘无束的高空中，慢慢化作一片彩色的云，去追逐着洁白的月亮，好一幅令人陶醉的彩云追月……

这时一阵寒风吹来，把穆勇从梦中吹醒，他睁开惺忪的睡眼。此时，断壁残垣中只剩他一人了，顾红柳呢？一种不祥之感袭上穆勇心头。

一层浓浓的雾气弥漫在仁义府的上空，天上的星光和月光被雾气遮住，仁义府透露出阴森黑暗的神秘。夜幕中，一个黑影纵身跃过仁义府的高墙，无声无息地朝仁义府中央的仁义堂飞奔而去。仁义堂八十一盏明珠灯放射出明亮柔和的光芒，镶嵌着"仁义"二字的大牌匾前，端坐着白面青丝的郭云飞，他正在闭目练功。

看到杀父仇人郭云飞，顾红柳眼中迸射出愤怒的火花。她冲进仁义堂，挥动手中的剑，来一个"大鹏展翅"，直扑向郭云飞。郭云飞岿然不动，仍双目闭合，似乎没有察觉到来袭的利剑。

当顾红柳手中的剑离郭云飞不到一尺时，郭云飞一直置于腰间的双手突然向前推出，一种铜墙铁壁般的内气严严实实挡住了利剑前进的方向，利剑已无法再前进半寸。郭云飞再一发力，阻挡利剑的气墙犹如潮水一般向前冲过去，把顾红柳冲得朝一旁倒了下去。郭云飞睁开眼怒喝一声："拿下！"几名仁义教的弟子已从仁义堂两侧冲出来，把倒地的顾红柳捆绑得紧紧的。

郭云飞冷笑一声，说道："一个黄毛丫头就想刺杀老夫，没那么容易。"

顾红柳骂道："你这杀人不眨眼的魔王，总有一天会得到报应的！"

郭云飞哈哈大笑，说道："可是现在先得到报应的是你！"他随即命弟子把顾红柳关进一间小屋里。

仁义府又恢复了平静，仿佛什么事都没有发生过。

两个时辰后，又一个黑影掠进了仁义府。穆勇从醉梦中醒后，发现顾红柳不在，他立马产生了一种不祥之感：她一定是去找郭云飞拼命了。他随即向仁义府飞驰而来。

仁义府里静悄悄的，仁义堂的明珠灯依然放射着明亮柔和的光芒，但屋内已空无一人。穆勇在仁义堂的地板上发现了顾红柳的剑，他明白了这里刚发生过战斗，而且顾红柳已落入对方手中。

借着夜幕和浓雾的掩护，穆勇警惕地在四处搜索着，搜索关押顾红柳的地方。在一个灯光暗淡的小屋窗外，穆勇看到顾红柳面朝里被严严实实捆绑在一根柱子上。

"顾小姐。"穆勇轻声呼唤，顾红柳一动不动，没有任何反应。穆勇又唤了几声，仍是如此。窗户由一根根粗圆的铁杆防护着，门是一扇由生铁制成的坚厚大铁门，锁门的铁锁比拳头还大。

穆勇运起内力，将力量集中于手掌，一掌对准铁锁猛然击出，只听"轰"的一声巨响，铁锁被击成两半，向两边斜飞出去。穆勇快步冲进屋里，来到顾红柳身边，说道："顾小姐，我们快离开这个地方。"他边说边替顾红柳解绳索。

这时，"顾红柳"转过脸来，呆呆地看着穆勇。穆勇不禁一愣，被绑于此的并非顾红柳，只不过是一个穿着、身材与顾红柳十分相像的姑娘而已。

穆勇知道上了当，赶紧退出来。这时，屋子外面已经站着一群人了，为首的正是郭云飞和许标，他们直勾勾地盯着穆勇，发出诡谲的冷笑。

许标说道："果然是英雄难过美人关。顾红柳被擒，我就知道你坐不稳，必定会找上门来。"

穆勇圆睁怒眼，喝道："你们究竟把她藏在哪里了？"

许标不紧不慢地说："就在这里。"他手轻轻一挥，几个仁义教弟子已把顾红柳从后面推上来。顾红柳被反绑着双手，一把雪白锃亮的钢刀架在她脖子上。

许标咄咄逼人地说道："穆勇，你看清楚了，只要钢刀一动，你的美人就不存在了。"

穆勇眼冒火光，厉声道："你我之间的仇恨是仁义教和海尊派的仇恨，与她何关？"

郭云飞大声喝道："青莲派向来与仁义教暗中作对，现在又公开血口喷人，说本教暗下毒手，杀人灭口，怎说无关？"

顾红柳"呸"了他一声，怒骂道："青莲派何时血口喷人？仁义教暗害穆正海，杀方耀灭口，突袭海尊派，还杀害了许多敢于仗义执言的武林志士。这是江湖中人人有目共睹的，你还不认账！"

许标嘿嘿一笑，说道："顾红柳，你都成了笼中之鸟，还要逼人认账，岂不可笑？"

穆勇道："你们到底想怎么样？"

许标冷笑道："我们也不想怎么样，你不是想救顾红柳吗？这说明你心里很爱她，我倒要印证一下你到底爱她有多深。"

穆勇说道："你想怎么一个印证法？"

许标慢慢走到穆勇身边，说道："以穆壮士盖世武功的神威，平时我是不敢靠近穆壮士的，可今天不一样，今天我是狐狸欺负老虎。"

穆勇的拳头握得紧紧的。

许标从怀里掏出一个小瓶子，轻轻一摇。他怪声怪气地说："瓶子里装的是上等美酒，香醇可口，只是美酒中已掺入了'三日绝'，因此只有有勇气、有胆量的

人才敢品尝如此美酒。"接着他说，"只要你把小瓶子里的酒喝下，我就放了顾红柳，否则我就送她上西天。"

穆勇双眼冒出愤怒之火，牙齿咬得"咯咯"直响，但他还是接过了小瓶子。

郭云飞阴阳怪气地说道："二十年前，穆正海不知不觉中喝下'三日绝'，如今他的儿子要光明正大地喝下'三日绝'，真是子比父强啊，哈哈哈。"

顾红柳惊恐地看着穆勇，说道："穆大哥，你千万别喝，你不要上他们的当——"她还没说完，一块厚布已塞入她嘴中，她想说也无法说了。

许标说道："我数三声，你就得喝下去，我也会放了顾红柳。否则，三声一过，钢刀滑动，你的美人儿就得人头落地了。"

"一。"许标已经开始数了，全场顿时陷入一片沉寂中。穆勇端着瓶子的手一动不动，似乎在托着一个千斤重的物体。此时，他血管中的血液翻腾起来，带着怒气和仇恨。

"二。"许标继续数，全场的气氛绷得紧紧的。仁义教的弟子中有的已经汗流满身了，不是他们喝，他们却显得比穆勇还紧张。顾红柳已是泪流满面，她有千言万语要跟穆勇说，可是一个字也说不出来。她在内心埋怨自己，指责自己：为什么要鲁莽来行刺，导致穆勇身陷绝地。

穆勇的脸已涨得通红，脖子上青筋暴露，胸口剧烈起伏，他体腔中的血液似乎要载着仇恨冲出体外，冲向他的仇人。

郭云飞一言不发，脸上严肃而沉静。

"三！"许标一数完，便举起了右手，就要发出动手杀人的命令。

穆勇大吼一声："我喝！"他举起小瓶子，揭开瓶盖，对着自己的嘴一口猛灌下去。转眼间，瓶子里的酒已是一滴不剩。

顾红柳只觉得两眼发花，一下子就昏了过去。两名仁义教的弟子赶紧把她扶住。

穆勇看着许标和郭云飞，说道："现在是你们兑现诺言的时候了。"

许标脸上露出狡黠的一笑，故作不明地问："兑现诺言？兑现什么诺言？"

穆勇义正词严地说道："把顾红柳放了！"

许标说："我没说不放人，但也没说现在就放。"

穆勇一怔，怒道："你这话是什么意思？"

郭云飞嘿嘿一声冷笑，说道："三天之后你我之间就要进行决斗，到时你若能击败老夫，我们必然恭恭敬敬地放了顾红柳。"

穆勇厉声道："你们言而无信，如何面对武林中人？！"

许标不紧不慢地说："什么言而无信？方才我确实承诺放人，但我没说立刻放人，三天后再放也可以啊。是你自己误解，可怨不得别人。"

穆勇的怒火像一座火山喷发出来，几乎要使他的体腔爆炸。如果不是顾红柳受控在他们手中，他定要立即出手让他们粉身碎骨。

明月已悄悄躲在云朵中，似乎不忍目睹这令人心碎的一幕。夜风发出凄厉的长号，仿佛在为穆勇的遭遇鸣不平。

穆勇又回到了海尊府的废墟中，他静静仰头望着漆黑的天空。上半夜的天空还是那么明朗美丽，而下半夜却变得如此漆黑，让人看了毛骨悚然。

穆勇运足内气，使出烈风神掌的最高功力，一掌击出，只听"轰"的一声，前面的树木倒下了一大片，神掌的威力依然可畏。但穆勇心里清楚，跟以前相比，这一掌的功力已打了折扣。三天之后，他的烈风神掌将在"三日绝"的作用下化为乌有，这是多么残酷的结果。现在，"三日绝"已经开始堵塞他的筋络和穴道，使烈风神掌不能充分发挥，这仅仅是噩梦的开始。

天亮了，旭日温和地照着仁义府的大门，大门里传出了马嘶声和喧闹的说话声。

随着"吱呀"一声，仁义府的大门开了，一队人马缓缓走了出来。走在前面的是一顶轿子，端坐在轿子里面的正是郭云飞。许标骑着一匹高头大马紧随其后，再后面是十余个骑马或走路的弟子。

今天，郭云飞春风满面，喜笑颜开。昨夜，他以顾红柳作为人质，要挟逼迫穆勇喝下"三日绝"，可以说除掉了一个心腹大患，扫除了他称霸武林最难对付的拦路虎。这一胜利成果，怎能不让他欢天喜地？

队伍离开仁义府没多久，就看见一位年轻人如同一尊塑像般巍然站立在路中间。他身材魁梧，一双凛然的眼睛直盯着仁义府的人，放射出逼人的光芒。他正是向山连。

许标催马上去，喝道："你是何人，竟敢在路中间挡我们去路，是不是吃了熊心豹子胆了？"

向山连道："你们不配光明正大走在大路中间，只配在小路边像虫像狗一样爬行。"

郭云飞动容道："年轻人何出此言？"

向山连道："你们自己做了见不得人的事，难道还要装疯卖傻吗？昨天夜里，你们以顾红柳作为人质，逼迫穆勇喝下'三日绝'，而且言而无信拒绝放人。身为堂堂武林盟主，竟然做出如此卑鄙无耻的行径，如何向武林中人交代？"

郭云飞哼了一声："想不到仁义府发生的事，你知道得这么快。果然是来者不善，善者不来。你一直在暗中窥视仁义府，究竟有何居心？"

向山连道："我暗中窥视，只不过想看清你的灵魂和嘴脸有多丑恶、多狠毒。我发现你的阴险毒辣远远超过了我以前的想象。"

郭云飞道："就算你看清了又能怎样？"

向山连正色道："我要为江南武林界除掉一大败类。"

许标已按捺不住性子，他大喝一声："我倒要看看到底是谁除掉谁！"说完已使出犀利的鹰爪功，一个"老鹰扑食"直取向山连。

向山连瞧都不瞧他，待他的"鹰爪"扑来不到一尺的距离时，向山连突然闪电般出手，只听掌风呼啸，发出沉闷的撞击声。别人还没看清楚向山连是如何还击的，只见许标已被击出丈许远的地方，跌倒在地，口里喷出鲜血，抱着胸口直呻吟。

郭云飞吃了一惊，脱口而出道："乾坤循回掌！"

向山连平静地看着郭云飞，说道："今天你我之间定要来个了断。"

郭云飞定了定神，说道："壮士既已下定决心，老夫只有奉陪到底了。"他身体飞起，跃离了轿子，身轻如燕落在与向山连距离两丈的地方。四个轿夫赶紧躲得远远的。

郭云飞慢慢说道："请出手吧。"他知道对付乾坤循回掌必须后发制人，以静制动。

向山连看着郭云飞，一股怒火已从心底冒起，他厉声道："郭云飞，看招！"一记猛锐的乾坤循回掌已击向郭云飞。

郭云飞赶紧使出冷水阴云功进行阻挡，两股强劲的内力在空中遭遇，就像两种看不见的飓风以排山倒海之势互相碰撞到了一起，周围的树木被震得东摇西晃，树叶向四周纷飞飘落，旁观的人明显感觉到地面在震动，震得他们双脚发麻，几乎不能站立。

两种掌力僵持了一会儿，郭云飞暗暗感到对方的掌力在逐渐增大，大有立即冲破冷水阴云功的防线之势。他赶紧把内力的力量再加大一成，双方又形成势均力敌的对峙之势。

双方又僵持了一会儿，郭云飞感觉到对方的掌力在悄悄增大，自己又处于劣势之中，他不由得又把掌力加大一成。

乾坤循回掌法的特点就是在实战中内力生内力，越战力量越大。对方的阻力大，它也跟着水涨船高，借助对方之力提高自己的力量。它的力量可以循环利用，在与另外一种真气相逢时就像大火遇到大风，风虽猛，却吹不灭火，反而使之越烧越旺。

郭云飞脖子上已是青筋暴露，额头上冒出大滴汗珠。他已把冷水阴云功的掌力加到最高层——第十层，而乾坤循回掌则毫不示弱，力量增长得更快，显出咄咄逼人的气势。向山连面不改色，仿佛还有使不完的劲。他心里暗想：江湖中到处盛传冷水阴云功的可怕，如今看来，亦不过如此。

仁义教弟子都在为郭云飞捏一把汗。郭云飞暗自思忖：若这样僵持下去，我必败无疑，一定要想办法脱身出去。

郭云飞心里清楚，此时如果仓促收功，必然被乾坤循回掌击得粉身碎骨，一收功就必须迅速跳开，而且要算得准，稍有差错就得一命呜呼。

郭云飞深知脱身而出的风险，但事到如今，他只能铤而走险使用险招了。

郭云飞大吼一声，把所有的内力都使了出来，做出背水一战的架势。

趁向山连微微一怔之际，郭云飞突然把冷水阴云功全部收回来，身子随即向前方迅疾翻滚，飞出几丈远。

只听"轰"的一声，乾坤循回掌的内力如潮水般打向郭云飞原来站的位置，地上被击出一个大坑，旁边的石头都被击得粉碎。

看的人都瞠目结舌了，他们似乎变成了一动不动的木偶人。

郭云飞年纪虽大，身体却非常灵活。他像一只轻快矫捷的燕子飞到了向山连的身后，随即来了一招"回头望月"，转身朝向山连后背打出一阵迅疾猛烈的冷水阴云功掌气。

向山连没料到郭云飞会一下子幽灵般地绕到自己背面，他感觉到一股阴冷逼人的寒气袭来，赶紧回身运作内气出掌阻挡。只可惜，他方才一记乾坤循回掌击了个空，已经消耗了他大量内气，如今情急之下仓促出手，没有足够的时间重新积蓄内气。因此向山连没有充足的力量阻止强劲的冷水阴云功掌气，郭云飞的掌气冲破了向山连掌力的封锁线，直扑向他的身体。向山连感到体内泛起一阵刺骨的寒冷，仿佛一下子掉进了万丈冰窟，被厚厚的冰雪埋得严严实实的。他的气血开始逆行，那阴森的寒气使他难以呼吸，让他窒息。

向山连知道自己中了很重的冷水阴云功的掌气，他愤怒地看着郭云飞，却说不出话来，他已经无法说话了。

郭云飞冷笑着，看着这个年轻人慢慢地倒下去。

菊花镇郊外的荒地上又多了一座新坟。方新月默默地伫立在新坟前，目光呆滞地看着墓碑。她喃喃地说："师兄，你为什么走得这么匆忙，为什么没说一声就离我而去，后面的路我该怎么走啊？"她不知道向山连能否听到她凄凉的提问，回答她的只是一片沉寂，偶尔传来几声让人不寒而栗的乌鸦叫声，才打破死一般的安静。一阵阵充满寒意的秋风吹来，吹得方新月的衣裳"哗哗"飘动，她就像秋风中一棵无助的小草。

夜幕中的仁义府总是那么安静神秘，月儿高高悬挂空中，月亮变得圆满起来。天上的月亮有圆有缺，月光下的人有喜有悲，方新月的心情由见到师兄的喜悦变成了失去师兄的悲痛。她沐浴着月光走在仁义府弯弯曲曲的小路上，皎洁的月亮把她窈窕婀娜的身姿映衬得更加楚楚动人。

走到一间明亮的屋子前，她停下了脚步。屋子里的灯火散发出耀眼的光芒，透过窗户，她看到了那张一直让她感到厌恶作呕的脸。

许标正坐在一张桌子旁，大口大口地喝酒吃肉。白天他与向山连交手时中了一掌，但伤势不重，通过运作内功已将内伤消除，又可以逍遥自在地大吃大喝了。

方新月走到门前，伸出纤纤玉手，轻轻敲了敲关闭着的门。

"谁呀？"许标含着一口牛肉问道，似乎不高兴有人干扰他的美餐时间。

"是我。"方新月应答的声音像百灵鸟般婉转动听。

一声春雷可以击醒冰封沉睡的大地，一声娇语可以激起色狼荡漾的春心。听到方新月的声音使许标如获至宝，他迫不及待地打开了门。

"新月，是你啊，请屋里坐。"许标脸上堆满了笑容。

方新月迈开轻盈的步子，腰肢轻晃着走了进去。

"新月，今晚是什么风把你吹来了？"许标有点受宠若惊的样子。

方新月说："有些思念家人，所以出来走走，散散心！"

许标说："对呀，谁不想念家乡的亲人？不过，新月，你就把我这里当作你温暖的家，我就是你的亲人。"他说完嘿嘿一笑，方新月直感到一阵说不出的恶心。

许标接着说："新月，今晚难得你的光临，咱们坐下边喝边聊，如何？"

方新月满口答应，走到许标对面的长凳边，坐了下来。

方新月的到来不仅激发了许标更大的食欲，还激发起了他另外一种更强烈的欲望。他色眯眯地看着方新月，说道："新月，今夜机会难得，来，我敬你一杯。"说着他举起了酒杯。

方新月也举起了酒杯，说道："今夜确实机会难得，这么好的月色，这么好的风景。"

"所以我们今晚定要喝得痛快，要喝得一醉方休！"许标扯着嗓门说道。

方新月说："不过，许标，请你多多包涵，我的酒量有限，所以你喝三杯，我就喝一杯，直到喝不下为止，你看如何？"

许标一拍桌子，说："好，只要你肯喝，我就是豁出命也要陪你。"

他说完，"咕咚咕咚"连喝了三杯，方新月也喝完了一杯。

许标有些醉意了，他在方新月到来之前已经喝了不少酒，又经过一阵痛喝，直喝得舌头都大了。

许标盯着方新月，说道："新月，我发现你的脸上常常是愁眉不展的，好像是一朵鲜花没有开在合适的地方。"

方新月嫣然道："那么你认为这朵花应该开在哪里呢？"

许标毫不犹豫地说道："应该开在我这里，我是堂堂男子汉，我会让你感受到男人的力量，也会让你体验到身为女人应享有的幸福。"

方新月"嗤"的一声笑了，说道："你说得真好听。"

许标又"咕咚"喝下一杯，说道："我不但说得好听，我做得更好。新月，相信我，我会给你想要的一切东西。"

方新月说道："那就看咱们之间有没有这个缘分了。"

许标说道："有缘分！不但有缘分，我还要让这个缘分很快变成现实。"

方新月又举起酒杯，说道："来，再喝。"

"喝，喝个痛快。"许标又喝了三杯。

许标摇摇晃晃地站起身，把屋子里的灯熄灭了，只剩下漆黑一片。

方新月骇然道："你把灯都熄了干吗？"

黑暗中许标已扑上来抓住她的双手，醉醺醺地说道："黑暗中两人的世界会显得更加温馨，不是吗？"说着，他已伸出双手，在方新月身上乱摸乱捏。

方新月没有反抗，在漆黑中她眼中的泪花像断了线的珠子直淌下来，打湿了她的脸颊。这泪水是耻辱？是委屈？是痛苦？是悲愤？她不知道，她只觉得脑子里一片空白。

许标在她身上发泄着兽欲，后来竟靠在她身上睡着了。他确实醉了，是被方新月灌醉了。

方新月推开许标烂醉如泥的身体，狠狠地"呸"了一声，然后整理身上被扯乱的衣裳。

方新月点燃蜡烛，拉上窗帘，在许标屋里翻箱倒柜寻找着一件东西。

有一个漂亮结实的半圆形箱子紧锁着，方新月从许标衣兜里翻出钥匙，把它打开了。里面装的东西五花八门，方新月看到了一个小瓶子，上面写着：百花化毒散。她伸手把它拿了起来，这就是她付出身体的代价前来寻找的东西。

百花化毒散由上百种花精制而成，可以迅速有效化解掉各种致命毒药的毒性，也是唯一能够化解"三日绝"的解药。百花化毒散和"三日绝"是郭云飞的传家宝，他把这两样东西都交由许标保管，足见他对这个大徒弟的信任。

方新月把百花化毒散揣进衣兜里，在夜幕中飞驰而去。

在海尊府的断壁残垣中，穆勇孤独地躺在石头上。他目光呆滞地望着冷漠的夜空，夜空中的繁星冷漠地眨着眼睛。他陷入了百般无奈和绝望之中。

废墟中忽然吹起一阵清风，穆勇感觉到这清风似曾相识。

穆勇正在猜疑着，一个亭亭玉立的倩影就出现在他面前了。洁白如雪的长袍，娇嫩如玉的脸蛋，月光中的方新月总是那么楚楚动人。

穆勇心中一阵诧异，问道："新月，是你？你怎么来了？你来这里做什么？"

方新月说道："我来这里，是因为你现在的处境需要别人的帮助。"

穆勇说道："你为什么要帮我？"

方新月没有回答，而是反问道："你可知道我的真实身份？"

穆勇说道："我不知道你的来历，但我可以肯定你不是坏人。"

方新月道："我不是坏人，但我是你的仇人。"

穆勇一怔，说道："你和我有何冤仇？"

方新月平静地看着他，一字一字慢慢说道："你可知道，二十年前，受郭云飞指使，在你父亲穆正海饭食中放入毒药'三日绝'的人是谁？"

穆勇心里一沉，说道："是方耀，莫非你是方耀的——"

"我就是方耀的女儿。"方新月说出来时也费了很大的劲。

方新月的声音不大，却像一个轰顶的闷雷，击打得穆勇差点从石头上摔了下来。他直勾勾地看着眼前这个姑娘，整个人都呆住了。

方新月说："郭云飞欠方家的血仇，我一定叫他以命抵偿。方家欠你穆家的血仇，你可以找我还。"

穆勇声音嘶哑地说道："你父亲欠下的血债，岂能叫女儿来偿还？我无论如何都不会让你来还这个债的。"

方新月说："我父亲当时被钱财迷惑，竟糊涂做了蠢事。他在被郭云飞追杀时，十分后悔自己的行为，可是一切为时已晚。我痛恨我父亲的所作所为，但我必须杀了郭云飞为他复仇，因为我是他的女儿。"

穆勇长叹一声，道："可是你凭什么本事杀掉郭云飞呢？"

方新月脸上露出了无奈和悲伤的神情，说："自从我进入仁义府当了一名丫鬟后，我想尽了各种办法，明的暗的杀法都试过，竟然没有一次能成功，我为此付出了沉重的代价。更让我无法接受的是，我师兄向山连与郭云飞决战，惨死在郭云飞老贼掌下。"

穆勇猛然一惊，说道："向山连已死在郭云飞手中了？这怎么可能！"

方新月已泪如雨下，呜咽着说道："所以我现在复仇的唯一希望就寄托在穆公子身上了。在与郭云飞的决斗中，穆公子一定要击毙老贼，为武林、为人间除掉一大祸害。"

穆勇无神的眼色泛出绝望、黯淡的光，说道："我已中了郭云飞的'三日绝'，功力迅速消失，现在我所剩内力不到原来的三分之一，再过一天就会完全成为一个废人，我凭什么去与郭云飞决战？"

方新月从衣兜里拿出百花化毒散，说道："这是百花化毒散，是世上唯一能化解'三日绝'毒性的解药，并能迅速恢复你的功力。这是我能为你做的唯一一件事，也是我在为父报仇的努力中所能做的最后一件事。"

穆勇看向方新月，两人的目光碰到了一起。穆勇发现她闪动的眼波里包含着千言万语，是用三天三夜也倾诉不完的千言万语。穆勇伸出颤抖的手去接百花化毒散，他发现她的手也是颤抖的。

穆勇做梦也没想到，杀父仇人方耀的女儿竟会成为自己的救命恩人。

服下百花化毒散不到一个时辰，穆勇就感觉到被"三日绝"堵塞的筋络和穴道已开始畅通，体内的真气流动起来，浑身又充满了力量。

这是多么神奇的解药，令人生畏的"三日绝"在片刻之间冰消瓦解。

穆勇运足烈风神掌内力，对准月光下面废墟中的乱石群一掌击出，只听得"轰"的一声巨响，乱石被打得粉碎，四处飞扬，在黑暗的夜幕中闪起耀眼的火光。废墟震动了。

这是预示着正义必定战胜邪恶的一掌，这是充满了仇恨和愤怒的一掌。

方新月看得惊呆了，但惊呆中带着欣喜，带着兴奋，更带着期望。

此时，穆勇想起了顾红柳，她仍处在郭云飞的控制中，他的烈风神掌虽"威"不可挡，但他能无所顾忌地发挥出来吗？穆勇又愁眉紧锁起来。

方新月似乎已窥探到了穆勇的心思和顾虑，说："穆壮士，你就放手一搏吧，其他的事我来处理。"

说完，她辞别穆勇，骑上马，在夜幕中飞奔回仁义府。

（十二）决战

顾红柳被囚禁在仁义府的一间地下室里，两道铁门把地下室锁得严严实实的。十名家丁守在地下室周围，个个高度警惕。

方新月提着两坛酒、十斤烧鸡来到地下室门口。领班的家丁赶紧迎上来，说道："哟，是新月，今天你有雅兴来看望弟兄们了。"烧鸡散发出难以抵御的香味，其余的家丁早已馋涎欲滴了。

方新月嫣然道："前几日，有朋友给我送来美酒。我顺便拿来与大家分享。"

领班道："多谢你的一番关怀和美意，但我们这几天不能喝酒。"

方新月一笑，说道："这么好的酒要是不喝，后悔都来不及。"

领班说道："这是郭教主下的禁酒令，我们谁也不敢违抗。"

方新月故意伸长脖子往地下室望了望，问道："里面关的是什么人？"

领班说道："是一名企图刺杀郭教主的姑娘，是青莲派掌门人顾若雄的女儿。"

方新月说道："这姑娘胆子果真不小，我能去看看吗？"

领班说道："这恐怕不行，郭教主已明确向我们交代，除教主本人外，任何人都不能进去。"

方新月悠然地说道："如果我进去了呢？"

领班说道："那么郭教主就要拿我们问罪，我们可就全完蛋了。"

方新月轻轻一笑，说道："你们确实也该完蛋了。"

她话音一落，已闪电般从长袖中抽出一把利剑，只见剑光一闪，剑已刺入领班腹中。领班大叫一声，顿时倒地身亡。

其余的家丁吓坏了，赶紧拿起刀剑。方新月的华松剑法已施展开来，只听风声呼啸，剑光旋转，顷刻间所有家丁都已倒在血泊中。

方新月从领班身上搜出钥匙，打开地下室的铁门。她拉住顾红柳的手，道："赶

快离开此地。"在夜幕的掩护下，她们飞驰离开仁义府，来到一片树林中。

惊魂未定的顾红柳稍稍喘了口气，问道："姑娘与我素不相识，为何出手相救？"

方新月道："只因郭云飞是我们的杀父仇人，我们需要联手起来除掉这个老贼。"

顾红柳道："你父亲也是死在郭云飞手中的？你父亲是谁？"

"方耀。"方新月说完，静静地看着顾红柳的脸色。

"方耀？！"顾红柳吃惊地问道，"是不是二十年前与郭云飞一起杀死海尊派掌门人穆正海的方耀？"

"正是。"方新月沉静地说道，"对我来说，我是穆家的仇人，郭家又是我的仇人。我知道你恨我父亲，所以你也可以恨我。"

顾红柳痛恨方耀见利忘义，与恶人狼狈为奸，但她对方新月却毫无敌意，她说："你与你父亲是毫不相同的两个人，你是正义、勇敢、善良的人。我绝对不会恨你。"

方新月长叹一声，说道："我多么羡慕你！"

顾红柳一怔，说道："我父亲被郭云飞杀害，莲花山庄被烧毁，我已一无所有，你还羡慕我什么呀？"

方新月动容道："穆勇为了你甘愿服下'三日绝'，这得需要多么大的勇气啊。有这么一个勇士为你献身，难道不值得羡慕吗？"

顾红柳泪如泉水涌出，说道："穆勇现在怎么样了？"

"你放心。"方新月说道，"我从仁义府中盗出百花化毒散，已为穆勇消解掉'三日绝'。到时他可以跟郭云飞决一死战。"

顾红柳一听，感激得不知说什么好，她一把抱住方新月，泣不成声。方新月也紧抱着顾红柳，两个娇美如花的脸颊贴在了一起，两颗炽热如火的心也贴在了一起。

正是凭着炽热如火的心，她们敢爱敢恨，为正义而战，为仇恨而战，为希望而战。

穆勇和郭云飞决战的日子终于来到。

生死崖坐落在菊花镇的郊外，那是一处从高山顶端向半空伸展出的断崖，断崖下面是令人望而生畏的万丈深渊。

今天，在生死崖上，穆勇和郭云飞将有一人从这个世界上消失。

秋天的菊花镇以品种繁多、争奇斗艳的菊花吸引游人，生死崖周围的菊花已开得灿烂夺目，五彩缤纷，阵阵的菊花香味随着秋风吹拂而来。

生死崖是武林的比武圣地，数百年来，不知有多少武林高手在这里比武时命归西天。但前面的人倒下了，后面的人又跟了上来，大大小小的比武和决斗从未停止过。

在这个比武场上，武林中人或为荣誉而战，或为名利而战，或为仇恨而战，或为正义而战，他们都付出了血的代价。

今天一大早，四面八方的人群如潮水般拥向这里，骑马的，骑驴的，走路的，各种方式都有。他们当中大多数是来看热闹的。

穆勇和郭云飞决斗的消息早已不胫而走，不管是武林中人还是普通百姓，都不愿错过这么一个难得的一饱眼福的机会。

郭云飞在许标和众仁义教弟子的簇拥下，早早就来到了生死崖。

郭云飞的脸色显得很平静，让人看不出他在想什么。

许标的脸上却不时闪现出狡黠、得意的笑容，他心里清楚，穆勇服下"三日绝"后，是无法来参加决斗了，即使来，也是白白送死。

决斗的时间已到，穆勇却还没有来。

时间慢慢地流淌，半个时辰，一个时辰，一个半时辰，两个时辰，快到正午了，依旧不见穆勇的影子。

等待的人群开始显出烦躁不安的样子，他们对穆勇还没到来做出各种各样的猜测和议论。

对围观者来说，若错过了这么一个惊心动魄的决斗机会，绝对是件万分可惜的事情。

郭云飞的表情却始终十分平静，他知道自己等待的是什么。

许标一直在得意扬扬地嘟囔着，称穆勇是"临阵畏缩的逃兵"。

已到正午时分，依旧不见穆勇的身影，等待的人群发出一阵阵叹息声。许标走到生死崖的中央，冲着人群大声说道："看来穆勇是没有勇气来挑战武林盟主了。二十年前穆正海叱咤风云，威震江湖，没想到他的儿子居然是个胆小畏缩的懦夫。"

许标的话音刚落，已有一个身影飞跃过来，落在与许标距离一丈的地方，此人是飞龙派掌门人邢胜龙。邢胜龙与顾若雄是生死之交，他目光如利剑般怒瞪着许标，直瞪得许标心里发毛。

邢胜龙厉声说道："穆勇今天来不了，我代替他来挑战武林盟主！"

许标说道："不怕死的都可以前来挑战，只是邢掌门为何用如此奇怪的目光看着我？"

邢胜龙怒喝道："你们仁义教凭什么杀害顾若雄，烧毁莲花山庄？"

许标一怔，随即嘿嘿一丝冷笑，说道："那怨不得仁义教，完全是顾若雄他咎由自取。"

邢胜龙厉声道："咎由自取？难道他把当年穆正海的真实死因吐露出来就罪该诛杀吗？"

许标不愿邢胜龙继续说下去，他担心邢胜龙在众武林豪杰面前把仁义教的罪行一一披露出来，于是他大喝一声："今天是比武大会，不是论理大会。你若是觉得顾若雄死得冤，那就凭你的本事把这笔账往我身上算。"

邢胜龙道："我今天来，就是要跟你算这笔账。"他运足双龙掌内气，一个"双

（十二）决战

今天一大早，四面八方的人群如潮水般拥向这里，骑马的，骑驴的，走路的，各种方式都有。他们当中大多数是来看热闹的。

穆勇和郭云飞决斗的消息早已不胫而走，不管是武林中人还是普通百姓，都不愿错过这么一个难得的一饱眼福的机会。

郭云飞在许标和众仁义教弟子的簇拥下，早早就来到了生死崖。

郭云飞的脸色显得很平静，让人看不出他在想什么。

许标的脸上却不时闪现出狡黠、得意的笑容，他心里清楚，穆勇服下"三日绝"后，是无法来参加决斗了，即使来，也是白白送死。

决斗的时间已到，穆勇却还没有来。

时间慢慢地流淌，半个时辰，一个时辰，一个半时辰，两个时辰，快到正午了，依旧不见穆勇的影子。

等待的人群开始显出烦躁不安的样子，他们对穆勇还没到来做出各种各样的猜测和议论。

对围观者来说，若错过了这么一个惊心动魄的决斗机会，绝对是件万分可惜的事情。

郭云飞的表情却始终十分平静，他知道自己等待的是什么。

许标一直在得意扬扬地嘟囔着，称穆勇是"临阵畏缩的逃兵"。

已到正午时分，依旧不见穆勇的身影，等待的人群发出一阵阵叹息声。许标走到生死崖的中央，冲着人群大声说道："看来穆勇是没有勇气来挑战武林盟主了。二十年前穆正海叱咤风云，威震江湖，没想到他的儿子居然是个胆小畏缩的懦夫。"

许标的话音刚落，已有一个身影飞跃过来，落在与许标距离一丈的地方，此人是飞龙派掌门人邢胜龙。邢胜龙与顾若雄是生死之交，他目光如利剑般怒瞪着许标，直瞪得许标心里发毛。

邢胜龙厉声说道："穆勇今天来不了，我代替他来挑战武林盟主！"

许标说道："不怕死的都可以前来挑战，只是邢掌门为何用如此奇怪的目光看着我？"

邢胜龙怒喝道："你们仁义教凭什么杀害顾若雄，烧毁莲花山庄？"

许标一怔，随即嘿嘿一丝冷笑，说道："那怨不得仁义教，完全是顾若雄他咎由自取。"

邢胜龙厉声道："咎由自取？难道他把当年穆正海的真实死因吐露出来就罪该诛杀吗？"

许标不愿邢胜龙继续说下去，他担心邢胜龙在众武林豪杰面前把仁义教的罪行一一披露出来，于是他大喝一声："今天是比武大会，不是论理大会。你若是觉得顾若雄死得冤，那就凭你的本事把这笔账往我身上算。"

邢胜龙道："我今天来，就是要跟你算这笔账。"他运足双龙掌内气，一个"双

龙戏水"击向许标。许标也赶紧运作内力，出手阻挡，两股内力剧烈碰撞在一起，震得两人的臂膀同时发麻。就在邢胜龙稍迟疑时，许标已亮出犀利的鹰爪功，一个"老鹰扑食"抓向邢胜龙头部，邢胜龙身子急闪，躲开鹰爪，反手朝许标又击出一掌。

两人你来我往斗了三十个回合，许标已看出双龙掌在实战中的弱点。双龙掌的力量虽强，但变化单一，套路易为对手掌握。许标瞅准邢胜龙一个破绽，使出"老鹰亮翅"抓向邢胜龙咽喉，邢胜龙躲闪不及，被抓个正着。只听一声惨叫，鲜血飞溅，锋利的"鹰爪"抓破了邢胜龙的喉咙。

邢胜龙没有倒下，他怒视着许标，口里含着一口鲜血，猛然喷向许标，喷得许标一脸的血。许标勃然大怒，他飞起一脚，踢在邢胜龙的小腹上。邢胜龙重重摔到一丈远的地方，当场毙命，但他眼睛依旧睁得圆圆的。

周围一片哗然，骚动的人群中充满了各种各样的情绪，有表示惋惜的，有表示悲哀的，有愤怒至极的，也有麻木不仁、只是冷冷地看热闹的。

但喧哗的人群很快又恢复了平静，因为又有人跃上来与许标交手了。

可惜挑战者又败在了许标手下。

接着又有几个不服仁义教的武林中人上去挑战许标，皆失败而归。

许标以胜利者的姿态向周围放出讥讽的话语："怎么一个个都软得像豆腐，好汉和硬汉都到哪儿去啦？"

坐在一旁的郭云飞露了微笑。

这时，只见一个身影一闪，已有人从人群中飞跃而出。当他双脚落地时，直震得整个地面都动了，许标只觉得脚跟都震发麻了。

来者赫然是穆勇。从穆勇跃出的一刹那，围观的人群已领略到了绝顶高手的气势，那气势远非前面的那些挑战者所能比拟。

看到穆勇，许标心里已畏惧三分。他暗忖：这姓穆的不是已服下"三日绝"了吗？为何还有如此高超的轻功和深厚的内力？莫非"三日绝"对他不起作用？

许标心中虽有疑惑，却不敢问个究竟，他担心穆勇当着众多武林豪杰的面揭开仁义教的罪恶面目和卑劣行径。

许标努力使自己镇静下来，他暗自给自己打气：姓穆的既已服下"三日绝"，他的武功再厉害也不会厉害到哪去！

许标咬着牙，冷冷地说道："你终于来了。"

穆勇说道："我肯定会来的，我们之间的纠葛必须来个了断。"

许标大叫一声："那就来吧！"话音未落，他已使出"恶鹰追风"，这是许标的鹰爪功中最厉害的一招，他想趁穆勇未进入状态来个先发制人。

穆勇还击却比他更快，锋利的"鹰爪"离穆勇还有一尺，穆勇的烈风神掌已经击出，这是一招快速的以攻对攻。只听"砰"的一声巨响，许标的整个身躯被掌力击得横飞起来，像秋风中一片轻飘飘的叶子，飞得远远的，又掉了下来，然后就再也不动了。

坐在四周的各路武林豪杰都惊呆了，数十年来他们从未见过威力如此巨大的掌法，而且出掌速度之快也是他们见所未见的。

郭云飞从座椅上猛地站起来。一种疑惑和不安纠缠在他的心头：明明穆勇已被逼着服下"三日绝"，为何武功没有丝毫消减？莫非其中遇到了什么变化？

郭云飞不敢再想下去，他知道现在不是追究"三日绝"为何不起作用的时候，他现在必须静下心来，沉着应对目前这个棘手的局面。

郭云飞努力使自己身体放松，暗运内气，缓缓走到穆勇前面。

穆勇刀刃一般锐利的目光已在盯着他，盯得他内心直发虚。郭云飞嘴唇翕动，说道："想不到你还这么厉害！"

穆勇正色道："你想不到的事还多着呢。出招吧！"

郭云飞眉头微蹙，说道："穆公子远道而来，还是穆公子先出招吧。"他已准备采用后发制人、以静制动的打法，这是冷水阴云功面对强敌时最有效的打法。

穆勇道："那我就不客气了。"说完，一记迅猛的烈风神掌已击向郭云飞。

郭云飞不敢怠慢，运作冷水阴云功进行阻挡。两股飓风般的强劲内气碰撞在一起的瞬间，整个地面被震得几乎要塌陷下去，周围的人也感受到一种闷雷轰顶般的压力，那压力几乎要使人窒息。

两种势均力敌的掌力陷入了僵持状态。双方都在暗中增加内力，最后都达到了掌力的最高层，仍然难解难分。郭云飞对烈风神掌的刚阳猛烈已有领教，他明白若是继续硬拼下去，可能会出现两败俱伤、同归于尽的结局。

要想取胜，郭云飞就必须出险招。他想起了被他击败的向山连，他要像对付向山连那样对付穆勇。

郭云飞突然大吼一声，使出浑身力量猛击一掌。就在穆勇出掌招架时，郭云飞迅速把冷水阴云功全部收回，身子闪电般向前方翻滚，一眨眼便绕到了穆勇身后一丈远的地方。

紧接着郭云飞转身使出"回头望月"，朝穆勇后背打出一阵迅疾猛烈的冷水阴云功掌气，他确信这是势在必得的一掌。

然而穆勇不是向山连，就在郭云飞突然收功起身飞跃的时候，他已预料到了郭云飞的企图，心里已清楚应该如何应战。

就在那股阴冷逼人的寒气袭来时，穆勇已转身使出"千山阻隔"，烈风神掌的掌气像重峦叠嶂严严实实挡住了寒气的来袭。

由于郭云飞绕到穆勇身后还未落地，便抢时间在空中转身出掌，当冷水阴云功被强硬挡住后，脚跟未站稳的郭云飞感到一股无形的力量朝自己反推过来，他控制不住身子，不由得打了个趔趄，跌倒在地。

幸好郭云飞在跌倒的同时来了个"折杨移柳"，身子一滚，已向后滚出一丈多，避开了穆勇强劲的掌力，但早已惊得魂飞魄散，大汗淋漓。

郭云飞重新站起来，他看着威风凛凛直立着的穆勇，感到自己已经力不从心了。

围观的人都看出，穆勇已占尽了优势。

郭云飞忍不住地问道："你不是已服'三日绝'了吗？为何毫发无损？这究竟是怎么回事？"

穆勇还未回答，从人群中已走出一个人，大声说道："因为我已从许标手中盗出百花化毒散，为穆勇消解了'三日绝'。"

郭云飞一看，说话之人是方新月。

郭云飞大吃一惊，忙问道："新月，这可是真的吗？"

方新月道："一点也不假。"

郭云飞问："你……你为什么要这么做？"

方新月没有回答，反问道："你可知道我是谁？"

郭云飞一下子怔住了，问道："你究竟是什么来历？"

方新月道："你还记得二十年前被你利用合谋害死穆正海，又被你追杀灭口的方耀吗？我方新月就是他的女儿。我来仁义府当丫鬟，就是要为父报仇！"

郭云飞一听，幡然醒悟，怒道："想不到方耀阴魂不散，他的女儿竟然找上门来了。"

方新月说道："你总是千方百计暗算别人，做梦也不会想到别人也会算计你。"

郭云飞气得七窍生烟，骂道："你这妖女处心积虑地想害死我，今天我非杀了你不可！"

方新月厉声叱道："那就来吧，看今天是谁杀谁！"说着，她抽出一把长剑，随着剑光闪动，她手中的利剑直刺向郭云飞。

郭云飞勃然大怒，他双手一挥，一股阴森森的冷水阴云功内气已经击出，这一掌，他竟运用了十成功力。方新月的内功本来就不强，哪里顶得住这猛烈强劲的掌力？她被击得飞起两丈高，然后像一只折断了翅膀的小鸟，重重地摔下来，摔在了生死崖的一侧。殷红的鲜血染红了她雪白的长袍。她昏了过去。

然而，就在郭云飞的冷水阴云功击中方新月的一瞬间，方新月的长剑已经脱手，像一只带刺的蜜蜂，直飞向郭云飞。

郭云飞忽然感觉到左肋骨下面有一丝疼痛，就像掏蜂窝的人被蜂蜇了一下的感觉。原来，方新月的长剑已经穿过他的衣裳，划破了他左肋骨下的一点皮肉，冒出了少许鲜红的血。

对一般的练武之人来说，划破点皮肉是很平常的，没什么值得大惊小怪的。可此时的郭云飞却脸色煞白，仿佛见到了魔鬼一样惊恐不已。

原来左肋骨下面那一点儿正是冷水阴云功的气门所在，气门被划破，冷水阴云功的掌气就无法凝聚起来，也无法击出去。

难道方新月已经知道了那是他的气门所在？还是天意的安排，让那不偏不斜的一剑刚好划中他的气门？郭云飞脑子里一片茫然，一种绝望的情绪袭上心头：天灭我也！

郭云飞随手抄起了方新月的长剑，寒光闪闪的剑锋直指穆勇。他知道他不能跟穆勇拼掌力了，他要借助剑锋的杀招来对付穆勇，这是他获胜的最后法宝。

穆勇看到方新月被击晕，心里一阵难受。就在穆勇犹豫之时，一层密如雨网的剑光已经将他笼罩。郭云飞已使出势不可当的剑法，直逼上来。

穆勇赶紧躲避，但躲过了这一层剑光，另一层更密的剑光又笼罩上来，一层一层严严实实地把穆勇裹在中间。穆勇被逼得不断向后退却，直退到生死崖的边缘。郭云飞分秒不差地紧逼上来，一招比一招狠。

郭云飞心里清楚，他的冷水阴云功被方新月划破了气门，如果此时给穆勇喘息的机会，让他用烈风神掌反击，那么自己将毫无招架之力，必败无疑。郭云飞只能利用剑法强大、不间断的攻势，压制住穆勇出掌反击的机会，而后置他于死地。

就在穆勇被逼退到生死崖边缘时，两道寒光突然飞来，直扑向穆勇。原来是仁义教的弟子趁穆勇疲于应付郭云飞时，使出了暗器。也就在这时，一个红色的身影突然飞起，一挥剑，飞向穆勇的两道寒光被击落，又见剑光一闪，发暗器的人发出一声惨叫，倒地而亡。

那红色的身影正是顾红柳。

穆勇已被郭云飞的剑法逼得无路可退，他心里明白，若继续退让，被压制着，只能是死路一条。而此时郭云飞的剑法更猛了，如暴风骤雨般密集袭来。穆勇不再躲让，咬紧牙关用肩膀去迎接犀利的剑锋。只听"唰"的一声，剑锋扎穿了穆勇的肩膀，鲜血如喷泉般溅射出来。

刺中穆勇的剑锋停缓了两秒钟，当郭云飞拔剑欲再刺时，穆勇已抓住这两秒钟，一记威猛无比的烈风神掌已经击出。

气门已破，无法凝聚真气的郭云飞被掌气打得飞上了天，他的身躯在空中旋转着，就像在台风中被刮起的一块木板，旋转了一阵之后竟向生死崖下面一眼望不到底的万丈深渊飘落而去。

落入万丈深渊，意味着生命的结束。

围观的人群出现了骚动，穆勇没有理会这一切，而是和顾红柳一起冲向躺在一边的方新月。顾红柳扶起脸色煞白的方新月，抽泣着唤道："新月，新月，醒醒，醒醒……"

方新月微微睁开眼睛，看着顾红柳，又看看穆勇，嘴角露出一丝微笑，一丝胜利者的微笑。她用尽力气说道："我的仇已报，我死也瞑目了。我有一个最后的心愿，请把我埋葬在我师兄向山连的坟墓旁边，让我们永远在一起，永不分离。"

穆勇和顾红柳含泪点头："我们会让你们团聚的。"方新月便安详地闭上了眼睛。

天涯儿女

方新月走了，像一朵纯真洁白的茉莉花，悄悄地开放，又悄悄地凋谢。

她的生命从来不是属于自己的，她为了仇恨而拼搏，也为了爱而拼搏，爱与恨组成了她的生命。她在尔虞我诈、刀光剑影的世界中雪洗了恨，又到另一个没有纷争、没有痛苦的世界中去延续未尽的爱。

菊花镇郊外的荒地上，方新月和向山连的坟墓并列在一起。穆勇和顾红柳在他们坟前点上一炷香，默默地伫立着。

一阵秋风吹过，金黄的树叶纷纷飘落，透露出秋天的萧条和孤寂。方新月和向山连斯守在一起，应该不会觉得孤独寂寞了。

穆勇站在坟前，默默地想着自己到菊花镇后的种种遭遇。顾红柳也在默默地想着近期自己家中发生的变化。

一群南飞的大雁由远而近，就像天空中飘来一层黑色的云。它们飞行中的排列组合是那么有机协调，俨然是一个和睦团结的大家庭。雁群中不时发出一阵阵叫声，那是对秋天的呼唤。

秋天是悲凉的，但是雁群的有机结合形成了一个温暖的家庭。家庭的温暖和恩爱可以抵御秋天的悲凉和萧条。

看着南飞的雁群，穆勇想起了远在天涯海角的天方道长，他心中自言自语：我也该回家了。

穆勇跨上了马背，顾红柳也跨上了马背。

他看向她，她也看向他。

她问道："你要去哪里？"

他说道："回天涯海角，你呢？"

顾红柳说道："我要去我父亲和崔子明的坟墓边，搭一个可以居住的草棚，我要一辈子守着他们。"

穆勇说道："但愿在九泉之下，你父亲能感受到你的孝心，你师兄能感受到你的一片真心。"

"天涯海角远不远？"顾红柳问道。

"当然很远。"穆勇说道。

"为什么要生活在那么遥远的地方？"她问道。

"因为争名夺利的人不会想到去那里，称雄称霸的人也不会想到去那里。那里没有尔虞我诈的争夺，也没有刀光剑影的残杀。"穆勇说道。

"天涯海角很美吗？"顾红柳问道。

"当然很美。那里的沙滩和海水都很美，椰林也很美。"穆勇说。

"你还会回菊花镇吗？"顾红柳问。

"当然还会回。清明节的时候我还会回来看望长眠在菊花镇的亲人和朋友。"穆勇说道。

（十三）小酒家

秋风萧瑟，大雁南飞，穆勇扬鞭策马，踏上了南归的征程。

回去之路和出来之路是同一条路，但心情不相同。

在菊花镇的奋力一搏，使穆勇觉得筋疲力尽。他虽然杀掉了杀父仇人、杀人魔王郭云飞，却也伴随着顾若雄、方新月、向山连等人的陨落，这是穆勇心中永远抹不掉的伤痕。

正义固然必定战胜邪恶，却总得付出沉重的代价。穆勇心里清楚，就算他杀掉了一个郭云飞，将来还不知要遇到多少个郭云飞。他的武功和胆识纵然可以更上一层楼，却永远也杀不完人世间形形色色的坏人和魔头。

离开菊花镇已有三百多里了，穆勇的马正走在一条弯曲偏僻的道路上。

一阵秋风吹来，送来了一股寒意和萧索，穆勇心中突然涌起了一种说不出的孤独和寂寞。漫漫行程，若是一路上有个人陪伴，说说话，聊聊天，那该多好啊。

穆勇发现前面缓慢行驶着一辆马车，马车上坐着两个女人。

这么偏僻的道路上出现了两个女人，这属于非同寻常的现象。要么她们身手超群，无所畏惧；要么她们是遇到了紧急事情，不得不走这条路。

当穆勇的马从她们旁边超过时，穆勇看清了她们的脸。赶车的是一个丫鬟，圆圆的脸，穿得朴素得体，显得精神利索。坐在丫鬟旁边的是一位小姐，桃花般的脸蛋透露着秀气，白皙的肤色使她显得水灵灵的。

当穆勇的眼光投向这位小姐时，小姐的目光也投向穆勇，两个人的目光碰到了一起。

穆勇赶紧把目光移开,因为一直盯着一位素不相识的年轻女性是不礼貌的行为。但小姐那忧郁而美丽的眼睛已深深印入他的脑海。

那眼睛像两潭汪汪的泉水，流淌着诉说不完的忧郁。忧郁使得这种美丽显得端庄而沉重。

那眼睛像一面晶莹光亮的镜子，折射出她人生之路上坎坷曲折的经历。

那忧郁的眼睛让人觉得她就像冰天雪地中一朵凌寒独自开的花儿，透露出一丝丝孤傲的美丽和一缕缕淡淡的寂寞。

穆勇的快马把缓慢的马车远远甩在了后面，但穆勇的脑海里甩不掉马车中的小姐那忧郁的眼神。

有的事情虽然总是发生，却让人毫无感觉；有的事情虽然只是一晃而过，却给人留下难以磨灭的印象。

又走了十多里路，穆勇发现前面的绿树丛中飘着一面旗子，上面写着一个大大的"酒"字。

长途跋涉的人在荒山野岭中发现了酒家，就像是茫茫沙漠中行走的人发现了绿洲，那兴奋的心情是无法用语言描述的。

穆勇把马拴好，大步走进酒家。酒家不大，仅能摆下四五张桌子，里面冷冷清清的，没有客人。一个老态龙钟的老头独自坐在柜台里，津津有味地哼着小曲。

穆勇说道："老人家，给我来一壶竹叶青，再加两斤牛肉。"

老头似乎没有听见，依旧在饶有兴趣地哼着小曲，连头也不抬。

穆勇又连说两遍，老头依旧没有反应。

"老人家！"穆勇这次只说了三个字，声音中却暗含了一股浑厚的内力，像一阵猛烈的风直吹向这位老人。

老头身子一震，停住了那首让人听不懂的小曲。他如梦方醒，对穆勇说道："哟嗨，客官来了。老朽真是老得不中用了，连客官来到面前了还没察觉。"

说着，他颤巍巍地站起身，提着一壶酒，向穆勇走过来。他把酒放在穆勇面前的桌子上，说道："客官，你先慢慢喝，我去给你切两斤牛肉来。"

老头穿着一件很宽大的长袍，像一个大布袋把他整个人包在里面，因此看起来有点邋遢。但他的举止神态显得随和，他应该是一个不难相处的人。

老头切牛肉的时候，穆勇与他攀谈起来。

穆勇说道："老人家，你就一个人生活在这偏僻的山林里吗？"

老头点点头，说："我从小到老都一个人生活在这里。"

穆勇说："这里的客人多吗？"

老头说："不多，但足以维持生计。"

穆勇说："你还有妻子和孩子吗？"

老头说："我要是有妻儿，还能一天到晚这么快乐吗？"

穆勇说："这么说，你认为独自生活是一件很快乐的事？"

老头说："那当然，尤其是一个人生活在偏僻的山林，以鸟为伴，以兽为友，那快乐的滋味是一般人体会不到的。"

穆勇说："照你这么说，我真有点羡慕你了。"

老头说："羡慕我的人多着呢。"

当老头把牛肉切好端上来的时候，穆勇已喝完了一壶酒，他说道："老人家，再给我上一壶酒来。"

老头又把一壶竹叶青提来，放在穆勇桌上，说道："客官，酒是好喝，但不要喝得太多。"

穆勇把一块牛肉塞到嘴里，说道："我喝得越多，你卖得越多，你岂不是更高兴？"

老头说："但我若是看到有人烂醉如泥地倒在我的店里，我可就不高兴了。"

穆勇淡淡一笑，说道："区区竹叶青就让我烂醉如泥？没那么容易。"

正在这时，门外闪进来两个人影。穆勇一看，是在路上遇到的坐在马车上的两个女子。

看到来了客人，老头眼睛冒出了亮光，他连忙上前招呼："两位客官想吃点什么？"

小姐的眼睛依旧是那么忧郁，她环视了一下小酒家四周，说道："来两壶酒和两斤烤鸭。"

小姐和丫鬟选择了角落里的一张桌子，坐了下来。

老头把酒肉端上来了，说道："客官，我这里的酒肉都是最好的，一定让你们吃个痛快。"

丫鬟为小姐斟了一杯酒，小姐端起了酒杯，一仰头，"咕咚"一声，一杯酒就喝干净了。

尽管小姐喝得利索，但穆勇从她喝酒的姿态看得出，她不是一个常喝酒的人。

一个嗜酒如命的人和一个偶尔喝酒的人，只要他们一端起酒杯，人们就可以轻易地把他们区分开来。

但是少喝酒的人的酒量未必就比不上常喝酒的人，在某种情况下，少喝酒的人的酒量会突然大得惊人，达到令人难以想象的程度。

转眼间，这位不常喝酒的小姐已把一壶酒喝得干干净净了。丫鬟停止了给她倒酒。

小姐又端起酒杯，说道："快来倒酒呀。"

丫鬟说道："小姐，你已喝了整整一壶酒，已经够多了。"

小姐说："不多，一点都不多，我要再喝一壶。"

丫鬟说："小姐，你别忘了，我们还要赶路呢。"

小姐说："赶路又怎么样？喝了酒我照样能赶路。"

但是丫鬟只是用手按住酒壶，没有动。

卖酒的老头已按捺不住性子，他走过来冲着丫鬟说道："你这人真不懂得伺候你家小姐，小姐吩咐的事你竟然违抗，要你这样的丫鬟有什么用？你不倒酒，我来倒。"

老头说完，拿起另一个酒壶，便给小姐倒了满满一杯。

小姐感激地朝老头点点头，她举起酒杯一饮而尽。

没多大工夫，小姐又把一壶酒喝得干干净净。

老头说道："小姐还需要酒吗？老朽这里还有上乘美酒。"

小姐说："有好酒就拿出来，我还没喝过瘾呢。"

丫鬟急了，连忙又摆手又摇头，说道："小姐，你要再喝，那就要醉得不省人事了。"

老头瞪了丫鬟一眼，说道："当丫鬟的怎么能这样说话呢？你家小姐今日有喝酒的雅兴，你应让她高高兴兴多喝几杯，怎么出言阻拦呢？人生难得几回醉，真要能喝醉了，那感觉真是太美妙了。"

老头说完，又从柜台上拿来一壶酒。他说道："这是老夫窖藏了三十年的老酒，保证让小姐喝得痛快、喝得满意。"

说着，他倾斜壶身，对准小姐的酒杯倒酒。

可是他的酒壶已倾斜了九十度，壶里的酒就是倒不出来，仿佛是什么东西把壶口堵住了。老头正觉得奇怪，一抬头，发现一个人影已在他身旁。

那人影是穆勇，他暗运内力，把酒壶的出口牢牢地封住了。

老头冷笑一声，他也使出内力，以硬对硬，企图把酒从壶口逼出来。

但壶里的酒依旧纹丝不动，这两种内力对抗中，穆勇显然占据了上风。老头感觉到不仅自己的内力被穆勇压制住了，而且穆勇的内力正突破他的防线，朝他身上直压过来。他感到喉咙冒出了一股腥味。

老头大骇，赶紧收回内力结束对抗，"砰"的一声把酒壶重重放在桌子上。

他对穆勇怒目而视，问道："你为什么要破坏我的生意？"

穆勇淡淡一笑，说道："方才你劝我喝酒不要喝得太多，现在却要把这么多的酒卖给这位小姐，你这不是见人下菜碟吗？"

老头说道："男人喝酒往往没有节制，直喝得酩酊大醉、语无伦次了依然不肯罢休，常常弄得丑态百出。而女子喝酒懂得约束自己，即使喝醉了，那神态也比男人好看得多。"

穆勇说道："小姐看上去心事重重，她喝这么多酒，分明是借酒浇愁。岂不知借酒消愁——愁更愁？酒喝得越多，心中的烦恼就越沉重。"

小姐瞪了穆勇一眼，忧郁而美丽的眼睛泛出了愠怒的目光。她说道："我与你素不相识，你为何要管我的事？我愁上加愁也好，我烂醉如泥也好，跟你又有什么关系？"

穆勇长叹一声，说道："看来我是自作多情、多管闲事了，别人到底怎么样，跟我本来就毫不相干。"

穆勇说着，便坐回了自己的桌子。

老头说道："你本就不该多管闲事，世界这么大，每个人都有自己的意志，你不能把自己的意志强加给他人。"

小姐拿起酒壶，给自己的酒杯里倒酒。

穆勇已经吃饱喝足了，他收拾好行李，站起身，说道："老人家，算一下账。"

老头正在柜台里，他瞥了穆勇一眼，伸出一个手指头，说道："一两银子。"

穆勇从衣兜里掏出一两银子，放在手里掂两下，然后对老头说道："老人家，接着银子。"说着他把银子轻轻掷过去。

老头伸出手，想接住掷来的银子。

银子飞得很慢很轻，看上去像是随手扔过来的。可是当老头的手碰到银子时，他感到银子里暗含着一种巨大的内力，直震得他手掌发麻。

老头赶紧把手缩回，银子就轻轻地落在了地上。

老头苦笑一声，摇摇头，说道："老了，不中用了，连这点小东西都接不住了。"

穆勇轻轻一笑，说道："老人家，在下告辞了。"

老头说："客官，你一路走好啊。"

穆勇骑上马，飞一般疾驰而去。

老头站在小酒家门口，伸长脖子张望着快马飞奔扬起的尘土，尘土越来越远，越来越薄。

直到确认穆勇已经远去，他才转回头，脸上露出一丝奇怪的微笑。

小姐又把一壶酒喝完了，她的脸通红，丫鬟急得叹气摇头。

老头走过来，看看桌子上的空酒杯，问道："小姐是否还有兴趣再喝一壶？"

小姐抬起头，看了看老头，说道："我已喝够了，谢谢你。"

老头问道："小姐今天是否喝得痛快、喝得高兴？"

小姐说道："我从不知道什么是痛快、什么是高兴。"

老头说道："该喝的酒就尽情地喝，该说的话就大胆地说，这必然会觉得痛快、高兴。"

丫鬟说道："老人家，我们已经吃饱喝足了，请结一下账。"

老头说道："我这个人很好说话的，您想给多少就给多少。"

丫鬟从行李中摸出一些银子，说道："这里有三两银子，该够了吧？"

老头已伸出手，做出接银子的姿态。丫鬟走过去，把银子递到他手里。

老头拿过银子，手突然一抖，一道亮光猛然飞出。丫鬟惨叫一声，往后倒地。

一柄小刀已扎进了她的喉咙。

老头出手之快，动作之敏捷，令人始料不及，与方才他那副老态龙钟、磨磨蹭蹭的模样相比，判若两人。

小姐的脸色变得煞白，站起来怒斥道："老人家，你为何要出手伤人？！"

老头脸上现出诡异的笑容，不紧不慢地说道："在下铁扇李已恭候郭雁小姐多时了。"

铁扇李是江湖中一名逍遥自在的流浪怪侠，手中一把变幻多端的铁扇已经征服了众多武林豪杰。郭云飞当上武林盟主后，铁扇李便归顺了郭云飞和仁义教，为郭云飞巩固武林盟主地位、铲除武林异己立下了汗马功劳。关于铁扇李，郭雁只是常听父亲郭云飞提起，却从未见过此人。

郭雁说道："你既是铁扇李，为何要与郭家的人作对？"

铁扇李说道："你父亲郭云飞在世时，叱咤风云，威震四方，我不得不归顺。现在郭云飞已死，江南武林群龙无首，谁也管不了谁。我现在也没有必要听从仁义教的了。"

郭雁说道："你不听从仁义教是你的自由，但你为何要出手伤害一个无辜的丫鬟？"

铁扇李说道："都怪这个丫鬟太小看我了，区区三两银子就想把我打发走。"

郭雁说道："三两银子付一顿酒菜，你还嫌少，那你到底想要多少？"

铁扇李说道："我的胃口大得很呢。"

郭雁厉声问道："你的胃口到底有多大？"

铁扇李一字一字清晰地说道："大到足以把整个地光金牌吞下。"

这句话犹如一个晴天闷雷，震得郭雁浑身颤动。

地光金牌一直是仁义府最珍贵的宝物，郭雁是郭云飞唯一的女儿，郭云飞死后，地光金牌的拥有权自然而然归郭雁。

由于仁义教气数已尽，一些曾经依附仁义教的武林人士纷纷远走高飞，部分人甚至打起了地光金牌的主意。

郭雁的眼睛里冒出了愤怒的光，说道："原来你早就在这里等我了。"

铁扇李眉头一扬，半笑地说道："每个男人都喜欢漂亮的姑娘，更何况你还是一个拥有地光金牌的姑娘，我早就等得口水都流出来了。"

郭雁气得浑身颤抖，只听"唰"的一声，她已拔出了手中的月形刀。月形刀弯弯细细，就像天上的月亮。

郭雁怒目圆睁道："你想得到地光金牌，只怕我手中的月形刀不答应。"

铁扇李说道："我若是征服了月形刀，你是不是就把地光金牌交出来？"

郭雁说道："少废话，看刀！"只见寒光一闪，月形刀已朝铁扇李头顶上劈了过去。寒光中还伴随着一股阴森森的冷气，就像迎面吹来一阵凛冽的冷风，直逼人的五脏六腑。

铁扇李赶紧躲开那道迅猛的寒光，他手一扬，亮出一把圆圆的铁扇子。

郭雁步步紧逼，手中的月形刀连续劈出，铁扇李身体四周顿时布满了一阵阵冷气和一道道寒光，冷气积累得像一团密密的云朵，寒光编织成一个弯月形的光环，把铁扇李严严实实地笼罩在中间。

铁扇李眉头微蹙，他知道自己已处在危险的包围中。

那冷气正是冷水阴云功散发的，郭雁使的刀法是郭云飞的家传刀法：冷水映月刀法。

冷水映月刀法以冷水阴云功的内力为内在支柱，以弯月形的光环为外在表现形式，当两者有机结合，达到最高境界时，威力无比，势不可当。

郭雁手中的月形刀越舞越快，寒光和冷气把铁扇李逼得毫无退路。不过他也看出，郭雁的冷水映月刀法虽然使得娴熟流利，变化多端，但她的内力不够深厚，远远达不到郭云飞的程度。

铁扇李暗运内力，右手挥动圆圆的铁扇子，迎击咄咄逼人的冷水映月刀法。

再厉害的刀法或剑法，如果没有强劲深厚的内力作为后盾，那也只是华而不实，中看不中用。更何况，方才郭雁喝了太多的酒，酒性发作使她感觉头重脚轻，只能使出七成的内力。

铁扇李手中的铁扇子舞起来像一面铜墙铁壁，牢牢阻挡住了郭雁月形刀的寒光和冷气。

铁扇李并不急于进攻，而只是通过防守来消耗郭雁的内力。

时间一长，久攻不下的郭雁已经显得力不从心、气喘吁吁了。

她手中月形刀舞动的速度渐渐慢了下来。

铁扇李知道时机已到，他瞅准一个空隙，虚晃一招，接着铁扇子以迅雷不及掩耳之势猛然拍出。

郭雁躲闪不及，右肩上重重地挨了一扇。

她被打得脚跟无法站稳，向后趔趄，差点摔倒。

她还没回过神来，铁扇李已伸出两根手指，在她肩膀上连点三处穴位，她只能像个木头人似的呆呆站在原处。

铁扇李笑嘻嘻地说道："郭雁小姐，现在你该老老实实听话了吧。"

郭雁怒斥道："你到底想怎么样？"

铁扇李又嘿嘿一笑，说道："我并不想怎么样，我只想得到地光金牌。"

郭雁厉声道："我已经把地光金牌藏起来了，你就是杀了我，我也不会说出它在哪里。"

铁扇李嬉皮笑脸地说道："你不说出地光金牌在哪里，我也不会杀你，只是要让你尝遍人世间所有的痛苦。只要是人世间有的痛苦，我都要让你尝尝。"

接着，铁扇李如数家珍般把他的刑罚谱搬出来："第一，把你的衣服全都脱光，让你品尝羞耻之苦；第二，在你的全身扎上铁针，让你品尝皮肉之苦；第三……"

郭雁实在听不下去了，她大声叫道："住口！"两行眼泪如泉水般从她的脸颊上流淌下来。

铁扇李说道："怎么样？郭雁小姐，害怕了吧？害怕了就老老实实说出来，说了实话就什么事都没有了。"

郭雁觉得站在自己面前的不是一个人，而是一个张牙舞爪的恶兽，一个不知廉耻的恶兽。

贪婪成性的恶兽，为了达到自己的目的，什么事都能做得出来。

郭雁是一个从小没经过风雨波折的大家闺秀，是一朵在温室中养大的娇弱之花，从来没有人敢斥骂她，她更没有受过皮肉之苦。如果铁扇李真的要用那些残暴手段折磨她，她能经受得了吗？

郭云飞当上武林盟主之后，仁义府常常是门庭若市，前来拜访的人络绎不绝。郭雁从小时候起，在仁义府里看到的都是一张张笑脸，听到的都是恭维、称赞之话。她觉得周围的人都很友好。

可是郭云飞死后，一切都发生了变化。她发现原来看到的那些笑脸全都是假的，即使还能看到笑，也都是冷笑和不怀好意的笑。

更让她无法接受和不安的是，她常常感觉到背后有一双双贪婪的眼睛正在虎视眈眈地看着她。

铁扇李曾经就是郭云飞麾下一名功劳卓著的得力助手，曾发誓永远效忠郭云飞。可郭云飞死后，他变成了另外一个人，竟然打起了地光金牌的主意。

为什么世上有这么多戴着假面具的人？当你得势的时候，他们伪装得像摇尾乞怜、百般温驯的小狗；当你失势的时候，他们撕掉假面具，原形毕露，让你防不胜防。

郭雁冲铁扇李骂道："你这个人面兽心的家伙，你不会有好下场的！"

铁扇李说道："可是现在没有好下场的是你。我再问你一句，你到底说还是不说？"

郭雁把头扭到一边，说道："你休想知道这个秘密。"

铁扇李冷笑道："那我就先知道你身体上的秘密。"

说着，铁扇李伸出手，要解开郭雁身上的衣服。

郭雁又惊恐又愤怒，但她无法动弹，她的穴位已被牢牢点住了。她在拼命挣扎中昏了过去，什么都不知道了。

铁扇李得意地狞笑着，眼睛中冒出色眯眯的光。

他刚刚触摸到郭雁衣服上的纽扣，突然像触到火似的猛地缩回手来。他脸上露出惊骇的神情。

一颗小石头不知从哪里飞出来，打在铁扇李的手腕上。

小石头的力量看似不大，却震得铁扇李整只手都发麻了。

接着一个声音说道："想不到你一副老态龙钟的样子，却隐藏着一颗摧花折柳的心。"

来人是穆勇，他从小店门外一步一步地走了进来。

看到穆勇，铁扇李的脸色都发白了，他咬着牙问道："你不是已经走了吗？怎么又回来了？"

穆勇说道："我长着两条腿，能走出去，也能走回来。"

铁扇李说："你到底是什么人？为什么要管我的闲事？"

穆勇说："我是一个爱管闲事的人。我在你店里喝下第一杯酒的时候，就知道今天这个闲事我是管定了。"

铁扇李说道："这么说，你早就知道我在等郭雁了？"

穆勇说："不管你在等谁，通过你的眼神，我就知道你心怀鬼胎。"

铁扇李刚才给郭雁倒酒的时候，已与穆勇暗中较量了一番内力。穆勇内力之超群让他暗暗吃惊，他明白通过单打独斗制服眼前这个年轻人绝不是轻而易举的事。

铁扇李轻轻叹了口气，说道："既然你一定要管这个闲事，我也只好俯首退让了。"

穆勇说道："闯荡江湖几十年，让多少人闻风丧胆的铁扇李就这么轻易地俯首退让吗？"

铁扇李说道："我虽闯荡江湖几十年，却从未领教过像阁下这样深厚的功力，遇到阁下这样的英雄，我不俯首退让又能如何？"

穆勇淡淡一笑，说道："在下乃无名小辈，区区一点功力，何足挂齿？"

穆勇这一句客气话还没说完，突然看到两道金光如闪电般向自己飞来。

两道金光从铁扇李身上发出，是两把锋利的小铁扇，直朝穆勇的面门和胸膛扑来。

这是铁扇李的撒手锏——"雌雄双铁扇"暗器，江湖中多少武林高手就丧命在这种暗器下。

穆勇赶紧纵身一跳，躲开了两道金光。

铁扇李飞身跃进紧随上来，手中圆圆的大铁扇带着"呼呼"的风声直拍向穆勇。

穆勇身子一侧，来个"猿猴翻身"，避开了铁扇李致命的一拍。

铁扇李见又扑空，大吼一声，转身一反手，圆圆的铁扇朝着穆勇头顶如泰山压顶般直打下来。

这一次穆勇没有躲闪，他运足烈风神掌内力，一掌轰然击出，以硬对硬，迎击这把咄咄逼人的铁扇子。

烈风神掌威力无比，铁扇子被震得飞上了天，铁扇李的身子也被击出两丈远，一口殷红的鲜血从他嘴里喷射出来。

铁扇李大叫一声："好厉害的小子！"他使出逃命轻功，仓皇飞奔而去。

（十四）小山庙

郭雁苏醒过来的时候，发现自己已经躺在一个小山庙里。

小山庙四周的墙壁上爬满了苔藓，桌椅破破烂烂的，布满了灰尘，看得出，这是一个早已荒废的山间庙宇。

月光从布满小孔的庙顶上倾泻下来，洒在地面上，形成一层淡淡的银色，给人增添了几分寒意。

外面的风呼啸着，发出令人毛骨悚然的声音。一缕缕寒风不时从山庙门窗的缝隙中灌进来，郭雁不由得打了几个寒噤。

借着朦朦胧胧的银色月光，郭雁看到了黑暗中有一个凶狠的面孔正直勾勾地瞪着她。她吓得从躺着的地方一下子坐起来，企图逃离这阴森恐怖的地方。

但郭雁没能逃走，她痛得又躺了下去。她的右肩挨了铁扇李重重的一扇，现在伤口发作起来，她觉得剧烈的疼痛几乎要将她的生命吞噬。

那凶狠的面孔，原来是一尊废旧的木头神像，正孤孤单单地坐在高台上。木头神像显然是多年没有享受到供奉，凶狠的目光中似乎流露出无可奈何。

郭雁喃喃地问自己："我是怎么来到这座小山庙的？这里到底是什么地方？"

她忍耐着右肩的剧痛，竭尽全力想让自己站起来。

她终于站起来了，一步一步向外面挪去。她要离开这座小山庙，她忍受不了这里地狱般的恐怖和孤寂。

她挪到了小山庙的门口，左手用力一推，推开了小山庙的大门。

一阵凛冽的寒风迎面扑来，几乎将她吹倒。伤口剧烈的疼痛已使她弱不禁风了。外面苍苍茫茫的一片，天地间笼罩着黑暗和荒凉。她看不清道路，也分不清方向。凭着这弱不禁风的伤痛之躯，她纵然有巨大的毅力，又能走到哪里去呢？

郭雁又回到了小山庙里自己原来躺着的地方，她自言自语地说："我不可能自己飞到这里来，一定是有人在我昏迷的时候把我弄到这里的。他是谁？为什么要这么做？"

人在伤病痛苦中总会萌发各种各样的幻想和念头。郭雁此时浮想联翩，她想到了自己天真活泼的童年、欢乐无忧的少年……从小到大，她一直过着养尊处优的生活，从来不知什么叫痛苦和孤独。

然而残酷的现实结束了她玫瑰般的闺秀生活，她开始尝到了人生的辛酸和艰难。

她想到了自己的未来之路，那将是一条漫长而曲折的道路，往后的路该怎么走呢？

正当郭雁在左思右想的时候，只听"吱呀"一声，小山庙的门开了，闪进来一个人影。

借着朦胧的银色月光，郭雁看不清来人的脸，却看清了他那双亮晶晶的眼睛。

来人是穆勇，他也看不清郭雁的脸，却看清了她那双忧郁而美丽的眼睛。

郭雁从对面那双亮晶晶的眼睛中想起来了，来人正是她白天在小酒家里遇到的同是客人的年轻人。

在黑暗中，两双眼睛对视着，默默地对视着。

"是你把我弄到这里的？"郭雁首先说话了。

穆勇说："是的。"

郭雁说："是你把铁扇李打跑了？"

穆勇说："是的。"

郭雁说："你与我素不相识，为什么要帮我？"

穆勇说："因为我不想看到你落入坏人手中。"

穆勇蹲下身子，经过一阵忙活之后，小山庙里亮起了一道耀眼的火光。

火光驱逐了黑暗，驱逐了寒气，让阴森森的小山庙似乎显出了生机。

郭雁看清楚了，穆勇从外面带回来了一些食物和一把草药。

穆勇掏出一把小刀，割下一块兔肉和一块鸡肉，递到郭雁面前，说道："你昏迷了很长时间，现在肚子也该饿了。"

郭雁忧郁而美丽的眼睛只是盯着穆勇，丝毫没有要接过烤肉的意思。

穆勇问道："怎么啦？难道你不饿？"

郭雁说："我是饿了，但我与你素不相识，我凭什么吃你的东西？"

穆勇微微一笑，说道："铁扇李开的小酒家明明是个陷阱，你却喝得耳红面赤，还差点落入他手里。难道你看铁扇李比看我顺眼？"

郭雁眉头一扬，说道："我当时相信铁扇李有我自己的理由。他在小酒家里卖酒，我去掏钱买酒，买和卖之间是一种平等交易，他没有露出任何蛛丝马迹，所以我上了他的当。而你，一个来历不明的陌生男人，把我弄到这偏僻的小山庙来，又没有什么证据证明你是好人，我为什么要信任你？"

穆勇说："你可以认为我不是好人，但你不会认为这些烤肉是毒肉吧？"

郭雁说："我为什么不能认为烤肉中有毒？"

穆勇说："既然你不放心，那我就自个儿吃了。"

穆勇三口两口把准备递给郭雁的烤肉吃个精光，然后返回火堆旁，一刀一刀地割下鸡肉，津津有味地吃起来。

穆勇从怀里掏出一个酒葫芦，又拿出一个小杯子，从酒葫芦里慢慢倒出一杯醇香浓厚的烈酒来。

穆勇又吃肉又喝酒，嘴里不时发出"吧嗒吧嗒"的咀嚼声，看来他吃得很香。

在寒气袭人的深山之夜，享受着味道独特的肉食和烈酒，这种快乐不能不令人羡慕。

郭雁静静地看着穆勇自得其乐地享受着饮食之乐。整个小山庙飘荡着酒香味和肉香味，郭雁此时越发感到肚子饥饿，但她是绝不会让这种感觉在神情上流露出来的。

没多大工夫，穆勇已吃完了一只兔和一只鸡，剩下的一只鸡也吃了一小半。

这时，穆勇抬起头，看了看郭雁，说道："现在你应该相信我递给你的烤肉没有毒了吧？"

郭雁说道："烤肉是没有毒，但不等于你心里头没有毒。"

这是一句多么尖酸刻薄的话，但穆勇没有生气，他说道："我心里头有没有毒，你可以自己分辨，但只要烤肉没有毒，你就可以放心去吃。"

穆勇说着，把剩下的鸡肉递到郭雁面前，说道："这是今天我所能提供的最后的食物了。你身上有伤，若再忍饥挨饿，恐怕难以坚持下去。"

郭雁什么也没说，只是默默地接过了鸡肉。她从小生活在深闺里，有成群的丫鬟伺候。她从来没有接受过陌生男人的食物，但在这种环境下，她不得不破例了。

一个再尊贵高傲的人，在残酷恶劣的条件下，也不得不牺牲这种尊贵高傲，以满足最基本的生存需要。尊贵是在衣食无忧实现之后才能追求的东西。

郭雁一边吃着烤肉，一边想：眼前这个年轻人究竟是什么人？他为什么要把我从铁扇李手中救出来，又把我弄到这小山庙里？他给我弄吃的，显得对我十分关怀，这究竟是出于好心，还是别有用意？

她心里冒出了一连串的疑问，但她没有带着这些疑问去质问穆勇。她觉得，就算他明确回答了这些疑问，她也不可能得到真实的答案。

郭雁认为，天下没有几个男人会规规矩矩说出实话的。她所熟悉的男人中，许多人的所作所为已经让她心灰意冷，更何况眼前是一个来历不明的陌生男人，她凭什么要相信他所说的话呢？

吃完了，两人都觉得有了精神。穆勇拿起摘来的草药，放在火焰上慢慢地烘烤着。

湿润的草药在跳动的火焰的烘烤下不时发出"吱吱吱"的声音，一会儿工夫，整个小山庙就弥漫着淡淡的草药味。

穆勇把草药烤好了，一抬头，发现郭雁那双忧郁而美丽的眼睛正注视着自己。

"这是什么草药？"郭雁问道。

穆勇说："这叫灵仙草。"

郭雁说："它有什么用？你烤它做什么？"

穆勇说："它可以治疗各种内伤。你右肩挨铁扇李沉重的一扇，除了灵仙草之外，没什么东西可以帮你疗伤。"

接着，穆勇又说道："铁扇李击的这一扇带着阴毒的内气，若在一天之内不能有效治疗，那么任何灵丹妙药也无力回天了。"

郭雁这时感觉右肩更加疼痛难忍了，痛得她整个右半身都无法动弹。

穆勇把烤好的草药包在一块柔软的薄绢里，递给郭雁，说道："敷在右肩的伤口上，你很快就会觉得舒服的。"

郭雁接过草药，然后一动不动地注视着穆勇。

她注视别人的时候，尽管目光不是那么友好，但忧郁的眼睛依然是那么楚楚动人。

穆勇问道："怎么啦？你有什么话要对我说吗？"

郭雁又注视了他一会儿，才说道："其实这句话不用我说，你自己也应该知道。"

穆勇说道："你不说出来，我怎么知道？除非我有本事钻到你肚子里。"

郭雁说道："一个姑娘要在肩膀上敷草药的时候，一个大男人居然赖在她身边不肯走，你认为这样合适吗？"

穆勇淡淡一笑，说道："如果这个姑娘显得力不从心，需要帮助，那么大男人只好留下来了。"

郭雁瞪了他一眼，说道："我不需要帮助。我右肩虽然受伤了，但我左手还好好的，我可以自个儿敷草药。"

穆勇说道："既然你不欢迎我留在你身边，那我就到外面去避一避。"

穆勇说着就迈开脚步，朝小山庙外面走去，只听"砰"的一声，他把庙门重重地关上了。

小山庙里，郭雁慢慢地把上衣解开，露出了洁白如玉的右肩膀。她看了一眼自己右肩受伤的地方，不由得吓了一跳，伤口已经肿得很高很高，仿佛长出了一块奇形怪状的肉。

郭雁拿起草药轻轻敷上高肿的伤口。

穆勇一个人站在小山庙外面，呆呆地仰望着深邃的天空。月亮懒洋洋地挂在半空，星星也在疲倦地眨着眼睛。穆勇觉得困了，他已折腾了一天，想好好睡个觉。

小山庙里忽然传出郭雁痛苦的尖叫，接着她大声道："你进来，你快进来！"

穆勇似乎显得并不着急，他推开小山庙的门，慢慢走了进去。

郭雁的上衣依然半解开着，洁白如玉的右肩膀仍露在外面，但草药已掉在地上，是她把草药扔在地上的。

郭雁的目光中露出痛楚和气愤，她冲穆勇喊道："你让我敷的到底是什么药？"

穆勇说："我让你敷的是灵仙草，专治各种内伤。"

郭雁说："既然专治内伤，为什么我敷上去之后剧烈疼痛起来？"她一边说一边呻吟着。

穆勇说："良药苦口利于病。你中了铁扇李沉重一扇，阴毒的内气从伤口向周身扩散。灵仙草要以强大的吸力把毒气从你的伤口中吸出，在这过程中你必然觉得更加疼痛，甚至是难以忍受的疼痛，但你必须坚持住。"

郭雁说："这么疼，我哪里还敢敷？只怕伤没治好就给疼死了。"

穆勇说："你是一朵从小在温室里生长的花，对疼痛当然难以忍受，但在这种状况下，你不能忍也得忍。"

郭雁这时才突然发现，自己的右肩膀还裸露在外面，而穆勇正静静地盯着她的肩膀。

郭雁脸上现出一片绯红，赶紧把半解开的上衣穿好，嗔怪地问道："你看我干什么？"

穆勇说："我不是看你，我是看你的伤口。"

郭雁说："我就是伤得再重，也不准你看，看伤口也不行。"

穆勇似乎没有听到她这句话，而是把掉在地上裹着草药的薄绢拾起，说道："折腾了这么长时间，草药都凉了，我把它热一热，你再接着敷。"

穆勇把草药放在火焰上烘烤，一会儿工夫，整个小山庙又弥漫着淡淡的草药味。

穆勇把重新烤好的草药拿到郭雁面前，说道："接着敷。"

郭雁说道："我受不了这种疼痛，我不要敷了。"刚才的剧痛让她心有余悸，她说这句话的时候，竟掉下了两行眼泪。

穆勇说道："受不了也得敷。你若是自己不敢，我来替你敷。"

接着穆勇说道："你若是不愿我见到你的伤口，我可以把眼睛蒙上。"

说着，他拿出一块厚厚的黑布，把自己的双眼紧紧蒙上。

当穆勇手中的草药触到郭雁的伤口时，她发出一声尖叫，左手情不自禁地抓住了穆勇的手臂。

也许她还未意识到自己的手紧紧抓住了穆勇。她抓得那么使劲，以至于穆勇强壮的手臂也感到疼了。穆勇没有吭声，他只是觉得奇怪，一个受伤的姑娘哪来这么大的劲？

穆勇把草药在郭雁伤口上来回摩擦，郭雁不时发出疼痛的呻吟声。她的手抓得更用力了，指甲嵌入了穆勇的手臂，穆勇手臂上现出了几道深深的血痕。

穆勇并不在乎自己被抓的疼痛，他想，若是她此时的痛苦能转移到他身上，他也愿承受。

又过了半个时辰，郭雁觉得右肩的伤口不那么疼了，肿胀逐渐消减了，身体感觉比刚才强多了。

她长长地舒了一口气。这时，她才发现自己的左手一直抓着穆勇的手臂，而且抓得那么紧、那么狠。她赶紧松开手，脸上泛出一片绯红。

敷完草药，穆勇说道："为了养好伤，你必须好好休息三天。这三天之内，你不能动怒发脾气，不能到处走动。而且——"穆勇停顿了一下，才继续说道，"而且你要听从我的安排。"

郭雁眼睛一瞪，说道："我凭什么要听从你的安排？你以为你为我治了伤，我就应该视你为救命恩人，对你百依百顺吗？"

穆勇说道："我不敢以救命恩人自居，我只想诚心诚意地提醒你，你现在的处境很危险。"

郭雁问道："我现在的处境有什么危险？"

穆勇说："一些不怀好意的人一直跟在你后面，你随时随地都有再受到伤害的可能。"

郭雁浑身颤动了一下，问道："不怀好意的人跟着我？是谁？难道又是铁扇李？"

穆勇说道："不是铁扇李。跟踪你的人比铁扇李更贪婪、更狡猾、更狠毒。"

郭雁只觉得一股凉意从头顶沁到脚跟，但她脸上没有表现出惊慌，只是冷冷地问道："我为什么要相信你说的话？"

穆勇说道："你可以不相信我说的话，但你必须处处多加小心。"

穆勇顿了顿，接着说："至于我的话是真是假，很快就会有事实来证明。"

郭雁没有答话，她忧郁而美丽的眼睛一动不动地注视着地面上洒下的月光。她似乎在用沉默告诉穆勇：我不想再听你说的话，哪怕你的话是真的。

穆勇打了个长长的哈欠，又好像是一声长长的叹息。他说道："我困了，想睡觉了。"

他一边说，一边向小山庙外面走去，说道："你睡在里面，我睡在外面的屋檐下，有什么事你就喊我。"

只听"砰"的一声，穆勇随手把小山庙的门从外面带上了。

不一会儿，郭雁就听到了一阵熟睡的呼噜声，在宁静的夜晚显得那么清晰。

郭雁却无法入睡，她心头翻腾着说不出的忧愁和烦恼。

她从小到大，住的是豪华洁净的房子，睡的是温暖舒适的床。而现在，她却带着伤躺在深山老林的一座小山庙里，这种反差怎能不在她心中激起痛楚的浪花呢？

以往，每当她睡觉的时候，身边总有成群的丫鬟伺候着她。只要她一声吩咐，丫鬟们就把她想要的东西送上来。而现在，陪伴她入眠的是一个陌生男人打呼噜的声音。

郭雁心想：他到底是什么人？他为什么要救我？是纯粹出于道义，还是别有用心？他的武功胜过铁扇李，说明他属于一流高手，这么一个武艺超群的人为什么要一个人走在这荒山野岭里？他要去哪里？他的家在哪里？

郭雁只觉得他真是一个怪人，但凭直觉，她隐隐约约感觉到他不是坏人。

夜已很深了，郭雁只觉眼皮沉重，她不知不觉进入了梦乡。

忽然一阵寒风吹来，吹在郭雁的脸上，她禁不住打了个寒战。寒意惊醒了郭雁，当她睁开眼睛时，发现自己浑身凉飕飕地冒起了鸡皮疙瘩。

这时她想到了穆勇，她睡在小山庙里都这么冷，而他睡在外面，岂不是更冷？

借着朦朦胧胧的月光，郭雁站起身，向小山庙外面走去。她推开小山庙的大门，发现屋檐下面穆勇正缩成一团，像一个圆圆的球，那睡觉的姿势看上去挺可怜的。

郭雁虽然还不知道穆勇是好人还是坏人，对他依然保持着警惕，但寒风中穆勇可怜兮兮的样子使她不由得感到一阵辛酸。

她觉得穆勇像一个渴望母爱的孤儿，又像一片飘零的落叶。

她不忍心让穆勇在凛冽的寒风中继续睡，她决定叫醒他，让他到小山庙里面睡。

郭雁心里清楚，一男一女睡在同一间屋里是有伤风化的，但现在她无暇顾及这些了，生存环境的恶劣使人不得不改变原先的观念。

郭雁俯下身子朝穆勇轻声唤道："喂，你醒一醒，到山庙里面睡吧。"

穆勇一动不动，没有一丝反应。

郭雁提高嗓门把同一句话重复了两遍，穆勇依旧没有反应，呼噜声反而打得更响了。

"真是个睡猪，再这么睡下去不把你冻死才怪呢！"郭雁轻声嘀咕着，她伸出左手，在穆勇胳膊上用力一掐，嘴里喊道，"醒醒！"穆勇仍然没有反应。

"难道他已经死了？"郭雁一着急，使出吃奶的劲在穆勇胳膊上猛掐。

可是穆勇还是一动也不动，只是现在他显得更平静了，连呼噜声也没有了。

郭雁伸出双手，想把穆勇抱回小山庙。可是穆勇就像钉在地上的硬铁块，她哪里抱得动？

"难道世上竟有人睡着了就再也叫不醒了？"郭雁奇怪地自言自语。

她忽然灵机一动，伸出一个小指头，在穆勇胳肢窝里轻轻一挠。这一招果然有用，穆勇的身子猛地颤抖一下。

"原来他是怕痒痒的。"郭雁心头掠过一丝暗暗的得意。她又伸出小指头，在穆勇胳肢窝里挠了一下。

就在此时，熟睡中的穆勇突然闪电般伸出一只手，抓住了郭雁的手腕。

他抓得不是很重，但郭雁却痛得尖叫起来。

穆勇已坐直了身子，他睡眼惺忪地问道："你是谁？三更半夜竟敢来偷东西！"郭雁焦急地说道："我不是来偷东西的，我是来——"

穆勇打断了她的话："夜阑人静偷偷摸摸向别人靠近，不是来偷东西是来干什么的？你要不老实交代，我把你送官府治罪。"

郭雁说道："你身无分文，我偷你有什么用？"

穆勇说道："你休管我有没有钱，反正你偷到了我的头上，就休想逃出我的手心。"

郭雁见他紧抓住自己的手不放，急得哭了起来。

穆勇的手慢慢松开了，他打了一个长长的哈欠，悠悠说道："哦，原来是你呀，真不好意思，我差点把你当成小偷了。"

郭雁嗔怪地说道："我是好心好意来找你，没想到你这么粗鲁地对待我。"

穆勇说："我在睡梦中经常做粗鲁的事，甚至是一些想不到的荒唐事。"

郭雁说："刚才你睡觉的时候，我怎么也叫不醒你。难道你睡觉就跟死人一般？"

穆勇看着她，只是笑了笑，并不说话。

郭雁好像领悟到什么了，她涨红了脸，说道："原来你在耍我，你早就醒了，却装得像死猪一般。"

穆勇说道："我没睡着的时候，你对我总是那么凶，所以我一睡下就不愿醒来。我想，你总不会对一头死猪发脾气吧。"

郭雁一听，笑了起来，说道："我对所有的男人都凶，因为我分不清男人中谁是好人谁是坏人。"

穆勇说："所以你不仅对男人凶，还处处提防着他们。"

郭雁说："是的。"

穆勇说："这也包括我在内？"

郭雁说："那当然。"

穆勇停了停，说道："你把我叫醒做什么？"

郭雁说："你睡在这外面实在太冷了，还是移到小山庙里睡吧。"

穆勇说："想不到看起来又凶又冷漠的人，还有一副菩萨心肠。"

郭雁说："不是我有一副菩萨心肠，而是你睡觉的样子让人觉得太可怜了。"

穆勇说："你不是处处在提防陌生男人吗？你叫我到里面睡，难道就不担心我是个坏人？"

郭雁说："我现在看出来了，你绝对不是个坏人。"

一句话，说得穆勇内心涌起一股暖流，这股暖流足以抵御外面世界的任何寒风。

穆勇说："谢谢你的一片好意，你的心意我领了。但今天晚上我一定要睡在外面。"

郭雁说："那又是为何？"

穆勇说："因为我在等两位客人。"

郭雁说："客人？！在这么偏远的地方，怎么会有客人？"

穆勇说："有的人太有魅力了，不论她走到哪里，总有相识的或不相识的客人跟着她，她想甩也甩不掉。"

郭雁说："那这些客人一定是别有用心的不速之客……"说到这里，郭雁就停住了，她好像明白了什么，心头冒出一种不寒而栗的感觉。

穆勇说："你的伤还没好，身体较虚弱，赶快回山庙里休息吧，外面冷得很呢。"

郭雁没再说什么，默默地退回到小山庙里。她的伤确实还没好，她只觉得浑身上下虚得很。

接下来的时间里，郭雁躺在小山庙里难以入睡。她伸长耳朵聆听着外面的动静，但外面除了寒风呼啸外，她什么也听不到。

也许，是凛冽的寒风把自然界里的其他声音都压住了。郭雁心里慢慢滋生出了一种说不出的惆怅。

忽然，郭雁听到了两声凄厉的惨叫声。在这寒风怒号的夜晚，鬼哭狼嚎般的惨叫仿佛是从地狱中传出来的。郭雁禁不住打了个寒战。

郭雁走出小山庙，发现外面已躺着两具尸体。两具尸体都穿着夜行服，脸上还蒙着面罩。每人手里都拿着一把鬼头刀，虽然已死，但刀还握得紧紧的。

穆勇就静静地站在两具尸体旁边。

郭雁问道："是你把他们杀了？"

穆勇点点头。

郭雁说："他们就是你在等的客人？"

穆勇说："没错。"

郭雁说："他们是来找我的，还是来找你的？"

穆勇说："有可能是来找我的，也有可能是来找你的，但是来找你的可能性比较大。"

停了一会儿，穆勇接着说："现在你都变成唐僧肉了。"

郭雁明白这句话的意思。现在郭云飞已死，许多江湖中人，甚至曾经是郭云飞麾下的武林高手都打起了从郭雁身上获取地光金牌的主意。

郭雁看着穆勇冷冷说道："难道你不想吃唐僧肉吗？"

穆勇说道："不想。唐僧肉对我来说毫无用处。"

（十五）美好的向往

第二天，风停了，天气晴朗，暖暖的太阳普照着大地。

穆勇一大早就出去猎取食物了。这一次，穆勇不仅带回许多的水果，还带回了几条大大的活蹦乱跳的鱼。

看到又大又鲜的鱼，郭雁来了精神，她说道："红烧鱼是我最拿手的一道菜，我今天要让你尝尝我的烹饪手艺。"

穆勇说道："哦?！那我今天倒要领教一下你的烹饪手艺到底有多高。"

郭雁右肩的伤口虽还未痊愈，但已无大碍，炒个菜已不成问题。

小山庙里那半截摔破的大瓷盆，就是他们的锅。火焰把锅烧得滚烫之后，郭雁便开始烹制她的拿手菜红烧鱼。

他们的"厨房"条件是再简陋不过了，但穆勇感受到了浓浓的生活气息和无穷无尽的乐趣。

生活的幸福不在于你享受到了多少物质，而在于你从物质中体会到了多少乐趣。虽然穆勇从外面只带回了一些鱼和水果，但他从郭雁忙碌的身影中感觉到这顿饭将是他此生中难得快乐的一顿饭。

一个曾经对他冷淡甚至"凶狠"的姑娘的态度发生了变化，像个贤妻般为他烹制菜肴，这本身就是一种享受不完的快乐。

一会儿，小山庙里弥漫着浓浓的鱼香味，郭雁炒好了一道可口的红烧鱼。

吃饭的时候，他们聊天的话题也多起来了。

穆勇说道："你一个深闺女子离家远出，要去什么地方？"

郭雁说："去忘忧岛。"

穆勇一怔，讷讷地说："忘忧岛？"

郭雁说："是的，就是一座忘却了一切忧愁和烦恼的岛屿。"

穆勇说："人世间有这样的地方吗？"

郭雁说："当然有，许多被逼得走投无路的女人都去了那里，她们现在都过上了幸福快乐的生活。"

穆勇说："忘忧岛在哪里呢？"

郭雁说："在浩瀚无边的南海。"郭雁说着，忧郁而美丽的眼睛泛出了亮光，她仿佛看到了自己心目中的理想乐园。

停了一会儿，穆勇说道："你究竟遇到了什么忧愁？"

郭雁说："我父亲郭云飞是武林盟主，在不久前的比武中被杀了。我父亲死后，周围曾经对我很好的人包括亲朋至友突然都用一种虎视眈眈的目光看着我。我实在无法忍受父亲的突然离去和周围不怀好意的目光。"

穆勇说："昨天你在小酒家里喝了那么多酒，是因为心中一直有解不开的忧愁？"

郭雁说："正是如此。"

穆勇说："如此看来，你唯一能摆脱忧愁烦恼的办法就是去忘忧岛了。"

郭雁说："没错。不管付出什么样的代价，我一定要去忘忧岛。"

穆勇说道："你可知道杀死你父亲郭云飞的人是谁？"

郭雁说："我只知道他的名字叫穆勇，除此之外，关于他的情况我一无所知。"

穆勇说："如果有朝一日你遇到了穆勇，你打算怎么办？"

郭雁咬牙切齿地说："那我一定杀了他，为我父亲报仇。"她顿了顿，接着说，"可是此人来无影去无踪，要找到他不是件容易的事。"

穆勇说："其实要找到此人并不难，我随时都可以让你找到他。"

郭雁眼睛里已冒出愤怒的光，她说道："他现在在哪里？你带我去找他，我非杀了他不可。"

她说着，用右手抓起了月形刀。

但此时，她右肩上的伤口经不起折腾又开始剧烈疼痛起来。她现在还不能过度激动。

穆勇接过她的月形刀，放在一边，淡淡地说道："现在你的首要任务是养好伤，

然后才有精力去杀穆勇。"

郭雁说："我知道我不是他的对手，但我也要与他拼一拼。就算死在他手下，也要狠狠地咬他一口。"

穆勇身子突然颤动一下，仿佛郭雁已在他身上狠狠咬了一口。

穆勇和郭雁在小山庙里度过了三天，郭雁右肩上的伤已经见好，穆勇也为她找回了原先乘坐的马车。郭雁又打算踏上奔赴忘忧岛的征途了。

郭雁说道："感谢你这些天来对我的帮助和照顾，日后若是有机会，我一定好好报答你。我该走了，后会有期。"

穆勇说："我不需要你的报答，我现在只想提醒你，你还不能走。"

郭雁："为什么？"

穆勇说："我已经跟你说过，一些不怀好意的人正在四处寻找你的踪迹。你一露面，他们立马就会对你下手。"

郭雁说："我不怕有人对我不怀好意，我倒要亲自领教一下这些人到底有多厉害。"她举起手中的月形刀，接着说，"用我的冷水映月刀法向他们领教一下。"

穆勇说："你为什么就不能避一避这些迫在眉睫的危险？"

郭雁说："世上的坏人那么多，你避得了今天，避得了明天吗？现在纵使前面是刀山火海，我也要往前走。"她忧郁的眼睛放射出坚定刚毅的光芒。

郭雁跳上马车，抓起了缰绳。当她再次扭回头时，发现穆勇亮晶晶的眼睛正注视着她。凭女人的直觉，她知道那双眼睛饱含着关切，饱含着期待，也饱含着担忧。但她不再犹豫，她现在急于赶路，她心中渴望的是浩瀚南海中犹如世外桃源的忘忧岛。

她一拉缰绳，拉车的马儿就迈开了前进的步伐。

郭雁走了，走得那么坚定，走得那么冷漠。穆勇呆呆地站在原处，只觉得一股冰冷的寒气袭遍了全身。

郭雁的马儿脚步显得沉重缓慢，似乎拉着万斤重的东西。已经走了很长时间，走出的路似乎并不太远。

郭雁听到后面响起了一阵疾驰的马蹄声，回头一看，是穆勇骑着白马追了上来。

郭雁"吁"一声勒住了马儿。穆勇策马来到她面前，说道："既然你执意要现在前往忘忧岛，可否同意我与你同行，伴随你到达目的地？"

郭雁忧郁的眼睛闪出了一道感激的光芒，但感激不代表同意。她说道："谢谢你的一片好意，你的心意我领了，但我不需要你伴我同行。"

穆勇说道："那又是为何？"

郭雁说："去忘忧岛的女人，虽然都遭遇了人生路上重大的挫折和不幸，承受了人世间难以形容的痛苦和悲哀，但她们都是坚强的女人。她们无畏艰难险阻，她们藐视豺狼虎豹。在前进的道路上无论遇到什么样的危险，她们都能凭着自己的双手和意志披荆斩棘，迎难而上，直到到达自己的目的地。"

郭雁停了停，接着说："就算你与我同行，保护我到达了目的地，但忘忧岛上的女人们若知道我是由一名素不相识的男人护送来的，她们也不会收留我，因为我是个没用的懦者。而且，我自己也会瞧不起自己。"

郭雁说完，举起马鞭用力一抽马背，受惊的马儿发出一声长啸，扬起四蹄，飞一般地向前冲去，后面只留下飞扬的尘土。

穆勇静静地坐在马背上，望着郭雁远去的背影。她的话已说到这个份上，他还有什么可说的？既然他是个不受欢迎的人，他又何必苦苦跟着她去做费力又不讨好的事。

穆勇的眼睛一直盯着郭雁远去的方向，许久才自言自语道："一路请多保重！"

郭雁的马车蹚过一道道波光粼粼的溪水，跨过一座座山峰，穿过一个个茂密葱郁的树林，越过一片片无边无际的田野。一路上花儿飘香，沁人心脾，鸟儿婉转唱歌，余音不绝，越往南面走，自然景观越美丽宜人。郭雁觉得自己在诗一般迷人的画面中行走，她原先愁眉紧锁的额头慢慢舒展开了，忧郁封闭的心扉也逐渐打开了。郭雁感受到了漫步大自然的欢乐和趣味。

人是大自然的产物，优美和谐的自然景观可以熏陶人的情操，升华人的灵魂。美丽神奇的大自然可以给绝望颓废的心灵带来春天的希望，可以给泪痕纵横的脸庞送去阳光的微笑。

郭雁从小在仁义府的闺房中长大，是开在温室中的花朵，养在金笼中的小鸟。此次前往忘忧岛的漫漫长路上，她领略到了大自然无穷无尽的魅力和韵味。然而在逐渐融入大自然的过程中，她忘却了那一双双虎视眈眈的眼睛，淡忘了那一张张自私贪婪的面孔。对新生活的渴望和憧憬在她心头开始燃烧起来。

大自然有如此神奇美妙的力量。

郭雁的马车驶过了很长很长的路，一路上顺风顺水，畅通无阻。

她想起了穆勇说过的"一些不怀好意的人一直跟在你后面"的话，觉得穆勇是在杞人忧天，无中生有。

"天下本无事，庸人自扰之。"郭雁自言自语道。

可是她这句话刚刚说完，就发现两个彪形大汉横在路中央，挡住了她的去路。

两个大汉一黑一白。黑的面如锅底，身材粗壮，手里拿着两柄巨大的铁锤。白的面如白纸，没有一丝血色，牙齿凸出，看上去仿佛是从阴曹地府逃出的厉鬼，他

手里握着一把稍微弯曲的雁翎刀。

一黑一白两个大汉虽然面目可怖，但郭雁心里毫不惊慌。她勒住马车，沉静地问道："请问两位有何指教？"

黑脸汉子说道："前面可是郭雁小姐？"

白脸汉子阴阳怪气地跟着说："我们等郭雁小姐等得好辛苦啊，简直是望穿秋水。"

郭雁说道："两位怎么知道我的名字？在此等我做什么？"

黑脸汉子眉头一扬，粗声粗气地说道："我们兄弟俩明人不说暗话，坦白告诉郭雁小姐，我们在此久等只想得到一件东西。"

郭雁说："想得到什么东西？"

白脸汉子说："只想得到郭小姐珍藏的地光金牌。"

又是两个为宝物而来的亡命之徒，郭雁看着黑白两兄弟面目可憎的样子，心里头泛出一种说不出的鄙视和厌恶。

郭雁额眉微蹙，暗中思索着如何对付这两个贪婪的家伙。黑白两兄弟站在路中央得意忘形地说个不停。

黑脸汉子说："各路江湖好汉都对地光金牌垂涎觊觎，没想到被我们捷足先登了。"

白脸汉子说："孟非凡以五万两黄金的价钱购买地光金牌，现在看来，这五万两黄金已是我们囊中之物了。"

黑脸汉子说："郭雁小姐，你若是痛痛快快把地光金牌交出来，我们兄弟是不会亏待你的。"

白脸汉子说："但如果违抗不从的话，那滋味恐怕就不好受了。"

黑脸汉子说："我们兄弟若是想得到什么东西，从来就不可能空手而回。"

白脸汉子说："郭雁小姐长得花容月貌，想必是一个通情达理的人。眼下何去何从才是明智的选择，郭雁小姐心里应该很清楚。"

郭雁听得怒从心头起，她大声斥道："如果我不交出地光金牌，你们打算怎么办？"

黑脸汉子说："那我们就动手拿，不仅要拿到地光金牌，就连郭雁小姐也一块儿拿到手。"

白脸汉子说："到时候郭雁小姐可别埋怨我们不懂得怜香惜玉了。"

郭雁已气得按捺不住，她"唰"的一声拔出了寒光闪闪的月形刀，厉声喝道："你们先把脖子上的歪脑袋取下来，我就交出地光金牌！"

黑脸汉子说道："既然郭雁小姐看上我们的歪脑袋，那么就来取吧。但如果取不下来，你的人和地光金牌，我们是拿定了。"

白脸汉子说："想不到我们的歪脑袋，郭雁小姐也想要，这真是我们的荣幸啊，这说明我们长得还不算丑。"

郭雁圆睁怒眼道："少废话，看刀！"寒光闪烁，月形刀已向两人劈了过去。寒光中还伴随着一股阴森森的冷气，就像迎面吹来一阵凛冽的冷风，直逼人而去。

凌厉的攻势使得黑白两兄弟赶紧收敛了轻浮的笑容，他们急忙纵身躲闪，避开了咄咄逼人的月形刀。

黑脸汉子说道："冷水映月刀法，郭云飞的家传刀法果然厉害。"

白脸汉子说道："父强女不弱，武林盟主的女儿果真不同凡响。"

冷水映月刀法以冷水阴云功的内力为内在支柱，郭雁的月形刀一刀劈出，黑白兄弟便感受到了这种功夫的厉害和可怕。

若是郭云飞还活着，他们无论如何都不敢打地光金牌的主意。

郭雁手中的月形刀越舞越快，寒光和冷气逼得黑白兄弟四处躲闪。

但时间一长，黑白兄弟看出来了：郭雁的冷水映月刀法虽然迅速多变，攻势凌厉，但她的内力不够深厚，无法通过月形刀把这门功夫的最高境界发挥出来。

黑脸汉子站稳脚跟，把手中两柄大铁锤挥舞得"呼呼"生风，他开始从防守转向进攻。

白脸汉子手中的雁翎刀一招紧接一招，从侧面向郭雁发起攻击。

郭雁本来内力不够深厚，再加上力敌两人，渐渐感到力不从心了。

黑脸汉子进攻的铁锤像两只下山觅食的饿虎，凶悍猛烈，卷起的风声犹如饿虎的呼啸；白脸汉子的雁翎刀像一条腾云驾雾的飞龙左右穿梭，轻巧中带着力量。两人默契配合而成的龙虎阵式，使郭雁的冷水映月刀法凌厉的攻势慢慢黯然失色。

郭雁的心中烦躁起来，动作也失去了章法。她完全处于被动挨打的状态。

现在，黑白兄弟要取郭雁的命简直是易如反掌，但他们似乎不急于取胜，只是不断地变换招式，把郭雁拖得疲于应付，气喘吁吁。

他们想要的不是郭雁的命，而是郭雁珍藏的地光金牌。

所以他们只是慢慢地磨，他们要把郭雁磨得筋疲力尽，服服帖帖，然后老老实实交出地光金牌。

郭雁感到彻底绝望了，她知道自己成了被咬在狼口中的羔羊，想逃脱厄运是不可能的了。

黑白兄弟一边进攻，一边发出得意万分的狞笑，那模样就像贪婪的猛兽叼着口中猎物般兴奋不已。

这时，郭雁感觉到身旁金光一闪，犹如一道耀眼的流星划过天际。金光出现得那么突然，那么迅疾，郭雁甚至看不清它传来的方向。

接着就响起了两声撕心裂肺的惨叫，惨叫声仿佛是从十八层地狱中发出来的，令人毛骨悚然。

随着惨叫声，一直神气活现的黑白两兄弟已经变成了两具尸体，直挺挺地横躺在地上。两人手里还分别紧握着铁锤和雁翎刀。

惊魂未定的郭雁这才发现面前出现了一个人，来人手里握着一把剑，那把剑看起来与普通的剑没有什么区别，但令人惊奇的是，刚杀过人的剑刃上竟然不沾一滴血。

"崔管家，怎么是你？"郭雁惊奇地叫起来。

来人是仁义府的管家崔无边，他已经在仁义府伺候郭家近三十年了，对郭家可谓忠心耿耿。郭雁从稍知人事的孩提时起，就知道崔无边是个和蔼慈祥、性情温和的人。崔无边平时总是笑眯眯的，见了周围的人总是热情地打招呼问好。郭雁年幼的时候总喜欢跟着他玩，他是个爱逗小孩玩的人。

自从郭雁的父亲郭云飞死后，她所拥有的一切安逸和舒适就全都结束了。她发现其他家人都变成了"陌生人"，让她无法忍受的"陌生人"。在这些"陌生人"中她显得那么孤独和无奈。但是崔无边始终对郭雁是那么友善、关心、体贴。郭云飞死后，崔无边还安慰她不要过度沉浸在悲痛之中。

对郭雁来说，如果仁义府还存在什么值得信赖的人的话，那么这个人只能是崔无边。

崔无边给人的印象是一个随和、温良，甚至有点迂腐的老头，郭雁从未见他施展过武功，也从来没有想到他会武功。

但这一次，在远离仁义府的荒野，郭雁亲眼看到崔无边施展身手了，他是一个武艺超群的高手，其身手之快让郭雁望尘莫及。

崔无边说道："小姐，你怎么不打声招呼就突然离家出走了？这可把仁义府的人都急坏了，他们四处找你呢。"他顿了顿，接着说，"好在老天有眼，老仆终于在此找到了小姐。小姐啊，你还是回家吧，家人都牵挂着你呢。"

郭雁忧郁的眼睛望着远方的天空，说道："回家？我还有家吗？自从家父郭云飞死后，我在仁义府已经找不到家的感觉了，我不想再回到仁义府了。"

崔无边说："那么小姐打算去哪里呢？总不能在外面像一根孤草随风飘零吧。"

郭雁说："我已经想好了，我要去忘忧岛，那里才是我真正的家。"

崔无边说："忘忧岛？在什么地方呢？"

郭雁说："在南海。"

崔无边说："忘忧岛是不是一个可以忘却一切忧愁的岛屿？"

郭雁说："是的。"

崔无边说："难道它是人们传说中的世外桃源？住在那里的都是些什么人？"

郭雁说："住在忘忧岛的都是饱尝人间挫折和不幸的女人，她们都是被迫到那里的。虽然不能享受荣华富贵，却可以避免受到纷乱尘世的伤害。她们同病相怜，互助互爱，形成一个和睦温暖的大家庭。"

崔无边沉吟片刻，说道："这么说，小姐已经下定决心要前往忘忧岛了？"

郭雁说："正是，纵使前方有千万重艰难险阻，都动摇不了我去忘忧岛的决心。"

崔无边说："既然如此，老仆愿意一路跟随小姐直到忘忧岛。老仆实在不放心小姐孤身一人走在险途上。"

郭雁实在不希望在去忘忧岛的路上有人陪护，因为这样做她觉得自己很窝囊：出远门连保护自己的能力都没有。但崔无边诚挚恳切的目光让她实在无法拒绝。于是她只好说："崔管家愿意随行，确是件好事。只是崔管家年事已高，还得为我操劳奔波，我实在愧疚难当啊！"

崔无边说："老仆在仁义府侍奉郭家近三十年了，老仆生是郭家的人，死是郭家的鬼。现在小姐孤身长途跋涉，老仆助一臂之力本就是义不容辞的。"

掩埋了黑白两兄弟的尸体后，主仆两人踏上了前往忘忧岛的征途。

蹚过一道道水，越过一座座山，他们又赶了近三百里的路程，来到一片广阔的平原。

崔无边指着前面的路说："小姐，我们离南海越来越近了。从这里通往南海有两条路，一条是笔直往前走的近路，一条是从旁边绕道而行的远路。近路方便又省事，只是沿途强盗太多，令人防不胜防；远路没什么强盗，但是较为绕远，费时费力。不知小姐愿意选择哪条路？"

郭雁说："既然近路强盗猖獗，我们又只有两个人，最好还是别走近路招惹强盗。"

崔无边说："那我们就走远路吧。"

郭雁说："远路迂回曲折，我们会不会迷路呢？"

崔无边说："老仆走遍天南地北，对各地的自然环境都熟悉。只要有老仆在，保管小姐不会迷路。"

他们选择了远路，在弯弯曲曲的道路上迈开了步伐。

一路上，崔无边对郭雁关怀备至，照顾得一丝不苟，就像和蔼慈祥的父亲对待自己的宝贝女儿一样。郭雁从心底感谢这位忠心耿耿的老管家。

在崔无边的带路下，他们又走了近两百里的路程，进入了一个山谷。

这个山谷从上到下给人的感觉就一个字：怪。怪石嶙峋，怪树林立，怪风呼啸，怪声迭起。就连山谷顶部飘浮的白云，从天上透射下来的日光，给人的感觉也是一种说不出来的奇怪。

郭雁从来没有见过这么奇怪的山谷，她睁大眼睛看着周围的一切，只觉一股怪气弥漫在自己的身旁，把她严严实实地包围起来，几乎要把她整个人吞噬了。看着看着，她突然觉得自己仿佛来到了地狱中，身上不由自主地颤抖起来。

郭雁问道："这个山谷叫什么名字？为什么这么怪？"

崔无边平平淡淡地说道："这山谷叫作老实谷，它生来就是一副怪模样。"

郭雁问道："老实谷？这名字也很特别，它为什么叫作老实谷呢？"

崔无边面无表情地说道："因为进入这个山谷的人都得老老实实的，不能要半点滑头和花招。"

崔无边这句话隐隐约约地揭示了一层含义：老实谷具有一种神奇的魔力，使得进入它怀抱的人从精神上完全受它的控制，变成一个无法左右自己，只能老老实实接受摆布的木偶。

老实谷的魔力实质是一种奇特阴毒的声音，这种声音从老实谷的底部发出来，扩散到整个山谷中。普通的人或内力不够深厚的人无法听到这种声音，但这种声音在悄悄地影响他们的大脑神经，使他们自主意识、自我控制的能力慢慢减弱，而他们本身毫不知觉。只需半个时辰，他们就变成了听话、老实的木偶人。当他们离开老实谷后才能慢慢地恢复原来的意识。而内力达到极高境界的人却可以听见这种声音，他们可以运用内力摆脱这种阴毒声音所施加的影响。他们还能通过内力操纵那些老实的"木偶人"，他们让"木偶人"做什么"木偶人"就做什么，他们让"木偶人"说什么"木偶人"就说什么。

江湖中的一些武林高手发现老实谷奇特的魔力之后如获至宝。一些武林高手捕获敌人之后，就把敌人带到老实谷。当敌人在老实谷阴毒声音的作用下变成老实的"木偶人"时，他就使用内力向敌人发问，问出他所想知道的秘密。

郭雁刚进入老实谷的时候，只觉得这个山谷千奇百怪，诧异万分。半个时辰之后，她觉得老实谷没什么奇怪了，似乎已经习惯了。

其实她已分辨不出什么是奇怪了，她在那种阴毒声音的作用下已变成了一个听话、老实的"木偶人"。

现在，崔无边叫她往东走，她就往东走；叫她往西走，她就往西走；叫她站住，她就站住。崔无边脸上现出一丝狰狞的微笑。

人的脸就像天上变化无穷的浮云，再和蔼亲切的脸也可以在顷刻之间现出狰狞和青面獠牙；再充满笑容幸福的脸，也可以在弹指之间变成布满愁云、欲哭无泪的脸。

这时，崔无边叫郭雁站住，郭雁老老实实停下了脚步。崔无边咳嗽几声清了一下喉咙，然后问道："郭雁小姐，你把地光金牌放在哪里了？在你身上吗？"

郭雁没有听清楚，她回过头问道："崔管家，你说什么？"

崔无边冷冷一笑，一字一字清晰地说道："郭雁小姐，你把地光金牌放在哪里了？"

郭雁这回听清楚了，她不假思索地说道："我把地光金牌放在……"

话未说完，一个黑影突然飞过来，当黑影在郭雁和崔无边所站的位置之间穿过时，郭雁的手腕被人抓住，她整个身子都被提起，像一只小鸟轻飘飘地跟着黑影向前飞起来。

黑影抓着郭雁，犹如老鹰抓小鸡般轻而易举，疾风般地朝老实谷外面飞奔而去。

（十六）伤痛中争斗

郭雁昏昏沉沉地被黑影带着向前疾驰，她看不清是谁带着她，也弄不清要把她带到哪里去。她只觉得眼前闪电般地掠过一棵棵树和一块块岩石，耳边"呼呼"响起令人毛骨悚然的风声。

不知飞奔了多久，郭雁才双脚着地被放了下来。她只觉得迷迷糊糊的，仿佛刚刚从一个离奇古怪的梦魇中苏醒过来。

她已经离开了老实谷，正站在一处开阔的平地上。

刚才到底发生了什么事，她似乎一下子想不起来了。

这时她才看清拉着她一路飞奔的人原来是穆勇。

郭雁问道："怎么是你？你怎么来了？"

穆勇说道："天下这么大，我想上哪就上哪，你能去的地方我就不能去吗？"

郭雁问道："你为何把我带到这个地方来？"

穆勇说："因为我不想看到你像个木偶一样任人摆布。"

郭雁问道："像木偶一样任人摆布？谁摆布我？"

穆勇说："摆布你的人，是一个你认为值得信赖、忠诚的好人。"

一阵劲风疾驰而来，伴随着劲风，一个人倏地蹿了过来，正好落在穆勇和郭雁面前。

来人是崔无边。

崔无边的眼睛狠狠瞪着穆勇，脸上流露出又惊又怒的神情，仿佛追逐猎物的野豹遇到了比它更凶猛的拦路虎。

崔无边向郭雁说道："小姐，你可得小心那小子，你可知道他是谁？"

穆勇的目光犹如两支犀利的箭直射向崔无边，射得崔无边心里直发毛。

郭雁说："我不知道他的名字，但我知道他不是坏人。我在一个小酒家里遇到铁扇李袭击，幸亏他出手相助，我才得以化险为夷。"

崔无边冷笑一声，说道："小姐，他对你出手相助，是因为他有另外一番不可告人的用意。小姐是否还记得，令尊郭云飞郭教主是死在何人手里？"

郭雁说道："家父是被一个叫穆勇的人所杀。"

崔无边怒喝一声道："现在站在你面前的这个年轻人就是你的杀父仇人——穆勇，你竟然还把他当作救命恩人看待？"

崔无边的怒喝犹如一个晴天霹雳，震得郭雁差点跌倒。半晌，她才慢慢回过神来，呆呆地看着穆勇，好像在看一个从未见过的陌生人。

郭雁讷讷地说道："崔管家，你说他是穆勇，这不可能吧。如果他是穆勇，他早就对我下毒手了，怎么会在小酒家里出手相救？更不会在小山庙里为我治伤了。"

崔无边说道："野兽吃人也是要挑选时机的。他当时没有对你下毒手，并不代表以后不会对你下毒手，只是认为时机尚未成熟。你且问他，他到底是不是穆勇？"

郭雁直直地望着穆勇，忧郁的眼睛闪着惊奇和疑惑。穆勇没有直视郭雁，而是把脸转到一边，好像企图在逃避着什么。

郭雁问道："你……你……你是不是穆勇？"

穆勇把脸正过来，点点头，说道："没错，我就是穆勇。"

郭雁的脸色一下子变得煞白："你……你真的是穆勇？"

穆勇说道："不论走到哪里，我都是穆勇。"

郭雁煞白的脸色已经被愤怒涨得通红，说道："我父亲郭云飞就是死在你手里吗？"

穆勇长长叹了口气，说道："是的。"

只听"唰"的一声，郭雁已拔出了月形刀，寒光闪闪的刀刃直指向穆勇，穆勇身旁顿时笼罩着一股浓浓的杀气。

崔无边脸上浮现出一丝不易察觉的干笑。

郭雁举着月形刀，一步一步地逼向穆勇，此时的穆勇却像一棵挺立在地面上的树，一动也不动。月形刀的刀锋离他的胸膛只有三寸了，他依然没有什么反应。他只是静静地注视着郭雁，仿佛丝毫没有意识到寒光闪闪的月形刀是一件致命的武器。

郭雁握刀的手却开始发抖起来，这近在咫尺的一刀始终劈不出去。不知是愤怒使她发抖，还是穆勇异乎寻常的冷静使她不知如何是好。

崔无边在一旁看得着急，急切地说道："小姐，快下手啊，对这种人不能有半点的同情和手软。"

郭雁握刀的手依旧抖个不停。

崔无边大声叫道："小姐，不能再犹豫了，现在不行动，以后后悔就来不及了。"

郭雁突然歇斯底里地大叫一声："我杀了你！"她发抖的手挥动月形刀向穆勇刺了过去。这可是不折不扣的一刀，刀刃扎进了穆勇右胸的肌肉里，一股殷红的鲜血顺着刀刃淌了出来。

穆勇依然是纹丝不动，静静地注视着郭雁。

郭雁早已惊呆了，像是一尊石头雕的塑像，面无表情地站在那里。

令她感到惊奇和不可思议的是，她这胡乱的一刀竟然能够刺中穆勇。她深知穆勇武功的厉害，就是十个自己一齐上，也远不是穆勇的对手。

可是她这一刀为什么偏偏能够刺中穆勇呢？

他为什么没有躲闪，白白挨上这一刀，难道是心甘情愿的？

世上有心甘情愿挨刀的人吗？

郭雁这一刀，仿佛不是刺在穆勇的身体上，而是刺在他的心里。他的脸上看不出有丝毫疼痛的表情，眼睛里却闪烁着晶莹的光芒，似乎是泪水，男儿有泪不轻弹的泪水。这泪水饱含着无限的哀伤。

崔无边说道："小姐，快再给他一刀，别让他活着逃跑了。"

郭雁已把扎进穆勇身体里的月形刀拔了出来，她痴痴地望着刀刃上的鲜血，对崔无边说的话一点反应都没有。

崔无边焦急地说道："小姐，你听见我说的话了吗？你既然刺出了第一刀，就赶紧再刺出第二刀，要知道，打蛇打不死，后患无穷啊！"

郭雁看了崔无边一眼，突然把手中的月形刀猛地往地上一摔，然后伏在一棵大树上"呜呜呜"地痛哭起来。

穆勇大吼一声，像一只受伤的野兽，转身朝远方飞奔而去。

他拼命奔跑着，不知跑了多久，直到来到一条汹涌澎湃的大河旁，才停下了脚步。

大河往前就是悬崖绝壁，下面怪石林立，深不见底。河水不畏悬崖绝壁，它咆哮奔腾着向万丈深渊猛冲下去，形成一个雄伟壮阔的瀑布。悬崖下面传来水波撞击岩石的轰鸣声。

大河若不遇悬崖绝壁，就无法形成如此气势磅礴的景观；英雄若不遇风暴险阻，就无法体现勇智超群的英雄本色。

河水虽然疾驰而去，但是明亮清澈，清得可以把人的影子映照出来。穆勇站在河水边，看着水面上映照出来的自己的影子。

那是一个令人心酸的影子，凌乱的头发，身上的衣裳已被伤口流出的鲜血染红。河水倒映出来的穆勇俨然一个受到伤害的可怜孩子。

穆勇端详着自己的倒影，并不觉得自己受伤的样子很可怕。他的心态平静如镜，似乎他本来就应该是这个样子。

穆勇从小就在不知什么是父爱母爱当中度过了童年和少年。没有父爱母爱的童年就像没有花朵的春天。与他自幼以来因缺乏父爱母爱、渴望父爱母爱所遭受的煎熬、折磨和痛苦相比，现在这种皮肉之伤又算得了什么呢？

穆勇慢慢踏进河水中，让冰凉而又稍让人惬意的河水浸泡着他的双脚，他希望河水能冲洗掉此刻他的心灵和肉体所承受的双重创伤。

这时，远处传来了断断续续的歌声，这是樵夫边砍柴边在欢愉地歌唱。樵夫的日子过得清贫，可是歌声中却透露出他对生活的热爱和满足。穆勇专心地听着随风飘来的歌声，心里不由得滋生了几分对樵夫的羡慕。

樵夫的歌声突然被一阵嘈杂的喧闹声掩盖住了，穆勇从清澈的水面上看到了几十个晃动的人影。他们已经对穆勇形成合围之势，一个个摩拳擦掌，跃跃欲试，充

满了腾腾的杀气。

这儿十个人都是崔无边带来的。崔无边好像有呼风唤雨的本事，片刻之间不知从哪招来了这么多人。他们手里都握着长短不一、各式各样的兵器。

穆勇仿佛没有意识到危险已经近在眼前，他依然静静地注视着水面。

崔无边说道："兄弟们，现在是你们立功受赏的时候了，这小子本事虽然了得，但现在身受重伤，杀掉他已是不费吹灰之力。"

"对，现在只需三五个兄弟合力就必定能取下他的头颅。"人群中有人附和道。

"用不着三五个兄弟，只需我独自行动就可结束他的性命。"有人自告奋勇欲抢功。

"哎，打死了已经快要死的老虎也难以成为打虎英雄。"有人甚至对此表现出一种不屑一顾的态度。

"我们事先费了九牛二虎的力气去策划和准备，没想到这么简单就大功告成了。"有人觉得胜利的果实摘取得太容易了。

百足之虫，死而不僵；狮虎垂危，犹有余威。这几十个人虽然在滔滔不绝地谈论着如何行动，表现出势在必得的自信，却一直没有人敢真正迈出第一步。

穆勇忽然猛回头，愤怒的目光像两支锐利的箭直射向嘈杂的人群。

人群顿时鸦雀无声，那些一直在得意扬扬发笑的人再也笑不出来了。穆勇的衣裳虽已被鲜血染红，但他的愤怒目光显示出精神和力量。一个已经丧失反抗能力的人是不可能有这种犀利的目光的。

人群中每个人的脚就像被钉在地面上一样，再也不敢向前移动半步。

崔无边不断地催促手下人赶快出手行动，但他说出去的话就像吹过来的一阵不痛不痒的耳边风，在人群中没能起到任何效果。他急得犹如热锅上的蚂蚁。

崔无边猛然想到了什么，他清清嗓门，一字一字地说道："谁要是拿下穆勇的头颅，我在原来赏金的基础上再加三百两黄金。"

重赏之下，必有勇夫。鸟为食亡，人为财死。这似是千古不变的"真理"。崔无边这一句话起到了作用，人群中一些见钱眼开的人脸上又冒出了腾腾的杀气。

只听"嚯"的一声，一人已纵身跳起，挥动手中的长柄斧头，朝穆勇头顶上直直地劈下来。

这一斧来得很突然，力量和速度都非同小可。

眼看斧刃离穆勇的脑壳只有几寸了，穆勇仍然没什么反应，他好像没有要躲开这致命一斧的意图。

难道他愿意白白挨上这一斧？难道他心甘情愿充当这帮好财之徒的斧下鬼？

崔无边脸上已现出势在必得的欣喜。

这时，只听见"咣当"一声，劈向穆勇的长柄斧头被一件铁器挡开了，挥斧的人被震得四脚朝天跌倒在地。

半路杀出的程咬金竟是郭雁，她手握月形刀，怒目而视着杀机四起的人群。

郭雁竟然会出手相助穆勇，崔无边惊呆了，半晌说不出话来。穆勇的眼睛里却闪耀出光芒，是一种希望和活力的光芒。

崔无边的喉咙仿佛被什么东西扼住了，他花了很大的劲，才断断续续说出几句话："小姐……你怎么临阵倒戈呀……他可是你的杀父仇人啊……你这么做，对得起你爹的在天之灵吗……"

郭雁没有答话，依旧对崔无边等人怒目而视，直看得崔无边心里发虚。

停了一会儿，崔无边才从惊讶中回过神来。他稳定住情绪，长长叹了口气，说道："小姐，你不想杀穆勇，我们可以不强求你。但是我们向穆勇出手的时候，请你不要阻拦。"

郭雁依然一言不发，她的眼睛已经闭上，两行泪水顺着脸颊直淌下来。她像一棵亭亭玉立的柳树，一动不动地直立在原处。

人群中又跳出六七个人来，他们挥动刀、剑、锤等兵器，从各个方向同时向穆勇发动袭击。

看来这帮人身手不弱，转眼之间一件件张牙舞爪的兵器已迅速挨近穆勇的身体，若是躲避不及时，这些兵器就会在穆勇身上"百花齐放"。

穆勇并没有躲避，他的右手猛地一挥，来袭的六七个人就像断了线的风筝，朝东、西、南、北飞了出去，其他的人都没看清楚穆勇是怎么在眨眼间使这些人飞出去的。

就在这时，穆勇听到背后袭来一阵迅疾猛烈的旋风，同时伴随着一道闪电般的金光，仿佛耀眼的流星划过天际。凭直觉，穆勇知道真正的高手出手了，来袭者不仅内力深厚过人，而且袭击角度极其刁钻，稍微疏忽就会丧命。

情况紧急，穆勇赶紧使出"燕子翻身"的轻功进行躲避，以最快的速度向前飞跃，躲开了这致命的一击。

来袭者是崔无边。他趁穆勇应付那六七个人的时候，悄悄绕到穆勇身后，以迅雷不及掩耳之势向穆勇刺出了凌厉锐猛的一剑。

"背后一剑"是崔无边的突袭绝招，数十年来，江湖中还没有人能躲得开这致命的一袭。但这次他遇到的是穆勇，穆勇的神速反应使得"背后一剑"首尝败绩。

看到自己的绝招扑了个空，崔无边大吼一声，运足内力，使出"群龙出水"，向穆勇凌空刺来。

"群龙出水"以深厚的内力为后盾，不仅来势凶猛，而且有很强的欺骗性。明明只有一柄剑，却散发出十几柄利剑的幻影，使人分辨不清哪柄是虚剑，哪柄是实剑。

张牙舞爪的"剑群"向穆勇袭来的时候，已把躲避的方向封死，若想躲是躲不开的。

穆勇没有躲避，他知道，遇到这种凌厉的攻势，只能以硬对硬拼出个高低，想

躲只能是死路一条。

他暗运内力，猛然击出烈风神掌，强大的掌气以雷霆万钧之势迎击这张牙舞爪的"剑群"。

烈风神掌不愧为天下第一掌，在激烈碰撞中，烈风神掌不仅把崔无边的"剑群"震得秋花飘落般向四处散飞，而且掌气突破崔无边护身内力的防线，直打到崔无边的胸膛上。

崔无边手中的剑还紧握着，身体往后退了几步之后便纹丝不动地挺立着，仿佛一尊笔直的雕像。他双眼怒气冲冲地瞪着穆勇，好像在瞪着一个他永远也不服气的仇敌。

崔无边带来的数十个人以为双方正处于胜负难分的对峙中。谁知没过多久，崔无边的身体便犹如一棵干枯的树木，慢慢地向一侧倒了下去，直挺挺地躺在地上，连一丝轻微的呻吟都没有。

人群中顿时发出"轰"的一声，似乎一个突然间被捣散的蜂窝，发出一阵惊惑、惶恐、慌张的叫喊声，然后他们分头向四面逃窜，转眼间已跑得无影无踪。

大河边只剩下穆勇和郭雁，以及崔无边的尸体。

郭雁忧郁而美丽的眼睛直视着穆勇，她的目光似乎凝固在了穆勇的脸上，她没想到身负重伤的穆勇还能发挥出如此威力。

穆勇虽然一掌击毙了崔无边，但他在重伤之下凝聚内气，全身的内力基本消耗殆尽。他跟跟跄跄地向郭雁走了过去。

穆勇说道："我没想到，你会出手为我挡住他们的进攻。"

郭雁说道："我只是不想看到你死在他们手里。"

穆勇说："这么说，你已经看出崔无边有不可告人的意图？"

郭雁说："当然，如果你死在崔无边手里，那么我同样逃不出他的手心。"

此时的郭雁已经完全从老实谷的昏沉状态中清醒过来，她知道面对崔无边，自己的性命和穆勇的性命紧密地捆绑在了一起。

穆勇说："现在你的父亲郭云飞和管家崔无边均死在我手里，看来我是逃不出你的手心了。"

郭雁长长叹了口气，说道："善恶报应终有时，老天有眼，这件事总会有一个公正的说法和结局。"

穆勇说："如果老天爷认为我罪该万死，我会毫无怨言地接受惩罚。"

背后忽然响起一阵狞笑声，有个声音说道："这话说得好，现在我就代替老天爷来处置你。"

穆勇和郭雁回头一看，来人竟是铁扇李。他不知从哪里冒出来，神不知鬼不觉地出现在穆勇和郭雁的面前。

铁扇李不是单独来的，他身后还跟着五个凶神恶煞般的彪形大汉。

这五个人都不是等闲之辈。一位是江湖上名噪一时的"左右飞刀"风弯；一位是曾让多位武林高手命归黄泉的"穿心剑"吴东山；一位是江湖中来无影去无踪的号称轻功天下第一的"飞大侠"管极；一位是武功变化多端、神秘莫测的"弯形棍"曲天来；一位是臂力超群、内功深厚，一掌可劈倒一排树的"破天掌"黄震源。

面对这些突然出现的不速之客，穆勇和郭雁意识到一场更大的麻烦和考验摆在他们面前了。

铁扇李看看郭雁，又看看穆勇，然后怪声怪气地说道："真没想到，我们在这里又见面了，真是有缘啊。"说着他发出一阵狂笑，其他跟来的人也跟着发出长短不一的狂笑，犹如贪婪的野兽在捕捉到猎物后发出的得意忘形的大笑。

郭雁怒道："你来这里做什么？"

铁扇李说道："我来这里只想做两件事。第一，把地光金牌拿到手；"第二，他伸出两个手指头指着穆勇，接着说，"把你这小子的命拿到手。"

铁扇李盯着穆勇，冷冷一笑，说道："你的烈风神掌确实天下无敌，只可惜你那天没能把我打死。你打不死我，你就得死。任何出手伤过我的人都得死。"

一股无名怒火在穆勇心头熊熊燃起，几欲冲破他的胸膛。他的拳头握得紧紧的，恨不得一下子把铁扇李击得粉碎，但他已身负重伤，方才一掌击毙崔无边又耗掉了他大部分力量，他体内的真气已经无法凝聚起来。此时如果铁扇李出手，他只能像一只束手就擒的羔羊，毫无抵抗之力。

穆勇愤怒中夹杂着无奈和痛楚。

郭雁问铁扇李："你在小酒家里被烈风神掌击伤后，难道就一直跟着我们？"

铁扇李说道："没错。只要我还有一口气，只要我的目标还没有达到，我就永远不会放弃。刚才发生的一切我们都已看得一清二楚，穆勇经过一番折腾之后已经成了一只无法发威的垂死老虎。现在是我们坐收渔利的时候了。"

郭雁厉声说道："你休要做白日梦，想得到地光金牌，没那么容易。"

铁扇李说道："现在你们都已成为瓮中之鳖，我要得到地光金牌如探囊取物。让你好好地挨一番死去活来的折磨和痛苦之后，我不愁你不交出地光金牌。我铁扇李的武功虽然不敢在江湖上称王，但要把一个桀骜不驯的人变成一个老老实实听话的人，在江湖上恐怕还没有人比得上我。"

郭雁突然发出一声惊恐的长叫，眼睛睁得圆圆的，直瞪着悬崖绝壁。

穆勇已走到悬崖绝壁边，面对着前方的万丈深渊。穆勇只要往前再跨一步就会和瀑布融为一体。河水从他脚下流过，他勇敢地向万丈深渊跳了下去。

重伤使他无法施展烈风神掌，但并没有使他丧失八尺男儿的血气方刚。他宁愿投入万丈深渊的怀抱，也不愿遭受敌人的任何凌辱。

这就是穆勇对自己人生价值的期望，他不仅在本领上比别人高出一等，在勇气和胆量上也要比别人高出一等。

铁扇李看着直立在悬崖绝壁边的穆勇，不由得愣住了，他带来的其他五人也都愣住了。铁扇李闯荡江湖多年，形形色色的人他都见过，但像穆勇这种宁为玉碎不为瓦全的硬汉子他还是难得一见，他心里不由自主地对穆勇产生了一丝折服。

在郭雁的惊叫声中，穆勇的身体已经向前倾，他像一只自由飞翔的鸟儿，随着湍急的河水俯冲下去，转眼间便融入了蔚为壮观的瀑布中。

郭雁也纵身一跳，朝悬崖绝壁飞驰而去。铁扇李赶紧出手阻拦，但他反应得稍晚了点，郭雁已经跳下了悬崖绝壁，她也像一只自由的鸟儿，向着穆勇的方向飞翔而去。

铁扇李一声长长的"完蛋了"的惊呼声，也随着瀑布向悬崖绝壁下面俯冲下去。

（十七）真情的力量

当郭雁恢复知觉的时候，发现河水已把她冲到了一个浅滩上。

浅滩上长满了水草，还有一些不知名的花儿散布其中，飘荡出一阵阵清香。

头顶上面依然是晴空万里的蓝天，蓝天中飘动着一朵朵轻柔的白云，白云下面不时有鸟儿飞过的踪影。

"这是人间的景观，还是另一个世界的景观？"郭雁自言自语。

她知道，人死了都要到另一个世界去，死了的人是不会有痛觉的。

她伸出左手，使劲掐了一下右胳膊，直掐得产生了剧烈的疼痛。

"如此看来，我应该是在人间。"经过考证和体验后，郭雁下了结论。

郭雁转头向四处观望，发现离她二十多米远的地方还躺着一个人，那人正是穆勇，他一动不动地安静地仰卧在浅滩上。

郭雁站起身，向穆勇走过去。

穆勇也已清醒，他睁着眼睛注视着蓝天上飘过的一朵朵白云。看到郭雁走过来了，他朝她露出淡淡的微笑。

郭雁说道："真没想到，我们都活下来了。"她说话的语调不重，却透露出难以掩饰的兴奋和喜悦。

穆勇说："我从上面跳下来的时候，就抱定了必死的决心，没想到阎王爷不肯收。"

郭雁说："我们本来就不该死的，看来阎王爷也不是不近人情的。"

穆勇说："阎王爷虽然放了我们一马，但铁扇李是不会放过我们的。"

郭雁说："我们从那么高的悬崖绝壁上摔下来，铁扇李一定认为我们必死无疑，所以他是不会再来找我们的麻烦了。"

穆勇摇摇头说："你说得不对，铁扇李很快就会来找我们的麻烦了。"

郭雁说："何以见得？"

穆勇说："我们从上面跳下来之后，铁扇李等人一定会顺着河流寻找，活要见人，死要见尸。铁扇李找不到我们，必然认为我们还活着，他一定会在周围拼命搜索。"

郭雁心头一沉，说道："如果是这样，那我们应该怎么办？"

穆勇费了很大的劲，慢慢站了起来，说道："现在我们唯一能做的，就是赶快离开这里。"

他们离开浅滩，向茂密的丛林走去。

丛林连绵纵横，阴森昏暗，连阳光都难以透射进来。他们不知道方向，只是拼命地往前赶路，目的只有一个，就是把那个河谷远远地抛在身后。对他们来说，离河谷越远，被铁扇李追到的可能性就越小。

不知走了多远，穆勇只觉得伤口剧烈疼痛，他实在是走不动了，只得靠在一棵大树上，停了下来。

郭雁说道："你的伤怎么样了？让我看看你的伤口。"

穆勇说道："看又有什么用？如果你给我的那一刀再狠一点，再正一点，刚好刺中心脏，那么我现在就不会这么痛苦了。"

郭雁说道："我本来就该对准你的心脏刺下去的，可是我做不到。"

穆勇说道："为什么做不到？"

郭雁说道："因为我心里清楚你不是坏人，也不是罪该诛杀。我父亲在江湖中的所作所为和欠下的血债，我也是清楚的。即使你不杀他，也会有别的仇家来杀他。血债总得用血来还，这是迟早要来的、无法避免的事。"

穆勇听了，心头不由得一震，他没想到郭雁会说出这样的话。

郭雁长长叹了口气，又说道："尽管我父亲作恶多端，可是他是这个世界上唯一疼爱我的人。我母亲过早地去世，如今父亲又离我而去，我已是一个不折不扣的孤儿了。"郭雁说完，泪如雨下，直滴在随风飘荡的衣裳上。

孤儿，就像是一只在汪洋大海中迷失方向的小鸟，拼命地飞呀飞，四处寻找母爱和父爱的岛屿。可是直至声嘶力竭，疲惫不堪，依然不知梦寐以求的岛屿在哪里。

二十年来，穆勇就像这么一只孤独的小鸟，尝遍了孤儿的苦楚。所以他现在能深深地体会到郭雁所遭受的痛苦和折磨。天色已黑，冷风呼啸地刮来刮去。深山的

夜晚漆黑得伸手不见五指，周围弥漫着一股阴森恐怖的气息。他们就近找了一个较为隐蔽的洞穴，安置了下来。

穆勇胸膛的伤口疼得厉害，他又冷又饿，可是一进入洞穴没多久，他就安静地睡着了——不知是进入了甜甜的梦乡，还是被伤痛折磨得昏了过去。

当穆勇醒过来时，发现天色已亮，几缕淡金色的晨光从洞口倾洒进来，给阴冷的山洞带来了一丝生机。

穆勇的肚子已饿得"叽里咕噜"叫个不停，他这才意识到自己已经很长时间没有吃东西了。但就在这时，他闻到了一股令人馋涎欲滴的烤肉香味。

洞穴的另一侧，正燃烧着一堆火，火上面架起一个支架，支架上吊着一只兔子。坐在火焰旁边掌握火候的人是郭雁。

当穆勇的目光集中到她的脸上的时候，她正目不转睛地看着穆勇。

她那美丽的眼睛里总是闪烁着几缕忧郁。

穆勇说道："生火烤肉这样的事情，本不该由一个深闺小姐来做的。"

郭雁说道："我现在已不是什么深闺小姐了，我是一个不折不扣的孤儿。"

穆勇说："想不到你初次做粗活杂活，竟能做得这么好。"

郭雁说："在艰难恶劣的环境下，一个人能做到的事情，往往要超出她平时所具备的能力。"她一边说着，一边把支架上的兔子翻转过来，让部分未烤到的肉对准火焰，那动作之轻快俨然一个常干家务的家庭主妇。

但事实上，郭雁从小到大是很少做家务活的。环境的改变可以使一个人迅速地变成另外一个人。

没过多久，肉烤好了。郭雁拿出刀子，切下一块肉，递到穆勇面前，说道："尝尝味道怎么样，你一定饿了吧？"

穆勇确实饿了，他接过肉，二话没说就大吃大嚼起来，发出"吧嗒吧嗒"的咀嚼声。

郭雁又切下一块肉，自己慢慢地品尝起来。

他们都吃得津津有味，仿佛在享受着世界上最好吃的美餐。

他们一边吃一边聊，聊着轻松愉快的话题，仿佛忘却了他们生命中所有的痛苦、仇恨和忧愁。

正当吃得兴高采烈的时候，穆勇突然停了下来，神情肃穆地望着前方，似乎察觉到了什么危险。

郭雁问道："你怎么啦？发现什么问题了？"

穆勇说："我发现一个声音正在迅疾地由远而近，夹带着腾腾杀气，一定是铁扇李的人追过来了。"

郭雁说："我们躲藏的这个洞穴较为隐蔽，他们能发现我们吗？"

穆勇说："也许他们一下子无法发现我们藏身在哪里，但可以判断我们一定就在附近，因为他们总能捕捉到我们留下的一些脚印或痕迹。"

郭雁说："那我们应该怎么办？"

穆勇说："我们现在面临的是一场你死我活的争斗。我们若想活下去，唯一的途径就是把追来的敌人消灭掉。"

郭雁说："我们只有两个人，你又受了重伤，以我们现在的能力，怎么能消灭比我们强大的敌人？"

穆勇说："敌人虽然强大，但还是可以击破的。现在最先追上来的似乎只有一个人，是个速度快、轻功高的人，我想应该是"飞大侠"管极。在铁扇李和其他人跟上来之前，我们应该先想办法除掉管极。"

郭雁说："我们采用什么样的办法呢？"

穆勇思索了一会儿，然后一字一字地向郭雁讲述自己的办法。

半个时辰后，洞穴附近出现了一个人，修长的身材，一袭银色轻装，步伐轻盈，手提一柄长剑，来者果然是"飞大侠"管极。他眼睛里放射出警惕的目光，四处搜寻着。

管极很快就看见了郭雁，郭雁正坐在一棵大树底下，手拿一把小梳子在梳理着自己的披肩长发，神态显得安然自得。

看到郭雁，管极脑海里就浮现出了郭云飞。郭云飞担任武林盟主的时候，管极对仁义教服服帖帖，谦恭礼让，不敢有丝毫觊觎地光金牌的念头。如今郭云飞已死，仁义教四分五裂，名存实亡，仁义教的人在江湖上已是无足轻重。

管极自言自语道："三十年河东，三十年河西。想不到叱咤风云的仁义教也会落到这种地步。"

他慢慢向郭雁走过去，似笑非笑地说道："郭雁小姐，想不到咱们又见面了。"

郭雁抬起眼皮，瞟了他一眼，然后说道："你怎么到现在才来？让我等得好心烦。"

管极一愣，只觉得一头雾水，说道："你在等我？你为何等我？"

郭雁说道："你是真糊涂还是假糊涂？你不是来拿地光金牌的吗？我正等着你来取。"

管极莫名其妙，问道："难道你要主动送过来？"

郭雁说道："我已经想好了，谁要是在这里第一个找到我，我就把地光金牌送给他。"

管极不假思索，脱口而出："我是第一个在这里找到你的？"

郭雁说："所以我决定把地光金牌送给你，但你能承诺我得到什么好处呢？"

管极说："你若送给我地光金牌，我可以保证你一辈子享受荣华富贵。"

郭雁说："还有呢？"

管极说："我还可以保证今后江湖豪强不再欺负你以及仁义府的人。"

郭雁说："还有什么呢？"

管极说："你还想得到什么？"

郭雁说："我想你还应该把家里的妻子休掉，让我代替她的位置。"

管极一听，大喜过望，这么年轻漂亮的小姐自愿送上门来，简直是求之不得。他说："好哇好哇，就按你说的做。"

说完，管极放声哈哈大笑起来，笑得那么高兴、那么痛快、那么得意。

突然，他再也笑不出来了，整个脸扭曲得变了形。一把锋利的匕首已扎进他的后心。

他艰难地转过身子，看清楚了站在他身后的人是穆勇。管极绝望的眼神中透露出一丝愤怒，他还想骂上几句，但什么也骂不出来，便朝一边直挺挺地倒下了。

郭雁走过来，朝管极的尸体狠狠地啐了一口。

穆勇和郭雁把管极的尸体拖进洞穴里，又找来一些石块，严严实实地把洞口堵上。

经过一番折腾，穆勇的伤口更加剧烈地疼痛起来，他身体斜靠在洞壁上，眉头紧锁、一声不吭地微闭着眼睛。虽然他没有发出一声痛苦的呻吟，但郭雁看得出，疼痛正在折磨着他。

郭雁从怀里掏出一小包草药，点上火焰，然后慢慢地、仔细地烘烤着草药。早上她出去的时候已经顺便采回了一小包草药。

带有露水的草药在火焰的烘烤下发出"吱吱吱"的声音，一会儿，整个洞穴弥漫着一股浓浓的草药清香味。

闻到草药的香味，穆勇微微睁开眼睛，看着郭雁忙碌的身影，备受伤痛煎熬的他忽然有一个本不该有的念头：如果他未来的妻子也能像郭雁这么美丽、这么贤惠，那将是他一生最大的幸福。

但是他是不能在郭雁面前把这种话说出来的，即使他的胆量和勇气再增加三倍，他也是说不出来的。

草药烘好了，郭雁把草药拿到穆勇面前，说道："把上衣解开，我替你敷上草药。"

当热气腾腾的草药敷上穆勇的伤口时，他感到一股说不出的暖流涌遍了全身，不知这股暖流是草药本身带来的，还是郭雁带来的。

穆勇静静地闭上眼睛，享受着这股暖流给他带来的镇定、舒适，甚至快乐。

过了许久，穆勇觉得伤口的疼痛渐渐消失了，精神也恢复了许多。

看到穆勇一直紧锁的眉头慢慢舒展开，脸色又恢复了红润，郭雁知道伤痛正在远离穆勇而去。她心里产生了一种难以形容的欣慰。

长期以来，郭雁一直过着养尊处优的深闺小姐的生活。这种生活的快乐，来源于被别人照顾的悠闲和安逸。现在，在困境中的郭雁学会了照顾别人。她发现照顾别人本身也是一种快乐，那种快乐甚至比被别人照顾的快乐还要纯真，还要浓厚。

这个时候，传来了一阵嘈杂的声音，铁扇李等人已经追过来了。他们像一群急躁的猎犬，伸长鼻子在洞穴附近一带嗅来嗅去，寻找着从眼皮底下逃脱的"猎物"。

管极的脚印到这里就突然消失了，铁扇李等人意识到管极一定在这里遇到了麻烦。所以他们下定决心，就算把整座山都翻过来，也要在这里找出穆勇和郭雁。

在洞穴里，穆勇和郭雁仔细听着外面的动静。

郭雁说："铁扇李他们会发现我们吗？"

穆勇说："他们肯定会发现我们的。这个洞穴虽然较隐蔽，但再隐蔽的洞穴，最终也是逃不过他们的眼睛的。"

郭雁说："我们能从他们的包围中逃出去吗？"

穆勇说："铁扇李和他带来的人都是江湖中的顶尖高手，现在这种状况若想从他们的手中活着逃脱，简直比登天还难。"

郭雁说："那我们只能坐着等死吗？"

穆勇说："现在唯一能活下来的途径，就是我必须在他们发现这个洞穴之前恢复烈风神掌的功力，以硬对硬，消灭来袭之敌。"

郭雁说："你的伤口还没有完全恢复，你的烈风神掌能施展起来吗？"

穆勇没有再回答，他努力尝试着凝聚全身的真气和力量，把它们运至掌心。

这是烈风神掌在发威之前必须要有的过程。

可是他尝试了好几遍，都无法把全身的真气和力量凝聚起来。

在运功的过程中，他感到体内有一股阴冷的寒气在抵消着他的真气。每次他好不容易把真气凝聚起来了，但那股寒气便汹涌袭来，把真气冲击得纷纷散开。

他觉得奇怪：自己体内怎么平添了一种陌生的寒气？这寒气从哪来的呢？

穆勇把这种情况说给郭雁听，郭雁幡然醒悟，她说道："你体内的寒气是冷水阴云功产生的寒气。我使用的是冷水映月刀法，我在你胸前刺的那一刀，自然带有冷水阴云功的内力。这种内力通过刀刃渗透到你的体内，阻碍了你真气的运作。所以你首先要把这种寒气驱散。"

穆勇说："我如何才能驱散这种寒气？"

郭雁说："一种办法，就是敷上热带地区生长的、含有丰富热量的草药，利用草药散发的热气驱散你体内的寒气，但是我们现在没有时间，也没有条件找到这种草药。另一种办法，就是让你内心世界的欲火熊熊燃烧起来，利用欲火来抵消你体内阴冷的寒气。这是我们目前唯一能采用的方法。"

穆勇说："但是我怎样才能让自己的欲火熊熊燃烧起来呢？"

郭雁说："你目不转睛地看着我，把我想象成世界上最美丽的人，你最心爱

的人。"

其实在穆勇心目中，郭雁本就是世界上最美丽的女人。听到郭雁说出这番话时，他的心头猛地一颤，一股燥热从内心深处如泉水般涌出来。

这时，郭雁慢慢向穆勇靠近，轻轻偎依在他怀里，然后闭上了眼睛。

她要以此来激发穆勇体内熊熊燃烧的欲火。

穆勇只觉得体内的热量如火山爆发般喷发而出。

洞穴外面的噪音越来越明显，铁扇李等人搜索范围也越来越小，他们在洞穴外面发现了很多脚印，便把目标牢牢锁定在这里。

"弯形棍"曲天来拨开杂草，发现了洞穴出口处堆砌起来的石块。这个老奸巨猾的狐狸看了一眼参差不一的石块，就知道这堆石块是刚刚堆起来的，他的脸上露出了一丝阴毒的冷笑。

这时候，铁扇李、黄震源、凤弯、吴东山等人陆续赶到，他们也看到了封堵洞穴的石块。他们不约而同地断定：正在寻找的"猎物"肯定就在里面。

洞穴里面，穆勇紧紧拥抱着郭雁。郭雁给穆勇带来了无穷的欲火和热量，让他把体内积累的阴冷寒气燃烧得荡然无存。

穆勇感觉到体内的真气可以真正运行起来了，他又能够发挥威力无比的烈风神掌了。

曲天来在洞穴口把石堆一块一块地往外搬，他动作很轻，一次只搬一块，一边竖起耳朵听着洞里面的动静。

曲天来是个在江湖上混了几十年的老油条，他深知鲁莽急躁容易中敌人的埋伏。

但这一次，曲天来的小心谨慎没能给他带来好运。当他搬开掩堵洞口的最后一块大石头时，一股排山倒海的掌气从洞内猛烈击出，曲天来大叫一声，被击打得向后飞出三丈远，口吐鲜血，直挺挺地倒在地上一动不动了。

铁扇李等人被这强大的掌力吓得后退了两丈远。

穆勇从洞内走了出来，威风凛凛，像一棵挺拔的松树，直立在洞口。

铁扇李看着穆勇，又惊又恨，他没想到穆勇的功力会恢复得这么快。他心里掠过一丝绝望和无奈。

但捕捉不到猎物的饿狼是不会轻易放弃的。铁扇李向其他人大声吼道："他才身受重伤，功力不可能一下子完全恢复到原来的状态。他已击出了第一掌，不可能再有力量击出第二掌。大家莫失良机，一块儿上啊！"

说完，他带头一跃而起，挥动手中圆圆的铁扇，带着"呼呼"的风声向穆勇直拍过来。"左右飞刀"凤弯、"穿心剑"吴东山、"破天掌"黄震源也从其他方向迅速出击，他们对穆勇形成合围之势。

铁扇李估计穆勇没有力量再击出第二掌，但他算错了，穆勇的第二掌出得又快又猛，冲在最前面的铁扇李和吴东山被掌气击得像两片树叶飞了起来，等他们再落到地面时，已经变成两具尸体了。

凤弯和黄震源发现不妙，三十六计，走为上计，他们转身拔腿就跑。

但穆勇的烈风神掌的掌气比他们跑得更快，他们没跑出多远，就被穆勇击出的第三掌打得趴在了地上，再也起不来了。

郭雁走出洞穴，她望着地上躺着的几具尸体，说道："为什么江湖中会出现这些贪婪无耻的败类？"

穆勇说道："鸟为食亡，人为财死。"

披荆斩棘，降魔伏妖，穆勇和郭雁终于到达南海之滨。

他们将在这里分手，穆勇奔向海南岛的五指山，郭雁赶往她日夜向往的忘忧岛。

穆勇说道："但愿你在忘忧岛真的把人世间的一切忧愁和痛苦忘却掉。"

郭雁目光中透露出几分惆怅，问道："我们此次分手，还有再见面的机会吗？"

穆勇说道："如果有缘分的话，我们还是有见面的机会的。"

郭雁叹了口气，说道："缘分是缥缈不定的东西，看不见，摸不着，叫人如何掌握？"

穆勇说道："正是谁也掌握不了，所以才叫缘分。"

穆勇和郭雁各自驾船分手了，他们像两朵悄无声息的云彩，消失在了烟波浩渺的南海中。

（十八）忘忧岛

回到了五指山之后，穆勇把在菊花镇所经历的风风雨雨详细向天方道长倾诉。天方道长长叹一声，说道："恩恩怨怨，世代相报，何时能了？"他说罢便缄默不语，不再做任何评论。

穆勇心里虽觉得纳闷，但他明白天方道长在经历了变幻莫测的武林争斗之后，已经看破红尘，不愿再卷入是是非非当中。天方道长所希望和追求的，是在天高皇帝远的天涯海角过上与世无争、平平淡淡的隐居生活。

时间又过了半年，一天中午，仆人向穆勇报告：海口府的总捕头杨震虎前来求见。杨震虎的名字穆勇曾听说过，他自幼拜师大原门派，学习大原内功，擅长使用一双铜制鞭。杨震虎的鞭法舞动起来犹如蛟龙出海、猛虎下山，不少武林高手败在他手下，他因此在江湖上名噪一时。后来，杨震虎离开大原门派，投身官府，在仕途上颇为一帆风顺。

官运正如日中天的人，怎会想到来拜访一向与世无争的穆勇呢？

穆勇暗忖：无事不登三宝殿，杨震虎既然来了，必定有他的目的。穆勇对前来报告的仆人说："把他迎接到会客大厅，我在那里等他。"

穆勇在会客大厅坐下没多久，杨震虎就随仆人匆匆来到。杨震虎中等身材，穿着长长的官袍，脸上堆着丰富的笑容。

在官场中久混的人，已失去了江湖中人的有棱有角的气质，只剩下一堆让人捉摸不透的圆滑的笑容。笑，是官场中平步青云的一个重要技巧，看来杨震虎的笑已练到火候了。

双方互行见面礼之后，杨震虎一坐下，便滔滔不绝地夸奖起穆勇来。

杨震虎说："穆壮士在菊花镇的比武中击败了久负盛名的郭云飞，烈风神掌的威名从此如雷贯耳，天下皆知。杨某对穆壮士万分仰慕。"

穆勇微微一笑，说："杨总捕头过奖了。"

杨震虎接着说："穆壮士在击败郭云飞之后，名声大振，可穆壮士功成身退，依旧选择了隐居生活，这种淡于功名的精神实乃杨某望尘莫及。"

穆勇说："我厌恶江湖中的名利纷争，隐居生活才是我最理想的归宿。"

杨震虎说："穆壮士武功盖世，精神照人，你选择生活在五指山，将给五指山带来光彩。"

杨震虎又唾沫横飞地说了一大堆阿谀奉承的话。穆勇知道，官场的生活已经把他熏陶成了一个能吹会捧的泥鳅。

杨震虎说了一大堆好话，穆勇仍弄不清他到底要来干什么。

穆勇不得不打断他喋喋不休的吹捧，开门见山地问道："不知杨总捕头此次前来有何指教？"

杨震虎顿了顿，然后长叹一口气，说："近来海盗活动猖獗，海口沿海一带常受其骚扰。杨某曾率兵与其多次交锋，但海盗个个身手不凡，武艺超群，官兵们因此吃亏不少。尤其是那海盗头子，手中一把剑犹如雷霆闪电势不可当，杨某确非其对手，每次交手均败下阵来。无奈之下，杨某只好冒昧前来求穆壮士下山助我一臂之力，以确保海口沿海一带的长治久安。"

穆勇道："那些海盗是什么来历？"

杨震虎说："那些海盗来历可谓五花八门，有的是被官府通缉的罪犯，有的是家破人亡、无家可归的人，有的是武林门派的弟子，因被仇家追杀而逃去当海盗。他们虽是一群乌合之众，但极难对付。"

穆勇说道："他们的头子长得什么模样，使用的是什么剑法？"

杨震虎说："海盗头子长着一脸大胡子，头上爱扎一条红带子。他使用的剑法，杨某在江湖中从未见过，却是一种凌厉锐猛的剑法，其速度之快、力量之大，非一般剑法所能比拟。杨某斗不过他，也曾从江湖中请来高手相助，但均败在他手下。"

穆勇想了想，说道："既然海盗猖獗，百姓遭殃，那么荡平盗贼，保一方平安，穆某义不容辞。"

杨震虎一听，心头大喜，说："多谢穆壮士愿意出手相助。"

送走了杨震虎，穆勇把自己决心荡平海盗的想法向天方道长说了。天方道长说："'皮之不存，毛将焉附。'我们生活在天涯海角，如今这里遭受海盗之害，我们若坐视不管就难有安宁之日，于理于义都说不过去。你就大胆去吧。"

穆勇来到海口府后，天天与官兵一起在海岸线巡逻，头几天没什么动静。第五天傍晚，穆勇接到报告：一股海盗在海口西海岸线登陆抢劫，与在此巡防的官兵打起来了。

穆勇立即飞身上马疾驰而去，到了西海岸线，只见海盗和官兵正在交手。地上已躺着十余具尸体，大部分是被杀的官兵。从场面的气势看，海盗占据了优势。

穆勇看到了杨震虎，杨震虎正在迎战一名满脸胡子、头扎红带子的海盗。

杨震虎曾向穆勇提起海盗头子的相貌，穆勇暗想：莫非与杨震虎交手之人便是海盗头子？

杨震虎已战得气喘吁吁、汗流浃背，他本不是海盗头子的对手，但既然冤家路窄、狭处相逢了，他不得不出手反击。

在海盗头子咄咄逼人的剑光中，杨震虎手中的双鞭根本发挥不出气势。海盗头子手中的剑忽而旋转，忽而上刺，忽而斜劈，一层一层犀利的剑光迎面扑来，把杨震虎整个人严严实实笼罩住。杨震虎只有仓促的招架之功，根本就没有还手之力。

穆勇心头猛地一沉：霹雳剑法？这大胡子使用的是霹雳剑法！

据穆勇所知，在江湖中能够使用霹雳剑法的，只有昔日海尊派三大护卫之一的齐远松，没想到一个盘踞在南海岛中以打劫为业的海盗也懂得这套剑法。这海盗究竟是什么来历呢？

穆勇正想着，忽然就听到一声撕心裂肺的惨叫。接着在大胡子耀眼的剑光中，一个物体腾空飞起，高高地向上直飞了十余丈。它飞的速度是那么迅速，以致地面上的人看不清那是什么东西。它往下掉的时候，不断地急速旋转着，就像是浪花在旋涡中飞快旋转，人们仍难以看清它的真实面目。

当它"啪"的一声重重摔在地上一动不动时，地面上的人才看清了，原来那是一条胳膊。

那是杨震虎的胳膊，他被大胡子的霹雳剑砍断胳膊后，便僵硬地站在原处，虽然还没有倒下，却已变得像块木头，没有感觉了。

穆勇大怒，他冲着刚收回剑的大胡子猛喊一声："大胆海盗，吃我一掌。"右

手一挥，一记强劲的烈风神掌已排山倒海般击向大胡子。

大胡子脸色大骇，凭感觉，他知道这种气势磅礴的掌法不是一般人所能抵挡的。他赶紧纵身一跳，跳开了三丈远，躲开了势不可当的气浪。

大胡子转身朝大海跑去，一个"燕子抄水"轻轻盈盈地跳上了一条船。早已守候在船里的海盗一挥桨，船如离弦的箭般飞驰而去。

另一条贼船也正准备启动、逃离，紧跟而来的穆勇早已飞身跃起，稳稳当当地落在了贼船上。他三拳两脚把船上的海盗打下水，划动船桨，向逃跑的贼船疾追而去。

海风吹，海浪涌。两艘船在滔滔的波浪中已经追逐了数十海里。夜幕降落下来，笼罩在无边无际的南海上空。月亮挂在高空中，像一条在云层里穿梭的小船，但远不如大海中两艘乘风破浪的船穿梭得紧张激烈。一群群海鸥在月光中竞显身手，但远不如风浪中两艘船竞争的惊心动魄。

穆勇的船离贼船越来越近，黑暗中忽然响起"嗖嗖嗖"的风声，风声中几支利箭从贼船飞出，闪电般地扑向穆勇。

穆勇手掌轻轻一挥，那些飞来的利箭就像断了翅膀的小鸟，纷纷栽落到大海里面了。

大胡子眉头一皱，手臂一拂，从袖子中飞出十几道寒光，每道寒光都是一把小飞刀，在内力的作用下带着浑厚的力量直飞向穆勇。

穆勇又击出一掌，三成的功力已如一张密不透风的铁网，严严实实拦住了大胡子袭来的暗器。一转眼寒光消失，飞刀落海。

大胡子心中掀起了恐惧的波浪。他来海南沿海骚扰多次，所遇对手均不堪一击，使他觉得来这里劫掠犹如探囊取物。不料这次竟忽然冒出这么一位武艺绝顶的高手，大胡子心里清楚，若交起手来他远非此人的对手。

三十六计，走为上计。大胡子运作内力，一掌往海面上一拍，强劲的冲击力推得小船的速度增加了三倍，飞一般地前进。

穆勇暗运烈风神掌内力，一掌朝后面的海水击出，只听"轰"的一声，强大的反推力几乎欲使小船腾空飞起，速度猛增了好几倍。

顿时，海中船速的竞争变成了高手间内力的较量。

穆勇的内力明显高出一筹，他的船与大胡子的船距离迅速缩短，他只需一个飞跃，便可飞上贼船。大胡子心里已在暗暗叫苦。

穆勇集中了全身力量，准备来个"饿鹰扑食"，向海盗发起攻击，这是势在必得的一击。

怎料天公不作美。夜空晴朗，海面上却突然刮起一阵风，把海浪掀得高高的，然后又把海浪撕得粉身碎骨，海浪像秋风中的无数片树叶纷纷落下。这阵风正好从穆勇的船上刮过，把风帆撕得粉碎。若不是穆勇运作内力抵抗，小船早就被刮得翻了跟斗。

船虽未翻，但已被风刮得原地团团转，无法前进了，船桨也不知被刮到何处了。

这阵风没刮中大胡子的船，趁着这个机会，大胡子一伙逃之夭夭了。

没有了风帆，没有了船桨，穆勇的船成了一只失去方向、无法驾驶的船。穆勇长叹一声："天不助我！"任凭小船在海浪中漫无目的地漂泊。

在夜幕中孤身一人漂泊在无边无际的大海里是什么滋味呢？四周只听到"哗啦啦"的、此起彼伏的海涛声，海上的明月显得那么圣洁、温柔，似乎在与人遥遥相望。海风吹去了穆勇追逐打斗带来的疲倦。

孤身漂泊在大海中的人很容易产生奇特美妙甚至古怪的幻想，那幻想就像变化无穷的大海一样令人难以捉摸。穆勇静静地坐靠着船舷，他的脑海中逐渐产生了奇异纷杂的幻想。不知这是睡梦中的幻想，还是清醒时的幻想。

穆勇隐隐约约听到了一种悦耳的声音，那是一种轻轻细细的笛声，随着海风在广袤的海面上自由飘荡。在无边的大海中听到笛声，犹如在沉寂的沙漠中看到了生命和绿色。

穆勇不由得伸长耳朵，捕捉笛声传来的方向。细听了一阵之后，他觉得笛声来自西北方向，于是一挥掌往水面上一拍，借助反推的力量，小船往西北方向疾驰而去。

可是驶出了一段很长的路程后，什么都没有发现，无边的海面依旧空荡荡的。

这次，穆勇觉得笛声来自东北方向，他又猛劈出一掌，小船朝东北方向飞驰过去。

可是驶出一段路程后，仍然只看到空空荡荡的海面。

穆勇用内力驾驶着失去风帆和船桨的小船来往奔波，渐渐地，他觉得累了，小船的速度慢了，但他对笛声执着的惊奇和兴趣没有丝毫减弱。

笛声轻轻细细，它像一层弥漫在海面上的雾，轻轻地随风飘荡，让人弄不清它是从哪里飘过来的。

这笛声带着内力，因此能穿透澎湃的波涛声。这笛声充满了奇幻，因此难以弄清它传来的方向。

笛声突然消失了，周围只剩下一阵单调的波涛声。一种失望和遗憾的感觉顿时在穆勇心头油然而生，这么美妙的笛声，怎么一下子就没有了呢？

在月光中，穆勇忽然看到了一片舞动的身影，像无数名穿着长裙的姑娘在翩翩起舞。伴随着舞姿，还传出了整齐的"沙沙沙"的声音，与周围的波涛声和谐地融合在一起了。

原来，那是一片椰林，一片在月光中显得婀娜多姿的椰林。既然有树木，那里必定是一座岛屿。穆勇一运内力，小船箭一般向椰林冲过去。

这是一座长满椰树的小岛，小岛的地形高低起伏，椰林也高低起伏，连连绵绵地分布在小岛上。月光中，小岛显得那么神秘。

穆勇踩在软绵绵的沙滩上，发出"咯吱咯吱"的响声，他大步向小岛中心走去。

越靠近小岛中心，椰林越是茂密葱茏，接着听到了鸟儿的啁啾声，一阵阵婉转动听，此起彼伏。看似沉寂的椰林显得热闹起来。

再往前走一百多步，穆勇忽然听到了一阵笑声，笑得那么爽朗，像银铃般清脆悦耳。那是一群姑娘的笑声。

奇怪，在这荒凉的与世隔绝的小岛上，怎么会有人居住呢？穆勇加快步伐，朝着笑声传来的方向走过去。

在椰林中的一块空旷的地上，有几个姑娘在嬉戏打闹。她们笑着，跳着，追逐着，玩得好开心。她们一个个身姿绰约，亭亭玉立，秀色可人，就像传说中的仙女。

穆勇暗想：这是不是被人们世世代代憧憬的世外桃源？

穆勇停下脚步，站在数十米远的地方静静地看着。他与她们保持着一定距离，担心走上前去会打断她们快乐的游戏。

清脆动听的笑声忽然没有了，姑娘们的身影消失了，消失得那么突然，就跟她们突然映入穆勇的眼帘一样。

穆勇像一棵孤独的椰树，茫茫然地站立在夜幕中。

那笛声又响起来了，不过这次不像刚才那么轻松愉快，而是显得悲切凝重，如泣如诉，似乎在思念着什么人。

这时，一阵椰风吹来，吹得穆勇的头发飘荡起来，好凉爽的风。

风声中却带着杀气。穆勇突然觉得一阵阴森森的寒气从背后袭来，他连忙侧身躲闪，一柄寒光闪闪的利剑从他的身旁刺了过去。

穆勇一看，一名穿蓝色衣裳的姑娘不知何时已来到他身边，她眼睛里冒着冷峻的光。

穆勇问道："我与你素不相识，无冤无仇，你为何背后袭人？"

蓝衣姑娘没有回答穆勇的问话，而是反问道："你是什么人？来这里做什么？"

穆勇说道："我是好人，我来这里，是因为这座小岛的风光旖旎吸引了我。"

蓝衣姑娘说道："你说得没错，这座小岛的风光确实美丽，只可惜你们男人不懂得欣赏，你快离开吧。"

穆勇说道："我本来是想离开的，可是经你这么一说，我反而不想离开了。越是男人不懂得欣赏的风光，对我就更加有吸引力。"

蓝衣姑娘厉声喝道："少说废话，你到底走还是不走？"

穆勇说道："我要是不走呢？"

蓝衣姑娘说道："那就要把小命留下。"

穆勇微微一笑，说道："小命就在我身上，你想拿，就把它拿走吧。"

蓝衣姑娘大声喝道："接招！"随着话音，她手中的利剑已连刺出十八剑，在穆勇周围划出一道道耀眼逼人的弧线。

穆勇的身体随着弧线轻轻移动，利剑总是碰不到他。

蓝衣姑娘又一口气刺出三十六剑，结果还是一无所获。她慢慢停下手中的剑，大口大口地喘气。她的脸上已挂满晶莹的汗珠。

穆勇说道："看来你是拿不到我的小命了。"

一阵疾风响起，疾风中，一名穿红色衣裳的姑娘已出现在他们面前，她手里拿着一柄剑。

蓝衣姑娘叫道："好姐妹，快来帮我，这家伙的武功厉害得很哪。"

红衣姑娘说道："别着急，让我来收拾他！"她手中剑一挥，一招"芙蓉出水"向穆勇头上劈来，穆勇身体移动一下，便躲开了。

红衣姑娘一连使出了"流星追月""平地旋风"等二十七招，招招皆瞄准穆勇的要害之处，穆勇都轻而易举地闪开了。

红衣姑娘一看屡攻无获，心里不由得焦虑起来，手中的剑也逐渐乱了章法。

这时红衣姑娘感觉到手腕一阵发麻，手中的剑已脱手而出，直飞向半空，划出一道长长的弧线。

红衣姑娘这才知道穆勇已出手点了她的手腕，可是穆勇是怎么出手的，她根本就没察觉到。

穆勇出手速度之快让她感到吃惊。

蓝衣姑娘和红衣姑娘你看看我，我看看你，目光中充满了惊异。她们知道，光凭她们俩的功力，是阻止不了这位不速之客的。

笛声依然响在耳畔，在静夜之中显得格外响亮。抑扬顿挫的笛声似乎在倾诉着缠缠绵绵的情思，撩人心肠。吹笛的人在思念着什么人呢？

穆勇正猜测吹笛子的是个什么人，这时笛声戛然而止。

周围陷入了一片沉寂。

这时，穆勇听到了一阵脚步声，脚步声听起来好像很慢，但转眼间便来到了穆勇面前。

借着明月的光辉，穆勇看到，来的是两个女人，一个年纪稍长，一个是约二十岁的年轻姑娘。年纪稍长的风韵犹存，一种高傲、不可侵犯的神情浮现在脸上。她手里拿着一支雪白、锃亮的笛子，想必是刚才吹笛之人。年轻姑娘则显得稚气未脱，一副小鸟依人的模样。

年长女人看着蓝衣姑娘和红衣姑娘，说道："落霞、孤鹜，你们回去休息吧，这里的事情你们不必管了。"

落霞和孤鹜答应了一声"是"，便转身离去。

年长女人看看穆勇，说道："你就是在菊花镇用烈风神掌击败郭云飞的穆勇？"

穆勇觉得诧异，问道："你怎么知道我的名字？"

年长女人淡淡一笑，说道："在当今天下能击败郭云飞的有几个人？菊花镇比武之后，你的英名已在江湖中传播开来。"

穆勇说道："如此说来，我万分荣幸。"

年长女人转过头，对年轻姑娘说道："风片，穆公子初来乍到，一路上奔波辛劳，你带穆公子去休息吧，要好好伺候穆公子。"

风芹答应了一声："是。"然后对穆勇说道，"穆公子，请跟我来吧。"

穆勇跟着风芹，走在弯弯曲曲的小路上。小路很窄，顶多只能容三个人肩并肩地走，路的两边矗立着一棵棵高大挺拔的椰树。每走十余步，就要转一个弯，转来转去的，就像走在迷宫中一样。他们已连续走了三十个弯，还没有到达目的地，穆勇显得有点不耐烦了。

"这样转来转去的，要转到什么时候？"穆勇问道。

"这条小路总共要转四十九个弯。"风芹说道。

穆勇说道："这么一个小岛上怎么会有这样古怪的路？"

风芹说："这是造物主创造的天然杰作，天地间什么古怪的东西都有。"

穆勇说道："我怀疑我自己能否认识原路走回去了。"

风芹说："这倒也不难，这条小路转弯虽多，但没有岔口，你只要逢弯就转，自然就能走出去了。"

他们转了四十九个弯，终于到了小路的尽头，前面出现了一片开阔的平地。

平地上整整齐齐排列着一排排房子，全都是木质结构。有的房间亮着光，有的则一片漆黑。亮光的房间里不时传出一阵阵谈笑声，全都是女人的声音。这里连个男人的影子都没有。

穆勇问道："难道这里的居民全都是女人？"

风芹说："没错，这里本来就是这样。"

穆勇接着问："是你们排斥男人，还是男人不愿住在这里？"

风芹想了想，说道："也许两者都是，也许两者都不是。"

她打开了一间漆黑的屋子，领穆勇走进去，然后点燃了蜡烛。

房子里桌、床、椅、茶几等家具都很齐全，全都是用椰木制作而成的。最奇巧的是那张床垫，是由单纯的椰叶编织而成，显得精美、结实。穆勇一下子躺在床上，只觉得软绵绵的，十分舒服。他从来没有睡过椰叶床。

穆勇问道："这座小岛有名字吗？"

风芹说："当然有。它的名字叫忘忧岛。"

"忘忧岛？"穆勇说道，"是不是住在这里就可以把忧愁忘掉了？"

风芹说："没错，岛上的几十个女人住在这里，就是为了把忧愁和痛苦忘得一干二净。"

穆勇说："这么说，你们在上忘忧岛之前都曾经历了一番忧愁和痛苦？"

风芹说："没错。未经历过忧愁和痛苦的女人是不愿住在这里的。"

穆勇问道："第一个上忘忧岛的女人是谁？"

风芹说："是浪花女，也就是那个吹笛子的女人，她是我们的首领。"

穆勇停顿了一下，接着问："浪花女为什么想到要来忘忧岛呢？"

风芹说："因为她失去了最心爱的人。她和丈夫原来是江南一带有名的侠士夫妻，丈夫死后，她不愿继续在江南生活下去，因为在那里她常常会触景生情，撩起她对往日的回忆。她无法忍受深深思念爱人的折磨，就来到了忘忧岛，企图把过去的一切忧愁遗忘。"

穆勇说："她真的能做到把过去一切忧愁全部遗忘吗？"

风芹眉头皱了皱，说："这个只有她自己清楚。"

穆勇说："我看她无法忘却过去。因为她吹的笛声中带着缠缠绵绵的惆怅，仿佛在思念着心爱的人。"

风芹说："她也许无法做到彻底忘却过去，但可以在很大程度上做到。若想百分之百做到，除非死去。"

穆勇看了看风芹，然后说道："那么你呢？你为什么想到来忘忧岛？"

风芹一怔，接着嫣然一笑，说道："至于我上忘忧岛的原因嘛，暂时保密，先不告诉你。"

穆勇说："这些来到忘忧岛的女人，都是孤身一人过来的吗？"

风芹说："对，她们来的时候都是孤身一人。一起在这里生活后就成了很要好的姐妹。"

穆勇有点诧异，问道："如今世道多乱，纷争频繁，一个弱女子怎敢孤身一人跋山涉水来此孤岛？"

风芹说："若是一般的女子是不敢这么做的，但她们不是一般的人，她们都怀有一身的武功，路上即使有三五成群的坏人，也难不倒她们的。"

穆勇说道："这么说，忘忧岛是荟萃了江湖中的女中豪杰？"

风芹点点头，说："是荟萃了心灵深处受到创伤的女中豪杰。"

穆勇打了一个长长的哈欠，风芹说道："你累了吧？早点休息吧，明天我给你送早餐来。"她说完，就走了出去，顺手把门关上。

风芹走后，穆勇感到自己确实累了，可是他丝毫没有睡意，因为他想到了一个人——郭雁。

穆勇在南海边与郭雁分手前，郭雁曾告诉他，她要到达的目的地是忘忧岛。莫非郭雁所说的忘忧岛就是这里？郭雁现在真的就在这座小岛上吗？

正想着，穆勇听到了一阵脚步声，由远而近，均匀有节奏，轻轻的，仿佛怕扰乱了深夜的宁静。

穆勇突然觉得这种脚步声在哪里听过，他心里蓦地产生一种预感：是郭雁来了。

"吱呀"一声，门被轻轻推开了，一个亭亭玉立的倩影出现在穆勇面前。借着明亮皎洁的月光，穆勇看到了她那双忧郁而美丽的眼睛，依旧是那么楚楚动人。

天涯儿女

穆勇说道："郭雁，想不到我们又见面了。"

郭雁说道："我们在南海边分手前，我曾问你我们还会有机会再见面吗？你回答只要有缘分，就会再见面。现在看来我们是有缘分的。"

穆勇说道："当然是有缘分的。你在这里生活得好吗？"

郭雁说道："我在这里生活得很好。相似的遭遇把姐妹们的心紧紧连在了一起，让我们组成了一个温暖和睦的大家庭。在这里没有虚伪，没有自私，没有争夺，我们互相帮助，互相爱护，互相鼓励。我们在温暖的大家庭里重新感受到了人世间的幸福和欢乐。"

穆勇仔细凝视着郭雁的眼睛，从她那真挚的目光中，他知道她并没有撒谎。

穆勇说道："恭喜你找到了自己最理想的归宿。"

郭雁说道："你是否知道？忘忧岛上还住着一个你最想见到的人。"

穆勇淡淡地说道："这个世界上，活着的人中，除了我母亲外，没有谁是我很想见到的人。"

郭雁说道："住在忘忧岛上的这个人，正是你的母亲菊凤。"

郭雁的话，犹如一个惊雷，震得穆勇差点跳起来。

自从母亲从仁义府突然消失后，穆勇一直四处打听母亲的下落。可是几经周折，历尽艰辛，母亲依然是杳无音讯。现在突然听说母亲就在身边，他怎能不感到意外和惊喜？

穆勇站直身子，对郭雁说道："我母亲住在哪儿？你带我去见她。"

但是郭雁并没有动，她看着穆勇，说道："你真想现在就去见她？"

穆勇说道："当然是，现在。"

郭雁长叹了口气，说道："你母亲也十分想见到你，可是见了你之后，她又会感到痛苦不堪。"

穆勇说道："哦？那是为何？"

郭雁说道："你母亲来到忘忧岛之后，一直处在深深的自责和愧疚当中。她虽然把你带到这个世界，却没有尽到作为母亲应担有的责任。每当想到此事，她总是泪流满面，愧疚难当。所以你若突然出现在她面前，只会给她痛苦万分的心情雪上加霜。"

穆勇说道："她虽然没有把我抚养成人，却不能把责任推到她身上，所有的这一切，只能怪现实的残酷和命运的捉弄。"

郭雁说道："你可以不责怪她，她却不能不责怪自己。她和我父亲本来就不该走到一起的。"

菊凤和郭云飞本来不该走到一起，可结果却偏偏走到了一起，这难道不是命运的安排？

穆勇的眼睛中已冒出两道晶莹的亮光，那亮光是月光映照着泪珠散发出来的惨淡的泪光。

穆勇刚毅的脸上已悬挂着两行热泪。

郭雁惊奇地发现，眼前这个力挫群雄、顶天立地的八尺男儿竟然也能够落泪。

落泪不是弱者的专利，强者也会落泪，只不过他们落泪的时候很少有人看到。

沉默。穆勇和郭雁面对面地坐着，静静地听着海面上传来的波涛声。他们已无话可说，只有静听大海断断续续、撩人心肠的倾诉。

（十九）浪花针

第二天一早，穆勇刚刚睡醒，风芹就给他送早餐来了。

这是一顿丰盛的早餐，有龙虾、鲳鱼、海参、海带，全是海产品，还有一壶清冽甘美的竹叶青。

看到精美可口的食物，穆勇更觉腹中饥饿，他大口大口地吃起来。

风芹坐在旁边，一边看着穆勇吃，一边嘻嘻地笑。

她笑起来很美，给人以秀色可餐的感觉。

穆勇说道："这是我吃过的最香甜、最可口的一顿餐食。"

风芹说道："甜美的餐食表明了忘忧岛女人的热情大方。"

穆勇说道："如果天天都有海鲜佳肴，那我宁可一辈子住在忘忧岛。只可惜，我不是女人，没有这个福气。"

风芹说道："品尝海鲜佳肴的滋味当然很爽，可是品尝另外一种东西，那滋味可就不好受了。"

穆勇说道："什么东西？"

风芹说道："浪花针。"

穆勇说道："浪花针？浪花针是什么？"

风芹说道："浪花针是一种暗器，它由成千上万根肉眼难以看清的纤细银针组成。它从浪花女的虎骨笛中发射出来，任何一根银针都有置人于死地的威力。浪花女吹的笛子是由老虎的骨头制作而成的，不仅可以当乐器抒发感情，还可以当暗器置人于死地。"

穆勇说道："想不到一支纤细的笛子竟然会这么厉害，浪花针发射出来是百发百中吗？"

风芹说道："当然是百发百中，至今还没有人能在浪花针下逃生。"

天涯儿女

穆勇轻轻吁了口气，说道："你们忘忧岛的规矩真是别具一格，除了用美食来款待客人之外，还要用浪化针米送客人上路。"

风芹说道："任何一个曾经伤害过忘忧岛中的姐妹的人来到此，或是不听劝阻强行闯入忘忧岛的男人，都必须接受浪花针的挑战。"

穆勇说道："我是强行冲破两位姑娘的阻拦闯入忘忧岛的，所以我也逃不掉浪花针的招待了？"

风芹说道："没错。"

穆勇说道："自从浪花女第一个来到忘忧岛，就制定了这个规矩吗？"

风芹说道："一开始是没这个规矩的，是三名武艺高强的男人帮我们制定了这个规矩。"

穆勇说道："这三名男人还在忘忧岛上吗？"

风芹说道："对，他们还在忘忧岛，只不过三人都已变成一堆白骨了。"

穆勇说道："他们是如何变成一堆白骨的？"

风芹说："这三名男人都是在海上迷失了方向，漂到了忘忧岛。浪花女热情接待了他们，用岛上最好吃的饭菜款待他们，安排最舒适的房子给他们住。但他们得寸进尺，不识抬举，吃饱喝足之后，仗着武艺超群，企图占忘忧岛上女人的便宜。浪花女很生气，便给他们设置一道关卡，离开忘忧岛时必须接受浪花针的挑战。他们自恃武艺高强，对此都不以为然，结果先后都死在浪花针下。"

风芹顿了顿，接着说："从此以后，忘忧岛便形成一条规矩，即凡是不受欢迎的男人来到忘忧岛，都必须接受浪花针的挑战。"

穆勇说道："那三名男人使用的是什么武功？"

风芹说："第一个男人使用的是七星剑，此剑法舞起来密不透风，在战场上就算百箭齐发，也无法伤到他一根毫毛。但他的七星剑挡不住浪花针，他全身中了一百多根浪花针。第二个男人运用的是铁墙功，这是一种硬气功，把真气运上来之后全身硬得像一面铁墙，刀枪不入。但他的铁墙功挡不住纤细的浪花针，浪花针刺入他的身体，直刺得他体无完肤。第三个男人使用的是轮圈掌，此种掌法爆发出的内气就像铜墙铁壁，他凭此掌法在江湖中不可一世。但轮圈掌无法阻止浪花针，他被扎得浑身是刺，就像个刺猬。"

穆勇叹了口气，说道："浪花针如此厉害，看来我是在劫难逃了。"

风芹说："那是肯定的。"

穆勇说道："这么说我能活下来的日子已经不多了。我要利用这最后的时间享受最后的欢乐。"

风芹笑了笑，说："忘忧岛上倒有不少可以玩的游戏，乐趣无穷，可惜全都是女孩子家玩的游戏，比如踢毽子、荡秋千、抛绣球，不知你是否有兴趣？"

穆勇说："如果有谁愿陪我玩这种游戏，我当然会玩。"

风芹说："当然会有，我就是其中一个。来，咱们到外面走走。"

在温和的阳光下，外面的大院子里热闹非凡。姑娘们有的在谈天说地，有的在荡秋千，有的围成一圈在踢毽子，欢乐的笑声此起彼伏。这里看上去像是个幸福愉快的乐园，有谁会想到这些姑娘是无法忍受人世间的折磨才来到忘忧岛的呢？

这些姑娘对穆勇都很友好，看到穆勇走过来了，都主动微笑着向穆勇打招呼，穆勇也向她们点头问好。

有的姑娘还邀请穆勇加入她们的游戏，但穆勇婉言谢绝了。女人家玩的游戏，他一个大男人怎么好意思混入其中。虽然他说他也想玩游戏，但仅仅是嘴上说说而已。

风芹见穆勇在一旁看得津津有味的样子，便问道："看别人玩得这么开心，你不觉得心痒吗？"

穆勇说："我是很羡慕她们。她们情同手足，那种和睦、融洽的气氛是外面的人无法体会到的。"

风芹说："她们所经历的痛苦和磨难更是外面的人无法体会的。在这里，她们一起分担痛苦，一起分享快乐。"

穆勇说："一个群体若做到了一起分担痛苦和分享快乐，那么这个群体就是一个幸福的群体、温馨的家庭。"

他们正说着，忽然传来"哎哟"一声尖叫。穆勇扭头一看，只见一名荡秋千的穿紫色衣服的姑娘从秋千上摔下来。她的秋千荡得很高，几乎荡到了树顶，从那么高的地方摔下，后果可想而知。

紫衣姑娘像一只折断了翅膀的小鸟急速而下。说时迟，那时快，穆勇双脚一蹬，来一个"旱地拔葱"，腾空而起，向紫衣姑娘飞过去。

当穆勇靠近从空中下落的紫衣姑娘，伸出双手想接住她时，紫衣姑娘忽然来个"燕子翻身"，在半空中翻腾而起，像只轻盈灵巧的燕子，又稳稳当当地落到了那只秋千上，还回过头，俏皮地朝穆勇眨眨眼。

穆勇扑了空，双手空空落到地上。人群中爆发出一阵笑声，穆勇脸上不由自主地泛起一阵红晕。紫衣姑娘轻功之高看来并不在穆勇之下，根本用不着他来帮忙，穆勇内心暗暗觉得自己是"自作多情"了。

风芹走过来，对穆勇笑着说："那丫头捉弄人的鬼点子可多着呢，以后你得小心防着她。"

穆勇讷讷地说："献丑了，实在不好意思。"

正说着，有一个毽子朝穆勇飞了过来。那边有几名女人在踢毽子，一名中年女人脚一歪，把毽子踢出了圈子，直直地向穆勇飞来。有人喊道："把毽子踢过来，莫让它落地。"

穆勇连忙飞起一脚，把毽子朝玩毽子的人群踢去。然而，出乎他意料的是，毽子朝相反方向飞走了，朝人群飞去的，竟然是他脚上穿的鞋，他的鞋离脚而去了。

人群中已有人飞起一脚，把穆勇未落地的鞋踢了回来，嘴里还笑骂道："谁稀罕你的臭鞋子。"

穆勇接住鞋子，把它穿到脚上，他脸上又泛起一阵红晕。他万万没有想到，看似软绵绵的毽子，不仅把他的脚面打麻了，还把他的鞋子震飞了。

风芹走过来，嫣然一笑，说道："这次你又献丑了吧，鞋子当毽子，实在是新鲜。"

穆勇眉头微蹙，说道："我没料到这小小的毽子包含了那么一股强劲的内力，看来玩毽子的人绝非等闲之辈。"

风芹说："忘忧岛的女人玩的游戏看起来都是普通的游戏，但一般的女人是无法玩的。没有深厚的内力和高强的武功作为后盾，是玩不起这种游戏的。"

若论起内力和武功，穆勇绝不会在这帮女人之下。但令他惊讶和折服的是，忘忧岛的女人把内力巧妙地运用于游戏娱乐之中，看起来野蛮的武功便变成了温和的表演。

穆勇说道："这么说来，她们既是在玩游戏取乐，又是在练功，二者同步进行。"

风芹说道："正是这样。"

在人群中，穆勇看到了昨天阻挡他进入忘忧岛的蓝衣姑娘落霞和红衣姑娘孤鹜，她们脸上已看不到敌意，不时向穆勇投来友好的微笑。穆勇也向她们点头微笑。

过了三天，浪花女来到了穆勇的房间。她依旧是一副高傲、不可侵犯的模样，连发笑时也透露着冷峻的傲气。她给人的感觉就像是一朵浑身充满了傲气的牡丹花。穆勇在她面前想笑也笑不起来。

浪花女问道："这几天你住在忘忧岛，感觉怎么样？"

穆勇说道："感觉好极了。忘忧岛中的各种活动吸引了我，风芹每天给我送来美味可口的餐食，在这里吃得好、玩得好，我觉得自己仿佛来到了天上。"

浪花女说道："这表明了忘忧岛女人的慷慨大方，她们总是尽自己最大的努力让远道而来的客人觉得满意和快乐。"

穆勇长叹一声，说道："可惜过完了天上的生活，我就得下地狱了。在忘忧岛，我既要尝海味佳肴的滋味，也要尝浪花针的滋味。"

浪花女沉默了一会儿，慢慢说道："你也害怕浪花针吗？"

穆勇说道："怕又有何用？怕也得死，不怕也得死，反正我能选择的只有死路一条。"

浪花女说道："这是忘忧岛的规矩，凡是不听劝阻强行闯入忘忧岛的男人，都必须接受浪花针的挑战。"

穆勇说道："你在用浪花针杀死一个男人之前，都要让他吃得好、玩得好，把他招待得心满意足，对吗？"

　　浪花女点点头，说道："没错，我在送任何人上黄泉路之前，都要让他感受到人生最后的快乐。"

　　穆勇说道："可惜我年纪轻轻，就被送上黄泉之路，实在是太冤枉了。"

　　浪花女盯着穆勇，突然诡秘地一笑，说道："忘忧岛的女人正准备做一件大事，你若答应助我们一臂之力，那么你就是忘忧岛的朋友，也就可以免去接受浪花针的挑战了。"

　　穆勇眼光一亮，说道："是吗？这么说我还是有活下去的希望了？"

　　浪花女说道："是这样的。"

　　穆勇说道："但不知你需要我助一臂之力的是什么事？"

　　浪花女说道："有一股海盗，正在从南洋护送一件稀世宝贝回来。三天之后，他们将到达忘忧岛附近的水域，到时候我们伺机出动，将稀世宝贝夺取过来。"

　　穆勇问道："海盗护送回来的是什么样的稀世宝贝？"

　　浪花女说道："稀世宝贝的名字叫作吉祥金佛。它是一尊用纯金铸成的佛像，它的宝贵之处不仅在于价值连城，更在于它有超乎寻常的灵气。拥有它的人往往能够逢凶化吉、绝处逢生，在茫茫大海中远航的船只若能得到它的陪伴，则不论遇到多么恶劣的天气和凶险的风浪，都可以安然无恙。"

　　穆勇说道："想不到天底下竟有这么好的宝贝。"

　　浪花女说道："是这样的，吉祥金佛超乎寻常的价值是毋庸置疑的，而且，有再多的钱也未必能买得到它。"

　　穆勇说道："这么好的宝贝，难怪你们对它馋涎欲滴了。"

　　浪花女说："所以不论付出什么样的代价，我们都要把它夺过来。"

　　穆勇长长叹了口气，然后慢慢说道："可惜强取豪夺这种做法不是我擅长的。"

　　浪花女眼睛一瞪，声音提高了许多："什么强取豪夺？打劫海盗也叫强取豪夺吗？他们能抢别人，我就不能抢他们的吗？"

　　穆勇摇摇头，说："对我来说，抢劫不义之财和抢劫合法之财都是一样的，都是用非正当手段占有，都属强取豪夺。"

　　浪花女眉毛一竖，眼睛里冒出怒气，说道："你的脑袋是用石头做的吗？难道你认为用你的拳头去打好人和打坏人，结果都是一样的吗？"

　　穆勇说："那是另外一回事，这两种情况不能相提并论。"

　　浪花女气呼呼地说："说了半天，原来你是不肯出手相助。"

　　穆勇说："我认为不合适的事，为什么还要去做？"

　　浪花女脸色苍白，冷冷地说道："你是宁可被浪花针扎成刺猬，也不愿意帮这个忙了？"

　　穆勇说："当刺猬似乎比强盗要好一些，至少没有人骂刺猬。"

　　浪花女冷笑一声，说道："你想当刺猬？那好，我成全你。明天你就离开忘忧

171

岛，接受浪花针的伺候。你若逃不出，也是自作自受。老实告诉你，至今还没有人能在浪花针下逃生。"

穆勇脸上露出吃惊的神色，说道："明天就要用浪花针来伺候我？！你就不能让我多活几天吗？"

浪花女说道："我看你都活得不耐烦了，还在乎多活一天少活一天吗？"

她说完，站起身，拂袖而去。走出门口时，她停顿一下，丢下一句话："明天之前，你若改变主意，还来得及。"然后一阵风似的离开了。

穆勇看着浪花女远去的背影，自言自语道："你不是说我的脑袋是石头做的吗？石头脑袋决定的事，还有可能改变吗？"

第二天中午，风芹给穆勇送来了丰盛的午餐。这是穆勇在忘忧岛吃过最好的餐食，凡是在南海中能找到的美食，这里应有尽有，还有香气诱人的美酒，把整张桌子摆得满满的。

穆勇说道："这么丰盛的酒菜，我享受起来真有点受宠若惊。"

风芹嫣然一笑，说："这是你在忘忧岛享受的最后一次优待，我们有责任让你吃好喝足，这样你就可以心满意足地上路了。"

穆勇问道："是上回家之路，还是上黄泉之路？"

风芹说："当然是上黄泉之路。"

穆勇微微一笑，说道："你难道认为我就丝毫没有在浪花针下逃生的希望吗？"

风芹神情肃穆地说道："当然没有。因为至今为止我还没见过有谁能在浪花针下逃生。"

穆勇说："你就没想到会有破例的时候吗？"

风芹说："我不相信有谁能破例。"

穆勇说："如果我真的破了例，在浪花针下活着出来呢？"

风芹说："那我们就送你一条最好的船，名叫黑鲨箭。它是海上的千里马，在大海中纵横驰骋，任何船都追不上它。"

穆勇说："好啊。"

风芹正色说道："但你若在浪花针下丧命，可不要怨天尤人。"

穆勇吃饱喝足了，站起身说道："好了，我该上路了。"

风芹陪穆勇走出了房间，走出了大院，向那条弯弯曲曲的小路走去。走到路口，风芹停了下来，说道："这条弯弯曲曲的小路，是返回外面海滩的必经之路，你已经走过一次了，不过这次路上你要遭遇浪花女的浪花针。如果你活着出去，忘忧岛岸边停泊的那条黑鲨箭就属于你了。"

穆勇说道："好！穆某告辞了。"

这时，穆勇发现路口附近已静静站满了忘忧岛的女人，她们都在注视着穆勇。不用说就知道，她们是来为穆勇送行的。从她们复杂的表情可以推测，她们都认为穆勇返回去的弯弯曲曲的小路是黄泉之路。

穆勇看到了郭雁，她站在人群中，眼睛一动不动地看着穆勇。她的表情很平静，平静得让人捉摸不透她在想什么。他和她的目光直直地碰撞在一起，碰撞得两人内心都感到一丝微微的颤动。郭雁把脸转向了一边，穆勇朝她微微一笑，然后一转身，踏上了弯弯曲曲的小路。

走在这条路上，就仿佛走在迷宫中，一共要转四十九个弯，才能到达外面的海滩。每走十余步，穆勇就得转一个弯，他已经连转了十多个弯。

那轻轻细细的笛声又响起来了，依然是那么悲切凝重、如泣如诉，似乎在深切地思念心爱的人。

从那笛声来判断，吹笛子的人心中一定充满了幽怨和惆怅。

让穆勇感到惊奇的是，吹奏着如此软绵绵乐曲的虎骨笛，竟然还能发射出威不可挡的浪花针。

穆勇在弯弯曲曲的小路上转了一个又一个弯，渐渐地，他被虎骨笛那优美的旋律感染了，仿佛进入了一个缠绵美妙的情感世界中。那笛声像高山流水，流淌着倾诉不完的相思之情；那笛声像一丛高傲的花朵，散发出孤芳自赏的清香；那笛声像一朵飘浮着的高雅的云，把人的思绪带到很远很远的地方。

笛声忽然消失了，就像妩媚迷人的月亮一下子隐入黑沉沉的云层，消失得无影无踪，周围只剩下一片沉寂。这是死一般的沉寂，一种令人毛骨悚然的沉寂，穆勇已经嗅出沉寂中隐藏着阴冷的杀气。

他依然一步步在弯弯曲曲的小路上走着，转着弯。

穆勇耳畔响起了一阵波浪声，波浪翻腾着、撞击着、咆哮着。波浪声不是来自大海，而是来自穆勇的头顶上空，由远而近，由小而大，由弱而强，渐渐地把穆勇包围在中间。

穆勇知道，这汹涌的看不见的"浪花"实际是一股强悍的内气，充满了腾腾的杀气。这时，波浪的强度越来越大，以排山倒海的气势铺天盖地地向穆勇猛扑过来，发出震耳欲聋的轰鸣声。波浪犹如一条凶恶无比的蛟龙，在穆勇身边上下翻腾，那恐怖的气息几乎欲把人吞没。

汹涌的波浪声中突然出现了万道寒光，发出咄咄逼人的气势，闪着耀眼的光芒。这就是令人望而生畏的浪花针，至今还无人能从中逃生的浪花针。浪花针由无数根细细的银针组成，它们在海浪般猛烈内气的推动下，张牙舞爪地向穆勇猛扑过来。

穆勇运足内气，双掌合拢向前一推，烈风神掌以雷霆万钧之势轰然击出。磅礴的掌气和凶狠的暗器在空中相遇，两股强大的力量碰撞后发出"轰隆隆"震天动地的爆炸声，一时间碎石横飞，树木折倒。

之后只剩下一片寂静，汹涌的波涛声没有了，咄咄逼人的万道寒光没有了。天空还是那么晴朗，阳光还是那么明媚。

穆勇继续走在弯弯曲曲的小路上。转过了四十九道弯，前面豁然出现了一片开阔平坦的沙滩。椰树立在两旁，似乎在欢迎穆勇从浪花针中走出来。

椰树下已静静站立着一个人，她正是浪花女，手里拿着一支雪白、锃亮的虎骨笛。

"我早知道你一定能从浪花针下走出来。"浪花女说道。

"既然知道浪花针杀不了我，又何必让我接受浪花针的挑战？"穆勇问道。

浪花女说："因为这是忘忧岛的规矩，是规矩就得执行。"

穆勇说："执行完毕之后又该怎样呢？"

浪花女说："当然是为你送行。"她指着停泊在海岸边的一条船，说，"那是最快的船——黑鲨箭，是海上的千里马。你驾驶着它可以追上任何一条船。"

穆勇说："好啊，我现在正需要一匹海上千里马。"

浪花女说："祝你一帆风顺。"

穆勇看看浪花女，问道："你一定要去劫取吉祥金佛吗？"

浪花女一摆手，说道："你既然不愿出手相助，又何必过问？"

穆勇微微一笑，说道："我确实没有必要过问。"然后他大步向黑鲨箭停泊的地方走去。

虽然已是中午，忘忧岛四周依然弥漫着一层浓浓的雾气，就像天上飘浮不定的白云。雾气中，站立着一个亭亭玉立的身影。

她就站在黑鲨箭旁边，忧郁而美丽的眼睛凝视着穆勇。

海风吹拂着她轻柔的衣裳，她就像浓雾中一朵孤独开放的兰花。

穆勇在她身旁停下脚步，说道："郭雁小姐，你怎么在这里？"

郭雁说道："我来这里，是为了向你道别。"

穆勇只觉得一股暖流涌遍全身，他说道："难得你有这份心意。"

郭雁说道："你还会回忘忧岛吗？我们还有见面的机会吗？"

穆勇淡淡一笑，说道："我还是那句话，只要有缘分，走遍天涯海角总会相逢。"

郭雁微微叹息一声，说道："缘分就像天上飘忽不定的白云，虚无缥缈得令人难以捉摸。"

穆勇说道："请你告诉我实话，你在忘忧岛真的一点忧愁都没有吗？"

郭雁柳眉微蹙，说道："并不是。"

穆勇说道："如此说来，你虽然来到忘忧岛，却没有真正忘却忧愁。"

郭雁说道："不管躲到什么地方，忧愁都不会彻底消失，只不过是某种忧愁消除了，另外一种忧愁又袭来了。"

穆勇说道：“既然不论到哪里都有忧愁，那你又何必来忘忧岛？”

郭雁说道：“我若不来忘忧岛，我早就死了。”

穆勇说道：“你打算一辈子就住在忘忧岛吗？”

郭雁说道：“在找到真正的幸福之前，我当然要住在忘忧岛。”

穆勇一怔，说道：“找到真正的幸福？你一直在寻找幸福？”

郭雁点点头，说道：“是的，我一直都在寻找。浪花女也鼓励忘忧岛的女人勇敢地追逐属于自己的幸福。当幸福来临时，她们可以离开忘忧岛，去幸福的地方收获幸福的硕果。”

穆勇说道：“那么你认为你自己的幸福在哪里？”

郭雁忧郁而美丽的眼睛里闪动着亮光，说道：“远在天边，近在咫尺。”

穆勇似乎并不领会郭雁这句话的意思，说道：“祝你早日找到属于自己的幸福。我走了。”

说完，穆勇跳上黑鲨箭，挥动船桨，黑鲨箭乘风破浪，像一支离弦的箭在澎湃的波涛中穿梭而去。

郭雁静静地站在海岸边，望着穆勇远去的背影，弥漫的雾气包围着她孑然的身影，她就像浓雾中一朵孤独开放的兰花。

（二十）影子

穆勇驾驶着黑鲨箭，在浩瀚无边的南海中尽情驰骋。南海的美景犹如一幅美丽的图画，把穆勇深深地吸引住了。他舍不得马上就赶回海南岛，他要把这里如画的美景欣赏个够。

不知不觉，太阳已落山了。

穆勇发现前方出现了一座小岛，小岛上隐隐约约矗立着一幢幢房子。穆勇心想，既然有房子，就必定有人烟。

黑鲨箭加快速度向小岛疾驰而去，穆勇已经感到又累又饿，他想在小岛上补充供给，痛快地睡一觉，第二天再返回海南岛。

黑鲨箭靠岸时，穆勇发现小岛的沙滩上竖立着一块木牌子，上面写着两个字：鬼岛。

穆勇奇怪地自言自语："这小岛怎么起了个如此古怪的名字？"他一边说一边向那一幢幢房子走去。

走近时，穆勇才发现在远处看见的"房子"原来不过是些断壁残垣，七零八落地并排在一起，透露着荒凉、颓败的气息。

穆勇在断壁残垣中徜徉着，他发现乱石堆中还有一张张破旧残败的床、桌子、椅子，甚至还有喝水的杯子。毋庸置疑，这里曾经是人气鼎旺、生机盎然的小村庄或部落，后来由于遭受战火或自然灾害才留下了如此破败荒芜的残迹。

穆勇心中不由得发起一阵惆怅和感慨，不知是为小村庄的败落惆怅，还是为人世间的兴衰存亡、反复无常而感慨。

在一处较为宽敞的断壁中，穆勇忽然看到地面上摆着一些酒菜。菜是热的，还在腾腾地冒着气。

这里肯定有人居住，穆勇坐在酒菜旁边，等着主人归来。

一轮弯弯的月儿已悬挂在天边，月光铺洒在断壁残垣上，更加增添了这座孤岛的荒凉和寂寞。小岛四周传来的一阵阵波涛声，似乎在击打着穆勇感慨的心境。

菜已凉，穆勇的饥肠已饿得咕咕叫，主人依旧没有归来。

穆勇无法再继续等待，他斟满一杯酒，大口大口地喝酒吃菜起来。

三杯酒下肚，穆勇沿途的疲劳和饥渴已消去了。阵阵的海风吹得穆勇心旷神怡，他觉得这顿捡来的晚餐吃得实在是痛快舒畅。

吃饱喝足了，主人依然不见踪影，穆勇暗忖今晚主人是不会回来了。于是他在一幢破房子里找了块干净的空地，以地为床，以天为屋顶，呼呼地大睡起来。

不知睡到什么时候，穆勇突然被一阵吵闹声吵醒。他揉揉惺忪的睡眼，站起身来，轻手轻脚地向外面走去。

只见在一棵高大椰树下的空旷地上，有六七个人坐在地上围成一圈。圈子中间放着一堆物品，他们似乎在讨论着如何分这些物品。穆勇躲在一个角落里，仔细观察着这些人的一举一动。

一个胖子说道："今天我们的收获确实可观，不到半天工夫就抢了这么多金银珠宝，要数功劳我当然是居第一位了。"

一个瘦子说道："我的功劳才是最大的，要不是我提供那些人家有金银珠宝的信息，你们无论如何都不会想到对他们下手。"

一个高个子说："你们坐的船都是我的。要不是有了我的船，难道你们能长了翅膀飞到那里？所以我的作用是举足轻重的。"

一个矮个子说道："要不是我的刀法出众，结果了那些反抗的家丁，你们休想那么轻易就夺取如此多的金银珠宝。"

还有一个人说："要不是我识别路径，你们早就遭遇官兵了，别说拿珠宝，恐怕连命都保不了啦。"

穆勇已经听明白，这些人都是海盗，他们在抢劫金银珠宝得手后，各人为了分得更多的赃物，都纷纷吹嘘自己的功劳。

穆勇心中升腾起一股怒气，对不劳而获的强盗的痛恨已使他握紧了拳头。月光下，金银珠宝焕发出五颜六色的光芒。为了夺取这些诱人的金银珠宝，海盗们的双手已经沾满了无辜生命的鲜血。

这时，只听胖子说道："既然谁也不服谁，为公平起见，我们抓阄吧，谁抓多就得多，谁抓少就得少。"

海盗中有一人说道："既然大家都认为自己功劳大，而且互不服气，为了彼此之间不伤和气，也为了以后继续合作，我看这些金银珠宝就平分了吧，平分是最公正的做法——"

"我不同意！"矮个子已经打断了他的话，"你的功劳最小，根本就没出什么力，所以你就想平分。平分对你来说就是坐享其成，告诉你，你休想做这种美梦。"

高个子突然提高嗓门大喝一声："所有人都听着！"他这一吆喝把所有人都镇住了，全场顿时鸦雀无声。

高个子咄咄逼人地说道："再这么争执下去毫无用处，永远争不出令人满意的结果。唯一的解决途径就是比刀法定输赢，谁的刀法胜出，谁就分得最多，谁的刀法最臭，谁就分得最少。"他说着已"唰"的一声拔刀出鞘。

矮个子毫不示弱，说道："要论刀法，我谁也不怕，我巴不得比刀法呢。"他也拔出了刀。

瘦子一咬牙，狠狠地说道："比就比，谁怕谁。"他也拔出了明晃晃的钢刀。

其余的人也都拔出了刀。这些之前还齐心协力打家劫舍的"朋友"，在利益分配面前毫无遮掩地暴露出了唯利是图、贪婪自私的可恶面目。

人世间的多少亲情友情，由于经不住利益的考验，导致了多少不该发生的人间悲剧。

月亮闪着银光，珠宝闪着银光，钢刀闪着银光，海盗们贪婪的眼睛也闪着银光。杀气、宝气、怒气编织成一幅夜幕下罪恶狰狞的图案。

在杀气腾腾中，罪恶的争夺即将发生。

忽然，穆勇看到海盗们所站的位置上方划过一道寒光，寒光就像暴风雨来临时的闪电，来得迅速猛烈，一闪即逝。

寒光闪过后，夜幕下即将发生的这场罪恶的争夺也就结束了。海盗们手里握的钢刀稀里哗啦地掉到了地上，他们鲜血飞溅，惨呼声响起，一个个倒了下去，直挺挺地动弹不得了。

那堆被海盗抢来的珠宝依旧在闪着冷漠的银光。

穆勇睁大眼睛，搜寻着寒光是从谁人之手发出。

周围却看不到任何人，连脚步声都没有听到，这神秘的寒光来自何处？

穆勇从角落里走出来，走向海盗们的尸体。这六七个死去的海盗一个个睁大眼睛，直勾勾地瞪着苍穹。

海盗们享受荣华富贵的美梦才刚刚开始，就什么都结束了，他们确实"死不瞑目"。

穆勇忽然感觉到背后站着人，扭头一看，却没有看到人，只见到了一个长长斜斜的影子。

穆勇在影子的四周仔细环视了几遍，依旧没有见到人。他觉得奇怪：为什么没有人，只有影子呢？

穆勇问那影子："是你把海盗都杀了？"

"没错，是我杀的。"影子开口说话。

穆勇问道："你为什么要杀他们？"

影子说道："我是这里的主人，他们在我这里做肮脏罪恶的事情，我自然不会听之任之。"

穆勇道："原来你就居住在鬼岛。这座小岛为什么叫鬼岛？"

影子说："鬼居住的岛屿当然就叫作鬼岛。"

穆勇诧异地问："这么说来，你是鬼？"

影子说："正是。"

穆勇想了想，说道："方才我在残垣断壁中吃了一顿，这酒菜是你的？"

影子说道："没错。"

穆勇摇摇头，说道："鬼是不食人间烟火的。你既是鬼，为何要喝酒吃菜？"

影子说："因为我是一个死得不彻底的鬼。"

穆勇沉默了半晌，问道："你为什么要到这荒无人烟的孤岛上做鬼？"

影子说："因为这世界上其他任何地方都无法容纳得了我。"

穆勇问道："你是从什么地方搬迁到鬼岛上居住的？"

影子没有回答，他沉吟了片刻，才阴冷冷地说道："现在不是你问我来历的时候，而是我问你来历的时候。你是怎样来到鬼岛的？为什么要来鬼岛？"

穆勇微微一笑，说道："我喜欢周游天下，想上哪就上哪。我要去哪里根本就不需要理由。"

影子说道："你跟这群海盗是不是一伙的？"

穆勇说："你看我像海盗吗？"

影子说道："你脸上又没写着字，我怎么知道你到底是不是海盗。我虽然已是个鬼，却最痛恨杀人越货的海盗。你若找不出证据来证明你不是海盗，今天你休想活着离开鬼岛。"

穆勇说道："我没有什么证据来证明我不是海盗，但我可以证明我能活着离开鬼岛。"

影子的话语中已带着一股怒气："看来你口气不小。我倒要看你有多大本事，能从鬼岛活着出去。"

穆勇冷冷一笑，说："我也想看看你这荒岛之鬼的魔力到底有多大。"

影子怒喝一声："那好，看招！"

随着话音，一道寒光已向穆勇飞来。寒光犹如暴风雨中的闪电，迅疾而猛烈，直闪得让人难以看清它的方向和形状。穆勇判断出影子使用的是一把快刀，由于速度疾如闪电，所以只见刀光而不见刀形。对这种不同寻常的快刀，想避是避不开的。

穆勇没有躲避，他运足烈风神掌内气，双掌向前推出强大的掌气，掌气形成一道铜墙铁壁般的屏障，严严实实挡住了来袭的寒光。

影子惊奇地叹道："好强劲的掌法。"

穆勇说道："你过奖了。"

沉默了一会儿，影子冷冷地说道："别以为你挡住了我的快刀，就一定能挡得住浪花针。今天我要让你见识见识浪花针的厉害。"

穆勇听了，哈哈大笑道："真是巧得很，今天早上我在忘忧岛恰好也领教了浪花女的浪花针。你的浪花针与浪花女的浪花针是不是一样的？"

影子一听，骇然道："你真的领教了浪花女的浪花针？难道浪花针没把你扎死？"

穆勇说道："本来应该把我扎成刺猬的，但我命大，硬是从浪花针下逃了出来。"

影子说道："你是用什么武功从浪花针下逃生的？"

穆勇说道："我用的武功很简单，就是刚才的掌法。"

影子问道："这是什么掌法？"

穆勇一字一字清晰地说道："烈风神掌。"

影子忽然颤抖了一下，仿佛在晴天里遭到了雷击。他问道："难道就是在菊花镇击毙武林盟主郭云飞的烈风神掌？"

穆勇说道："正是。"

影子嘎声说道："这么说，难道你就是——"

未等影子说完，穆勇已接过话题："我就是二十年前海尊派掌门人穆正海的儿子穆勇，郭云飞以卑鄙恶毒的伎俩暗害了我父亲，我在菊花镇让郭云飞偿还了血债。"

影子已经发出悲泣的声音，似乎陷入了极度哀伤之中。他双手抱拳作了个揖，用发颤的语调说道："穆公子在上，周展有礼了。"

穆勇一怔，问道："你是周前辈？"

周展依然在抽泣。良久，他才恢复了平静，慢慢地说起了二十年前令人心碎的往事。

周展说："我和孟非凡、齐远松原是海尊派掌门人穆正海的三大护卫，我们的

武功、地位、威望在海尊派当中都是举足轻重的。穆掌门去世后，江湖魔鬼杀手宫鹰率手下的人和一些与之同流合污的武林门派对海尊派发动血腥袭击。二大护卫带领海尊派弟子浴血奋战，但因寡不敌众，无力回天，许多海尊派弟子死在敌人的刀剑之下。然后，我将小公子交付于天方道长。此后，海尊派弟子分成三个部分，分别由我、孟非凡和齐远松率领，分头向深山老林迁移，以躲避宫鹰的血腥屠杀。"

周展停了停，吸了口气，接着说道："在分手前，我们三大护卫商量约定到深山老林躲避敌人，扩充人马，养精蓄锐，三年之后再重新集合，讨伐宫鹰，为牺牲的海尊派弟子报仇，重振海尊派。三年之后，我率的人马比原先扩充了两倍，还有许多武林高手加入我的队伍。我认为复仇的机会已成熟，便找到孟非凡、齐远松，与他们商量复仇行动。孟非凡和齐远松叫我打头阵，他们率部在后面接应。当时我就相信了他们的话。和宫鹰交上手之后，战斗进行得十分激烈，一开始海尊派占据了场上的优势，宫鹰等人节节败退。后来他们的援兵赶到，海尊派腹背受敌，处在包围圈当中。我焦急地等待孟非凡、齐远松率人前来接应，可是在最危急、最关键的时刻依然没有见到他们的影子。我派了几名弟子突围出去，催促他们快来接应。可是派出去的弟子回来说孟非凡、齐远松早已溜得无影无踪了，我才知道自己上了他们的当。"

说到此处，周展声音中带着愤怒："当时参战的海尊派弟子大部分都牺牲了，我也被宫鹰逼到了悬崖绝壁。我身上多处受伤，鲜血染红了全身。我望着前面的万丈深渊，心想被敌人活捉是死，跳下悬崖也是死，倒不如跳下去死得干脆利落，否则落入宫鹰手中还要活受罪。主意拿定，我一闭眼，纵身跳下万丈深渊。但是我没有死，落到半空的时候我的身体打在半山腰伸出的树枝上，减缓了下坠的速度，最后我掉到了软绵绵的地面上，那是一片积累了数百年的沼泽地。我当时就昏了过去。醒来之后，我发现全身灼痛瘙痒，有一种被火烧过的火辣辣的感觉。原来这是一片碱性很强的沼泽，由于我在沼泽中浸泡的时间过长，全身皮肤都已被腐蚀得变了形。我挣扎着爬起来，来到一条小溪旁，对着水面照着自己的脸。一看到这张脸，我不由得大吃一惊，我的脸已被腐蚀得面目全非，变成了一个狰狞可怖的怪物。我茫茫然地在那片山林里走着，心里埋怨老天爷为什么不让我摔死，为什么要把我变成一个面目狰狞的怪物。附近的一位老和尚收留了我，替我治好了身上的伤痕。他告诉我，我虽然没有死，但被碱性沼泽腐蚀的面目和肌体已经永远无法复原了。我只能一辈子当个怪物了。看到自己生不如死的遭遇，我悲愤之中拔刀想了断自己的性命，但是老和尚制止了我。老和尚对我说，如果我因为自己的形貌恐怖狰狞而害怕见人，他可以教我隐形术，学会这种功夫后，我可以把自己的身体隐藏起来，人们所能看到的只是一个影子。经过半年的苦练，我掌握了隐形术。告别了老和尚后，我没有回去找亲朋好友，只在江湖中充当一个来去无踪、无人知晓的影子。"

说到这里，周展的声音已经哽咽，他难以再说下去了。

天涯儿女

穆勇动容道："原来周前辈是为了光复海尊派而毁了自己，穆勇万分敬佩。周前辈请受穆勇一拜。"说完穆勇便跪拜在地，朝着周展的影子叩了三个响头。

周展连忙说："穆公子行此大礼，周某承受不起啊！"

穆勇问道："孟非凡、齐远松为何要背叛海尊派？"

周展说道："穆正海穆掌门对海尊派弟子要求严格，经常劝诫下属要严于律己，戒除酒色财气。为了成就大业，必须放弃一切贪图享受的念头。穆掌门经常对那些疏于自律、沉湎于酒色的弟子进行严厉处罚。穆掌门严格的约束与孟非凡、齐远松贪杯好色的秉性格格不入，他们作为海尊派的护卫，虽然表面上遵从穆掌门的指示，内心深处却极力想摆脱穆掌门的束缚。穆掌门被害后，孟非凡和齐远松装作悲痛欲绝的样子，但暗自庆幸摆脱羁束、另立门户的时机来了。我当时没看清他们的庐山真面目，满腔热情地为光复海尊派舍命拼搏，结果是孤掌难鸣，所有的付出都付诸东流了。"

穆勇说道："孟非凡和齐远松叛变后都做什么事去了？"

周展说："孟非凡在菊花镇建立了非凡山庄，他广收门徒，不择手段地聚敛钱财，势力越来越大。如今他良田万亩，妻妾成群，整天过着花天酒地的生活。齐远松曾与一个大商人一起做珠宝生意，但他挥霍过度，好赌成性，不仅把赚到的钱花费一空，而且到处欠别人的债。他在江南一带实在混不下去了，就来到南海当了海盗头子。"

"齐远松在南海当了海盗头子？"穆勇一怔，他想起了在海南岛曾经与他交过手，使用霹雳剑法的大胡子，连忙问道，"齐远松是不是一个用霹雳剑法的满脸胡须的人？"

周展说道："正是他。穆掌门对他寄予厚望，把独创的霹雳剑法传授给他，希望他能有更深的造化，把变化无穷的霹雳剑法进一步发扬光大。没料到他竟会忘恩负义，走上了背叛海尊派的道路。"

穆勇怒从心头生，他真懊悔那天错过了狠狠教训齐远松的机会。

停了一会儿，穆勇说道："周前辈也会使用浪花针，莫非跟浪花女是同门师兄妹？"

周展说："比同门师兄妹的关系还要亲，我和她是同床共枕的夫妻。"

穆勇愣住了，问道："既是夫妻，为何不去团聚？"

周展说："这都是因为我的容貌已变成狰狞可怖的怪物。我知道，凭我这个模样去和她团聚，只会给她增添一辈子的痛楚和恐惧。我决心让她彻底忘掉我，于是我托人向她捎个信，说我在战斗中已被杀死，并称我在临终前希望她能重新找个好郎君，重建幸福的家庭，我在九泉之下不会责怪她。"

穆勇说："但是她并没有重新找心上人。"

周展点点头，说："她没有重找郎君，而是把那份思念深深埋在心底。后来她实在承受不了那种触景生情、死去活来的思念，就来到了忘忧岛，企图摆脱那份无法忘却的相思之情。"

穆勇说："但她永远也摆脱不了相思之情。"

周展说："是的，患难夫妻见真情，浪花女坚定不动摇的立场使我非常感动。所以她来到忘忧岛之后，我也悄悄来到南海，在鬼岛上与她遥遥相望。"

穆勇说："你这般隐秘地厮守着她，还不如直接现出身形去找她，这样夫妻既可团聚，浪花女也不必再承受那种肝肠寸断的相思之苦。"

周展摇摇头，说："相思之情固然痛苦，但这也是对过去美好事物的回忆。我若以这般狰狞恐怖的面目去见她，只会增添她的害怕和无奈，我实在不忍心用一种更可怕的情感去代替她的相思之情。我在这片海域上厮守着她，暗中保护她，我认为在这种环境下是最好的选择。"

穆勇长长叹了口气，说道："人世间竟有这份情感的存在，芸芸众生中有几人能体会到如此情感的酸甜苦辣？"

周展问道："穆公子刚从忘忧岛过来，浪花女近来可好？"

穆勇说道："她很好，只不过她最近准备做一件大事。"

周展说："做一件大事？她要做什么样的大事？"

穆勇说道："有一群海盗，从南洋获得一件稀世宝贝——吉祥金佛，他们将从忘忧岛附近的海域经过。浪花女与忘忧岛中的女人们准备把吉祥金佛从海盗手中劫取过来。"

周展骇然道："能得到吉祥金佛的海盗绝不是一般的小海盗，他们很可能就是齐远松的人。从这样的海盗中劫取宝物，无异于虎口拔牙，是非常危险的事。"

穆勇点点头，说："确是非常危险的事。"

（二十一）吉祥金佛

两天过去了。初升的旭日照在碧波万顷的海面上，把波光粼粼的海水染成了淡淡的金黄色。一群群海鸥在海面上方追逐、飞翔，不时发出欢快的鸣叫声。南海的早晨，真的很美。

远处出现了三艘船，平平稳稳地行驶在风平浪静的大海上。一艘大船开在中间，两艘小船开在两侧。它们渐渐向忘忧岛附近的海域靠近。

大船的甲板上站着一位彪形大汉，阳光照在他光亮光亮的头顶上，发出耀眼的光芒。他长长吁一口气，拊掌而道："一路上风和日丽，一帆风顺，畅通无阻，此次南洋之旅真是天助我也。"

这位光头彪形大汉，是齐远松麾下的得力助手石劲北。雁翎刀法是石劲北的一大绝技，江湖中已有无数名好汉丧命在他凶悍迅猛的雁翎刀下。

这次南洋之旅，他一直担心路上会有其他门派的强人暗中觊觎，所以一路上保持高度警惕，酒也不敢多喝，觉也不敢多睡，一有风吹草动，立刻拔剑，做好战斗准备。

现在看来这种担心是多余的，他很快就要把稀世宝贝吉祥金佛护送到家了。想到齐远松即将对他的功劳加倍封赏，他心里美滋滋的。

前方忽然出现了一个物体，在海面上一起一伏的，朝着船队的方向慢慢漂过来。石劲北站在大船的甲板上，密切注视着前方的物体。

待两者的距离稍近时，石劲北辨清那是一个木排，木排上还躺着一个人。

与木排的距离更近时，石劲北看清木排上躺着的人是一位姑娘，她的衣裙在海风中翩翩飞动。

待大船与木排的距离不到十米时，石劲北完全看清了姑娘的面貌。这是一个如花似玉、体态丰满匀称的姑娘。她平躺在木排上，不知是睡着了还是昏迷了，却透露出让男人垂涎欲滴的韵味。姑娘就像一朵迷人的牡丹花，盛开在风平浪静的海面上。

凭着光头海盗石劲北的本性，他确实属于见死不救、冷眼旁观的那一类人，而且他有护送吉祥金佛的任务在身，更不愿去找节外生枝的麻烦事。但这次他面对的是一个花容月貌的姑娘，一个充满诱惑、让男人难以抵挡的美女。

石劲北暗自思忖：我若把这位姑娘救上来，那我就是她的救命恩人，看在这份情义上，以后她就得听我的。这个机会我可不能错过。

想到这，石劲北对手下喊一声："把木排中的姑娘救上来。"

姑娘被抬上大船后，石劲北特意把她安置在船上一间干净整洁的卧室内。石劲北坐在昏睡的姑娘身边，仔细端详着这张充满魅力、让人神魂颠倒的脸。看着看着，他的眼睛发出了亮光，就像他光秃秃的头顶发出的亮光。

他开始想入非非了，终于忍不住伸出粗糙的手，要去抚摸那花朵般美丽的脸蛋。

这时，昏睡中的姑娘醒了。

石劲北问道："你醒了，感觉还好吧？"

姑娘点点头，她慢慢坐起身来，问道："这里是什么地方？"

石劲北说道："这里是海上的一条船，我们是从一块漂浮的木排上把你救上来的。"

姑娘神情黯然，似乎在回忆一个刚刚才结束的噩梦。

"你孤身一个弱女子，为何在汪洋大海中漂泊？"石劲北说这句话的时候，脸上显示出关切的神情。

姑娘眼中泪光闪动，抽泣地说道："我和父亲驾驶一条小木船想去南洋，不想

半路上遇到大风，小木船被打翻，我和父亲双双落水。我侥幸抓到一块漂浮而来的木排才得以逃生，而我父亲已经葬身鱼腹了。"

姑娘越说越悲哀，泪水潸然而下，已经打湿了衣裳。虽然热泪纵横，她依旧那么楚楚动人。

石劲北说道："天有不测风云，人有旦夕祸福。不幸的事要来谁也阻挡不了，但你不要过度悲哀，保重身体要紧啊。"石劲北说着，装作去给姑娘擦眼泪，趁机在姑娘脸上摸一把。

姑娘含羞地低头不语。

石劲北说道："你在海上漂了那么长时间，肚子已经饿了吧？"

姑娘点点头，眼里闪着光。

石劲北一声招呼，手下的人已端上丰盛可口的饭食，有大龙虾、燕窝等，尽是美食。

姑娘张开樱桃小口，慢慢地、轻轻地品尝着可口的饭食。石劲北坐在一边看着她吃，姑娘纤弱妩媚的娇态和温文尔雅的饮食举止使他欲火中烧，他那欲望的火山似乎随时都会爆发出来。

姑娘抬起头，望着他嫣然一笑，说道："你不来吃一点吗？"

石劲北从想入非非中顿醒，一拍手道："对呀，我也饿了，也该吃点东西了。"他吩咐手下把好酒端上来，斟上满满一杯，大口地喝酒吃菜起来。

他刚喝完一杯酒，姑娘已伸出纤纤玉手，为他再斟满一杯。

姑娘的美丽殷勤，使石劲北胃口大开，他说："今日能有一个红颜知己陪我喝酒，我石劲北定要痛喝三百杯，一醉方休。"

在海上的长途漂泊，石劲北已有较长时间没有嗅到女人味了。这次遇到一位如此花枝招展的姑娘，石劲北犹如腥猫遇到鱼一般馋涎欲滴。他喝着喝着，一下子抓住了姑娘的纤纤玉手。

姑娘以为他斟酒为名，把纤纤玉手从他粗糙的手中摆脱出来。她为他又斟了满满一杯酒，再送上一个妩媚的微笑。

石劲北心花怒放，他举起杯"咕咚咕咚"地又喝起来。

在这一瞬间，姑娘眼睛一斜，就清楚地看到了石劲北一直挂在腰间的一个包袱。即使是喝酒，石劲北的手都一直按在包袱上，好像是一个很自然的动作。

从南洋归来的路上，石劲北一直都有这么一个很"自然"的动作。

包袱鼓鼓囊囊的，显得沉甸甸的。不用说就知道，包袱里一定装着什么东西。这东西虽然被包得严严实实的，却透露出一股无法掩盖的宝光和瑞气，弥漫在整个船舱里。

置身于这股宝光和瑞气当中，使人感受到一种获得庇护的灵气。

一般的宝物绝对不会有如此光芒四射、摄人魂魄的灵气。石劲北腰间包袱里所装的，必定是刚从南洋得到的稀世宝贝——吉祥金佛。姑娘的心中已涌起了一股势不可当的波浪，那是一种势在必得的决心和勇气。

这姑娘正是忘忧岛的首领浪花女。她年纪本来已经不小，但经过一番精心打扮和化妆，她仿佛年轻了近二十岁，俨然是一个楚楚动人的黄花闺女，浑身都充满了诱人的韵味。

石劲北又喝完了一杯酒，浪花女莞尔一笑，又拿起酒壶为他斟酒。石劲北喝得兴致勃勃，浪花女倒酒的时候，他色眯眯地盯着她那秀色可餐的脸蛋。

而此时，浪花女的玉手一抖，一剂迷魂药已掺入石劲北的酒中。

当石劲北的三艘船在南海中平稳行驶时，它们的后面隐隐约约出现了一条小船，与它们保持一定的距离，像蝴蝶跟随花香一样死死地跟在后面。

浪花女透过大船上的窗户已看到了那条紧紧相随的小船。

石劲北已经不知道喝了多少杯，但他意犹未尽。有这么一个温柔可人的姑娘相伴，他喝起酒来真是千杯下肚不知足。

当浪花女笑盈盈地又送过来一杯酒时，石劲北终于按捺不住他那喷发而出的兽欲。他猛地伸出双手，紧紧搂住了浪花女的腰肢。酒气激发了他的春心，借着酒胆他要在浪花女身上发泄无法抑制的兽欲。

但他的身体已经发软，他的四肢已经不听使唤，他的眼睛已经无法睁开。迷魂药在恰当的时机发挥了作用。

浪花女把他的身体轻轻一推，石劲北便一头趴在桌子上呼呼大睡起来。

浪花女一伸手，解下了石劲北一直佩在腰间的包袱。她打开包袱，轻轻取出吉祥金佛，周围顿时笼罩着耀眼的光芒。好一个空前绝后的珍宝！

浪花女用包袱重新包好吉祥金佛，身子一纵，已从大船的窗口掠了出去，像一只轻轻盈盈的燕子，无声无息地飘落到风平浪静的海面，隐身在浩瀚的海水中。

海盗们的三艘船依旧平稳地行驶，丝毫没有感觉到可怕的事情已经发生。

一直跟随在三艘船后面的小船已加快速度，向浪花女入水的地方疾驰而去。驾船的两个人，正是郭雁和风芹。

这是忘忧岛女杰们一次默契的配合，当郭雁和风芹把浪花女捞上小船时，三个人同时发出了胜利的欢笑。

小船掉转方向，向着忘忧岛开去。

郭雁对浪花女笑道："真没想到你这手绝活还真管用，单身入虎穴，还真把虎子给带出来了。"

风芹说："男人就有这可爱之处，在美酒和美女面前定会乖乖地束手就擒。"

浪花女说："以前我一看到光头强盗石劲北，心里就感到一种讨厌和恶心，现在我真觉得他那光溜溜的头有点可爱了。"

郭雁问道："他没有从你身上占到任何便宜吗？"

浪花女说："没有。他刚企图发泄兽欲，迷魂药已在他身上发挥作用，然后他就像死猪一样趴在桌子上睡着了。"

风芹面露忧色地说道："我们从石劲北手中夺走了吉祥金佛，他们不会善罢甘休的。"

浪花女说道："他们不过是一群乌合之众，能把我们怎么样？他们若敢到忘忧岛滋事，我定让他们有来无回。"

郭雁说道："风芹的担忧是有道理的，海盗人多，我们人少，我们不可轻视他们。回去之后，应该好好考虑应敌之策。"

海面就像娃娃的脸，说变就变。方才还风平浪静的海面，突然间便吹起了大风，顿时海风呼啸，海浪翻腾。小船逆风而行，行速慢了下来。

浪花女一行三人从容不迫，齐心协力在大风中驾驶着小船。她们乘风破浪，顶风扬帆而进，小船在风浪中穿梭，离忘忧岛越来越近。

她们遭受了多少世间的风风雨雨，品尝了多少人生的悲欢离合，面对这瞬间突发的大风，她们怎会在乎？

浪花女的脸上一直挂着笑容，她依然沉浸在夺取吉祥金佛的喜悦之中。但是当她无意间往后看了一眼时，她脸上的笑容忽然消失了。

浪花女看到了有三艘大船出现在远方，正全速向她们行驶。这三艘大船，浪花女早已熟悉，方才她还携带着吉祥金佛从中间那艘大船离开。

石劲北怎么这么快就追上来了？

原来，浪花女夺走吉祥金佛后不久，一名前来送菜的海盗发现只有石劲北一人趴在桌子上呼呼大睡，而浪花女毫无踪影。他知道情况不妙，赶紧把船上的其他人都叫过来。海盗当中恰好有一人精通医术，他诊断石劲北中了迷魂药，并把随身携带的解药给他服了下去。

片刻，石劲北就苏醒过来了，他气得破口大骂："好一个妖女，表面上装得甜蜜蜜的，暗地里却是一肚子坏水。今天不抓住她将她碎尸万段，难解我心头之恨！"他命令三艘船立刻掉头追赶。

现在，石劲北很快就要追上浪花女了。

看着越逼越近的三艘船，浪花女知道逃是逃不掉了，一场恶战已经无法避免。

浪花女对郭雁和风芹说："海盗人多船高，我们人少船矮，一定要防备他们用弓箭袭击。"

郭雁说："我们要想办法跳到他们的船上去，与他们短兵相接，使他们的弓箭无法发挥作用。"

风芹看着站在大船甲板上的光头石劲北，对浪花女说道："方才你用迷魂药把他灌倒的时候，若是顺手一刀把他那颗光溜溜的头割下来，现在就不会有这种麻烦了。"

浪花女摇摇头，说："我手中的刀从来不割失去反抗能力的人的头颅。"

她们的船故意放慢了速度，只等海盗的船靠近时，她们飞身跃上敌船，与之展开厮杀。

石劲北似乎已经看出了她们的意图。双方尚有近百米的距离时，石劲北已慢慢举起了那双粗糙的手，嘴角掠过一丝冷笑："你们这些妖女插翅难逃了。"

石劲北举起的手一挥，一阵密雨般的乱箭已射向浪花女她们的小船。

她们赶紧舞动手中的刀，阻挡飞来的乱箭，只听一阵清脆的撞击声，乱箭纷纷落入大海中。

石劲北"嘿嘿"一声干笑，说道："就算你们有三头六臂，又能抵挡多久？"

石劲北又一挥手，又一阵猛烈的乱箭飞射过来。

风芹发出"哎哟"一声尖叫，她的肩膀上已中了一箭。

浪花女心中明白，若是继续这样下去，只有死路一条。只有想办法向敌船靠拢，跃上敌船与之短兵相接展开拼杀，才能找到胜利的希望。她一边舞动手中的刀阻挡着乱箭，一边驾驶着小船拼命向敌船靠拢。

但海盗的乱箭实在太猛，浪花女的小船无法前进一步。

又一阵乱箭飞了过来，浪花女的右臂重重挨了一箭，只听"哐当"一声，她手中握的刀掉到了小船上。

郭雁也中了一箭，三人都不同程度地受了伤。浪花女仰天长叹："今日完了！"

石劲北得意地冷笑着，他再挥手，又一阵暴雨般的乱箭疾飞而来。浪花女已无法挥刀，她紧紧地闭上眼睛，等待着乱箭把她射成刺猬。

就在这时，浪花女听到了一阵强劲猛烈的掌风，这掌风以雷霆万钧之势犹如秋风扫落叶般把乱箭纷纷扫到了大海中。

浪花女一看，发出强大掌风的人是穆勇，他不知何时已驾着黑鲨箭从后面冲了上来。

看到乱箭受阻，石劲北勃然大怒，他命手下把所有的箭头都对准穆勇，手一挥，一阵更强更猛的箭雨朝穆勇扑过来。

穆勇一边驾驶黑鲨箭向前冲，一边单掌一扬，轰然击出烈风神掌，掌气和箭雨在空中相遇，乱箭像一只只折断了翅膀的小鸟，通通掉入了海水中。

穆勇离石劲北的船尚有十几丈时，又击出一掌，远距离击出的烈风神掌威力犹存，大船上的几名海盗被打到了大海中。

石劲北知道遇到了不好惹的人，他命令手下赶紧掉头逃跑。

广阔无垠的海面上留下了海盗船狼狈逃窜的背影。

风芹看到穆勇，高兴地说："穆公子来得真像一场及时雨，我还以为我们三人死定了。"

郭雁看到穆勇，脸上浮现出复杂的神情。显然，她心中有千言万语要对穆勇说，

但她嘴上说不出来。

浪花女平静地看着穆勇，说道："先前我有一种预感，在最关键的时候你会出现，想不到这种预感真的成了现实。"

穆勇淡淡一笑，问道："你凭什么有这种预感？"

浪花女说："凭我的第六感。"

穆勇说："想不到你的第六感这么准。"

风芹问道："穆公子如何知道我们现在有危险？"

穆勇微微一笑，瞥了浪花女一眼，说道："我也是凭我的第六感。"

风芹眉头微蹙，说道："你们都有第六感官，为什么我就没有？"

穆勇说道："在一定条件下，你也会有第六感的。"

穆勇说着，黑鲨箭已一阵风般向前驶去。

浪花女大声问道："你要去哪里？"

穆勇回头道："我去哪里与你何干？"

风芹急得大叫："穆公子，你救了我们的命，为什么连表达感谢的机会都不给我们？"

穆勇说道："我不善于接受别人的感谢。"一眨眼工夫，黑鲨箭已消失在茫茫大海中。

浪花女对风芹说："他这个人就是这样，他不想做的事，你怎么劝他他就是不做，他想做的事你想拦也拦不住。"

浪花女等人带着吉祥金佛回到忘忧岛，忘忧岛沉浸在一片欢乐的海洋中。岛上的女人们纷纷拥过来一睹吉祥金佛的真面目，她们都为吉祥金佛的风采深深陶醉着。

吉祥金佛焕发出来的稀奇高贵的灵光和宝气，使忘忧岛的女人们感觉到她们所拥有的一切值钱的东西都显得无足轻重。

在吉祥金佛面前，一切金银珠宝都黯然失色。

风芹对大家说道："有吉祥金佛在忘忧岛上，在它的灵气庇护下，以后我们可以远离灾难和意外了。"

浪花女说道："忘忧岛增添了一件绝世宝物，今天我们摆酒设宴，好好庆贺一番。"

大家都发出了快乐的欢呼声。

夜阑人静，皎洁的月光洒在忘忧岛的土地和树木上，一切都显得那么纯净、圣洁。

浪花女独自坐在自己的屋子里，反复欣赏着吉祥金佛。吉祥金佛面带微笑，人世间的所有忧虑和痛楚仿佛在这深邃的微笑中被化解得无影无踪。吉祥金佛散发出的灵气，让浪花女感觉到自己不是在面对一尊塑像，而是在面对一个善解人意、可以倾诉衷肠的人。

吉祥金佛的左手上雕刻着一条腾云驾雾的龙，龙威风凛凛、气贯长虹；右手上雕刻着一只自由翱翔的凤，凤娇媚迷人、秋波传情。龙和凤一边腾飞，一边含情脉脉地相望着，仿佛是恩恩爱爱、齐头并进的比翼鸟。

一件充满灵光瑞气的宝物雕刻着一幅如此和睦恩爱、情意绵绵的龙凤图案，顿时引发了浪花女的翩翩思绪，让她想起了自己人生之路的坎坷遭遇，想起了已经失去的心上人的笑貌……

她的心情久久无法平静，她慢慢站起来，走出了屋子，在迷茫的夜色中徜徉着、回忆着，不知不觉来到了海边的沙滩上。

沙滩上又响起了那轻轻细细的笛声，依然是那么悲切凝重、如泣如诉。虎骨笛优美的旋律编织出了一个缠绵美妙的情感世界。那笛声像高山流水，流淌着倾诉不完的相思之情；那笛声像一朵高傲的花朵，散发出孤芳自赏的清香和色彩；那笛声像一片飘浮着的高雅的云，把人的思绪带到很远很远的地方。

笛声忽然停了，因为浪花女发现她背后站着一个人影。

那人影正是穆勇。

浪花女看着穆勇，眼神中似乎带着一股愠怒，因为穆勇的唐突出现打断了她优美的笛声、缠绵的思绪和美好的回忆。

穆勇说道："作为一个旁听者，我感觉到你对他的思念就像大海一样无边无际。"

浪花女说道："是的。"

穆勇说："这种思念既包含着眼泪和痛苦，也包含着微笑和陶醉。"

浪花女说道："是的。"

穆勇突然问道："你思念中的他是周展？"

浪花女吃了一惊，问道："你知道他？"

穆勇说："我不但知道他，而且还知道他是二十年前海尊派的三大护卫之一。他使用一把快刀，疾如闪电，只见刀光不见刀形。"

浪花女说："他是因为执着于光复海尊派才死去的。"

穆勇说："所以他是我最尊敬的人。"

浪花女方才眼神中带的愠怒已消失，她低着头，静静地注视着手中的虎骨笛。

穆勇看着雪白、锃亮的虎骨笛，说道："一支纤细的笛子不仅能吹出缠绵悠扬的旋律，还能发射威力无比的浪花针，它的来历一定很特别。你如此珍爱虎骨笛，是不是它跟你们之间的情感有什么特殊的关联？"

浪花女点点头，说："虎骨笛是他送给我的第一件礼物，也是最珍贵的礼物。他与我初次见面是在一片深山老林里，当时我正被一只凶猛饿极的老虎追赶。当老虎把我逼上悬崖、无路可逃的时候，他突然出现了。他的快刀一闪，老虎就鲜血飞溅，躺在地上一动不动了。我当时已经被吓得浑身瘫软无法动弹了。那天晚上他将

天涯儿女

一支小巧玲珑的笛子送给我。我当时只觉得虎骨笛吹出来的旋律特别优美动听，却从未想到笛子里暗设机关，还可发射浪花针。"

穆勇说道："那后来你是怎么知道这个秘密的？"

浪花女说："我们结婚后恩恩爱爱，但我一直都不知晓虎骨笛的精妙之处。后来周展和宫鹰展开决战，因寡不敌众，他死于宫鹰手中。临死前他托人给我捎来一封书信，叫我把他忘了，重新找个好郎君。他在信中提到了虎骨笛的精妙之处，详细介绍了虎骨笛作为暗器的使用方法。他说我是弱者，他又永远离开了我，无法再保护我，所以希望我学会这种暗器后在危急关头可以自我防卫。"

穆勇道："这么说你是在周展死后才学会发射浪花针的？"

浪花女说："没错。"

穆勇说："周展也是利用虎骨笛来发射浪花针的吗？"

浪花女说："他的内力已达到了很高的境界，所以无须借助虎骨笛这种工具，而是利用内力直接发射浪花针。"

穆勇说："周展在信中叫你把他忘了，重新找个好郎君，可是你永远也忘不了他。这种思念之情把你折磨得死去活来。"

浪花女叹了口气，说："有谁能理解我心中的思念之苦？"

穆勇说道："如果他没有死，但整个人形已被毁坏，他突然以一副魔鬼般的狰狞可怖的面目出现在你面前，你会觉得害怕吗？你能接受他吗？"

浪花女说："只要他没有死，不管他变成了什么模样，我都能接受他。就算他真是从阴曹地府里走出的鬼魂，我也一样接受他。他的内心世界我最清楚，纵使他在地狱当了鬼，那也是一个善良正直、充满义气的鬼。"

穆勇动容道："那么我告诉你，他还没有死。"

浪花女仿佛触了电般浑身颤抖了一下，问道："他还没有死？你为何这么说？"

穆勇说："因为我看到他的影子了。"

浪花女急切地问道："你在哪里看到他的影子了？"

穆勇说："在鬼岛。"

浪花女摇摇头，说："不可能。如果他真的活着，他一定会来找我的。"

穆勇说："他不来找你，是因为他担心你承受不了伤心和恐惧。他的外形已完全被毁，变成了一副狰狞恐怖的模样，任何人见了那模样都会很害怕的。"

浪花女眼睛里已经泛起了亮光。

穆勇接着说："他虽然不忍心来见你，但仍然对你放心不下。他知道你来到了忘忧岛，他也悄悄跟着来到南海，在你附近陪伴着你，暗中保护着你。"

浪花女说道："他的外形究竟被毁成了什么模样？"

穆勇说："我也没亲眼见过，因为我只见到了他的影子。"

浪花女不解地问："你既然看到他的影子了，为什么看不到他的人？"

190

穆勇说："他的形体被毁后，他不愿以真面目见人。他向一个老和尚学习了隐形术，把自己整个人隐藏起来，人们只能看到他的影子。"

浪花女已经潸然泪下，伤心的眼泪把她脸上孤傲的气质冲洗得无影无踪。她一字一字地说道："我一定要去鬼岛找到他。"

穆勇说："你最好是晚上去找他，因为白天他隐蔽得连影子也看不到。"

一个月光皎洁的夜晚，浪花女独自驾着一条船来到了鬼岛的岸边。她把船停好，然后一步一步走上了鬼岛的沙滩。她沉重的脚步踩在柔软的沙滩上，发出"咯吱咯吱"的声音。

鬼岛的夜晚静悄悄的，静得就像地狱般毫无生气。阴凉的风吹得浪花女的头发直往后飘，一些不知名的小动物发出令人毛骨悚然的叫声。浪花女像个幽灵般在鬼岛上转来转去，她什么也没有发现。

浪花女是个天不怕地不怕的刚烈女子，可是夜幕下一个人在这阴森森的孤岛上徘徊，她心里不由得涌起一股说不出的恐惧和战栗。

"周展！"浪花女扯开嗓门大声喊，"周展，你在哪里？"

她一连喊了很多遍，可是回答她的只是一片无情的沉寂。

浪花女伤心地在一块石头上坐下来，她从怀里掏出虎骨笛，吹起了那支令人柔肠寸断的乐曲。

笛声轻轻细细，依然是那么悲切凝重，如泣如诉。笛声像高山流水，流淌着倾诉不完的相思之情……

笛声一下子停住了，因为浪花女看到了一个影子，一个长长的影子，在离她三丈远的地方。

"周展！"浪花女惊喜地站起来，叫道，"你是周展吗？"

影子没有回答，只是晃动几下，似乎在点头。

浪花女一步步向影子走过去，影子却一步步往后退。浪花女速度加快，影子后退的速度也加快，浪花女怎么努力也追不上影子。

浪花女跟着影子来到了一片非常漆黑、伸手不见五指的地方。刚才借着皎洁的月光，浪花女还能看到影子，而此地漆黑得连影子也看不到了。

浪花女黯然伤神，她抽泣着说道："周展，我风尘仆仆地赶来找你，你为什么躲着不肯见我？"

影子长长叹了口气，说道："你本不该来这里的。"

浪花女说道："我为什么不能来？只要我知道你还活着，我就一定要找到你。"

影子说道："我已经是个死人了。"

浪花女叫起来："不！你还没有死，你还活着。就算你的肉体真的死了，你在我心中也永远活着。"

影子又长长叹息一声，说道："可是你若真的见到我，你会感到万分恐怖、害怕和绝望的。"

浪花女说："我不在乎你变成了什么模样，就算你的外表已经变得跟魔鬼一般恐怖可怕，你的品质和心灵是不会变的。在我心里，你永远是一个刚正善良、忠诚仁义、值得信赖和依附的人。"

影子说道："可是我已经下定决心，今生今世不再以真面目示人。"

浪花女说道："你可以不以真实面目示人，但你至少应该切切实实让我感觉到你的存在。现在我站在一个漆黑的地方，我什么也看不见，你应该大胆地站出来，让我拉着你的手，让我真正感触到你血肉之躯的温热。"

周围一片寂静，两人都陷入了沉默之中，寂静得令人窒息。但是浪花女已感觉到黑暗中有一人向她走过来，迈着坚实的脚步向她走来。

一双铁板般的硬手已抓住了她的纤纤玉手，顿时，一股暖流涌遍了她的全身。这是一种她曾经熟悉的而又久违了的感觉。自从周展离开后，她只能在夜阑人静的回忆中体会这种感觉。

浪花女惊喜地叫道："周展，真的是你，你还活着！"黑暗中她虽然看不见周展的面目，但是她知道抓住她手的人确实就是周展。

周展说道："是的，我还活着。"

浪花女趴在周展宽厚的肩膀上，泪水如泉水般喷涌而出，她哽咽地说道："这些年你让我想得好苦啊！"

周展深怀歉意地说："我了解你这些年所遭受的痛苦。你在江南因为承受不了触景生情的相思之苦才来到忘忧岛躲避。我一直希望你重新找个如意郎君，重新开始幸福的生活，可是你却没有这样做。"

浪花女说："失去了你，我对一切婚姻生活都已心灰意冷。"

周展说："有时我悄悄地回到你身边，在一旁静静地聆听你吹奏虎骨笛。那首凝重悲切、如泣如诉的乐曲让我心中产生了无限伤感。"

浪花女说："现在我们走到一起了，我们可以重新构建今后的生活，把失去的幸福弥补回来。"

周展说："已经失去的幸福是无法找回的，而且我已经是一个万念俱灰的老人了。你在忘忧岛聚集了许多与你有相似遭遇的女人，你们在那里组成了一个和睦友爱的大家庭，这是你们在经历坎坷波折、风风雨雨之后所能拥有的最美满的生活。如果因为我的突然出现而打乱了你们这个来之不易的大家庭的生活，我会觉得很遗憾的。"

浪花女说："那么每隔一段时间，我就来鬼岛与你相会一次。虽然你不愿以真面目示人，但你永远是我丈夫。"

浪花女说着说着，便把头深深地埋在她看不见却又是那么宽厚结实、像火一样炽热的怀抱里。

192

在同一夜晚，在同一皎洁的月光下，忘忧岛显得那么美丽静谧，温柔的海风吹得椰林"沙沙沙"地响。落霞和孤鹜坐在沙滩中的一块大石头上，享受着美丽多姿的夜色和令人心旷神怡的海风。

落霞和孤鹜原本是一对从小一起玩耍、一起长大的好姐妹，她们曾经对生活、对未来抱有美好的幻想和憧憬，但人世间的反复无常和婚姻生活的坎坷波折，使她们的憧憬如过眼烟云般化为乌有。她们虽然拥有出类拔萃的武功，却无法挣脱命运布下的残酷枷锁。在愁断心肠、哭干眼泪之后，她们携手来到了与世隔绝的忘忧岛，与这里的跟她们同病相怜的女人结成了同甘共苦的姐妹。对几乎陷入绝望的落霞和孤鹜来说，忘忧岛无疑就是她们的世外桃源。

落霞看着天上皎洁的月亮，说道："姐姐，今晚的月色多么美啊！"

孤鹜也举头遥望天空中洁白如玉的月亮，说道："妹妹，你猜猜月宫中的嫦娥现在正在做什么？"

落霞想了想，说道："她一定怀里抱着玉兔，在月宫中漫步。"

孤鹜说道："除了抱着玉兔漫步，她还会做什么？"

落霞又想了一会儿，说道："她还可以欣赏月宫中美丽奇妙的景色。"

孤鹜接着问："除此之外，她还能做什么？"

落霞说："还可以……可以轻哼一些自己喜爱的小乐曲。"

孤鹜又问："还有呢？还能做别的什么？"

落霞挠挠后脑勺，想了半天，说道："我实在想不出她还能做什么了。"

孤鹜说："嫦娥生活的月宫虽然豪华气派，但是她身边只有一只玉兔陪伴着她，她一定觉得孤独冷清。一个人，不论她拥有多好的生活环境，只要内心感到孤独，她一定无法真正感受到生活的快乐。嫦娥天天独守着空荡荡的豪华月宫，心里的滋味一定不好受。孑然一身的人什么事也不想做，而且也做不了。"

落霞点点头，说："是啊，孤独的生活是多么可怕！"

孤鹜说："忘忧岛虽然只是南海中的一座孤岛，但是我们拥有一群同呼吸共命运的好姐妹。我们形成一个和睦友爱的大家庭，所以我们不会觉得孤独，我们可以感受到生活的快乐。"

落霞说："玉兔是嫦娥唯一的伙伴，嫦娥在月宫中如果能再多一两个伙伴，感觉就会好得多，哪怕是再多一只善解人意的千年海龟也好。"

说到海龟，她们真的就看见了海龟。

在离她们坐的大石头一百多米远的地方，有两只海龟慢慢地从大海中爬上沙滩，在沙滩上缓缓地爬行着。

对生活在海中岛屿的落霞和孤鹜来说，海龟已是她们常见的动物。每当天气暖和的时候，海滩上陆陆续续有大海龟从海中爬上来，在沙滩上挖坑，把卵产在坑里，再盖上沙土，然后返回大海。

埋在沙滩中的龟卵在热带阳光高温的炙烤下，渐渐地孵育出了小海龟。破壳而出的小海龟掀掉掩盖着它的柔软的沙土，爬出沙滩来，然后回到广阔无垠的大海，开始了它新的生活。

千万年来，海龟家族就这样繁衍生息着。

落霞看着眼前这两只依偎得很紧的海龟，说道："它们一定是热恋中的情人。"

孤鹜点点头，说："从它们卿卿我我、甜甜蜜蜜的姿态来看，海龟享受爱情的本事并不亚于人类。"

落霞说："许多动物对爱情是忠诚的，它们不会背叛自己的伴侣，而人类却做不到这一点。"

孤鹜说："人类总爱标榜自己是万物之灵，是最高级的动物，可是在忠于爱情这方面，人类往往连一些低级动物都不如。"

说到爱情，落霞和孤鹜发出了一连串的感慨，因为她们都曾经是爱情的牺牲品。

那两只海龟依旧在海滩中缓缓地爬着，朝着她们坐的地方爬过来。

落霞看着这两只恩恩爱爱的海龟，看得都入迷了。

一开始，孤鹜也津津有味地瞧着这两只海龟，觉得它们是多么憨厚，多么可爱。可后来她心中有了一种奇怪的感觉，因为一般的海龟从海中上了沙滩之后，都会躲着人找个安静的地方产卵，但这两只海龟不一样，它们偏偏朝着有人的地方爬来，似乎想跟人友好亲热。

两只海龟离她们只有二十多米的距离了，而且爬行的速度越来越快。落霞也开始觉得它们有点特别了。

孤鹜心中十分纳闷，从未见过海龟主动向人靠拢的，这两只海龟到底是什么样的海龟？

两只海龟离她们还有十多米的距离时，孤鹜突然感觉到了一股腾腾的杀气，她心中涌起一种不祥之感，立马警惕起来。

这时两只海龟一下子直立起来，孤鹜大声惊呼："那不是海龟，那是人。"她想从坐着的大石头上站立起来，以应付突然来临的袭击。

落霞如梦方醒，她也想站起来应付突然间出现的变化。

但一切都来不及了，两只海龟已高高跃起，向着她们猛扑过来，分别伸出两只灵活迅疾的手，直点她们身上的穴位。

落霞和孤鹜才刚刚直立起身，还没时间出手应敌，身上几处穴位就已被对方点个正着。她们顿时像个木头人似的，僵硬地站在原处，四肢无法动弹。

"海龟"甩掉了身上背的大龟壳和其他伪装物，露出了原形，一个人满脸长着大胡子，一个人头顶光滑得亮光闪闪。

大胡子是齐远松，光头是石劲北，两个大海盗同时得意狂妄地哈哈大笑。

落霞怒声道："你们为何暗中袭人？"

石劲北冷笑一声，说道："什么暗中袭人？我只不过是礼尚往来。你们的头儿浪花女用迷魂药把我灌晕，夺走了吉祥金佛，我这口恶气还没出呢。"

孤鹜大声斥道："吉祥金佛本来就不该属于你们！"

齐远松鼻子发出"哼"的一声，说道："吉祥金佛不该属于我们，难道就该属于你们吗？你们这些失魂落魄的女人，被逼到南海中的一座孤岛上了，还不老老实实安分守己，竟敢打起我齐远松的主意，真是不见棺材不落泪。"

落霞骂道："你们这些没有人性的海盗，掠夺贫苦百姓，杀害无辜平民，犯下累累滔天罪行，你们才是不见棺材不落泪！"

石劲北说道："你想怎么骂都可以，反正今天你是逃不出我们的手掌心了。"

这时，已有几名海盗从大海中开着一只船靠到岸边，齐远松和石劲北押着落霞和孤鹜上了船，海盗们驾船迅疾而去。

忘忧岛又恢复了方才的宁静。

（二十二）为了患难姐妹

第二天，当浪花女从鬼岛告别周展回到忘忧岛的时候，忘忧岛已笼罩在一片紧张和不安之中。

浪花女问风芹："落霞和孤鹜失踪的时候，有没有什么人来过忘忧岛？"

风芹摇摇头，说："没有见过什么人，但是在沙滩上留下了陌生男人的脚印。"

浪花女又问："沙滩上有没有留下搏杀打斗的痕迹？"

风芹只是摇摇头。

浪花女眉头微蹙，说道："这些陌生男人的脚印究竟是从哪来的呢？"

郭雁说道："或许是落霞和孤鹜昔日的负情郎回心转意，来忘忧岛把她们接回去了。"

浪花女说："这不可能，如果是有人把她们接回去，她们会向岛上的姐妹们告别的。而且不可能落霞和孤鹜各自的负情郎同时回心转意，世上哪有这么巧的事？"

风芹说："我们应该叫忘忧岛上的姐妹们同时出动，分头到南海各处去寻找她们。"

浪花女说："南海浩瀚无边，即使是忘忧岛所有姐妹同时分头行动，也无异于大海捞针，难以得到什么收获。"

郭雁说："但我们绝不能只是待在忘忧岛上一筹莫展，拖延的时间越长，落霞

和孤鹜就越危险。"

浪花女点点头，说："所以我们要尽快想出找到她们的办法，越快越好。"

风芹说："前些天我们从石劲北手中夺走吉祥金佛，落霞和孤鹜的失踪会不会与此有关？"

浪花女还未答话，就见忘忧岛上的一名女子前来报告："外面一名男子来到岛上，称有要事求见。"

浪花女眼睛一亮，心想求见者肯定与落霞、孤鹜的失踪有关，她说道："让他进来。"

求见者是一名黑胖子，他来到浪花女面前，抬起三角眼，看了看浪花女，又看了看浪花女身旁的姐妹，然后嬉皮笑脸地说："一个个长得都不错，如花似玉，风韵十足，只可惜躲藏在一座孤岛中，就像鲜花盛开在无人采摘得到的角落里，实在是太可惜了。"

浪花女正色道："你少说废话。你到底是什么人，来这里有什么事？"

黑胖子嘿嘿一笑，说道："无事不登三宝殿，我来这里，只想跟你们做一桩交易。"

浪花女道："做什么交易？"

黑胖子的三角眼一挑，说道："我就直话直说了，我是齐远松派来的人。前些天你们抢走我们首领的吉祥金佛，现在你们岛上有两名女人落到了我们手中。要想把她们领回去，就得乖乖地拿吉祥金佛来交换。"

一句话，犹如在浪花女的姐妹群中炸响了一个晴天霹雳，姐妹们一个个肺都气炸了，忍不住大骂起来。

一名姐妹气得按捺不住性子，"唰"的一声拔出佩剑，怒喝道："你们竟敢绑架我们的人，我先要了你这条狗命！"

她说着，挥剑就要取黑胖子的性命。浪花女连忙制止了这名情绪激动的姐妹，说道："我们若现在杀了他，落霞和孤鹜的性命就难保了。"

浪花女看着黑胖子，说道："我答应用吉祥金佛来交换我的姐妹，你说怎么个交换法？"

黑胖子嘴巴一咧，说道："看来你还懂得珍惜你的姐妹的生命。三天之后的中午，在距离忘忧岛三里远的海面上，双方正式交换，一手交人，一手交货，不许有半点欺诈。"

浪花女说："好，就这么定。"

三天之后，当太阳垂直地悬挂在南海上空的时候，忘忧岛上的女人们全部出动。她们驾着十只船来到了离忘忧岛三里远的海面上，严阵以待，等着海盗船只的到来。

风芹说："交换人质和吉祥金佛的时候，海盗会不会耍什么花招？"

郭雁说："他们若敢耍什么花招，我们一定把他们杀得片甲不留。"

浪花女说：“我预感到今天有一场在所难免的恶战。”

风芹说：“如果落霞和孤鹜在遭绑架期间受到伤害或委屈，我们绝不能放过这群海盗。”

郭雁说：“这些海盗不过是一群乌合之众，平时看起来凶狠残忍，一上战场胆子比兔子还小。”

半个时辰之后，对面徐徐驶来的船队，显得零散杂乱、参差不齐，浪花女粗略数了一下，海盗的船只约莫有十只。

对方的船队开到相距一百米远的海面就停了下来，双方阵营顿时笼罩着一股杀气腾腾、剑拔弩张的气氛。

海盗阵营那边传出了粗声粗气的喊叫：“你们驾一条船过来接人质，我们驾一条船过去拿吉祥金佛，不准耍滑头！”

风芹对浪花女说：“你们在这边等着，我去把落霞和孤鹜接回来。”

浪花女点点头，说：“你要多加小心，谨防海盗暗施算计。”同时，她暗令忘忧岛阵营的姐妹们做好战斗准备。

风芹独自驾一条船过去，海盗阵营也有人驾一条船过来，来人正是三天前到忘忧岛报信的黑胖子。

黑胖子脸上挂着得意的笑容，他大摇大摆地驾着船来到浪花女面前，一伸手，不冷不热地问道：“吉祥金佛呢？”

浪花女看着他得意扬扬的样子，一股怒火从心底冒出来，她强行压住怒火，“唰”的一声把手中的吉祥金佛扔过去。

黑胖子接过吉祥金佛，吉祥金佛散发出来的金光闪闪的灵气，把他整个人笼罩在当中。黑胖子暗吸一口气，啧啧称赞：“好东西，果然是稀世宝贝！”

风芹开船进入海盗阵营，来到落霞和孤鹜的面前。风芹说道：“好姐妹，你们没事吧？你们有没有受到什么委屈？”

落霞咬牙切齿地说道：“这帮匪徒，竟敢扮成海龟来忘忧岛暗中袭人，总有一天我要让他们变成真正的乌龟王八蛋。”

孤鹜横眉怒目，说道：“这口气一定要出！”

几乎同时，风芹带落霞和孤鹜，黑胖子带着吉祥金佛，各自迅速驾船返回自己的阵营。

当风芹她们离开海盗阵营时，一双贼溜溜的眼睛正恶狠狠地盯着她们。这双眼睛长在一张布满大胡子的脸上，胡须丛中隐藏着杀气、隐藏着阴毒。

这大胡子正是齐远松，他在盘算着在多远的距离对风芹她们下手较合适。

黑胖子的船是齐远松特意给他物色的一条轻巧的快船。当黑胖子携带吉祥金佛驾船到达海盗阵营时，风芹的船离忘忧岛阵营还有二十多米的距离。

这时，海盗阵营中响起了三声弓弦拉响的声音，三根暗箭“嗖嗖嗖”飞向风芹

三人。风芹听到后面有暗箭袭来的风声，连忙把身子一收缩，一支利箭紧挨着她耳边呼地飞了过去。但落霞和孤鹜几乎同时发出"哎哟"的尖叫声， 一支利箭扎到了落霞的肩膀上，另一支扎到了孤鹜的后背上。

忘忧岛阵营顿时发出战斗命令，众女杰已驾船冲锋，挥矛舞刀向海盗阵营直杀过去。一时间，刀光剑影，杀声震天。

这帮海盗，平时虽然穷凶极恶，不可一世，但毕竟是乌合之众，缺乏基本训练，一阵冲杀之后，海盗阵营已经七零八乱、溃不成军。许多海盗要么死在刀剑之下，要么被打入大海之中。

但齐远松手中的霹雳剑确实厉害，他左冲右突，横飞直跃，从这艘船跳到那艘船，剑光闪闪，如入无人之境，忘忧岛阵营中已有多人伤在他的霹雳剑下。

浪花女手持一柄长剑，风驰电掣般直取齐远松。齐远松冷冷一笑，霹雳剑舞得密不透风，挡住了浪花女凌厉的进攻。

二十多个回合之后，浪花女感到内力不支，她知道再这样拼下去势必吃亏。于是她连忙噌地往后跳出二丈远，从袖子中亮出虎骨笛，手一扬，大喊一声："浪花针！"

在一阵犹如波浪般的轰鸣声中，浪花针暴风骤雨似的扑向齐远松，万道寒光把他全身都罩在中间。

齐远松把手中的剑向上一挥，霹雳剑在强劲内力的作用下化作一道耀眼的白光。这白光竟把来袭的浪花针全都瓦解掉了，浪花针就像秋风中的落叶般纷纷被扫到了大海当中。

浪花针被瓦解，浪花女大吃一惊。就在她还未回过神之际，齐远松手中的剑已发出一招蛟龙出海，犀利的剑锋以迅雷不及掩耳之势直刺向浪花女的喉咙。浪花女躲闪不及，心想这下在劫难逃了，她不由得紧闭上眼睛，等待着致命的一剑刺入她的喉咙。

但是利剑没有刺到浪花女，它已被威猛的烈风神掌的掌气严严实实地挡住了。

齐远松一看，发现穆勇已经来到他面前。穆勇圆睁怒眼，直盯着他，盯得他心里直发毛。

穆勇突然出现，齐远松知道自己要吃亏了。齐远松在海南岛与杨震虎交手的时候，就已经领略到了穆勇烈风神掌的厉害。当穆勇一掌击出时，齐远松就知道自己不是穆勇的对手，赶紧落荒而逃。

后来，当齐远松听说穆勇就是海尊派掌门人穆正海的儿子后，更是暗暗叫苦。因为他心里清楚，他背叛了海尊派，背叛了穆正海，穆勇是绝不会放过他的。

穆勇怒视着齐远松，厉声问道："我父亲穆正海生前对你寄予厚望，把霹雳剑法传授给你。可是当他被郭云飞暗害之后，你却背叛了他，背叛了海尊派，这是何故？"

齐远松摆出一副无可奈何的样子，说道："穆掌门被害后，海尊派遭到围剿，大部分人都已战死。因此海尊派大势已去，气数已尽，光复海尊派前景一片渺茫。我并非存心要背叛穆掌门和海尊派，只是不希望弟兄们白白地去送死。"

穆勇怒道："完全是一派胡言。当周展与你和孟非凡商量复仇行动的时候，你和孟非凡叫周展打头阵，你们率部在后面接应。可是当周展腹背受敌、情形危急时，你们却溜得无影无踪，导致参战的海尊派弟子大都牺牲了，周展不得不跳下悬崖绝壁。你的所作所为明明就是言而无信、见死不救，你还敢说你不是存心要背叛穆掌门和海尊派！"

穆勇一席义愤的谴责，直说得齐远松哑口无言。

正在这时，穆勇感觉到有一柄凶悍迅猛的刀从背后袭来，他一闪身，一柄锋利的雁翎刀从他身边砍过去。

偷袭者是光头石劲北。他一看自己的雁翎刀砍了个空，反手又是一刀，直劈穆勇面门。穆勇身子一侧，轻轻躲过。

石劲北进攻屡屡落空，他便加快了速度，左一刀，右一刀，前一刀，后一刀，凶悍的雁翎刀从各个方向直逼穆勇。

穆勇毫不慌张，他瞅准一个机会猛然击出烈风神掌。巨大的掌力直打得石劲北口吐鲜血，整个人向后飞去，重重地落到了大海中。

趁着穆勇和石劲北交手的时候，齐远松已跳上一艘快船，使出吃奶的力气拼命地逃窜，其他的海盗也跟在后面仓皇奔逃。

穆勇大喝一声："齐远松，今天你是插翅难逃了！"他驾驶着黑鲨箭，在海盗船只后面飞快追赶。

追出十里路程，海盗船只突然分散向各个方向逃窜。穆勇瞅准一只速度最快的船，满脸大胡子的齐远松正站在船头，他紧紧跟住这条船，用最快的航速奋起直追。

两艘船的距离越来越短，又追出三里路。当两船间距只有十余米时，穆勇从黑鲨箭上飞身跃起，一个彩云追月直扑向齐远松，同时伸出两根指头，运足内力直点齐远松身上的三大穴位。

齐远松被点得像块木头似的僵硬地立在原处动弹不得。船上的其他海盗见此情景，吓得纷纷跳进大海中。

穆勇拿出一根绳索，把齐远松牢牢地捆绑起来。穆勇说道："齐远松，我找你找得好辛苦啊！"

齐远松只是冷笑一声，并不答话。

这时，风芹和郭雁也驾船追了上来。见到齐远松被活捉，她们都感到振奋。

风芹说："这个贼头子，竟然暗箭伤人，把他押到忘忧岛好好处理。"

郭雁说道："落霞和孤鹜若有什么三长两短，我非将这厮千刀万剐不可。"

穆勇与风芹她们一起，把齐远松押回忘忧岛。忘忧岛众女杰在击败海盗之后，都返回了忘忧岛。

天涯儿女

齐远松被押到了议事大厅，在浪花女等众女杰面前，被五花大绑的齐远松依然高昂着头，一副傲气凛然的样子，似乎并不把她们放在眼里。

浪花女怒道："齐远松，双方约定好用吉祥金佛交换人质，可是你在得到吉祥金佛后，竟动起歹心，暗箭伤人。难道身为海盗的你，就铁了心一定要把天下的坏事都做绝吗？"

齐远松瞪了浪花女一眼，并不答话。

这时议事大厅里的其他女人已冲着齐远松七嘴八舌地骂起来了，她们把齐远松所犯的累累罪行一一列举出来，直骂得他狗血喷头。

等到女人们都骂完了，穆勇才义正词严地对齐远松说道："齐远松，我特意来找你，是因为我要为我父亲穆正海和海尊派讨一个说法，要一个公道。"

齐远松鼻子哼了一声，说道："什么说法？什么公道？"

穆勇说道："其实你心里很清楚，你背叛了穆掌门，背叛了海尊派，你必须为你的所作所为付出代价。我今天定要为海尊派清理门户。"

齐远松漠然地说道："我不知道你在说什么！"

穆勇说道："死到临头了竟然还在这装疯卖傻，你别以为这样就能蒙混过关。今日我要用你的鲜血来祭奠我父亲的在天之灵。"

齐远松突然哈哈大笑起来，说道："究竟是谁在装疯卖傻还不知道呢。你们这么多双眼睛，难道就看不出我到底是不是齐远松？"

穆勇一怔："莫非眼前这个大胡子不是齐远松？"

议事大厅里的其他人也发出惊讶声。

穆勇这时才注意到，"齐远松"的脸皮硬邦邦的，脸上的表情也很僵硬。再走近一看，满脸的大胡子竟是假的。穆勇一伸手，把那张假脸皮和假胡子都扯了下来。原形毕露的"齐远松"，原来是和齐远松长相有天壤之别的另一个人。

郭雁一看，勃然大怒道："你竟敢冒充齐远松来欺骗我们，我非杀了你不可。"说着举起月形刀就要向假齐远松砍去。

浪花女一伸手拦住了她，说道："先别急，把情况问清楚了再做处置也不迟。"

穆勇问假齐远松："你到底是什么人？为什么要冒充齐远松？"

假齐远松说道："我的工作本来就是在危急情况下冒充齐远松。"

穆勇顿时明白了，眼前这个人是齐远松专门安排的替身，在紧急情况下他以齐远松的面貌出现，达到以假乱真、掩护齐远松逃脱的目的。

穆勇做梦也没想到，这恶贯满盈的大海盗居然是一只老奸巨猾的狐狸。

这时，一女人前来向浪花女报告：落霞和孤鹜中的箭带有毒药，现在毒性发作，她俩已陷入昏迷之中。

浪花女等人急匆匆地来到落霞和孤鹜身旁，只见她俩直挺挺地躺在床上，双目紧闭，口吐白沫，脸色煞白，四肢不时地抽搐。她们中箭的伤口流出了一种黄绿相间的液体，散发出一股怪异的味道。

浪花女闯荡江湖多年，对江湖中形形色色的毒药颇有见识，可是现在她却说不出落霞和孤鹜中的究竟是什么毒。但从两人痛苦万分的症状来看，她们中的是一种非同寻常的毒药。

风芹着急地问道："她们到底中的是什么毒，会不会有生命危险？"

浪花女脸色严峻，她沉默了一会儿，说道："如果找不到真正的解药，她们活不过两天。"

郭雁急得眼泪都流下来了，说道："两天之内上哪去找解药啊？如果找不到解药，我们不是要失去两位好姐妹了吗？"

穆勇说道："先把假齐远松叫来问一问，他是齐远松的替身，对齐远松的手段应该有所知晓。"

假齐远松被押了过来，只见他脸上依然是一副高傲狂妄的模样。

浪花女问他："她们中的究竟是什么毒？"

假齐远松看了看昏迷不醒的落霞和孤鹜，说道："她们中的是'化骨酊'，这是齐远松自创的一种毒药，伤口染上这种毒药后，两天之内若找不到解药必死无疑。目前江湖上除了齐远松之外，还没有人能配制出'化骨酊'的解药。"

浪花女说道："你能不能从齐远松那里得到解药来救我这两位危在旦夕的姐妹？"

假齐远松没有回答浪花女这句话，而是把脸转向一边。

郭雁说道："你若能找来解药，就可以饶你一命。否则的话，我非要了你的命不可。"

假齐远松说道："我劳险洲虽然沦为海盗，但毕竟也是八尺男儿，岂能容你用这种口气与我说话？凭你这副神态，休想得到'化骨酊'的解药。"

郭雁怒道："你已沦为阶下囚，还摆什么臭架子？"

劳险洲冷冷一笑，说道："现在是你求我的时候，既是你求我，我就有资格摆架子。"

浪花女连忙制止了情绪激动的郭雁，她对劳险洲说："如果你能找来救我姐妹性命的解药，就算跪下来给你磕头，我也愿意。"

穆勇把捆在劳险洲身上的绳索解了下来。劳险洲活动活动被捆得发麻的双手，嘿嘿一笑，说道："这还差不多。"

穆勇说："那就麻烦你回去把解药取来，这里的姐妹们将永远都会感谢你的。"

劳险洲却说道："你们方才把我捆绑审问了半天，怎么就没想到设酒摆宴来为我压压惊呢？"

浪花女吩咐道："快快摆酒上菜，今天我要好好款待这位愿意出手相助的新

朋友。"

酒菜摆上来了，劳险洲坐下来，不管二七二十就大吃大喝起来。浪花女不停地向劳险洲斟酒，并再三嘱托他一定要为落霞和孤鹜取来解药。

劳险洲一连喝了十多杯酒，忽然停了下来，盯着浪花女，问道："你信得过我吗？有没有想到你放我回去之后我会一去不复返？"

浪花女说道："我看得出，你不是那种言而无信的人。"

劳险洲说道："你凭什么这么说？"

浪花女说道："凭我的直觉。"

劳险洲微微叹了口气，说道："女人的直觉都是很准的。我劳险洲虽然沦为海盗，却仍然恪守言行一致的原则，以诚待人，决不食言。"

穆勇问道："劳兄相貌堂堂，身手也不错，为什么要到南海来当海盗呢？"

劳险洲长长叹了口气，说道："我原本在官府里任职，有着很好的职位、较高的威望、光明的前途和幸福的家庭。后来我遭到官场中小人的诬陷，把莫须有的罪名强加给我。最后我不得不远走他乡，来到南海加入齐远松的麾下……"

浪花女听了，深表同情地说道："你的遭遇和忘忧岛上各位姐妹的遭遇何其相似。这真是'同是天涯沦落人，相逢何必曾相识'！"

酒越喝越多，话越说越投机。最后劳险洲和忘忧岛上的人竟有了一种相见恨晚的感觉。

劳险洲离开的时候，浪花女送给他一艘平稳快速的船，并说道："忘忧岛的人都在期盼着你早点送解药回来。"

劳险洲说道："你放心吧！我为齐远松效劳多年，风里来雨里往，作为他的替身冒死在危急关头救过他许多次。这次他看在我的面上，一定会拿出解药的。"

劳险洲走后，穆勇对浪花女说："看来海盗的队伍中并非人人都是坏人。"

浪花女说："他们不少人都是迫不得已才走上这条路的。"

落霞和孤鹜的呼吸越来越弱，脉象越来越细，她们的任何一丝抽搐和呻吟都牵动着浪花女的心，她为这对患难与共的姐妹的性命担忧着。

浪花女焦急地期盼着劳险洲的回音，以至于当天晚上她一夜未眠，外面任何一阵轻微的脚步声都触动着她的神经，引起她的高度注意和期待。她期待着脚步声能给她带来解药的消息。

夜是那么漫长，时间一点点地流淌着。东方已微微泛白了，依然没有劳险洲的踪影。浪花女心中隐隐约约萌生了不祥的感觉。

外面突然响起一阵急促响亮的脚步声，由远而近，浪花女竖起耳朵仔细听着，猜测着这脚步声会不会带来令人兴奋的消息。

来人是风芹，风芹也与浪花女一样彻夜未睡，焦急、担忧使她脸上布满了憔悴和疲倦。

风芹问道："劳险洲说话会算数吗？"

浪花女说："会算数的。我看得出，他是一个注重信用和义气的人。"

风芹问道："他一定能从齐远松手中获得解药吗？"

浪花女说："这很难说。齐远松是个阴险狡诈、变化无常的人。但劳险洲为他卖命多年，他应或多或少关照一下劳险洲吧。"

风芹说："听说南海有一座小岛叫芳灵岛，岛上长有一种珍奇野草，叫芳灵草，这种草能化解掉世上任何一种毒。"

浪花女说："芳灵岛不过是传闻中的缥缈的岛屿，要在浩瀚无边的南海中找到它，无异于大海捞针。我们现在哪里还有时间去找芳灵草呢？"

风芹说："如果劳险洲真的不回来，落霞和孤鹜的命就没有希望了。"

这时，穆勇也来了，他问道："你们可知道齐远松的窝点在哪里？我上门找他要解药去。"

浪花女说："齐远松在南海来无影去无踪，任何一个小岛都有可能成为他的藏身之地，除了他的几个心腹外，谁也弄不清他会住在哪里。"

穆勇说："劳险洲这么久了还没消息，看来是凶多吉少了。"

太阳已经爬上了树梢，金黄色的阳光照在忘忧岛上，显得那么美丽柔和。若是在平时，忘忧岛早已弥漫着一股活跃的气氛，女人们练功、说笑、唱歌的声音此起彼伏。可是今天不一样，一切都静悄悄的。她们在为落霞和孤鹜的性命担忧，都在期盼着劳险洲赶紧送解药过来。

这时，浪花女接到报告：齐远松派人来求见。浪花女心中一喜，一定是解药送来了。她和风芹等人赶紧出去迎接。

来人是一个瘦白脸，他一双贼溜溜的眼睛转来转去，手里拿着一个木盒子。

见到浪花女，瘦白脸说道："我们头儿齐远松大侠叫我给你们送来一个盒子，请收下。"说着他伸出双手，把木盒子递给了浪花女。

浪花女满怀希望地接过木盒子，然后迫不及待地把它打开。刚一打开，这位久经江湖、历经风雨的女侠不由得发出一声惊叫。

木盒子里装的是一颗人头，是劳险洲的人头。

浪花女身旁的人也都看傻了眼。

浪花女冲着瘦白脸怒喝道："你不想要命了，竟给我送一颗人头过来！这到底是怎么一回事？"

瘦白脸早已吓得浑身缩成一团，他颤颤巍巍地说道："小人也不知道这是怎么回事。小人只是奉头儿之命前来送盒子，根本就不知盒子里装的是一颗人头。"

此时，郭雁已拔出月形刀，准备结果掉瘦白脸的性命。浪花女急忙制止了她，说道："他是一个不知情的无辜者，杀了他有什么用？"

穆勇咬牙切齿地说道："齐远松真是个心狠手毒的贼魔，劳险洲向他要解药，

他不但不给，还把人给杀了。像他这种人，多留在世上一天，就多为害一天。若不除掉齐远松，我穆勇誓不为人。"

浪花女说道："齐远松是一定要除掉的，但当务之急是怎样才能保住落霞和孤鹜两位姐妹的性命。"

风芹说："现在我们唯一的希望就是找到传闻中的芳灵岛，除了芳灵草之外，我们再也没有挽救落霞和孤鹜的办法了。"

浪花女长长地叹了口气，说道："可是南海无边无际，在这么广阔的水域中寻找一座传说中的小岛谈何容易？"

郭雁说："我们忘忧岛上的姐妹一同行动，分头寻找，说不定会奇迹般地找到芳灵岛。"

浪花女说："现在除了这条途径之外，确实也没有什么路可走了。"

穆勇、风芹、郭雁和忘忧岛上的数十名姐妹，怀着渺茫的希望，分散到南海的各个区域，寻找传闻中的芳灵草。

与其说她们是去寻找起死回生的救命草，不如说她们是在送别落霞和孤鹜之前尽力去做一件无法成功的事。她们都做得很卖力、很认真，哪怕只有万分之一的希望去挽救姐妹的生命，她们也决不放弃。

忘忧岛上只剩下浪花女和三四名姐妹，她们留下来照顾落霞和孤鹜。

忘忧岛上静悄悄的，浪花女看着昏迷不醒的落霞和孤鹜，眼泪像断了线的珠子般直落下来。

中午时分，浪花女接到报告：外面有一红脸汉子求见。

浪花女心里觉得疑惑，但她还是把来人请了进来。

红脸汉子一见到浪花女，就急切地问道："你可见到我兄长劳险洲的首级？"

浪花女点点头，把那木盒子拿了出来。红脸汉子打开木盒子，见到了劳险洲血淋淋的人头。他一下子瘫软在地，悲痛欲绝地哭道："兄长，你死得好冤啊！"

原来，红脸汉子门良与劳险洲是生死结拜的兄弟，他们已共同为齐远松效劳多年。昨天，从忘忧岛回来的劳险洲找到齐运松，指出暗箭伤人实乃小人之举，并向齐远松要"化骨酊"的解药。遭到齐远松的拒绝后，劳险洲怒不可遏，便拔刀朝齐远松砍去。但劳险洲毕竟不是齐远松的对手，一番厮杀之后，劳险洲丧命于齐远松的霹雳剑下。丧心病狂的齐远松把劳险洲的头颅割下，装在一个木盒子里，派人送到了忘忧岛。

门良强忍悲痛，趁齐远松熟睡的时候，潜入他的卧室，盗得"化骨酊"的解药。当门良拔刀要结束齐远松的性命时，齐远松突然醒来并出手还击。门良知道自己远非齐远松的对手，只好仓皇出逃。

浪花女听了门良的述说，连忙问道："这么说，你已经获得了'化骨酊'的解药？"

门良点点头，从怀里掏出一个袋子，双手递了过来。

浪花女手里捧着"化骨酊"的解药，心里一阵出乎意料的欣喜，但也感觉到了一种说不出的愧疚：这救命药是劳险洲用头颅为代价换来的。

门良说道："穆勇武功盖世，他是你们的朋友，也是二十年前海尊派掌门人穆正海的儿子。齐远松是海尊派的叛徒，穆勇正千方百计找他算账。我希望穆勇能早点除掉齐远松这只大恶狼，为海尊派伸张正义，也为我兄长劳险洲报仇雪恨。"

浪花女说道："在南海，除了穆勇之外，谁也没有本事除掉齐远松。齐远松老奸巨猾，常常是来无影去无踪，没有固定的藏身地点。穆勇虽然费尽心思，想找到齐远松讨回正义和公道，却苦于无法知道他的切实落脚点！"

门良说道："一支去南洋做生意的商队即将返回，他们携带了大量的黄金和珠宝。齐远松对这支商队早已馋涎欲滴，一直派人秘密跟踪。据探子反馈的消息，两天后这支商队将途经南海飞狐岛附近的水域。所以这些天齐远松一直藏身在飞狐岛，等待即将送上门的猎物。"

浪花女眼里闪着光芒，说道："这是一个非常重要的消息。忘忧岛一定要采取行动，阻止这个海上大盗继续胡作非为。"

门良说："如果你们捉到了齐远松，一定要通知我，我要亲手割下他的头颅，为我兄长劳险洲报仇雪恨。"

浪花女摆上酒席，款待门良。门良喝得醉醺醺的，并不停地大骂齐远松。

浪花女说道："你脱离了齐远松的海盗阵营，今后的路打算怎么走？"

门良说："我打算回老家，靠做点小本生意打发日子。"

浪花女拿出一百两银子，对门良说："这是我平时积累的一些银子，你带上当作生意的本金。你脱离齐远松后，要自食其力重新做人，多为左邻右舍、父老乡亲做些好事、善事，以弥补你在做海盗期间犯下的罪行。"

门良接过一百两银子，说道："你的心地是如此仁慈善良，为什么要漂泊到这座孤岛上生活？"

浪花女说道："善良的人，往往要落得被逼上孤岛的结局。"

（二十三）突然出现的英雄

茫茫的南海，无边无际，它像一个难以捉摸的迷宫，使人在它的怀抱里分辨不清方向。

郭雁在烟波浩渺的海面上寻找芳灵岛已经整整一天了，依然不见芳灵岛的踪影。

她已不知道自己究竟处在南海的什么位置，自己正在往什么方向走。她就像只迷路的小鸟，在茫茫的海面上飞着。

她又渴又饿，筋疲力尽，连掌舵的力气都没有了。但为了挽救患难姐妹的性命，她在心底依然没有放弃一丝希望。

只要还有一丝希望，她就要坚持下去。

天色渐渐黑了下来，南海的海面上弥漫着一层朦胧的雾气，仿佛披上了一件神秘的面纱。

郭雁仰望着深邃的天空，心里在暗暗祈祷：老天啊，只要你能指引我找到芳灵岛，获得挽救落霞和孤鹜性命的芳灵草，那么这一辈子我就是当牛做马也愿意。

郭雁的祈祷并没有唤起老天的怜悯，天色反而逐渐变得奇怪起来，呈现出冷酷的色彩。云层压得低低的，给人以几欲窒息的感觉。

这是风暴即将降临的征兆。

一直在欢快跳跃的浪花突然改变了脾气，不断做出旋转的形状，发出令人胆战心惊的怪异的轰鸣声。

郭雁已无法操纵她所驾的船，船像一匹任性的野马，跟随着波浪在原地打转。郭雁感觉到有一种看不见的力量企图把她抛向半空，她双脚已难以站稳，不由自主地用手紧紧抓住船舵。

她知道，一种不怀善意的凶悍怪风已把她包围了。

在南海中航行的船只，常常会遇到莫名其妙的怪风，但如此狡黠诡异、暗含杀机的怪风不多见。

大风像一只疯狂的怪兽，在海面上横冲直撞。

在大风的淫威下，海水也跟着发狂起来，海水剧烈地旋转着、翻腾着，把漂在海面上的东西统统抛向半空。

郭雁发出了一声惊恐万分的尖叫，因为她的船以及她的身体被一股猛烈的巨浪抛到了几十米高的空中。

郭雁的身子在空中随着大风旋转着，直转得她头晕目眩、昏昏沉沉。在大风强大的力量中，她的身体就像一片秋天的落叶轻飘飘的，似乎可以随风飘向世界上任何一个地方。

大风狞笑着在半空中折腾了一阵郭雁，然后又恶狠狠地把她抛向波涛汹涌的海面。

在如此恶劣凶险的环境中，一个人若被抛入大海，无异于掉进了万劫不复的死亡深渊中。

当死亡降临的时候，郭雁却忘记了恐惧。她的脑子里一片空白，她紧闭着眼睛，任凭死亡的魔鬼处置她、摆弄她。

然而，郭雁并没有掉入大海，而是掉进了一个温暖的怀抱中。她感觉到了这个人炽热的体温、温暖的呼吸。

郭雁睁开眼一看，只见一个青年人不知何时已来到她身边，他双手轻轻托住她的身体，施展轻功向前飞腾而去。

在疯狂猛烈的大风中，青年人竟然来去自如，仿佛是一只刚劲的雄鹰借助狂风的力量自由翱翔。

没有超群拔萃的内力，是做不到这点的。

青年人抱着郭雁飞腾了几十米后，稳稳当当地落在一艘船上，然后轻轻地把郭雁放了下来。

郭雁羞得满脸通红，但她仍不忘彬彬有礼地说道："谢谢你救我一命。"

青年人身材挺拔、气宇轩昂，坚定的目光中透露出自信和力量，浑身充满着一种与众不同的英雄气概。

青年人说道："你一个姑娘家，为何要来到这遥远偏僻、变幻莫测的海域？"

郭雁说道："我的两位姐妹遭人暗算中了毒，我要去芳灵岛寻找芳灵草挽救她们的性命。"

青年人听了，忽然发出一阵大笑，仿佛在笑一位天真的孩子在说幼稚可笑的话，笑得郭雁莫名其妙。

郭雁问道："你笑什么？"

青年人说道："芳灵岛和芳灵草都是传说中的东西，其实它们根本就不存在。你冒着危险费这么大的劲去寻找根本不存在的东西，难道不让人觉得可笑？"

顿时一种痛苦和失望的感觉涌上郭雁心头，她说道："这么说，我的两位姐妹的性命是没有挽救的希望了？"

青年人说道："死生有命，富贵在天。如果她们命中注定要死，就算你找到芳灵草，也救不了她们的命；如果她们命不该死，那么在你出来以后，说不定已有贵人出手相助，挽回了她们的性命。"

青年人的一番话，说得郭雁更加心烦意乱，但她的船已沉没，她现在除了返回之外，已别无选择。

郭雁说道："你能不能把我送回忘忧岛？我急于回去看看我那两位姐妹怎么样了。"

青年人说道："当然可以。"

船儿在南海烟波浩渺的海面上飞驰，青年人运作浑厚的内力，把船操纵得犹如离弦之箭。

郭雁坐在船头，焦急地望着前方。她心里牵挂着落霞和孤鹜的安危，所以没有心情和这位陌生的青年人说闲话，一直保持缄默。

青年人一边开船，一边从后面注视着郭雁的背影。良久，他忽然用爱慕的口吻

说道："郭雁小姐，你是越长越漂亮了。"

郭雁一惊，回头看着青年人的脸，说道："我并未向你透露我的名字，你怎么知道我的名字的？"

青年人说道："我不但知道你的名字，而且，我们小时候就见过面了。"

郭雁仔细瞧着青年人的脸，试图从他的脸上找到一些记忆，可是她什么也想不起来。

郭雁说道："我们小时候见过面？但是我一点儿印象都没有了。"

青年人说道："那一年我才十二岁，当时我和一群小伙伴到菊花镇郊外的山林中狩猎，我们活捉了一只大黑熊和它的两只幼崽。当我准备以最刺激的方式处置这三只黑熊的时候，你突然出现在我们的面前。"

青年人说到这里时，郭雁猛地记起来了。那一年郭雁才十岁，当时正值秋天，菊花镇的郊外漫山遍野开满了金灿灿的菊花。郭雁和仁义府的两名丫鬟一起到郊外赏菊游玩。

她们走着玩着，就进入一片山林中。这时候，听见一群少年得意扬扬的欢笑声和黑熊撕心裂肺的悲叫声，她们就循声走了过去。

她们看见一只大黑熊被捆在地上，身旁两只悲叫不止的幼熊显得十分可怜。

想到这里，郭雁说道："当时我听到为首的一名少年向同伴夸耀'你们信不信？我只需三掌就可让大黑熊命归西天'，我想，那个少年可能就是现在的你吧？"

青年人点点头，说道："没错，那个为首的少年就是我。"

郭雁说道："当时你虽然年纪还小，功夫却已非同凡响。为了那两只可怜的幼熊，我决心救下大黑熊，我不能让幼熊失去妈妈。"

青年人说道："你就走上前来求我，要我把大黑熊和幼熊都放了。我说，只要你向我叩三次头，我就依你的话做。"

郭雁说道："后来我真的就向你叩了三次头。"

青年人说道："我也真的把三只黑熊放走了。"

郭雁说道："这事虽已过去十多年，但依然历历在目。"

青年人说道："后来我从别人那里得知，原来你就是仁义教教主、武林盟主郭云飞的女儿郭雁。"

郭雁沉思了一会儿，说道："可是一直到现在，我仍然搞不清那个少年叫什么名，是谁家的孩子。"

青年人说道："我叫孟天，我的父亲是非凡山庄的主人孟非凡。"

郭雁听了，脸上露出惊异的神情。孟非凡这些年来在江湖中声名鹊起，在武林中的地位也举足轻重。在菊花镇，没有人不知道非凡山庄的。

郭雁说道："原来你就是孟非凡的儿子！父强子不弱，难怪当年你小小年纪就已练出如此超群的身手。"

孟天说道："多谢郭雁小姐的一番夸奖。"

郭雁说道："但是有一个问题我至今还是不明白。"

孟天说道："你有什么事不明白？"

郭雁说道："当时熊妈妈身边还有两只幼熊，它们显得可怜又无助，那悲惨的叫声几欲令人心碎。在这种情况下，年纪小小的你怎么忍心对熊妈妈下手？"

孟天说道："我可不像你那样想。我当时想的是，我在三掌之内击毙大黑熊，就可在小伙伴面前树立起一个英雄形象。"

郭雁说道："为了树立英雄形象，就可以把同情、怜爱、关怀抛到九霄云外了吗？"

孟天说道："同情、怜爱、关怀是女人的天性，但你永远无法理解作为一名英雄，他最重要、最需要的是什么。"

郭雁说道："我不是英雄，当然也无法理解英雄的内心世界。"

孟天说道："我为了达到自己的目标，连生命都可以抛弃。与自己的生命相比，同情、怜爱、关怀算得了什么呢？"

郭雁说道："难道在三掌之内击毙一只大黑熊，就可以把英雄形象树立起来了吗？"

孟天笑了笑，说道："对十一二岁的孩子来说是这样的。但对现在的我来说，即使杀掉一百只黑熊，也是没有什么用处的。要想成为英雄中的英雄，我必须杀掉江湖中真正顶天立地的英雄。"

郭雁感觉到孟天的话语中喷射出咄咄逼人的气势，问道："当今江湖中谁能算得上真正顶天立地的英雄？"

孟天双眼望着前方，沉默了一会儿，才缓缓地说道："当今江湖中值得我出手的真正英雄，只有一个人。"

郭雁说道："谁？"

孟天说道："穆勇。"

郭雁心里猛地一惊，说道："你为了成为英雄中的英雄，一定要杀掉穆勇吗？"

孟天说道："是的。穆勇自出山之后，已击败了许多大名鼎鼎的一流高手。他的名声在江湖中已如雷贯耳，这就注定了我和他已成为对手。江湖中有孟天就不能有穆勇，有穆勇就不能有孟天。我和穆勇之间迟早会有一场你死我活的较量。"

郭雁说道："为什么不能和平相处？为什么一定要拼个你死我活？"

孟天叹了口气，说道："一山不能藏二虎的道理听起来很简单，但真正领会其中含义的人并不多。"

郭雁说道："你们男人之间的事情，我当然无法理解。"

船儿在辽阔的海面上飞快地驰骋，不知不觉，忘忧岛的轮廓已隐隐约约出现在他们的视野里。

孟天说道："忘忧岛，忘记一切忧愁的岛屿，多么好听的名字，给人的感觉是你们好像住在一处世外桃源里。"

郭雁说道："你呢？你来到南海，是不是南海的什么魅力吸引了你？"

孟天点点头，说道："我喜欢大海的广袤和美丽，大海给了我无穷的想象和力量。我在南天岛按照非凡山庄的构造修建了一个山庄，作为我的第二个家。每年我都要离开非凡山庄一段时间，来南天岛过一阵逍遥自在的生活，尽情享受浩瀚南海迷人的风光。"

船儿快要靠拢忘忧岛时，郭雁的额头聚起一块浓浓的愁云，她说道："不知我那两位姐妹性命如何了，我两手空空地回来，不知道忘忧岛的其他姐妹找到了灵丹圣药没有。"

孟天说道："你那两位姐妹是如何遭人毒手的？"

郭雁便把事情的经过说了一遍。

孟天说道："原来是吉祥金佛惹的祸端，吉祥金佛真的有那么神奇吗？"

郭雁说道："当然是真的。在大海中远航的人，只要有吉祥金佛在身边，不管遇到多么大的风浪，他的船只总会安然无恙。"

孟天的船已靠上忘忧岛，他说道："这么说，你是非常喜欢吉祥金佛了？"

郭雁说道："当然喜欢，只可惜它并不属于我。"

孟天说道："既然你喜欢，我一定让吉祥金佛属于你。"

这是孟天向郭雁献媚的一句话，但是郭雁什么也听不进去了，她急着要赶回去看看落霞和孤鹜怎么样了。她向孟天说了声"谢谢你一路相助"，便一溜烟飞奔而去。

孟天看着郭雁远去的背影，发出了一串笑声。而后，他猛一运内力，船儿像一支离弦之箭，离开忘忧岛，向南天岛的方向疾驰而去。

郭雁回来后，穆勇、风芹等外出寻找芳灵草的人也都陆续回到了忘忧岛。他们是带着失望的心情空手而归的，但他们惊喜地发现，落霞和孤鹜已经苏醒，精神状态还不错。

浪花女把门良送解药上门的事情向大家说了一遍，大家听了，心里都十分高兴。

时间又过去了一天。

门良怀里揣着浪花女给的一百两银子，驾船在广阔无垠的南海上行驶着。大海一片茫茫，门良觉得自己脚下的路也一片茫茫。他的打算是回老家做小本生意，但他现在最迫切的愿望是为兄长劳险洲复仇。他要留在南海伺机行动，刺杀齐远松。

门良的船在南海上漫无目的地漂着，他忽然觉得自己很孤独、很悲凉，就像一片在水面上随波起伏的叶子。

门良知道齐远松停留在飞狐岛，他便把船向飞狐岛靠近，想在飞狐岛周围找一座小岛安置下来，然后再做复仇的打算。可是漂来漂去就是见不到小岛的影子，他心里觉得奇怪：平时司空见惯的小岛，现在都到哪里去了呢？

忽然，门良的目光僵直了，脸上露出恐惧的神情。因为他的对面冒出了一条船，一条充满了腾腾杀气的船。船头上站着一个虎视眈眈的人，满脸的大胡子冒出凶猛的杀气。

那是一个他熟悉的人，他曾经为此人效力多年，如今此人已经翻脸不认人，要将他置于死地。

来人是齐远松，他手里提着霹雳剑，嘴里发出一丝丝冷笑，那冷笑让人不寒而栗。

看到齐远松，门良想起了兄长劳险洲死在他手下的惨状，一股怒火涌上心头。愤怒使门良忘却了恐惧，忘却了自己不是齐远松的对手。只见他拔刀出鞘，大吼一声："齐远松，你这杀人不眨眼的魔头，快快拿命来！"

齐远松说道："想与我斗，你还嫩着呢。今天我看你往哪里逃。"

门良已高高跃起，箭一般飞向齐远松，手中钢刀直砍向齐远松的太阳穴。齐远松一侧身，就躲过了这犀利的一击。

门良又使出一招"鸽子翻身"，转身从齐远松头顶上飞过，寒光一闪，手中钢刀劈向齐远松的头顶。

齐远松把头一偏，闪过锋利的钢刀。几乎与此同时，他手中的霹雳剑向上一划，划出一道光芒耀眼的弧线。

那弧线刚好从门良身上划过。当门良双脚落在齐远松对面的船尾时，鲜血已经流了出来，他的腹部已被霹雳剑划出一道长长的口子。

门良破口大骂道："我就是死了，也要当厉鬼找你算账！"然后他向后倒了下去，身子一滚，掉进了波涛汹涌的大海中。

齐远松一边擦拭着霹雳剑上的鲜血，一边冷笑道："谁与我作对，就是这种下场。"

语音刚落，已有一个声音飘入他的耳朵："我也要与你作对，我该有什么样的下场？"

齐远松一看，来人是穆勇，他驾着黑鲨箭不知什么时候已出现在齐远松面前。

真是冤家路窄，看到穆勇，齐远松又怕又恨，他知道躲是躲不掉了。一咬牙，二话没说把带血的霹雳剑一挥，一道咄咄逼人的弧线直划向穆勇。

这一招叫"铺天盖地"，是霹雳剑法中先发制人的绝招，杀伤力大，覆盖范围广，把黑鲨箭严严实实笼罩在凌厉的弧线当中。

穆勇身体一纵，已跃起两丈高，跳出了弧线的包围圈。紧接着，他单掌一挥，一记烈风神掌已猛然击出。

齐远松一看强劲的掌风席卷而来，赶紧使出"金蝉脱壳"，从船头高高跃起数丈，在空中旋转一圈后又落到了船尾。

齐远松落地时虽然稳稳当当，但一口殷红的鲜血已从他嘴里喷出。他躲过了烈风神掌大部分的掌气，但仍有部分掌气击打到他身上，他已受了不轻的内伤。

齐远松看着穆勇，眼睛里冒出无奈的光。他忽然悲痛地长叹一声，说道："穆公子，你一定要置齐某于死地吗？"

穆勇说道："你背叛海尊派，使海尊派遭受重大损失，许多弟子白白牺牲，你难道不该死吗？"

齐远松说道："我背叛海尊派，你亲眼看见了吗？"

穆勇一怔，一时说不出话来。当穆正海死去，海尊派遭受灭顶之灾时，穆勇只不过是个两岁的娃娃，他当然不知道齐远松充当了什么样的角色。

沉默了一会儿，穆勇说道："我没有亲眼看见，并不等于这件事情不存在。"

齐远松说道："你认为我背叛海尊派，这完全是听信别人的说法。而他们只知道说我的坏话，却不知道我对不起海尊派完全是被迫的。"

穆勇说道："你是被迫的？谁逼迫你了？"

齐远松说道："是孟非凡，他早就希望海尊派分崩离析，让海尊派彻底从江湖中消失。当周展率部分海尊派弟子与宫鹰等人浴血奋战的时候，我已做好接应周展的准备。但当我即将动身的时候，孟非凡却制止了我，他说如果我敢去接应周展，他将掉转刀刃，把我以及我率领的那部分海尊派弟子统统杀掉。"

说到这里，齐远松停顿了一下，似乎是哀伤的心情阻碍了他继续说下去。过了一会儿，他长长地叹息一声，接着说道："我知道孟非凡的武功在我之上，我若不答应他，我死了是小事，让我率领的海尊派弟子也白白搭上性命，那就不值得了。为了避免海尊派遭受更大的伤亡，我只好答应孟非凡不去接应周展。所以真正背叛海尊派的人是孟非凡，我完全是被迫的。"

穆勇盯着齐远松的眼睛，良久，才缓缓说道："你所说的话是真还是假？"

齐远松说道："我齐某若说半句谎言，天诛地灭！"

穆勇一下子犹豫不决了：如果齐远松真的是被迫背叛海尊派的，那么他还有必要向齐远松出手吗？

这时候，一个声音说道："穆公子，别听齐远松胡说八道，他背叛海尊派，完全是与孟非凡事先商量好的，是有预谋的背叛。现在走投无路了，却企图把罪责全部推给孟非凡。这种卑劣小人，岂能饶恕！"

穆勇一看，一条船已出现在他和齐远松的面前，却看不到船上的人，只看到一个长长的影子。

穆勇知道，那是周展来了。

穆勇说道："周前辈，你是说齐远松在撒谎？"

影子说道："是的，他完全是在撒谎。他背叛海尊派，根本就不是被迫的。"

接着，影子就恢复成一个人形，那便是周展的原形，但是他戴着一个假面具，使人看不到他的真面目。他不愿以真面目示人，他的脸已被毁成狰狞可怕的形状。

周展看着齐远松，说道："海尊派从江湖中消失后，你沦为南海海盗，劫掠钱

212

财，杀害无辜，犯下累累罪行。这与穆正海穆掌门所倡导的'除恶扶弱、弘扬正义'的武林精神背道而驰，所有这些难道也是被逼迫的？"

齐远松虽然看不见周展的真实面目，但他已知道眼前出现的这个人是谁，他惊惧得手脚颤抖，仿佛在噩梦中看到了被送进地狱的鬼又突然冒了出来。

齐远松问道："你……你到底是人还是鬼？"二十年前，齐远松就认为周展已经死去了。

周展说道："我是鬼，我是二十年前已掉进地狱的死不瞑目的鬼。"

齐远松说道："你既已成鬼，为何又要来插手人世间的事情？"

周展说道："因为人世间还存在没有伸张的正义，没有雪耻的冤仇。"

齐远松听了，心里感到一阵发虚，但他仍壮着胆子大声喝道："周展，你到底要做什么？"

周展说道："我要为海尊派清理门户，惩罚叛徒。"

齐远松说道："你为海尊派清理门户？凭什么？"

周展说道："凭我手中的刀。"他的手一扬，寒光闪闪的快刀发出凌厉的锐气。

齐远松冷笑道："周展，你这个死得不彻底的鬼，我今天定要把你送入地狱。"他把手中的霹雳剑一挥，一道杀气腾腾的弧线划向周展，把周展整个人笼罩在中间。

周展并没有躲闪，他手中的快刀紧跟着霹雳剑劈出，一道闪电般的寒光向霹雳剑的弧线迎击过去。

周展在齐远松之后出手，但当齐远松的霹雳剑的弧线离周展的身体尚有三寸时，他快刀的寒光已触及齐远松的身体。

齐远松发出痛苦的一声惨叫，然后重重地摔入波涛澎湃的南海中。

海面上泛起一层殷红的鲜血，随着波浪向四处扩散。齐远松为他的所作所为付出了生命的代价，但他一生中所犯下的累累罪行，远不是他的鲜血所能洗清的。

和煦的阳光照耀着美丽的忘忧岛，海浪跳跃着奔上海滩，一切显得那么和谐、迷人。

一艘船慢慢向忘忧岛靠拢，从船上走下一位英姿飒爽的青年，他的一举一动显得文质彬彬却又洋溢着阳刚之气。

他是孟天，他来忘忧岛，是为了找郭雁。

经忘忧岛其他姐妹报信，郭雁从里面走了出来，来到海滩上。

一看到郭雁，孟天就面带微笑地问道："郭雁，几天不见了，这些天过得可好？"

郭雁说道："我过得一直都很好，你找我有事吗？"

孟天说道："其实也没什么事，我找你，只是为了送给你一件你喜欢的东西。"

郭雁一怔，问道："我喜欢的东西？你知道我喜欢什么东西？"

孟天说道："上次你曾亲口对我说过你喜欢吉祥金佛，它能给人带来平安和好

运，是一件稀世宝贝。"

郭雁说道："这么说，你是送给我吉祥金佛的？"

孟天点点头，说道："正是。"他拿出了吉祥金佛，金色闪亮的吉祥金佛浑身散发出灵光和瑞气。

郭雁直盯着孟天的脸，问道："吉祥金佛在齐远松手里，你是怎么得到的？"

孟天说道："这很简单，上次与你分手后的第二天，我就去找齐远松，要他把吉祥金佛给我，他没说什么，就把吉祥金佛拿了出来。"

郭雁说道："吉祥金佛，齐远松爱如性命，他竟然愿意把吉祥金佛送给你，可见他对你是多么好。"

孟天说道："不是他对我好，而是他怕我。"

郭雁惊奇地问道："他怕你？！"

孟天说道："是的，他怕我，我说一，他就不敢说二。"孟天说这句话的时候，脸上露出得意的神色。

江湖中有谁能让大海盗齐远松唯命是从？郭雁从中领略到了孟天的本事。

郭雁从孟天手中接过吉祥金佛，说道："我很高兴你能送给我这么珍贵的礼物。"

孟天说道："你能接受我的礼物，我心里更高兴。"

孟天这句话使郭雁仿佛想起了什么，他为什么把这么好的东西送给她？莫非是他有求于她？

郭雁思索了一会儿，说道："孟公子把如此珍贵的礼物送给我，是不是有什么事需要我帮忙？"

孟天说道："我不需要你帮什么忙，我只希望你能答应我一件事。"

郭雁说道："你要我答应什么事？"

孟天的眼睛直直地看着郭雁，看得她手足无措。良久，他才缓缓说道："我要你嫁给我，当我的妻子。"

郭雁的脸上顿时泛起一阵红晕，红得像三月里被春风吹红的桃花。沉默了一会儿，她才娇羞地说道："这件事来得太突然了，你能给我一段时间让我好好考虑一下吗？"

孟天说道："当然可以，我在南天岛随时恭候你的回音。我就此告辞了。"

孟天说完，回身上船，在波浪中疾驰而去。

郭雁看看手中的吉祥金佛，又看看孟天远去的背影，一时不知道该怎么办才好。

夜阑人静，皎洁的月光铺洒在忘忧岛上，使这座小岛显得更加神秘、宁静。

郭雁躺在床上，听着海面上时而传来的波涛声。此时她的心境就像不平静的海面，激荡起一朵朵浪花，使她难以入眠。

白天孟天说过的那句话一直在郭雁耳边回荡，敲打着她的心扉。

"我要你嫁给我，当我的妻子。"

孟天的这句话来得太突然了，简直让她有些措手不及。

自从郭雁第一次见到孟天，她就感觉到他是一个胆识过人、敢作敢为、身手不凡的青年。凭他的能耐，完全可以在江湖中成就一番霸业。

这样的男人，对女人来说是最具有吸引力的。

可是当孟天真正向郭雁求爱时，郭雁却陷入了艰难的选择中，因为她从来没有想过自己要嫁给这样的男人。

孟天的求爱，打破郭雁进入忘忧岛以来一直平静的心境。对郭雁来说，爱情是多么美好的东西，可是当爱情真正来到身边时，她又不得不反复思索了。

这时，一个人影跳入了郭雁的脑海，他像一艘放荡不羁的船，在郭雁心灵的大海中纵横驰骋。每到一处，都会在郭雁心中掀起难以平息的浪花。

这个在郭雁心中掀起浪花的人影，便是穆勇。

郭雁回想起自己在前往忘忧岛的途中受伤时，穆勇像一位憨厚敦实的大哥，无微不至地关照她的情景；她回想起当她弄清楚穆勇是她父亲的仇敌时怒不可遏，一刀刺向穆勇胸膛的情景；她回想起为了帮助穆勇疗伤，恢复功力，她用尽一切办法的情景……

她和穆勇的往事历历在目，一遍又一遍地在她的脑海中浮现。时间静静地流淌，她感到疲惫已缠绕着她，可是穆勇的面容依然清晰地占据着她的脑海。

她突然在心灵深处大声问自己：是孟天向我示爱，我为什么脑海里总是闪现出穆勇的身影？穆勇和孟天本是风马牛不相及的两个人！

她竭尽全力，企图让穆勇从自己此时的脑海中彻底消失，让自己波动起伏的心境平静下来，可是每一次努力都以失败而告终。最后，筋疲力尽的她不得不在潜意识深处无奈地承认：自己真正喜欢的人，原来是穆勇。

她不能对孟天的求爱立即做出答复，正是因为穆勇在她的潜意识中占据了不可动摇的位置。虽然这种感觉在平时显得平淡，但在她不得不对爱做出最终抉择时，这种感觉便如火山爆发般强烈地表现出来。

她坚信穆勇也把她看得很重要，也是真心喜欢她的，只不过没有把这种感情表达出来而已。她觉得自己应该主动出击，把隐藏在双方心中的谜底揭开，只有光明正大地同穆勇携手同行，她才能获得真正的幸福，才能理直气壮地拒绝孟天的求爱。

选择穆勇，拒绝孟天，这是郭雁经过一个晚上辗转反侧的思索后下定的决心。这时候，东方已经发出万道光芒，金灿灿的旭日照耀着碧波万顷的南海，铺洒在雾气弥漫的忘忧岛上，一个温馨美丽的早晨又开始了。

（二十四）婚姻的烦恼

　　沐浴着金色的晨光，穆勇独自坐在鬼岛的岸边，眺望着烟波浩渺的南海。

　　这些天，穆勇一直在鬼岛倾听周展讲述二十多年前海尊派所经历的风风雨雨。海尊派经受那场灭顶之灾后虽然从江湖中消失了，但穆正海所倡导的"除恶扶弱、弘扬正义"的精神在江湖中都有口皆碑，为各大武林门派树立了一个光辉的榜样。穆正海虽已不在人世间，但他依然在众武林豪杰中享有崇高的威望。

　　周展语重心长地对穆勇说："你应该为海尊派和你父亲穆正海感到自豪，并且立志继续把'除恶扶弱、弘扬正义'的武林精神发扬光大。"

　　现在，穆勇坐在鬼岛岸边，一边看着南海的波涛后浪推前浪地向前翻腾，一边回味着周展的这句话，他似乎领悟到了什么。

　　这时，海面上出现了一艘船，船由远而近，由小而大，直直地朝鬼岛的方向开来。

　　船上有一位亭亭玉立的姑娘，海风吹拂着她的衣裳，晨光照耀着她的发髻，她就像碧波万顷的海面上盛开的一朵花。

　　船离穆勇越来越近，穆勇看清了船上姑娘鲜花般俊俏的脸庞以及她那双忧郁而美丽的眼睛。

　　船终于靠岸，姑娘从船上下来，径直向穆勇坐着的地方走来。

　　穆勇看着她，说道："郭雁，你不是在忘忧岛吗？来这里做什么？"

　　郭雁说道："我在忘忧岛突然感到闷得慌，所以来这里找你聊聊天、解解闷。"

　　穆勇笑道："我的日子过得也挺无聊的，能有人来陪我聊聊天，倒也是好事。"

　　郭雁走近穆勇，在他身边坐了下来。

　　她说是来找他聊聊天，可是当两人真正坐在一起之后，她却不知该聊什么了。

　　因为她来找他，并不是为了一般的"聊天"，而是要向他明明白白表达她的芳心。然而，这样的话题，是她长这么大以来从未说过的，所以她不知道应该如何开口了。

　　郭雁此时的心，已像南海的波涛汹涌澎湃，她的脸已涨得像三月的桃花般通红。尽管她有千言万语的爱慕之情要向穆勇倾诉，却一句话也说不出来。

　　要抑制住一座即将爆发的火山，得需要多大的力量？得承受多大的痛苦？

　　此时，远处的海面上出现了一对紧紧挨在一起飞翔的影子，它们越飞越近，越来越大，直朝着鬼岛的方向翱翔过来。

那是一对比翼齐飞的海燕，它们唱着欢乐的歌，在蓝天白云下面无拘无束地飞呀飞呀。

郭雁看着它们，对穆勇说道："这对海燕恩恩爱爱，自由自在，多么令人羡慕啊。"

穆勇说道："它们能飞，而人却不能这么飞，当然令人羡慕啦。"

郭雁说道："它们快快乐乐地飞着飞着，到底要飞向何处？"

穆勇说道："海燕非人，人非海燕。我怎么知道它们要飞向何处呢？"

郭雁瞪了他一眼，说道："其实海燕和人是一样的，人追求的目标，也是海燕追求的目标；人向往的地方，也是海燕向往的地方。"

穆勇说道："哦？想不到人和海燕还有如此相同之处。"

郭雁问道："假如你是一只海燕，你将飞向何处？"

穆勇没有回答，而是反问道："你呢？如果你变成一只海燕，你将飞向何处？"

郭雁略微思索了一会儿，说道："如果我是一只海燕，我将飞向爱情之花处处盛开、没有忧愁、没有痛苦、没有孤独、充满幸福的海岛。"

穆勇眼睛里光芒闪动，说道："你现在不是来到忘忧岛了吗？忘忧岛，忘却了忧愁和痛苦的岛屿。你真是一只找到了快乐归宿的海燕，对吗？"

郭雁轻轻叹了口气，说道："就算我真是一只快乐的海燕，但跟眼前这对海燕相比，我还是望尘莫及。"

穆勇说道："哦？那又是为何？"

郭雁说道："它们成双成对，恩恩爱爱，尽情享受着爱情的甜蜜。而我却是一只孤独的海燕，苦苦寻觅着另一半，寻觅着比翼齐飞、终身信赖的伴侣。我寻觅得好辛苦、好累。"

穆勇说道："你觉得你苦苦寻找的伴侣应该在哪里？"

郭雁看着穆勇，说道："远在天边，近在咫尺。"

穆勇一怔，仿佛他的神经受到了一种无形力量的刺激，但他依然显得很镇静，慢慢说道："既是'远在天边'，却又'近在咫尺'，这不是前后矛盾吗？叫人怎么理解？"

郭雁嫣然一笑，说道："你真是个傻瓜，傻得可爱的笨瓜。"

郭雁静静地注视着两只比翼齐飞的海燕慢慢逝去的身影。那身影越来越远，越来越小，在水天交接的地方，化作两片紧紧连在一起的树叶，随着缓缓起伏的海水忽升忽降，忽隐忽现。

那两片连理枝般的树叶，仿佛有一股无形的力量牵引着郭雁的目光。郭雁那忧郁而美丽的眼睛，就像无边无际的大海，翻腾着羡慕、眷恋的目光。郭雁的内心深处，也像一片浩瀚无边的海洋，翻腾着连她自己也说不出的复杂的感觉。

看着郭雁如醉如痴的样子，穆勇说道："你看什么这么入迷呢？它们的身影已

经走远了。"

郭雁说道："难道你不觉得眼前这幅图画很美吗？"

穆勇说道："我倒没什么感觉。美从何来呢？"

郭雁伸出一个指头，在穆勇额头上戳一下，娇嗔地骂道："你真是木头脑筋，再美好的东西摆在你面前，都被你当作一堆垃圾了。"

穆勇说道："没错，我就是天生的木头脑筋。"

水天交接处，两只海燕的身影已彻底消失了。郭雁远眺的目光所能触及的，只有一片空白和留恋了。

郭雁慢慢从怀里掏出一样东西，她的动作是那么庄重，仿佛是在把她身体的一部分掏出来。

然后她的手停住了，逐渐展开手掌。这件东西在她手掌上闪耀着神圣威严的光芒，表现出至高无上、不可侵犯的气势，周围的一切刹那间变得暗淡无光。

这东西竟是地光金牌。

穆勇问道："为何拿出地光金牌？"

郭雁说道："因为我想把它送给你。"

穆勇眼睛里散发出疑惑的光芒，说道："这么贵重的东西，为什么要送给我？"

郭雁说道："正因为它是我现在唯一贵重的东西，所以我才送给你。"

穆勇说道："但是如果没有正当的理由，我无法收下别人贵重的东西。"

郭雁说道："我有很多个理由把地光金牌送给你，其中一个理由就是——"

郭雁抬起头，望着苍茫的天空，接着说道："当今武林豺狼当道、邪气横行，非常需要一个顶天立地的人站出来，匡扶正义、惩恶扬善，为武林创造一个风清气正的春天。"

郭雁注视着穆勇，说道："我认为这个顶天立地的人，就是你，所以我要把地光金牌送给你。"

郭雁投向穆勇的目光很温柔，穆勇却感到有千斤石头压在身上。他不知道自己能不能担当得起这个重任，但他知道自己没有拒绝这个重任的理由。他慢慢接过地光金牌，放到了自己的怀中。

郭雁说道："我把最神圣的地光金牌送给你了，也就等于我把自己的一切都交给你了。"

穆勇说道："我会像保护自己的生命一样保护地光金牌。"

郭雁痴迷地望着远方，她仿佛在憧憬着五彩缤纷的未来，又好像陶醉在甜蜜美妙的世界里。

穆勇也在望着远方，他的思绪是不是也进入了另一个世界里？

郭雁问道："我把自己珍藏的最神圣的地光金牌交给了你，你准备送什么给我呢？"

穆勇如梦方醒，说道："对对对，江湖中人讲究礼尚往来。你既然把地光金牌送给我，我也应该回赠你一件礼物。"

可是他想了半天，也想不出该送什么给郭雁，因为他身上什么值钱的东西都没有。

郭雁暗自发笑，说道："你回赠的礼物的价值在我心目中必须可以与地光金牌媲美，'廉价'的礼物我可不接受哦。"

穆勇一下子觉得自己是世界上最贫穷、最一无所有的人，他实在想不出自己还有什么值钱的东西。

郭雁说道："其实你有一件值钱的东西，只是你还没看到。"

穆勇说道："你看到啦？"

郭雁说道："那当然。"

穆勇说道："既然你看到了，就自己来拿吧，我会慷慨地给你。"

郭雁说道："我要你送一句话给我，这句话必须是发自内心的，毫无掩饰和伪装的。"

穆勇说道："你要我送什么话给你呢？"

郭雁的脸慢慢地又变红了，红得像三月里盛开的桃花。她说道："我要你说你全心全意爱我，尽你最大的努力保护我。"

这是郭雁平生以来第一次对男人说这样的话。话出口后，她忽然觉得很奇怪和惊讶：自己怎么有勇气说出这样的话呢？这勇气是从哪里来的呢？

郭雁内心深处像波涛汹涌的大海，像喷发的火山。可是穆勇的眼睛却像水波不兴的湖面，看不出他的脸上有什么兴奋的表情。

穆勇说道："我长这么大了，还没学会说这句话呢。就算我说出来了，既不悦耳，也不动听。"

郭雁炽热如火的内心仿佛被人泼了一盆冷水，她鲜红如花的脸庞也泛出了惨淡的苍白。她长长地叹了口气，说道："这句话如果不是发自内心的、真诚的，说出来当然不会悦耳动听。既不悦耳动听，也就没必要说出来了。"

穆勇说道："你真是善解人意。"

郭雁忧郁而美丽的眼睛直直地盯着穆勇的眼睛，仿佛要洞穿他的内心世界。她用尽了自己所有的想象力，却始终猜不透眼前的他究竟在想什么。

郭雁说道："我不再奢望你把那句话说出来，但你必须回答我一个问题。"

穆勇说道："你要我回答什么问题？"

郭雁说道："我问你，你心里有没有我？你到底爱不爱我？"

穆勇问道："我一定要回答这个问题吗？"

郭雁斩钉截铁地说道："你必须回答。"

穆勇说道："我无法回答，因为我根本不知道这个问题的答案。"

　　郭雁的眼睛里已经冒出了愤怒的火光，她说道："你无法回答？你爱不爱一个人，你心里不知道？难道你真的是一块木头？"

　　穆勇说道："没错，我确实是一块木头。"

　　郭雁说道："原来我一直在跟一块木头白费口舌，我真是自作多情了。再见了，木头，我跟你已经没什么好说的了。"

　　郭雁说完，便迈开大步向前走去，她要甩开这块不近人情的"木头"。虽然她行走的速度很快，可是掩盖不住她的脚步的沉重和疲惫。她的内心一定特别地失望和痛苦。

　　看着郭雁远去的身影，穆勇忽然感觉到一种愧疚感涌上心头。他真不该让她失望。

　　是不愿接受郭雁的痴情，还是没有勇气把那句话说出来？连穆勇自己也搞不清了，他觉得自己像汪洋大海里的一叶扁舟，迷失了方向，不知要漂向何方。

　　忘忧岛的夜晚就像风平浪静的大海，一切都显得那么平和。岛上传出一阵阵悠扬动人的曲子，在大海无边无际的夜空中传播得很远很远。

　　浪花女一边吹着虎骨笛，一边凝望着深邃的夜空。夜空中闪烁着繁星，浪花女的心思在闪烁不定的星空中游荡。

　　笛曲忽然停住了，浪花女缓缓放下手中的虎骨笛。她发现自己身后静静地站着一个人。

　　那人是郭雁。

　　浪花女说道："这么晚了，你还没休息吗？"

　　郭雁在浪花女身旁的一块石头上坐了下来，低声说道："我睡不着。"

　　郭雁的眼圈红红的，脸颊上还有泪痕，显然她是大哭了一场。

　　浪花女关切地问道："郭雁，你怎么啦？遇到不顺心的事了吗？"

　　郭雁勉强露出一丝笑容，说道："没什么不顺心的。"

　　浪花女说道："你好像有什么话要对我说。"

　　郭雁忧郁而美丽的眼睛望着深不可测的夜空，语气坚定地说道："大姐，我想告诉你，我准备结婚了。"

　　浪花女一听，又惊讶又欢喜，问道："你准备结婚了？！这倒十分出乎我的意料。但不知你的意中人是谁？"

　　郭雁说道："是孟天。"她说这几个字的时候，把目光转向了一边，她不愿与浪花女的目光相碰触。

　　浪花女吓了一跳，仿佛被人从后背重重击了一锤。她说道："是孟天？！你准备与孟天结婚？"

　　郭雁点点头，一声不哼。

　　浪花女说道："你为什么做出这样的选择？你有没有仔细考虑过？"

　　郭雁说道："我已经反复考虑过了，孟天是真心爱我的人。"

浪花女说道："孟天真心爱你？难道你认为与孟天在一起会获得幸福？你有没有注意到，孟天就像他父亲孟非凡一样，野心勃勃、见利忘义，为了得到自己想要的可以不择手段。与这样如狼似虎的人同床共枕，你觉得安心吗？"

郭雁说道："孟天其他方面的行为我不管，我只知道他追我追得发狂。与爱我的人在一起是天经地义、无可厚非的。"

浪花女一时无语以对。也许郭雁并没有错，爱情的力量是让人难以想象的。浪花女知道，爱情可以超越一切恩恩怨怨，可以忘却贫贱和尊贵，可以摆脱时间和空间的束缚，可以跨过一切被认为是不可逾越的鸿沟。

沉默了一会儿，浪花女说道："你真的已经下定决心要跟孟天结婚了？"

郭雁说道："是的，我已下定决心。所以我想请大姐帮个忙。"

浪花女说道："你要我帮什么忙？"

郭雁说道："麻烦大姐去南天岛给我捎个信，说我已决定接受孟天的婚约，并由他确定婚礼的日期。"

浪花女凝视着郭雁忧郁而美丽的眼睛，说道："一个即将要结婚的人，应该是欢天喜地、兴高采烈的，可是从你的眼神里我看不到任何欢乐、幸福的色彩。"

郭雁把脸偏向一边，说道："我的眼神向来就是这样。"

浪花女说道："别瞒我了，郭雁。你在极力掩藏着内心深处的痛苦，尽管你竭尽全力不让这种痛苦表现出来，但我还是感觉到了。因为我们都是女人。"

郭雁用牙齿紧咬着嘴唇，说道："我不痛苦。"可是话刚说完，两行眼泪已夺眶而出。

浪花女说道："郭雁，别做傻事了，我知道你并不是真心喜欢孟天的。你心里真正爱的人是穆勇，可是你为什么不大胆向他表达自己的心扉呢？"

郭雁一听，"哇"的一声大哭起来，她一下子抱住浪花女的肩膀，哽咽地说道："大姐，你别提穆勇好不好？他是一个铁石心肠的木头人，只有傻瓜才向这种人表达心扉。大姐，我求求你别在我面前提起他，好不好？"

浪花女如梦方醒，她长长地嘘出一口气，说道："我知道了，我明白了。"

郭雁说道："大姐，你明白了？你是不是答应去南天岛为我捎信了？"

浪花女无可奈何地说道："既然你决心已定，我这个做大姐的当然要满足你的愿望。"

郭雁说道："谢谢大姐。"她把浪花女抱得更紧了，哭得更悲凄了。

浪花女清晰地感觉到郭雁山泉般的泪水已打湿了自己的衣裳，她伸出手轻抚着郭雁的后背，说道："好妹妹，你难受就尽情地哭吧，哭出来了，就会好些。"

浪花女在心里暗暗骂道：穆勇啊穆勇，这一定是你做的好事，我非得砸烂你的狗头不可！

天亮了，一轮红日从海平面上冉冉升起，放射出万丈光芒，给荒凉辽阔的海面

带来了生机和活力。

当浪花女来鬼岛找到穆男的时候，穆勇正坐在沙滩上玩"掷石片"的游戏。他两指夹起一块石片，轻轻一掷，石片便如离弦之箭朝海面上疾飞而去。在飞行过程中，石片时而没入水中，时而从水中跃入空中，就像一只小鸟，钻入水中叼起鱼儿之后又飞离水面，然后又一头扎到水里，如此反复了十余次，才远远地消失在烟波浩渺的大海中。

没有浑厚的内力，是无法把这种游戏玩得如此出神入化的。

当穆勇又用两指夹起一块石片准备弹出的时候，浪花女已伸出手，抓住了他的手腕。

浪花女瞪着穆勇，说道："你还有闲情玩小孩的游戏，看来你的日子过得挺悠哉舒适的，你好像从来不知道什么叫作忧愁。"

穆勇依旧看着海面，说道："在这里除了玩小孩游戏之外，还能做什么呢？把日子过得悠哉舒适总比整天愁眉苦脸强得多。"

浪花女的脸色已阴沉下来，眼中也带着些许怒气。穆勇说道："今天的天气这么好，阳光如此灿烂明媚，你为何一大早起来就带着这种脸色来找我？"

浪花女说道："我要请别人喝喜酒的时候，心情总是不大好。"

穆勇说道："你是来请我喝喜酒的？喝谁的喜酒？"

浪花女说道："郭雁的喜酒。"

这句话倒有点出乎穆勇的意料，他没料到一夜之间郭雁就要当新娘了。但他依然镇定自若地说道："好呀，请我喝喜酒，我是最乐意不过的了。"

浪花女说道："你可知道郭雁要跟谁结婚？"

穆勇双手一摊，说道："我不知道是谁，我只知道不是我。"

浪花女提高嗓门说道："不是你，你就可以漠不关心、置之度外了吗？"

穆勇说道："我关心，当然关心。郭雁准备与谁结婚？"

浪花女说道："孟天！"她几乎是以严厉的叱呵口气说出这两个字，然后直盯着穆勇，观察他的反应。

穆勇好像才从睡梦中苏醒过来，他长长地"哦"了一声，然后说道："这个……这个很好。孟天和郭雁，一个有情，一个有意；一个有郎才，一个有女貌；一个是纵横江湖的英雄，一个是善解人意的淑女。他们真是天生的一对，一定能和睦恩爱、白头偕老。"

浪花女一听，肺都气炸了，她说道："想不到你的爱情经说起来还头头是道。你可知道，郭雁在做出与孟天结婚的决定之后，哭了整整一个晚上，简直成了个泪人！"

穆勇眼睛睁得圆圆的，说道："这可就奇怪了。她既然决心与孟天结婚，应该是喜笑颜开、高高兴兴才对呀，怎么又伤心落泪了？这真是不可思议。"

浪花女忍不住地骂道："穆勇啊穆勇，你装傻还装得像模像样的。出现这种事情，完全就怪你！"

穆勇一怔，讷讷地说道："怪我？这跟我有什么关系？"

浪花女说道："怎么跟你没关系？郭雁把最珍贵的地光金牌送给了你，这等于她把自己的一切都献给了你。她一个黄花闺女，含情脉脉地向你表达了一片圣洁的芳心，而你却毫不留情地拒绝了她。你这么做，等于用凉水浇灭了她心中熊熊燃起的爱情之火，用铁蹄践踏了她心中萌发的希望的幼苗，用利剑斩断了她对美好未来的憧憬。你知道你这么做有多么残忍吗？"

穆勇说道："听你这么一说，我仿佛成了罪大恶极的人。我是个不懂爱情的人，郭雁若是跟我在一起，不可能得到什么幸福。而她跟孟天在一起，锦衣玉食、荣华富贵，要什么有什么，这有什么不好呢？"

浪花女说道："郭雁根本就不喜欢孟天，她心里真正喜欢的是你。她选择与孟天结婚，完全是因为你的冷漠无情把她推到了绝望的深渊里。她以嫁给自己不爱的人、毁灭自己幸福的方式来回应你的冷漠无情，她这是在跟你，也是在跟她自己赌气。唉，这个可怜的傻丫头，怎么做出这种傻事来！"

穆勇说道："她既然是傻丫头，当然要做傻事。"

浪花女说道："所以现在只有你才能把她从万丈深渊中挽救出来。"

穆勇说道："我如何才能把她挽救出来？"

浪花女说道："你应该找到郭雁，对你昨天的冷漠无情表示道歉，并向她表明你全心全意爱着她，打算与她结为秦晋之好。只有这样，才能打消她与孟天结婚的念头。作为一个有正义感和负责任的男人，你必须这么做。"

穆勇说道："我是一个不懂爱情的人，所以我绝不会去向郭雁表达什么爱情之事。"

浪花女气得几乎跳起来，厉声喝道："穆勇，你真的是铁石心肠的人吗？你难道就眼睁睁看着郭雁这只羔羊送入狼口吗？"

穆勇说道："她心甘情愿这么做，我又有什么办法？"

浪花女骂道："我苦口婆心跟你说了这么多，原来都是对牛弹琴了。"

穆勇说道："没错，你是在跟一头犟牛说话，所以你说什么都是没用的。"

浪花女气得浑身发抖，她伸出五指，嚷道："我今天不狠狠抽你几巴掌，难解我心头之火。"她对准穆勇的脸就要掴下去。

穆勇说道："你想打就打吧，反正我天生就有一副挨打的脸。"

浪花女的一巴掌真的落在了穆勇的脸上，打得又脆又响，站在老远都能听到这响亮的声音。

这一巴掌打得很用力，穆勇的脸被打得红中带紫。但他还是不冷不热地说道："如果你觉得不解恨，可以接着打，直到认为解恨了为止。"

天涯儿女

　　浪花女又举起了手掌，但这一掌只停在半空中，没有落下去。她长长地叹了一口气，无奈地说道："你既是一头犟牛，我就算把你打死了，也是于事无补。"

　　穆勇说道："没错，你这句话总算说对了。犟牛永远是犟牛，被千刀万剐了还是犟牛。"

　　浪花女说道："穆勇，你记住你现在所做的事，你会为你的固执付出代价的。"她说完，愤然而去。

　　穆勇两指间还夹着那块小石片，他的手指轻轻一弹，小石片像一只无忧无虑的小鸟，在海面上穿水而飞。

　　浪花女返回去找郭雁，她没有办法把穆勇这头犟牛拉回头，但她也不能让郭雁落入孟天的怀抱。

　　郭雁此时正坐在忘忧岛的海岸边，她目光呆滞地看着平静的海面。偶尔有一股小浪跳跃着冲上岸，溅湿了郭雁的衣裳，但她全然不觉。

　　郭雁的目光被一群轻捷掠过的海燕吸引住了。海燕成双成对比翼而飞，不时发出欢快愉悦的叫声。它们在广袤的苍穹下，在蔚蓝的海面上尽情地来回穿梭，仿佛整个世界都是属于它们的。

　　一种羡慕的感觉在郭雁心头油然而生，她多么希望自己能变成一只展翅翱翔的海燕，加入它们的行列，飞向那没有忧愁、没有烦恼、没有痛苦的彼岸。

　　浪花女站在离郭雁一百米远的地方，静静地注视着郭雁木呆的背影。好长时间过去了，郭雁还是一动不动地坐在岸边的石头上。

　　浪花女知道，郭雁正在痴呆地想着心事，正在茫然地遭受一种说不出的痛苦的煎熬。

　　浪花女觉得自己有责任把郭雁从这痛苦的泥潭中拉出来，当然这并不是一件容易做到的事，弄不好还会适得其反，毕竟郭雁并不是容易被说服的姑娘。

　　浪花女突然感到一阵头痛，她不知道该用什么办法才能解开郭雁心里的疙瘩，把她拉到阳光大道上来。

　　忽然有人从后面拍了一下浪花女的肩膀，她回头一看，原来是风芹。

　　浪花女眼睛一亮，她望着风芹说道："你快去劝一下那个傻丫头别做傻事，在这方面你也许比我更有办法。"

　　风芹不紧不慢地说道："你是说郭雁吗？她要做什么傻事？"风芹一边说，一边抬头看了看呆呆坐在岸边石头上的郭雁。

　　浪花女把郭雁与穆勇赌气，并决定与孟天结婚的事说了一遍，然后忧心忡忡地说道："郭雁与孟天同床共枕只能让她陷入噩梦之中，那是很可怕的事。你一定要帮我想想办法，绝不能让这种事发生。"

　　风芹"啊哈"一声，慢条斯理地说道："天要下雨，娘要嫁人。该发生的事总是要发生，还是顺其自然的好。"

224

浪花女好像听不懂风芹的话，她眼睛一瞪，问道："你……你这话是什么意思？"

风芹说道："俗话说，强扭的瓜不甜。穆勇既然拒绝了郭雁抛出的绣球，说明他心里并不喜欢郭雁。你就是想尽一切办法，用尽一切手段让他与郭雁结了婚，那只能算勉为其难的婚姻，郭雁也尝不到幸福的。硬扯到一起是结不出甜蜜、恩爱的硕果的。"

浪花女说道："难道让她嫁给她并不喜欢的孟天，才能结出甜蜜的硕果吗？"

风芹说道："当然也不一定。世间万物不可能尽如人意，爱情和婚姻也是一样。你喜欢的人并不一定喜欢你，喜欢你的人你不一定喜欢，当二者不可兼得且必须在其中做出选择的时候，我认为宁可选择喜欢你但你不喜欢的人。因为你只要改变自己，喜欢上对方，就可以拥有彼此相爱、携手同心的婚姻。相反，如果你选择的婚姻是你喜欢对方但对方不喜欢你，那么你不一定有把握改变对方的想法，让对方喜欢你。要知道，改变别人比改变自己要困难得多。"

浪花女说道："这么说，你是认为郭雁选择孟天比选择穆勇更合适？"

风芹说道："是这样的。还有一个因素，孟天是富贵人家的子弟，穿有锦缎丝帛，食有美味佳肴。郭雁嫁给他，可以继续过荣华富贵的生活。而穆勇是个一无所有的小伙子，郭雁嫁给他，就意味着要跟随他在江湖上过漂泊不定的流浪生活，对从小过惯了养尊处优的生活的郭雁来说，她能适应这样的日子吗？"

浪花女长长地叹一口气，说道："也许你是对的，婚姻往往不单纯取决于自己的爱好和主观倾向。"

风芹说道："正是这样。这就是为什么在现实生活中我们做到的与我们想到的往往是两码事。"

浪花女说道："但愿郭雁这么一赌气，真的赌出一条把自己带往幸福美满的道路来。"

风芹说道："对郭雁和孟天的事，你就放开手大胆去做这个媒人吧。"

这时候，一个响亮清脆的声音传过来："做媒人的应该是我，对郭雁的婚约，我才是做媒人的最佳人选。"

浪花女和风芹回头一看，原来是穆勇。他不知何时已来到她们面前。

一看到穆勇，浪花女心头的气就不打一处来，她大声说道："穆勇，你觉得你给我们惹的麻烦还不够多吗？现在又要来搅什么浑水！"

穆勇说道："水越搅得浑就越热闹，越热闹就越有意思。"

浪花女说道："我们现在不需要你来凑什么热闹，你快走远点。"

穆勇说道："只要你答应由我代替你去南天岛做媒人，把孟天和郭雁的婚事办好。我就走得远远的。"

浪花女眼睛一瞪，说道："你为什么想当这个媒人？"

穆勇说道："我当这个媒人，一方面是为郭雁和孟天搭桥引线；另一方面，我

要当着孟天的面，把一些该说的话说清楚。我不能让郭雁受委屈。"

浪花女说道："听你说话的口气，好像不是去做媒人的，而是去敌方下战书的。你跟孟天有什么好说的，是不是争风吃醋了，想从中间拆桥？告诉你，当初郭雁抛出绣球你不接，现在你已经没机会了。要想吃醋就端个醋坛子回去吃个够！"

穆勇脸上一副严肃的神情，说道："我去找孟天，是想说一些实实在在的正经话。我这些话非说不可，否则郭雁婚后的幸福生活就没有保证。"

风芹在一旁说道："依我之见，担任媒人的角色，穆勇比任何人都更合适。"

浪花女一怔，她看着风芹，说道："何以见得？"

风芹说道："在江湖中，除了穆勇之外，孟天从未把任何男人放在眼里。穆勇一直是他耿耿于怀的一块心病，他把穆勇当作最大的对手。在追求郭雁的过程中，孟天也把穆勇当作自己最大的情敌。而现在穆勇心甘情愿去做媒人，正好表明他无心与孟天争夺郭雁，一心一意希望孟天和郭雁成双成对，这样可以打消孟天的猜疑和顾虑。孟天也就可以专心地把全部情感倾注在郭雁身上，这对郭雁岂不是有利吗？"

穆勇一听，喜笑颜开地说道："风芹说得太正确了，与我心里想的一模一样。"

浪花女想了想，然后盯着穆勇说道："既然如此，那就由你去南天岛做媒，但你要把握好分寸，别莽莽撞撞的，把好事办成了坏事。"

穆勇说道："你尽管放心，我办事几时有过差错？"

说做就做，穆勇立马驾着黑鲨箭，朝南天岛疾驰而去。

穆勇一踏上南天岛，就看见几个提矛扛刀的大汉站在沙滩上挡住去路。穆勇好像没看见他们一般，径直向前迈大步。

"站住！"领头的一名汉子气势汹汹地喝道，手中的大刀已扬起。

穆勇看都不看他一眼，一挥手，一个沉重的巴掌已击在他脸上，把他打得飞出三丈远。

其他的汉子见状，挥刀舞矛欲冲向穆勇，但他们还未出手，早被穆勇左右开弓打得全趴在地上了。

穆勇对趴在地上呻吟的汉子们大声说道："你们这些不长眼的走狗，有好事情来了还狂吠乱咬的，要是坏了孟公子的好事，你们的狗头不搬家才怪呢！"

穆勇正欲往前走时，发现前方已站着一个威风凛凛的身影，像一棵青松高大挺拔，浑身散发着傲气。一看那气势，就知此人绝非等闲之辈。

此人正是孟天。

孟天看着穆勇，似笑非笑地说道："原来你是带好事情过来的，我倒要看看你能给我带什么好事情。"

穆勇说道："当然是好事情，是你梦寐以求的大美人。"

孟天说道："大美人？是谁？"

穆勇说道："是郭雁。"

孟天一怔，说道："郭雁？！你的意思是……"

穆勇说道："郭雁已决定与你结为伉俪，我是来做媒人的。"

孟天一听，喜出望外，但他脸上仍有半信半疑的神情，说道："郭雁决定嫁给我了？你不是在开玩笑吧？"

穆勇冷冷地说道："我穆勇做事向来一是一，二是二，什么时候跟别人开过玩笑？你若是不相信，我马上就走。"

穆勇说完，转身就要走。孟天急忙一个箭步走过去抓住穆勇的手，说道："别走别走，我相信你说的是真话，行了吧？我只是没想到我孟天会有这么大的福气。我今天真是太高兴了，来来来，我们进去痛喝几杯。"

穆勇摆摆手，说道："酒逢知己千杯少，话不投机半句多。我与你一起喝酒，聊不出兴致，也喝不出气氛来。"

孟天心里头掠过一丝愠怒，在他的地盘上竟然有人敢对他出言不逊。但他压住心头的火气，强装出笑容道："穆勇，你为我的终身大事出了这么大力气，我若不款待你，天下人岂不耻笑我孟天太小气。这个面子你还是给我吧。"

穆勇说道："你的酒我当然要喝，但不是现在，等到你和郭雁成婚的那一天，我一定过来喝喜酒。"

停了停，穆勇接着说道："作为你和郭雁成婚的媒人，在喝喜酒之前，我必须阐明三个条件。"

孟天说道："哪三个条件？"

穆勇说道："第一，南天岛和忘忧岛的人之间若曾发生过纷争和纠葛，一律既往不咎。"

孟天说道："那是理所当然，郭雁与我成婚之后，南天岛和忘忧岛就是一家人了。一家人之间怎会记仇！"

穆勇接着说道："第二，你娶了郭雁之后，必须全心全意爱她、呵护她，绝不能让她受到半点委屈。若是我发现郭雁婚后生活总是以泪洗面，我决不会放过你。"

孟天心里头发出"哼"的一声，暗自想道：你这个媒人的派头可真够大的，比我爷爷的爷爷还要牛！但他没有把自己的情绪表现出来，只是平淡地说道："郭雁是我生命中最重要的一部分，我爱她还来不及呢，怎么可能让她以泪洗面？月老大人，你就百分之百放心吧。"

穆勇说道："第三，你这辈子只能一心一意爱郭雁一个人，不管你飞黄腾达到什么程度，郭雁永远是你唯一的妻子。若是你有半点见异思迁、移情别恋、拈花惹草，你绝不会有什么好下场。"

孟天冷冷一笑，说道："我若是移情别恋，将会面临什么样的下场？"

穆勇说道："我就让你死！"

孟天突然爆发出一阵狂笑，笑得令人毛骨悚然，他咬着牙说道："我答应你，我全答应你的要求！"

（二十五）不速之客

结婚的日子一天天地逼近，俗话说，人逢喜事精神爽，可是郭雁的心情却一天天地沉重起来。每天从早到晚，她总是独自一人呆呆地坐在忘忧岛海边的石头上，默默地注视着奔腾跳跃的海浪和自由翱翔的海燕。任何人出现在她身边都会让她愠怒。她厌恶任何干扰，只求一个人安安静静地待着，安静得像一块没有任何生命气息的石头。

郭雁觉得自己做了一件荒唐滑稽、不可思议的傻事，荒唐得连最愚蠢的人都会感到可笑。当时，她一怒之下做出与孟天结婚的决定，原本是为了刺激穆勇，让他震惊，让他醋意大发，打他个措手不及。不料穆勇对此无动于衷，不仅如此，他还自告奋勇去当媒人。

郭雁一直在内心深处反复质问自己：我真的掉进自己挖的陷阱里了吗？我该怎么办？郭雁原先执着地认为穆勇在心里深深爱着她，只是没有表露出来而已。如果她要飞到别的男人的怀抱里，穆勇是绝不会答应的。除了郭雁，穆勇再也找不到第二个让他满意的"她"。

可是这一切都属于"原先"。

现在郭雁意识到，自己原先的各种"认为"都是错误的，都是自作多情、自欺欺人的幻影，都是在空中缥缥缈缈、飘忽不定的泡沫。当这些幻影和泡沫被残忍的现实击破之后，郭雁才知道在穆勇心里头，她不过是棵一钱不值的小草。

但是她已决定与孟天结为伉俪，她就不能反悔。迈出了第一步就只能坚持走下去，哪怕这条路是通向永不见天日的地狱，通向粉身碎骨的万丈深渊，她也无法回头了。

结婚的日子终于到来。南天岛上洋溢着喜气洋洋的气氛。自从婚期确定之后，孟天就带领手下人装扮起来，把整个南天岛装饰得尊贵气派、豪华亮丽。他要把婚礼办得轰轰烈烈。

孟天的父亲孟非凡也专程从菊花镇的非凡山庄赶过来参加婚礼，还带来了擅长歌舞的婚礼乐队和价值连城的珠宝绸缎。

起初孟非凡希望儿子的婚礼在非凡山庄举办，但是郭雁不同意。因为菊花镇曾经留下她万念俱灰、肝肠寸断的噩梦，她不愿让自己在菊花镇重温噩梦。

自从孟非凡练成能抵御所有掌力的"金衣甲"之后，江湖豪杰都认为孟非凡的武功已天下无敌，因此纷纷聚集在孟非凡麾下，听他使唤。孟非凡来南天岛参加儿子孟天的婚礼，江湖豪杰也如蜜蜂追花香般纷至沓来。

孟非凡的武功天下无敌，对江湖众豪杰来说，他们心里很清楚轻慢了孟非凡儿子的婚姻大事意味着什么样的后果。所以众豪杰不但来了，还带来了许多拿得出手的贺礼。一时间，南天岛上嘉宾云集，贺礼成堆。郭雁和孟天在南海一座小岛上办婚礼，竟办得天下皆知，热闹非凡。

宴会大厅里摆了数百桌酒席，赴宴的宾客按名望依次而坐，其中南天岛的人坐一起，忘忧岛的人坐一起，远道而来的贵宾坐一起。敬酒声、猜拳声不绝于耳，欢呼声、谈笑声此起彼伏，那春意融融的气氛使得整个宴会大厅成了欢乐的海洋。

这些来赴宴的人当中，有的曾经是在江湖上短兵相接、剑拔弩张的死对头。现在他们竟如一家人坐在一起。这一切的改变，都是因为"婚姻"的魔力。婚姻可以化干戈为玉帛，可以化仇恨为友情，可以化血泪为幸福。它能让憔悴、绝望、奄奄一息的生命重新燃起希望的火花，从而充满激情地活下去；它能摆脱时间和空间的束缚，把素昧平生的家庭联系在一起，让恩爱和睦的河流世世代代流淌下去。

然而，婚姻也可以让和平共处的人或家庭反目成仇，让人从幸福快乐的巅峰跌落到绝望痛苦的万丈深渊。古往今来，多少人的生命之火因为陷入了婚姻的泥潭不能自拔而无奈地熄灭。

婚姻就是这样，让人憧憬向往却又让人捉摸不透，可以让人幸福美满，也可以让人痛不欲生，它永远充满了魔力。

孟天端着酒杯，在各桌酒席之间轮番向客人敬酒。他今天春风得意，红光满面，喜笑颜开。他本想带上新娘子郭雁一起向来宾敬酒，但郭雁坚决不同意。她确实没有这个兴致。虽然今天是她的大喜日子，但热闹是别人的，她心里如冰天雪地般凉透了。既然她不愿意，孟天就没有勉强她。

孟天信步走在宴会大厅中，转眼间已和大多数客人对上了杯。每到一桌酒席，孟天都要接受客人一番"狂轰滥炸"。大半圈下来，他依旧泰然自若，面不改色。没有深厚的内力作为后盾，是撑不起这样的场面的。酒鬼纵然嗜酒如命，但最后也只能在酒精的作用下慢慢倒下，况且孟天绝不是酒鬼。

大家正喝得高兴，摆在最外层的酒席忽然出现一阵骚动。一名不速之客搅乱了宴会大厅喜气洋洋的气氛。

这名不速之客衣衫褴褛，浑身脏兮兮的。杂草丛生般的长胡子遮挡了大半部憔悴消瘦的脸，使人看不清他长得什么模样。宴会大厅的人都认为这是一名四处流浪、衣食无着的叫花子。

叫花子正往里面走时，几名南天岛的弟子已站起身，挡住了他的去路。一位

已喝得醉意正浓的弟子嚷道："你是从哪里冒出来的？出去出去，别影响了我们的胃口！"

叫花子的手轻轻一挥，几名弟子已分别向两边飞去，然后重重地摔在地上，痛得直呻吟，想爬也爬不起来。

叫花子迈开大步径直往里面走去，又有几名南天岛的弟子围过来。他们摩拳擦掌，跃跃欲试，做出要上前阻拦叫花子的架势，但最终没有一个人敢真正出手，始终与叫花子保持一定的距离。因为已经有了前车之鉴，他们谁也不想趴在地上呻吟。

孟天眉头微蹙，他的脚步轻轻一移，已来到了叫花子的前面，拦住了去路。

孟天说道："这位朋友远道而来，想必是来光临孟某人的婚礼的吧？我孟某人敞开胸怀欢迎五湖四海的英雄豪杰。"

叫花子鼻子"哼"了一声，眼睛里射出不屑的光，冷冷地说道："光临你的婚礼？我可没有那么好的兴致。"

孟天说道："那么这位朋友来此有何贵干？"

叫花子说道："无事不登三宝殿，我是来找我女儿的。"

孟天一愣，说道："找你女儿？谁是你的女儿？"

叫花子说道："就是新娘子郭雁！"

孟天大吃一惊，脸上一下子变了颜色，讷讷地说道："郭雁是你的女儿？！你是……是……"

叫花子说道："我就是被穆勇击下悬崖，已经死去的郭云飞！"

这不啻晴天里忽然响起了一个惊天动地的巨雷，整个宴会大厅一片哗然。在座的各位宾客，大部分是与郭云飞相识的武林中人，只是郭云飞闯进来时，杂草般的胡子遮挡了大半个脸，使他们一时无法分辨出来。现在他们都睁大眼睛盯着郭云飞的脸，试图透过浓密的胡子寻找昔日仁义教教主、武林盟主的容貌。

最惊喜的人莫过于郭雁。当郭云飞轻轻出手，把几名企图阻挡他的南天岛弟子击倒在地上时，郭雁就猛然觉得这位"不速之客"的动作好熟悉，简直就是一个她从小到大司空见惯的动作。但她无法下结论，不知"不速之客"到底是谁，只是脑海里不断反复闪现那熟悉的动作。

当"不速之客"开口说话时，那熟悉的声音让郭雁一下子从心底冒出了惊奇的感觉，她仿佛已经找到了答案。当郭云飞向孟天道出姓名时，她像一支离弦的箭，一下子冲了过去，悲喜交加地喊道："爹……"

郭雁仿佛一个渴望父爱的孩子，扑进了郭云飞的怀里，她早已泣不成声了。

郭云飞的眼圈也红了，两行老泪纵横而下。浓密的胡子虽然遮挡了他大半个脸，却遮挡不住他满脸的悲伤。

郭雁说道："爹，自从你和穆勇一战，被击下悬崖之后，我以为永远无法与你见面了。想不到……"

郭云飞托着郭雁的脸，凝视了一会儿，慢慢说道："雁儿，你就像一只纤弱的小鸟，爹不忍心丢下你一人在这世界上，所以爹硬撑着不去阎王爷那里报到。好在阎王爷也不是不近人情，所以我们父女又有了重逢的机会。"

孟天端着喝空了的酒杯，像个木头雕刻的人似的，傻愣愣地站在郭云飞父女身旁，一时竟不知该说什么话才好。

一直坐在最里面正席位置的孟非凡站起了身，不急不慢地朝郭云飞父女这里走了过来。

孟非凡说道："可喜可贺，我们今天真可谓双喜临门啊。一是孟天和郭雁喜结良缘，共筑爱巢；二是我孟某人和郭教主两位亲家在这其乐融融的时刻相逢，真是三生有幸啊！"

郭云飞直直地盯着孟非凡的眼睛，直盯得孟非凡心里头有些发虚、发毛。

但孟非凡依然镇定自若地继续说道："郭教主吉人自有天相，虽从悬崖坠落却安然无恙，还能在这花好月圆的时候出现。这是郭家和孟家的福气，也是两家的缘分。"

郭云飞说道："谁说我坠落悬崖安然无恙？当时我已经气息丧尽，迈向了黄泉之路。但有一位绝世高人妙手回春，硬是把我从阎王爷的手里抢了回来。"

孟非凡说道："哦？但不知那位高人姓甚名谁，他是如何救了你？"

郭云飞说道："我没有必要向你细述详情，郭家和孟家本就不可能坐在一起诉说衷肠，更说不上什么缘分。"

孟天已从惊愕中醒过神来，他接过话题道："我和郭雁都从菊花镇千里迢迢来到南海的孤岛上，我们在南海相遇、相识，再到相爱，这本就是命中注定的缘分。若真没缘分，我们是无论如何都不可能携手走到一起的。"

郭云飞说道："你们虽然走到了一起，但绝不可能是心心相印、情投意合的。"

孟天说道："我对郭雁一见钟情，向她表达了我的爱慕之心；郭雁也托人上门表达了自己的心愿，愿意与我结为秦晋之好，恩恩爱爱，白头偕老。这难道不算心心相印、情投意合吗？"

郭云飞说道："我不相信郭雁会心甘情愿嫁你为妻，她一定是有难言的苦衷。"

孟天说道："你不相信郭雁是心甘情愿的？那么你且亲自问她，她到底愿不愿意与我成婚。"

郭云飞看着郭雁，问道："雁儿，有爹在这里，你说实话，你真的愿意与孟天这样的人结为夫妻吗？"

郭雁抬起头，看着郭云飞憔悴、黯淡无光的脸。她那忧郁而美丽的眼睛，像一泓深不可测的湖水，映射出谁也看不懂的光芒。良久，她才轻轻说道："爹，我是心甘情愿嫁与孟天为妻的。"

孟天暗暗舒了口气，孟非凡的脸上露出了一丝别人不易察觉到的得意。

郭云飞心里微微震动了一下，问道："雁儿，你说的都是真心话吗？"

郭雁说道："是真心话。"

郭云飞问道：“你不后悔自己的决定吗？”

郭雁说道：“我不后悔。”

郭云飞转过头，看着孟天，说道：“我女儿嫁你为妻，你能全心全意保护好她，不让她受到任何伤害和委屈吗？”

孟天挺起胸膛，铿锵激昂地说道：“为了郭雁，我孟天就是赴汤蹈火，粉身碎骨，也在所不辞！”

郭云飞冷笑一声，说道：“好一个粉身碎骨，在所不辞。如果我现在提出要用冷水阴云功击你三掌，你愿意承受吗？”

孟天毫不犹豫地说道：“岳父大人，如果你想这么做，我孟天绝不拒绝。”

孟非凡脸上已露出忧虑的神色，他心里清楚，孟天虽已练成“金衣甲”，但也只是初具雏形，还未达到炉火纯青的程度。郭云飞的冷水阴云功叱咤风云，是一种渗透力和杀伤力都极强的武功。以孟天目前的“金衣甲”功底去承受郭云飞三掌，无异于在拿性命当赌注。

孟非凡说道：“天儿，你有把握承受得住你岳父的三掌吗？”

孟天说道：“我已说过，为了郭雁我就是粉身碎骨也在所不辞。岳父大人的三掌若把我击成粉末，我也是死而无憾。因为我毕竟实现了自己的诺言，为我一心一意爱着的妻子付出了生命，这就是爱的代价，我虽死犹荣。”一席大义凛然和为爱献身的豪言壮语，使得在场的众多宾客深为感动。郭云飞一直充满敌意和对抗的神经也稍稍松软了下来。

但孟天暗中对自己的“金衣甲”充满了自信，他确信世上任何一种凌厉强劲的掌力都不可能轻而易举将他击伤。他倒想借此机会领教一下冷水阴云功到底有多厉害。

郭云飞迟疑了一下，说道：“好，我今天就赐你三掌，你若能过关，我就答应让郭雁嫁你为妻。”

孟非凡还想再说些什么，但孟天已抢先说道：“岳父大人，您尽管毫无保留地大胆地出手吧。我若是过不了这关，我就不配当您的女婿，您可以随时取消我和郭雁的婚约。”

一直人声鼎沸的宴会大厅已空无一人，众宾客都围聚到了宴会大厅外面的一块空地上，密密麻麻地围成了一个圆圆的圈子。

众宾客的神情各异。有的紧张担忧，额头上沁出了冷汗；有的一副泰然自若、事不关己、高高挂起的冷漠模样；有的暗自发出冷笑，只希望乱子闹得越大越好、一派津津有味观看热闹的神态。

郭云飞和孟天站在圈子的中间。两人默默地对视了一会儿之后，郭云飞说道：“我要开始出掌了。”

孟天长长嘘了口气，说道：“你出掌吧，我已做好准备了。”

郭云飞运足内力，大吼一声：“接掌！”一记强劲的冷水阴云功掌力如山洪暴发，以排山倒海之势向孟天的胸膛击打过去，那阴森恐怖的力量让围观的人禁不住打了个寒战。

孟天昂首挺胸，从容不迫地迎接郭云飞猛烈的一击。只听沉闷的一声"砰"响，冷水阴云功打在孟天的胸膛上，孟天打了个趔趄，向后倒退了三步。但他很快就站稳了脚步，依旧昂首挺胸，看上去似乎毫发无损。

郭云飞心里猛地一沉：难道孟天已经练成了坚不可摧的"金衣甲"？

站在一旁的孟非凡已经看出了名堂：郭云飞在与穆勇的生死大战中，被穆勇击下悬崖之后，元气大伤，功力已经大不如前了。若是郭云飞能用十成功力的冷水阴云功，以孟天目前的功底是无论如何都接不住他一掌的。孟非凡暗暗感到庆幸。

郭云飞又运足了内力，第二掌猛然击出，孟天被打得又后退三步，但他立马又站稳了脚步，依旧昂首挺胸。

第三掌接着又击出，这一掌郭云飞本想从正上方打，但不知何故突然打偏了，掌气直冲向右下方，正好击打在孟天的右侧小腹上。

孟天"哎哟"一声，向后足足倒退了两丈，他努力站直身体，昂首挺胸，但一股股红的鲜血从嘴角淌了出来，他的脸色有些发紫了，现出了痛苦的表情。

显而易见，第三掌冲破了"金衣甲"的防线，孟天已受了内伤。但他依旧昂首挺胸，巍然而立，只要他还没有倒下，他就是胜利者。

孟天看着郭云飞，目光中散发出一种凌人的傲气，说道："岳父大人，我已经承受住了你的三掌，我该有资格娶你的女儿了吧？"

郭云飞说道："你确实是一个顶天立地的男子汉，我佩服你，我已经没什么可说的了。"

郭云飞看了看郭雁，又看了看孟天，然后用一种温和而坚定的语气说道："希望你们俩真的能做到心心相印、恩恩爱爱、白头偕老，这样为父也就能安心度过余下的隐居生活了。"说完，郭云飞施展轻功腾空而去，转眼间便从众人的视野中消失了。

婚宴继续进行，南天岛依旧弥漫着春意融融的喜庆气氛。众人放开肚皮开怀畅饮，直喝得酩酊大醉。

对深深相爱的初婚伉俪来说，新婚就像一座五彩缤纷的大花园，充满了数不胜数、姹紫嫣红的鲜花。日常的言语也饱含着绵绵的情意，司空见惯的景观也赋予了绚丽多姿的情调。

郭雁就是怀着这种心态度过自己的新婚的。她通过自己的想象和憧憬，让周围任何细微的一景一物都插上了浪漫的翅膀，在自由自在的幻想国度里尽情翱翔。在郭雁心目中，爱情生活就应该跟无边无际的大海一样，永远跳跃着充满激情和欢乐的浪花。

初升的旭日照在郭雁的脸上，她的脸就像一朵含苞待放的鲜花。她那忧郁而美丽的目光跟随着一群自由飞翔、歌唱的海燕，在大海的上空来回穿梭。她那鲜花般

的脸蛋不时绽放出天真可爱的笑容。

自从与孟天成婚之后，她时常坐在南天岛的海岸边，出神地望着一群群展翅翱翔的海燕。

一次，孟天已悄悄来到她的身后，她竟没有发觉。良久，孟天柔声问道："海燕不过是汪洋大海里普普通通的一种飞鸟，你为何看得如此如醉如痴？"

郭雁回过头，含情脉脉地看着孟天，说道："因为海燕勾起了我脑海深处无穷无尽的想象，这种想象给我带来了无穷无尽的快乐。"

孟天问道："哦？你想象到了什么？"

郭雁说道："我把自己想象成了一只无忧无虑、逍遥自在的海燕，在烟波浩渺的海面上自由飞翔。"

孟天顺着郭雁的目光，凝视着展翅翱翔的海燕，若有所思地说道："它们没完没了地飞着飞着，究竟要飞去什么地方？"

郭雁说道："它们要到达的目的地，一定是一个没有烦恼，只有幸福快乐、和睦友爱的王国。因为有了幸福美好的目标，所以它们的歌声才这么美妙，它们的舞姿才这么动人。"

孟天笑了笑，说道："如果你和我真的能变成海燕，那么我们就跟随这群海燕飞向那个理想的王国。"他说着，把手轻柔地搭在郭雁的肩膀上。

郭雁也笑了，她的目光出神地投向海天交接的远方，仿佛已经看到了她心目中的理想王国。

郭雁问道："孟天，你心里真的很爱我吗？"

孟天温柔地说道："当然很爱你，你是我生命中不可或缺的一部分。"

郭雁问道："你对我的爱像什么呢？"

孟天说道："我对你的爱，就像浩瀚无边的大海，永远跳跃着甜蜜恩爱的浪花；就像海中傲然屹立的礁石，虽经漫长岁月的风吹雨打，依然保持着爱的本色；就像海面上冉冉升起的太阳，每天都给爱的世界放射万丈光芒。"

郭雁听着听着，慢慢把头偎依在孟天的怀中，她真的陶醉了……

（二十六）原形毕露

夜幕降临了，一轮金黄的圆月从水天交接的地方徐徐升起，给天地万物铺上了一层淡雅、温馨的色彩。

郭雁坐在南天岛一块光滑平坦的石头上，举头仰望着天空中那轮在云彩里轻轻飘动的圆月。郭雁觉得，大海中的圆月比菊花镇的圆月更美、更亮、更纯洁。

郭雁的身旁坐着孟天，这是他们第三次在夜幕中欣赏明月了。每一次赏月都产生不同的心情。

郭雁说道："天上的月亮如果能永远是圆的，那该多好啊！"

孟天说道："世间万物，只要能团圆，就都是美好的。"

郭雁看着圆月，长叹口气，说道："今晚的月亮虽圆，但它终究要变残变缺，这是任何人都阻挡不了的。"

孟天说道："月亮变残变缺之后，它又将一步步地变圆，这也是任何人都阻挡不了的。"

郭雁正凝视着圆月，突然感觉到一种威严逼人的光环笼罩在周围，天上温馨柔和的月光黯然失色，四周的一切仿佛陷入了一种无形力量的控制之中。

郭雁一看，原来是孟天拿出了一块寒光闪闪的金牌，竟是天光金牌。天光金牌威严而圣洁，有种不可违抗的光芒在闪耀着。金牌在手的孟天似乎也在这光芒照耀下变成了另一个人，不再是郭雁含情脉脉的丈夫，而成了一个至高无上、发号施令的人。

在天光金牌咄咄逼人的光环中，郭雁竟一时说不出话来。

孟天说道："天光金牌虽威严不可侵犯，圣洁不可亵渎，但一直都是有缺憾、美中不足的威严圣洁。天光金牌只有与地光金牌合二为一之后，才能在江湖中最大限度地把金牌的统治力量和号召力量发挥出来。就像天上的月亮一样，只有在残月变成圆月之后，才能焕发出象征着团圆和幸福的光晕来。"

郭雁嘴巴动了动，她似乎想说什么，却一个字也说不出来。

孟天说道："我知道地光金牌在你手里，现在我和你已实现了合二为一，那么天光金牌和地光金牌也该实现团圆了。"

郭雁的嘴唇依旧只是动了动，并没出声。她似乎在努力积攒勇气和力量，积攒充分了，才能开口说话。

孟天不急于让郭雁立刻对他的话做出回应，他静静地注视着她那忧郁而美丽的眼睛。他有足够的耐心去等待郭雁积攒回应的勇气和力量。

终于，郭雁开口说话了："我们俩确实已经合二为一，但天光金牌和地光金牌却无法实现团圆。"

孟天心里"突"地一沉，问道："为什么？"

郭雁说道："因为我已经把地光金牌送给了穆勇。"

郭雁的话，犹如一个巨雷，给了孟天当头一"劈"，劈得他几乎跌倒。

半晌，孟天才缓慢回过神来，哽声问道："郭雁，你既已嫁给了我，为何又把地光金牌送给穆勇？"

郭雁说道："我把地光金牌送给穆勇的时候，还没想过要嫁给你。"

孟天说道："你为什么要把地光金牌送给他？你这样做到底为了什么？"

郭雁说道："我什么都不为，我只是愿意这么做。"

此时，孟天的脸色已变得一片阴沉，阴沉得像暴风雨即将来临的昏暗，郭雁不由得暗暗感到一阵恐惧。

孟天说道："你愿意？你连至高无上的地光金牌都愿意送给穆勇，岂不你所有的一切都愿意送给他了？"

郭雁说道："是的。"

孟天说道："既然如此，你为什么不嫁给他，而是嫁给我？"

郭雁说道："我不知道。"郭雁说话的时候，眼睛一直看着夜空，夜空中的圆月已躲藏在重重叠叠的乌云中，只看到一层黯淡的光晕。

孟天冷笑一声，说道："你不知道，我可知道。"

郭雁说道："那你说出来听听。"

孟天说道："你心里真正爱的人是穆勇。穆勇心里虽然也爱你，但你父亲郭云飞是他的杀父仇人，他是个孝子，他无法让杀父仇人的女儿成为他的妻子。所以尽管你把神圣的地光金牌送给了他，毫无保留地向他袒露了你的心扉，但他不能接受你的爱情。你在绝望、愤怒和冲动中，才决定与我成婚，以此来刺激穆勇的神经，来满足你一时的快意。但在你冷静之后，你发现你爱的人依然是穆勇。"

孟天越说越气愤，越说越激动。郭雁默不作声地听着，毫无反应。不作声就是默认，孟天既然没有说错，她就没有必要反对。她向来就不是那种擅于隐瞒真相的人。

郭雁和孟天都陷入了沉默中，周围很安静。郭雁听到孟天大口大口的喘气声，他确实累了，这个令人失望的情景让他浑身疲惫、筋疲力尽。

良久，郭雁轻轻问道："在你心目中，是我重要，还是金牌重要？"

孟天略加思索，说道："作为一个男人，我愿意为我心爱的女人付出一切。当我得不到或失去心爱的女人时，我会痛苦万分，难以解脱。但要成为一个真正顶天立地的男人，我必须拥有支配江湖的能力和地位，金牌就是这种能力和地位的象征。当我拥有金牌时，我就是强大无比的男人，我可以得到一切，包括我喜欢的女人。"

郭雁说道："照你这么说，当在金牌和我之间只能选择一个的时候，你必选金牌无疑了？"

孟天默不作声，不出声就是表示承认。郭雁忽然感到一阵透骨的冰凉，从头顶一直凉到脚跟。

她的目光正对着孟天，仿佛在看一个她从未见过面的陌生人。孟天则把头扭到一边，企图躲避她那种陌生的目光。

郭雁说道："现在一切都太晚了，地光金牌我已送给穆勇，就等于一盆水已泼出去，想收也收不回来了。"

孟天从鼻子里冒出"哼"的一声，说道："泼出去的水，一般人确实收不回来，

236

但我孟天有专收泼出去的水的嗜好，我也有这个能力。地光金牌既然是通过你的手送出去的，我也能通过你把地光金牌收回来。"

郭雁心里猛地一惊，仿佛一下子掉进了阴森恐怖的十八层地狱。她说道："你的意思是要以我为人质，向穆勇索要地光金牌？！"

孟天说道："无毒不丈夫，要想成为真正的强人，就必须不择手段。只要我想要，我就一定要得到。"

郭雁说道："如此看来，你当初向我求爱的真正目的，是认为地光金牌在我手里，只要得到了我，就能得到地光金牌，对吗？"

孟天说道："我向你求爱，是想一举两得。我既钟情于你的美貌贤惠，又渴求地光金牌。但是当只有牺牲你才能得到地光金牌的时候，我只能忍痛让你做出牺牲了。"

郭雁气得头发都竖起来了，她怒骂道："你这卑鄙无耻的小人，我竟糊涂到看不出你的真面目！"她说着，便一巴掌用力扇过去，正好打在孟天的脸上。他的嘴角流出一股殷红的血。

孟天慢慢抹去嘴角上的血，脸上露出一种阴冷的笑，说道："你打吧，用力打啊。不过你再怎么打，也逃不出我的手掌心了。"孟天发出一阵疯狂的大笑，笑得郭雁毛骨悚然。

她确实已经逃不出孟天的手掌心了，但这是她自愿的，她心甘情愿嫁给他的，所以她又能怪谁呢？

孟天停住了笑，咬着牙说道："只要你在我手里，穆勇手中的地光金牌迟早归我所有，我一定要让天光金牌和地光金牌合二为一。我不但要依靠合二为一的金牌向整个武林发号施令，还要根据金牌合成的藏宝图找到黄金堡。从黄金堡里我不仅能得到稀世珍宝，也可获得盖世武功秘籍。从此天下武林完全是属于孟家的。"

郭雁用手捂住耳朵，尖声喊道："你这卑鄙的小人，你别弄脏了我的耳朵，我不想听你说的话！不想听！"她那撕心裂肺的叫喊声在南天岛安静的夜空中回荡，在广袤无边的海面上随着夜风传向远方。但是此时此刻，忘忧岛的姐妹们以及穆勇又怎能听得到郭雁那孤独绝望的叫喊声？

南天岛的正中间有一幢玲珑精巧的圆形房屋，房屋装饰得华丽堂皇。屋内处处流露出尊贵高雅的气质。四面墙上都挂着形象逼真、栩栩如生的精美图画，椅子上都套着上等丝绸制成的套子，梳妆台周围摆着流光溢彩的珍珠玛瑙。此外，房子里巍然挺立着九台银白色的灯架，每台灯架上矗立着一支高高的蜡烛，把整个房间映照得金碧辉煌。

新婚燕尔的郭雁就住在这个华丽的房间里，在这里她曾与孟天同床共枕，但自从孟天得知郭雁亲手把地光金牌送给穆勇后，郭雁就成为这个房间的独居者了。

为了让郭雁过得"安心"，孟天特意安排了几名南天岛的弟子"伺候"郭雁。

郭雁想吃什么，想玩什么，想要什么，弟子们就会立马恭恭敬敬地送上来。

但是郭雁若想离开这间华丽的房了一步，守候在外面的弟子们就会笑容满面、彬彬有礼地把她拦住。也就是说，现在的郭雁只有享清福的命，却没有出门自由走动的权利。这对过惯了逍遥自在生活的郭雁来说，是一种什么样的滋味呢？

今晚是郭雁来到南天岛后的第几天了？她实在想不起来了，她的脑袋里现在只剩下白茫茫的一片了。

透过房间的窗户，郭雁凝视着天上皎洁的明月，明月像一只弯弯的小船，在云海里自由自在地穿梭。

郭雁想起了月宫中的嫦娥。月宫一定豪华壮观得令人难以想象，一定拥有人间无法寻觅到的稀奇珍宝，拥有只有神仙才能享受到的珍馐美味。但是这些身外之物能让月宫中的嫦娥过上幸福快乐的生活吗？

郭雁坚信嫦娥无法幸福快乐，因为她在月宫中只能日复一日地重复着孤独寂寞的生活。一个人若失去了爱和自由，就变成了一无所有的人，纵使是价值连城的珍宝也无法补偿。

珍宝，在孤独寂寞的人面前再也焕发不出诱人的光彩。

孤独的富足，竟比贫穷、劳苦还要可怕。

郭雁觉得自己目前的处境就与月宫中的嫦娥一样。她痴痴地遥望着云彩中的明月，仿佛在遥望一位与她同病相怜的姐妹。

郭雁自言自语："你不能怨天尤人，既然你心甘情愿选择来南天岛，你就要心甘情愿过这样的生活。绝不能有丝毫的反悔！"

郭雁强迫自己对当初与孟天结婚的决定不能懊悔，甚至强迫自己快乐起来。但是，她能做到吗？

外面广阔无垠的大海的上空，又传来了那熟悉的海燕的歌声。郭雁静静地听着歌声，渐渐觉得自己化作了一只自由快乐的海燕，在大海上空逍遥自在地飞呀飞呀。

她想得入迷了，她终于露出了难得的微笑。

这时，房间的门开了，一名南天岛的弟子走了进来。凭经验，郭雁知道是来送夜宵的，现在正是吃夜宵的时间。因此郭雁不怎么介意他，依旧出神地看着窗外的景色。

但是这名弟子把夜宵摆在桌子上之后，没有立即出去，而是大大方方地坐了下来。

郭雁说道："夜宵已送上，你为何还不出去？"

弟子说道："我不想出去，我想陪你坐一会儿。"

郭雁心头顿时升起一股怒火，这名弟子竟敢如此对她说话，她一下子站起来，气呼呼地瞪着他，正想发作。

但是她一下子怔住了，心头的怒火已荡然无存，取而代之的是惊奇和诧异。

这名弟子竟然是穆勇，他穿着南天岛弟子的衣服。

郭雁问道："是你？！你怎么来了？"

穆勇说道："我想来就来，你不欢迎吗？"

郭雁指了指外面，说道："你进来的时候，守在外面的弟子没有阻拦你吗？"

穆勇说道："他们还没看到我时，我就点了他们的穴位，现在他们都安静地睡着了。"

郭雁长长地舒了一口气，说道："三更半夜的，你像个贼一样突然闯到我这里做什么？"

穆勇说道："我不过是想来看望你一下，看你在南天岛过得好不好。"

郭雁心里头涌起一种不知是甜还是苦的滋味。停了半晌，她才说道："我在这里过得很好。"说出这句话，她费了很大的力气。

穆勇说道："孟天对你就像掌上明珠一样关怀备至，对吗？"

郭雁说道："是的，他很疼我。只要我说出想要什么，他就一定会满足我的要求。"

穆勇说道："你们俩一直陶醉在爱情的甜蜜之中，对吗？"

郭雁说道："是的，我和孟天恩恩爱爱、心心相印，我们过得很快乐。"说这句话的时候，郭雁尽量装出幸福美满的样子，虽然她内心深处已痛苦不堪。即使她在吞食苦果，但她也要吞食得津津有味，因为这苦果是她自己一手种下的。

穆勇说道："看来你选择孟天作为自己的如意郎君是选对了。"

郭雁说道："我很庆幸自己能够嫁给孟天，毕竟世界上再也找不到第二个如此疼爱我的男人了。"

穆勇冷冷一笑，说道："孟天确实太疼爱你了，他怕你突然间像海燕一样飞得无影无踪，所以就派了几名弟子守候在你的房间门口，连迈出一步都不允许。若是他对你的爱再强烈一点，就只好把你吞到肚子里了，对吗？"

郭雁一下子提高嗓门叫道："对！这就是一种强烈的爱。当一个男人爱一个女人如醉如痴的时候，他什么事都做得出来。穆勇，你有过这样的经历吗？你能做得到吗？"

她明知穆勇已经看穿了她现在的遭遇和处境，却还要用最后一丝努力去做毫无价值的掩盖。因为她不能在穆勇面前低头，决不能！

她紧紧地闭上了眼睛，因为她不敢面对穆勇的目光，不敢面对这里的一切。

郭雁虽闭着眼，却忽然感觉到一种威严圣洁的光芒笼罩着整个屋子，周围的一切仿佛一下子置身于一种至高无上的力量的控制之中。

郭雁睁开眼一看，原来穆勇已把地光金牌拿在手里。

郭雁惊异地问道："你把地光金牌拿出来做什么？"

穆勇说道："我不过是按照你的意愿把地光金牌送还给你罢了，它本来就是属于你的。"

郭雁一下子坠入了云里雾里，问道："按照我的意愿？我什么时候有过让你归

还地光金牌的意愿？"

穆勇说道："你究竟是真糊涂，还是假糊涂？"

郭雁说道："我没有糊涂，我清醒得很。你必须向我说清楚这到底是怎么回事。"

穆勇说道："昨天，孟天派人向我捎来一些语重心长、诚恳真挚的话。他说近一段时间你一直卧病在床、寝食难安、面容憔悴，整天陷入深深的自责之中。因为你在懊悔当初由于一时的冲动和轻率，竟把地光金牌送给了我。你强烈希望我能把地光金牌归还给你。地光金牌是你生命中最重要、最珍贵的宝物，这样的宝物应该送给最心爱、最亲密的人。孟天是你最心爱的人，只有他才有资格接受如此贵重的礼物。他希望我尽快归还地光金牌，只有这样，你才能从病榻中恢复元气。"

郭雁一听，肺都气炸了，说道："孟天真的派人对你说了这些话吗？"

穆勇说道："正是。我没有必要撒谎。"

郭雁说道："他是个禽兽不如的家伙，什么事都干得出来。"

穆勇说道："孟天是你最心爱的人，你为何说他禽兽不如？"

郭雁说道："他是我最心爱的人？我会爱上这种狼心狗肺的卑鄙小人？"

穆勇说道："你刚刚还说你和他恩恩爱爱、心心相印。"

郭雁柳眉一竖，说道："我这么说都是因为……因为……被你逼的。"

穆勇摸不着头脑，说道："被我逼的？我什么时候逼你说这样的话了？"

郭雁说道："不管我刚才说了什么，但是有一点我必须明确让你知道，地光金牌绝对不能落入孟天的手中。如果他把天光金牌和地光金牌合二为一，他就会知道黄金堡的秘密。这样，他不仅将获得数额惊人的黄金珠宝，还可得到一批失传已久的盖世武功秘籍。这对江湖和武林来说，将是一场空前绝后的巨大灾难。"

穆勇说道："孟天这个人真的像你所说的那么可怕吗？"

郭雁说道："他当然可怕，他比魔鬼还要可怕。"

穆勇说道："既然他比魔鬼还可怕，那你为何选择他作为自己的终身伴侣？"

郭雁说道："这都是被你逼的。"

穆勇说道："又是我逼的？难道你认为天下的坏事都是我做的？"

郭雁的眼圈已红，两行泪水顺着桃花般的脸蛋淌了下来。她说道："当我把地光金牌送给你的时候，就等于我向你敞开了少女的心扉。当时你若接受了我，我还会落到这样的下场吗？我是一怒之下才做出与孟天结婚的决定的。你应该知道，我根本就不爱孟天。"

郭雁含泪泣诉，句句都是实话，可惜为时已晚。

穆勇依旧是蒙头蒙脑的样子，说道："我是个不懂爱情的人，怎能接受你的爱？"

郭雁说道："到现在你还要装糊涂吗？告诉你，你拒绝我的原因，我清楚得很。因为我是郭云飞的女儿，郭云飞是你的杀父仇人，你不能娶杀父仇人的女儿作为妻子，否则就对不住你父亲的在天之灵。因为你是孝子，你不能做任何辜负你父亲的事情。"

郭雁的话，像一个尖锐的锥子，重重地扎在穆勇受伤的心灵上。她说得一点都没错，正因为没有错，所以锥子扎得这么准、这么疼、这么难受。

穆勇自从和郭雁相识之后，郭雁的一举一动、一颦一笑在穆勇心目中占据了重要的位置。这重要的位置日益提升，日益增强，以至于穆勇在睡梦中，不知多少次，看到郭雁像一位纯洁的天外仙女，带着娇媚的笑容向他翩翩飞来。郭雁已占据了他的整个身心。他的每一滴血液、每一个毛孔、每一根神经，都被郭雁占据了。

当穆勇意识到这就是爱时，他开始感到了害怕和担忧，并竭尽所有的努力企图摆脱它。

穆勇心里清楚，爱情之花岂能开在仇恨的土壤上？如果他和郭雁结出了爱情的硕果，那么每当清明时节，在菊花镇祭奠父亲穆正海时，面对父亲的坟墓他该作何解释，为什么要娶杀父仇人的女儿作为妻子？

当穆勇两岁时，父亲就被害撒手而去。他没能为父亲尽一份孝心，若与凶手的女儿结为伉俪，这简直就是大逆不道。即使九泉之下的父亲不责怪他，他又怎能原谅自己？他怎能做出这样的事情来？

所以他只能忍着心痛用尽浑身的力量，把最心爱的人当作仇人来看待。这是多么残忍的折磨和虐待，然而现实就是这么残忍。古往今来，多少圣洁美丽的爱情之花在残酷现实的摧残中凋谢、枯萎。

郭雁静静地注视着穆勇的脸，他脸上任何一丝细微的表情，她都看得清清楚楚，甚至他任何一根神经的伸缩，任何一滴血液的奔流，都逃不过她那双忧郁而美丽的眼睛。

从他的脸上，她知道自己的话深深刺到了他心灵的伤口，痛苦的魔爪在丧心病狂地撕扯着他浑身的每一个细胞。这样的痛苦比千刀万剐还要难以承受，还要可怕。

沉默良久，郭雁柔声说道："穆勇，也许你是对的，任何一个孝子，都不会接受杀父仇人的女儿。"

她这么说，是为了安慰他，减轻他的痛苦，她不能眼睁睁地看着他遭受如此巨大的折磨。

穆勇心灵深处压抑已久的感情像火山瞬间突然爆发，喷射出熊熊燃烧的火焰。他伸出结实的臂膀，把郭雁紧紧地抱住了。

郭雁像一只温顺的羔羊，软绵绵地躺在穆勇火山般炽热的怀抱中。她只希望那炽热的火山把她整个躯体熔化，全部化作爱情的火焰，永不熄灭的爱之火。

穆勇声音哽咽地说道："郭雁，我爱你。我全心全意地爱你，但是我不能娶你为妻，谁叫我们的根发芽于仇恨的深渊！"

郭雁说道："只要你心中爱我，我就心满意足，虽死也无憾了。今生今世我们不能结为连理，若有来世，我一定要成为你的妻子。"

穆勇面露愧色地说道："我最大的过错和遗憾，就是没能及时阻止你和孟天成婚。孟家父子之心天下皆知，你嫁到孟家，无异于自投罗网。"

郭雁说道："我做出的决定谁也阻止不了，纵然明知前面是龙潭虎穴，我也不

会停住步伐。"

郭雁刚烈的性情，更加激燃起穆勇心中爱的火焰，更加重了他心中的痛苦、煎熬和折磨。

郭雁说道："虽然你不能娶我为妻，但是你绝不能让地光金牌落入孟家父子手中，江湖中只有你才真正具备保护好地光金牌的能力。"

穆勇说道："你认为我能战胜孟非凡和孟天？"

郭雁说道："你若不行，江湖中已没有第二个人能行了。我坚信，只要你充分地把自己的功力和智慧发挥出来，你至少不会输给他们，他们也休想夺走地光金牌。"

穆勇说道："郭雁，没想到你对我这么信任。我就是粉身碎骨，也要保护好地光金牌。"

郭雁脸上露出了难得的笑容，她轻轻偎依在穆勇宽厚的胸膛上，仿佛汪洋大海中的一叶小舟，找到了温暖、安全的港湾。

然而相聚只是暂时的，他们最终只能分手。

天亮了，一轮红日从东边冉冉升起，浩瀚的海面闪耀着一层淡淡的金光。郭雁独自一人坐在房间里，透过窗户看着那轮充满生机和活力的红日。

昨天夜里郭雁彻夜未眠，但看不到她脸上有一丝疲倦，而是洋溢着喜悦和兴奋。一个人若拥有这么好的心情，永远都不会觉得疲倦。

昨夜穆勇的突然出现，给郭雁孤独绝望的幽禁生活带来了意外的惊喜和幸福，犹如黑暗无边的夜空中划过一颗耀眼的流星。

这是郭雁第一次犹如火山爆发般地感受到炽烈的爱，这也许是她和穆勇最后一次见面了。但她要把这种无法结出硕果的爱深深地珍藏、保留在心底，当她痛苦寂寞的时候，让这种爱成为希望和勇气的源泉。

现在，郭雁面对初升的旭日重温着这种缠绵火热的爱，她希望自己可以永远处在这种陶醉的状态中。

门外忽然响起了她熟悉的沉重的脚步声，对她来说，那是一种可怕且可恶的脚步声，把她从美好的陶醉中惊醒过来。

郭雁的脑子里飞快地旋转着，她在思量着如何应对这个即将出现的可怕的人物。

门"吱呀"一声被推开了，孟天走了进来。他的脸上带着一种奇怪的表情，奇怪得让人看不懂是什么意思。

郭雁身子没有动，她瞧了孟天一眼，又转过头，面对着窗外那轮红日。

孟天走过来，在她身旁的一张椅子上坐了下来。

孟天说道："昨天晚上南天岛发生了一件奇怪的事，一名弟子在独自练功时突然被人点了穴位。迷迷糊糊中他感觉到他的外衣被脱掉了，可是苏醒过来时他发现外衣又穿回了身上。"

郭雁依旧面朝窗外，说道："那人也许是想借他的衣服一用吧。"

孟天说道："三更半夜的，来借人家的衣服，这是什么目的呢？"

郭雁说道："他到底是什么目的，我怎么知道？"

孟天冷笑一声，说道："你不知道？其实你比任何人都清楚。"

郭雁说道："你这是什么意思？难道你认为这件事与我有关？"

孟天说道："当然与你有关。看来你不是一个善于伪装的人，我刚进来的一刹那，你的表情就已经告诉我了，那个'借'衣服的人，就是来找你的。"

郭雁心头一紧，问道："那你说，他到底是谁？"

孟天说道："当然是穆勇，你朝思暮想的人。"

郭雁正视着孟天，让她刚才紧张的心情反而松弛了下来。既然孟天已经知道答案，她就没有必要再隐瞒什么了；既然没啥可隐瞒的，她也就不必紧张了。

郭雁淡淡地说道："你都知道了，为何拐弯抹角的？"

孟天说道："夜深人静的，穆勇来找你做什么？"

郭雁说道："是你邀请他来找我的，他来做什么你心里应该清楚。"

孟天一怔，说道："我邀请他来？难道他是来归还你地光金牌的？"

郭雁说道："看来你心中很明白自己到底做了什么。这种卑劣的事亏你做得出来，你竟对穆勇谎称我因送他地光金牌之事而懊悔不已，以至于病卧床头。你利用穆勇对我的同情和怜爱胁迫他归还地光金牌，你不觉得这么做是多么卑鄙无耻吗？你还有什么资格在武林中称英雄好汉？"

孟天说道："郭雁，你从小就是一个天真单纯的深闺小姐，哪里知道江湖中的险恶残酷。在江湖中逐鹿的各路英雄，为了达到自己的目的，都不遗余力、不择手段。穆勇已把地光金牌送来了，是不是？你把它放在哪里了？"

郭雁不急于告诉他地光金牌在哪里，她说道："你采用的手段实在令人恶心。"

孟天说道："你怎么骂我都行，但是你快告诉我地光金牌在哪里，然后你再接着痛快淋漓地骂。"

像这种没有羞耻之心、脸皮厚得很的人，你骂得再厉害又有什么用？郭雁长长地叹了口气，说道："地光金牌若落到你手里，天光金牌和地光金牌合二为一，你将知道黄金堡的秘密。黄金堡如果掌握在你们孟家父子手里，对武林来说将是一场可怕的灾难。"

孟天说道："你爱怎么说都可以，我不在乎。我现在关心的是，穆勇是来找你归还地光金牌的，对吗？"

郭雁看着他，眼神中充满了鄙视，说道："没错，他确实是来找我归还地光金牌的。"

孟天眼睛中冒出了亮光，他迫不及待地说道："那你快说，你把地光金牌放在哪里了？"

郭雁说道："可惜得很，我没有接受地光金牌，地光金牌依然在穆勇手里。"

孟天一下子从椅子上跳起来，暴吼道："什么？你没有接受？？你为什么没有接受？？？"

郭雁平静地说道："我已经跟你说明白了，我不愿地光金牌落到你手里，我不想看到可怕的灾难降临到武林。"

孟天牙齿咬得"咯咯"地响，怒火几乎冲破他的胸腔，他说道："想不到，我最可怕、最难对付的敌人竟是你！"

郭雁说道："我已经心甘情愿落入你的手心了，你若还不知道如何对付我，那么你就是世界上最愚蠢、最窝囊的人。"

孟天的手已高高举起，他把追魂掌的掌气运至手心，只要他的手一挥，雷霆万钧的掌力将把郭雁击打得粉身碎骨。

二十多年来，孟非凡潜心修炼，已练成了牢不可破的盾——"金衣甲"，以及无坚不摧的矛——追魂掌。凭着这一盾一矛，孟非凡在武林中已基本没有对手。

孟天得到了孟非凡的真传，虽然火候还远不如孟非凡，但孟天自出道江湖以来，还没有遇到能与他分庭抗礼之人。

现在，孟天准备用他拥有的无坚不摧的矛来对付他曾经信誓旦旦要白头偕老的妻子。

郭雁虽然在郭云飞的指导下修炼过冷水阴云功的内力，但是她浅薄的功力与孟天相比，简直就像一只毫无抵抗力的羔羊面对一头恶狼。

孟天的怒火在心头燃烧，他的追魂掌掌气即将随着怒火爆发而出。

郭雁的眼睛紧闭着，像弱小的羔羊等待着恶狼张开巨口把她吞噬。

但是孟天的追魂掌始终没有拍下。过了一会儿，他慢慢收回了手掌，突然间爆发出了一阵狂笑，笑得郭雁一阵毛骨悚然。

孟天说道："我不会杀你的，留着你对我有用处。只要你还掌握在我手里，穆勇就会乖乖地被我牵着鼻子走，我就不愁地光金牌不会落到我手里。"

郭雁说道："如果你留着我就是为了胁迫穆勇，达到你卑鄙野心的目的，那么我宁愿现在就一头撞死在这里。我要让穆勇放手一搏。"

孟天的瞳孔已缩小，他冷酷的目光中透露出了几分醋意。他说道："穆勇在你心目中真的占据这么重要的位置吗？他到底有什么魔力让你如此痴心和钟情，以至于你宁愿为他而死？"

郭雁说道："穆勇并没有什么魔力，他只是个真正的男人。"

孟天吼叫道："他是个真正的男人，难道我就不是男人了吗？"

郭雁说道："如果你也算男人，只能算邪恶的男人，而穆勇是正义的男人。"

孟天说道："那又有什么区别？"

郭雁说道："正义的男人是不可战胜的，他虽然会遇到挫折和困难，但最后的胜利一定属于他。而邪恶的男人不管曾经多么风光得意，最终的结局必定是一败涂地。"

孟天又发出了一阵狂笑，他说道："好哇，我倒要看看到底是谁一败涂地，我不但要堂堂正正地击败穆勇，还要光明正大地夺取地光金牌，然后理直气壮地征服你的芳心。凡是我孟天想要做到的事，就一定能做到。"

（二十七）移情别恋的代价

浩瀚的南海，碧波万顷，夕阳斜照在微微起伏的海面上，像铺上了一层金黄色的柔软的绸缎，一直延伸至水天交接的地方。

大海是温柔美丽的，她以博大宽广的胸怀包容着一切。虽然有时狂风巨浪会撕破大海温柔美丽的面纱，但丝毫无损于她的魅力，她的魅力永远是不可阻挡的。

远处缓缓驶来三艘船只，中间一艘的船头隐隐约约站着一个人，他正凝视着大海，企图看穿深不可测的大海的真实面目。

在浩瀚无边的大海中，这三艘船就像三片树叶，显得那么渺小，那么微不足道。

但是站在船头的人坚信他一定能征服这片广袤无际的海域，他认为自己才是这里真正的主宰者，蓝天之下的一切都必须在他的掌控之中。

拥有如此巨大野心的人，自然是孟天。孟天一直在寻找穆勇，他要向穆勇下战书，约定决斗的地点和日期。他在穆勇可能出现的海域徘徊，等待穆勇出现，这已是第三天了。

他要堂堂正正地击败穆勇，在众目睽睽之下击败穆勇，向世人宣布"金衣甲"和追魂掌这对盾和矛是天下最强大的。

他要凭真本事实现天光金牌和地光金牌的合二为一，他要彻底击溃郭雁对穆勇抱有的任何期望。到时候，除了他之外，郭雁再也找不到第二个"真正的男人"。

但是三天以来孟天一直找不到穆勇，去了忘忧岛，穆勇不在那里。寻遍了周围一带大大小小的岛屿，也不见穆勇的踪影。打听认识穆勇的人，他们也不知道穆勇在哪里。穆勇究竟在什么地方？他是不是害怕孟天，躲藏起来不敢露脸了？

孟天坚信一定能找到穆勇，只要郭雁还掌握在他手里，他就不怕穆勇会飞到天上去。

这时，有五艘船只出现在了孟天的视野里，它们披着夕阳，由远而近，直直地朝孟天的船队相向开来。

五艘船吃水都很深，显得十分沉稳，很明显，这些船都满载着货物，必定是一支商船队伍。

这几只船行进的节奏急促匆忙，显然是急着赶往目的地去完成一笔重要的交易。

五艘船的中间是一艘彩旗猎猎、高大巍峨的大船。这艘船装饰得豪华气派、尊贵不凡，它自然就是这些船的领导者。

双方的船乘风破浪，相向而行。直到距离只有几百米时，双方的人才意识到彼此间相对得太正了，必须有一方要绕道闪开，才能避免相互之间船只的碰撞。

但是绕道闪开的应该是谁呢？

孟天是不可能绕道闪开的，他坚信他是这片广袤无边海域的主宰者，蓝天之下的一切都必须在他的掌控之中。所以即使辽阔的大海向他提供了宽广的闪避空间，他也不会绕道而行。因为"闪避"意味着懦弱，意味着无能，也意味着失败。

孟天指挥自己的三艘船只直直地往前开，绝不能改变方向。

然而对方的船只也没有改变方向，依旧快速向前行驶。中间大船的船头挺立着一位五十岁左右的老者。他身材挺拔，虬髯飘逸，黝黑的脸庞透露出几分威严和刚毅，那是一张久经风霜的脸庞。他的目光中散发出凌人的傲气，表明他绝没有闪避之意。

双方继续相向而行，直到彼此的船头像好斗的不服气的公牛相互顶撞了一下，才都停下了前进的步伐。

孟天眼睛盯着虬髯老者，问道："你为什么不闪避？"

虬髯老者声如洪钟地说道："我花填海闯荡江湖数十年，都是别人闪避我，我从未闪避过任何人。"

孟天心里"突"地一沉，问道："难道你就是誉满江湖的'穿涛掌'花填海？"

花填海说道："正是。"

孟天眉头微蹙，他略为思索了一下，说道："大名鼎鼎的江湖中人应该通情达理，难道你不明白，相向而行的人正面相迎时，若想继续前进，必须有一方绕道避开？"

花填海发出一阵哈哈大笑，那爽朗的笑声震得孟天脚下的船只微微颤动起来，证实了花填海的内功果然名不虚传。他说道："这个道理实在太简单了，连三岁小孩都懂。但是你应该知道，我花填海若是给人绕道闪避之辈，那么我在江湖中的生意不可能越做越大，也不会有今天的名气。"

越是面对超群高手，越是能激发起孟天征服的欲望。孟天说道："我用什么方法才能让你绕道闪避呢？"他说这句话的语调很平静，却已经透出浓浓的杀机。

花填海说道："你若能找出让我闪避而行的方法，我也能找出让你闪避而行的办法。"

孟天说道："我若是把你的性命握在手里，就不愁你不绕道而行了。"

花填海说道："你若想这么做，那么我必定奉陪到底。"

一场箭在弦上的恶斗已无法避免。孟天的手一挥，南天岛的弟子已跳上对方的船，与花填海手下的人交起手来。

一时间，只见刀光剑影，杀声震天，血肉横飞，一场残忍的肉搏战在夕阳铺洒的海面上打了起来。

短兵相接分出了高低，南天岛的弟子占尽了优势。花填海手下的人死的死、伤的伤、落海的落海，被打得哭爹喊娘、落花流水。

花填海怒眼圆睁，骂道："我花填海怎么养了一帮不争气的饭桶！"随着话音，一记凌厉强悍的穿涛掌已击出。

掌声呼啸，掌气凶狠，花填海第一掌击倒了几名南天岛弟子，接着又击出第二掌，又有几名南天岛弟子伤在穿涛掌下。

花填海一连击出四五掌，跳上来的南天岛弟子犹如秋风扫落叶般被扫得干干净净。

孟天知道自己出手的时候到了，他一纵身，跳上了花填海所在的大船。

孟天冷冷地说道："穿涛掌果然非同小可。我今天倒要领教领教穿涛掌到底厉害到什么程度。"

花填海说道："年轻人，你若能接住老夫一掌，那么你在江湖中也能独树一帜了。"

孟天说道："我何止能接你一掌？你就是给我十掌八掌的，我也不在乎，让你打到筋疲力尽为止。"

花填海厉声喝道："年轻人不要太狂妄了，看掌！"语音刚落，他已朝孟天胸膛击出一记凶悍无比的穿涛掌。

孟天昂首挺立，用自己的胸膛去迎接花填海的掌力。只听"砰"的一声，穿涛掌打在孟天胸膛上，发出的声音深重低沉。

孟天安然无恙，依旧昂首挺立，花填海感觉到一股强劲的内力向自己反弹过来，直震得他身不由己向后倒退了三四步，险些跌倒。

花填海看着孟天，目光中闪现出惊疑和不安，他说道："年轻人，你中了我的穿涛掌，必定受了严重的内伤，为什么还要强打精神硬撑着？"

孟天说道："你若是认为我硬撑着，那就再给我一掌，把我硬撑的躯体击倒。"

花填海大吼一声，运足内力又击出一掌。这一掌的力量更大，犹如一股强烈的飓风铺天盖地地席卷而来。孟天依旧没有躲闪，用身躯去迎接掌力。

穿涛掌击打在孟天身上，发出"砰"的低沉的声音，一股内力反弹回来，震得花填海又倒退了好几步。

出掌的力量愈大，反弹的力量就愈大，花填海被震得嘴角渗出了殷红的鲜血，他的双腿已微微发软。

已承受两掌的孟天仍是傲然挺立着，他向花填海投去蔑视的目光，说道："穿涛掌果然力量非凡，只可惜这次你遇到的是我。你要击破'金衣甲'恐怕还没这个能耐。"

花填海又惊又气，说道："'金衣甲'？江湖中练成'金衣甲'的只有孟非凡一人，你也练成了'金衣甲'，你究竟是谁？"

孟天说道："孟非凡既已练成'金衣甲'，那么他的儿子练成'金衣甲'也是理所当然的。"

花填海说道："难道你就是孟非凡的儿子孟天？"

孟天说道："没错。"

花填海的脸色已变得煞白，说道："父强子不弱，看来这句古话说得一点也不假。"

孟天说道："江湖中人最讲究的是礼尚往来，我已承受了你两掌，现在该轮到我出手了。"

方才花填海向孟天击出两掌已竭尽全力，这几乎耗尽了他体内所有的真气。他已感到身体发虚，力不从心了。若以这种状态去接孟天的掌力，难免要吃大亏。

但是花填海是一个永不服输的人，他闯荡江湖数十年，所有的财富和名气，都是靠一股拼劲创造和积累起来的。他绝不能在一个年轻人面前低头。

花填海盯着孟天，声音洪亮地说道："你出手吧，老夫一定奉陪到底。"

孟天右手一挥，追魂掌的掌气犹如平静的海面上突然掀起的巨浪，向花填海狂扫而去。

花填海赶紧运足内力，用穿涛掌奋力阻挡。

但是花填海已经力不从心了，追魂掌凶悍的掌气轻而易举地突破了穿涛掌脆弱的防线，直接打在花填海身上。

花填海发出"啊"的一声惨叫，被击出两丈远，重重地摔在甲板上，一口鲜血从嘴里喷出。

花填海艰难地坐起身来，喘息着说道："'金衣甲'和追魂掌，一盾一矛果然是天下无敌。"

孟天看着花填海那狼狈可怜的模样，说道："你已经输了，对吗？"

花填海说道："是的。"

孟天说道："对一个誉满江湖、威震四海的人来说，'输'就意味着名声扫地、奇耻大辱，对吗？"

花填海说道："是的。"

孟天说道："蒙受了奇耻大辱还要厚着脸皮活下去，更是耻上加耻，对吗？"

花填海说道："是的。"

孟天说道："所以若想摆脱耻辱，你唯一的选择就是死亡，对吗？"

花填海说道："是的。"

孟天捡起了掉在甲板上的一柄利剑，慢慢地向花填海走过去。他的眼睛中冒着冷酷的光芒，他要帮助花填海摆脱"耻辱"。

孟天来到花填海身边，缓缓举起了利剑，剑刃对准了花填海的咽喉。

花填海平静地面对剑刃，他不打算再做任何反抗，因为这是失败者最好的归宿。

"请你不要杀我父亲，好吗？"孟天身后传来一个清脆悦耳的叫声。

孟天回头一看，他身后已站立一位十八九岁的亭亭玉立的少女。

她是从船舱里走出来的，但是孟天觉得她好像是从九重天外翩翩飞来的仙女。

她的身材、气质、容貌充分展示她正处在最美妙的年华。

她的身体所展现出美丽匀称的线条，彼此之间搭配得如此完美无缺。

她纤细的眉黛像一轮弯弯的明月，镶嵌在洁白的前额上。红润的嘴唇，好像带着露珠的花瓣，不断地把她那蕴藏着青春的韵味表现出来。

她水灵灵的眼睛，散发出渗透灵魂的魅力。她那海浪般微微起伏着的胸脯，在勾画着让男人无法抵挡的诱惑。

她迈着轻盈的步履，向孟天翩然走来。她纤纤的腰肢像婀娜的杨柳悠悠摇摆，每迈出一步，都摇摆出倩女的美姿。

她说道："如果你答应不杀我父亲，我就嫁给你。"她看着孟天，眼睛里放射出热烈的光。这样的美女提出这样的愿望，天下什么样的男人才能够拒绝呢？

此刻，孟天觉得大海的波涛凝固了，天上的白云凝固了，流淌的时间凝固了，天地间的一切都凝固了。孟天的杀人欲望在这绝世美色中凝固了。

良久，孟天才嘴唇翕动，缓缓说道："你……真的愿意嫁给我吗？"

她说道："当然是真的，只要你保全我父亲性命。"

花填海吃力地说道："如月，你不能这么做。你和他素昧平生，没有任何感情基础，怎么能随随便便嫁给一个陌生人！"

花如月看着花填海，说道："父亲，你含辛茹苦把我抚养成人，为了我，你不知承受了多少风风雨雨，而我却一直没有报答你的养育之恩。现在你面临杀身之祸，我作为女儿怎能袖手旁观？你若死了，我也无法安心活在这个世界上。所以，为了保全父亲，我愿牺牲自己的一切。"

花如月不但长得如花似玉，还有着一颗拳拳孝心。她的容貌美，她的心灵也美。这样的姑娘，孟天若不要，岂不是遗憾终生？

孟天看着花如月，说道："你是心甘情愿嫁给我的，对吗？"

花如月说道："是的。"

孟天说道："你能做到一辈子不后悔吗？"

花如月说道："我永远不会后悔。"

孟天说道："那么你现在就跟我走。"

花如月说道："我既已答应嫁给你，当然就要跟你走。"

辽阔无边的南海，以她博大的胸怀平息了一切，海面上又恢复了平静，仿佛什么事情都没有发生过。

花填海和他的船队继续赶往目的地，在那里他有一笔重要的交易要做。

孟天并不急于赶回南天岛，他驾着一艘船，带着花如月，在风平浪静的大海中漂荡着，充分享受这意外收获的良辰美景。

船儿在漂荡，心儿在漂荡，甜言蜜语在漂荡，所有的一切都在漂荡。

金黄色的夕阳在迷蒙的夜幕中悄然隐去，一轮弯弯的明月升起在水天交接的地方。

皎洁的月光，给夜晚中的南海洒下银白色的生机。

花如月偎依在孟天身边，水灵灵的眼睛出神地望着天上亮汪汪的月亮。

花如月说道："今晚的月色真美，只可惜不像十五的月亮那么圆，那么亮。"

孟天说道："十五的月亮虽圆虽亮，却已经达到了饱和状态，没有了发展空间，它最受渴望团圆的老夫老妻喜爱。而热恋中的情侣或即将结婚的夫妻更喜欢弯弯的月儿，因为它还可以不断地丰满，不断地充实，在不断丰满的过程中给人带来无穷的欢乐和希望。"

花如月目光闪动，说道："那么对我们来说，弯弯的月儿比圆圆的月亮更美丽、更迷人，对吗？"

孟天说道："正是。"

一群海燕唱着歌疾飞而过，向月亮升起的地方飞去。孟天突然加快船儿的速度，跟着海燕向前开去。

花如月问道："你要追赶那群海燕吗？"

孟天说道："不，我追赶的是水天交接处那轮弯弯的明月。"

花如月问道："你追赶月亮做什么？"

孟天说道："我要把弯弯的月亮当作我们的小船，驾驶着它在浩瀚的南海尽情享受无边无际的风光。"

花如月笑了，笑得那么迷人，好像是明媚的春光中一朵绽放的鲜花。她说道："你的想法太浪漫、太动人了。"

孟天说道："你相信我能做到吗？"

花如月望着孟天，说道："我相信你能做到。"

孟天说道："你为什么相信我能做到？"

花如月说道："因为你是强大的、战无不胜的、无所不能的男人。"

美丽的女人总是钟情、依恋强大的男人，而男人在美丽的女人面前总是处处想表现出自己的强大和无所不能。

花如月娇滴滴的一番话，使孟天感觉自己犹如站立在南海中的一个巨人，可以支配一切、征服一切、改变一切。

孟天心头突然升腾起一个强烈的愿望，说道："如月，在我们的结婚典礼上，我将把武林盟主金牌当作我们婚礼的圣物。"

武林盟主金牌在江湖中如雷贯耳，花如月从小就常听花填海及其朋友谈起金牌之事。她说道："武林盟主金牌是武林中至高无上的圣物，分为天光金牌和地光金牌。可是许多年来，经过无数次的流血纷争，这两枚金牌始终无法合二为一，对吗？"

孟天说道："它们很快就要合二为一了，并且将出现在我们的婚礼上。"

花如月说道："这么说，这两枚金牌已掌握在你手里了？"

孟天说道："天光金牌已掌握在我手里，但地光金牌仍在穆勇手里。"

花如月说道："穆勇？是不是在菊花镇击败武林盟主郭云飞的穆勇？"

孟天说道："就是他。"

花如月的目光晃动了一下，仿佛一泓平静的春水被微风吹起了涟漪，她说道："要从这样的人手中取得地光金牌，恐怕不是轻而易举的事。"

孟天说道："当然不容易，但是也不难。"

花如月说道："你有把握击败他？"

孟天说道："我有把握。穆勇的烈风神掌虽然威猛无比，但我已练成'金衣甲'，足以抵御一切掌力。我以'金衣甲'为盾，以追魂掌为矛，一盾一矛相互配合，足以击败江湖中任何一个高手。未来的武林，一定是属于孟家的。"

孟天说这番话的时候，脸上露出胜利的微笑，他仿佛看到了胜利正一步一步地向他走来。

花如月说道："那么你是准备向穆勇挑战了？"

孟天说道："我已经向他发起了挑战，但是他在我面前成了胆小鬼，玩起了老鼠躲猫的游戏。我已经连续找了他三天，连个影子也没见到。"

花如月说道："他真的那么怕你吗？"

孟天说道："那当然，要不然他怎么躲得无影无踪？"

花如月说道："如果他躲藏一辈子，那么你岂不是永远没有挑战他的机会？"

孟天摇摇头，说道："他不可能躲那么久，他很快就会露面了。"

孟天后面想说的话是"郭雁还掌握在我手中，我不怕他插翅飞到天上去"，但是他没有说出来。孟天没有必要在一个"新人"面前说起另一个"新人"。

花如月并没有注意到孟天表情的细微变化，她娇嗔地说道："如果你击败了穆勇，将天光金牌和地光金牌合二为一，那么武林盟主金牌将成为我们婚礼的圣物。我们的婚礼将成为江湖中最隆重、最盛大、最尊贵的婚礼，对吗？"

孟天说道："是的，拥有武林盟主金牌的人是江湖中最尊贵的人。"

孟天说着伸出手轻轻搂住花如月纤细的腰肢，花如月把头轻轻偎依在孟天宽阔厚实的胸膛上。

海风吹起欢乐的浪花，月儿洒下温柔的银光，孟天和花如月在尽情享受着大自然的温馨和浪漫，让爱情的火焰在无边无际的夜空下充分燃烧。

当两位"新人"卿卿我我，甜言蜜语说得缠缠绵绵的时候，孟天忽然听到有人在轻微地叹息。

叹息声轻轻细细，仅仅能够让人的鼓膜感受得到。但是在这静谧美丽的风景中，在这温馨浪漫的欢乐时刻，一声轻轻叹息的闯入不啻晴天中突然击响的霹雳，直震得孟天心头烧起扫兴的怒火。

是谁这样不懂规矩，在别人需要清静的时候突然出现？

当孟天看清来人的时候，他的眼睛睁得大大的，方才缠缠绵绵的儿女情长已消失得无影无踪。

来人正是穆勇，他不知什么时候驾驶着黑鲨箭悄悄来到，离孟天的船仅有三丈距离。

天涯儿女

孟天一直在寻找穆勇，欲　决雌雄，现在他终于毫不费劲地找到穆勇了。

可是他现在不太希望看到穆勇，至少穆勇应该等到他的好事结束后才出现。

一个热衷于儿女情长的男人，纵使有极其重要的事情要做，也不希望这重要事情破坏他此刻的欢乐时光。

毕竟，人生能有几回乐？

可是穆勇偏偏就是这么一个人，你想找他时，踏破铁鞋也难觅他的踪影；你不太想见到他的时候，他却出现在你面前。

孟天说道："穆勇，我辛辛苦苦找了你三天，你却一直不肯露面，你究竟躲到哪里去了？"

穆勇说道："我没有躲，我只是觉得太累了，所以找了个安静的小岛痛痛快快睡了几天。"

孟天面带讥讽地说道："你若是长睡不醒，恐怕我永远也找不到你了。"

穆勇说道："你放心，就算你找不到我，我也会主动来找你。"

孟天诧异地问道："你也会来找我？你找我做什么？"

穆勇说道："我找你讨公道。"

孟天说道："讨什么公道？"

穆勇说道："当初我当郭雁与你成婚的媒人的时候，就明明白白告诉你：决不允许你在婚后做出见异思迁、喜新厌旧、拈花惹草的事情。你当时也答应了，难道现在不记得了？"

孟天说道："我怎么不记得？当时你还说，我若做出辜负郭雁的事情来，我就得死，对吗？"

穆勇说道："没错。"

孟天说道："所以你现在准备让我死，对吗？"

穆勇说道："即使你不死，也要为你的行为付出沉重的代价。"

孟天发出一阵大笑，说道："我孟天一个顶天立地的男人，怎么可能被一个女人束缚终身！"

穆勇说道："一个男人若是不守信用，把人格当儿戏，莫说能够顶天立地，连活下去也是一种耻辱。"他说话的时候，眼睛中已冒出愤怒的光。孟天自认识穆勇以来，几乎没有看到穆勇发火。

孟天心里清楚，即使他不主动向穆勇发出挑战，穆勇也要向他动手了。今晚一场恶战已经在所难免。

孟天说道："我找你是为了讨要地光金牌，你找我是为了讨要公道，我们之间的这一战看来很值得。"

他一边说，一边把"金衣甲"的全部真气提出来，全力以赴，准备开战。这是他至关重要的一战，他必须取得胜利。

穆勇说道："你若赢了，就得到你梦寐以求的地光金牌。我若赢了，就得到我想追求的公道。这一战确实值得。"

双方站在各自的船头，面对面地对峙着，陷入了僵硬的沉默中。

沉默，死一般的沉默，比震天动地的冲杀声还要恐怖。这种沉默释放出来的杀气几欲令人窒息，周围的一切在这腾腾杀气中凝固了。

这种沉默是力量的积蓄，是死亡的降临，是恶战的开始。只有绝顶高手的对峙，才能制造出如此恐怖的沉默气氛。

花如月觉得自己一下子从花好月圆的欢乐中掉进了阴森森的地狱，她浑身颤抖地低声说道："这难道是一场突然降临的噩梦吗？"

她这句话，也许是说给自己听的，也许是说给孟天和穆勇听的。

她已经知道孟天和穆勇之间迟早要有一场恶战，但当恶战真正来到的时候，她还是无法承受。

因为她毕竟是个弱者。

孟天回头看了花如月一眼，说道："男人之间的事，你不要管，也不要看。你躲到船舱里面去。"

孟天叫花如月躲开，因为花如月若留在他身边，会分散他的注意力，使他无法集中精力应战。

花如月像一只受到惊吓的小鸟，慌慌张张躲进了船舱中。

男人之间的事，女人确实不该管。

依旧是沉默的对峙，穆勇和孟天像两尊笔直的雕塑，面对面地挺立在各自的船头，目光和目光激烈地碰撞在一起。

在这沉默的气氛中，周围的景物仿佛也都陷入了僵硬的对峙之中。夜空与大海的对峙，月光与星光的对峙，海风与浪花的对峙，正义与邪恶的对峙，死亡与求生的对峙，失败与胜利的对峙。

对峙的僵局一旦打破，生死大战立即爆发。

但穆勇和孟天，谁也不愿主动打破这个僵局。

因为谁若先动手，谁就将处于劣势，劣势一旦形成，败局将无法扭转。

孟天一盾一矛组合的秘诀，在于先通过"金衣甲"这个牢不可破的盾，去阻挡对方击出的掌气，从而达到消耗和减弱对方锐气和内力的目的。待时机成熟，再以追魄掌这个矛突然出击，收到一击必得的效果。

在势均力敌的对抗中，孟天更需要采取后发制人的策略，方能使自己立于不败之地。

所以孟天绝不能先出手。

但无论对峙多久，都必须有一方先出手。

孟天说道："穆勇，你不是来讨公道的吗？那你一定认为自己是正义的化身。既是满腔正气，大义凛然，为何没有胆量先出手？"

他这句话，既是含针带刺的刺激，又是理由充分的要求，使穆勇无论从哪个角度都无法拒绝。

只有懦夫才拒绝这样的刺激和要求。

穆勇说道："既然你这样说，那么我只能先动手了。"

孟天说道："除此之外，你别无选择。"

穆勇从黑鲨箭上高高跃起，早已充分运至双掌掌心的内力犹如暴风骤雨般猛烈击出。

烈风神掌，以排山倒海、无坚不摧的气势袭向孟天。

孟天昂首挺胸，用自己的胸膛去迎接穆勇猛烈的掌气。

烈风神掌击打在孟天胸膛上，发出沉闷的一声"砰"响。

孟天有"金衣甲"护体，身体安然无恙，依旧昂首挺立着。

烈风神掌虽然没有伤着孟天，却已经撕开了"金衣甲"的防线。

"金衣甲"是一种以浑厚的内气护体的功夫，当这种内气聚集起来的时候，可以抵御各种凶悍掌气的袭击。

穆勇的烈风神掌击打在"金衣甲"的外壳上，却把"金衣甲"内聚集起来的内气震得七零八碎。

孟天虽然没有受伤，但整个身体已处在缺乏真气保护的"裸露"状态。

这是孟天在江湖中第一次遇到能够撕开"金衣甲"防线的对手。

现在孟天迫在眉睫的事情，就是要迅速积聚内气，重新构筑"金衣甲"，以应对穆勇的进攻。

但是孟天的行动太迟了，他的"金衣甲"还没充分构筑起来，穆勇的第二掌已抢先击出。

穆勇的第二掌，比第一掌威力更猛，力量更大，依旧打在孟天的胸膛上。

孟天脚下的船一下子倒退了三丈余，但孟天仍然昂首挺胸地站立在船头，像一尊笔直的雕塑，面对着穆勇。

孟天没有倒下，但他的眼神已流露出绝望，那绝望的眼神传达出一个事实：一切都完了。

烈风神掌的掌气已穿透"金衣甲"的防线，重创了孟天的身体，他的武功已全部丧失。

现在，孟天已成了一个毫无抵抗能力的废人。

若穆勇再击出第三掌，孟天定会被打得粉身碎骨。

但穆勇没有击出第三掌，他没有必要也不愿意杀一个已经毫无反抗能力的人。

对一个野心勃勃的武林中人来说，武功的丧失简直比死亡还要可怕。

一切又陷入了沉默之中。暴风雨来临之前是一片沉默，暴风雨过后也是一片沉默，但暴风雨后的沉默已没有了紧张肃杀之气，只留下无尽的叹息和思索。

花如月从船舱里面走出来，她走到孟天身后，眼睛看着穆勇，说道："你把我丈夫打成了废人。"

穆勇说道："他不应该是你丈夫，他已是有妇之夫，他家里有名正言顺的妻子。"

花如月说道："可是我已经答应嫁给他了。"

穆勇说道："你是为了父亲免遭杀身之祸，被迫答应嫁给他的。但是你心里并不喜欢他，对吗？"

花如月说道："是的。"

穆勇说道："现在他已经没有力量逼你就范，你可以像一只自由的小鸟远走高飞了，你应该去追求自己真正向往的幸福生活。"

花如月说道："我现在只想回到父亲身边。"

穆勇驾驶着黑鲨箭，带着花如月，快速向花填海船队的方向开去。他要亲自把花如月送回花填海身边。

（二十八）疯狂杀戮

南天岛的夜晚，一切都显得静悄悄的，只有偶尔传来的海风吹动浪花的声音。

郭雁坐在自己的房间里，凝望着天空中那轮弯弯的明月。

她万万没有想到，在今晚这轮弯弯的明月下，穆勇和孟天已经交过手，并且分出了胜负。

月光越来越黯淡，弯弯的月儿似乎显得疲倦了，企图把自己藏进浓浓的云彩中。郭雁的目光却依然是那么明亮，没有一丝倦意。此时是她大脑最兴奋的时候，她想得很多，想得很远。憧憬美好生活的年轻人，头脑里总是出现各种各样的念头和幻想。

突然，房间外的走廊里响起了一阵急促而沉重的脚步声。孟天每次来她房间的时候，总是走出这样的脚步声，是孟天回来了吗？

门被推开了，可是进来的人不是孟天，而是孟非凡。

孟非凡和孟天走路的节奏何其相似，以至于敏感心细的郭雁都区分不出来。有其父必有其子，这话说得一点不假。

自从郭雁和孟天结婚后，孟非凡一直都没有进过这间房。今天他第一次来，而且是在夜阑人静的时候，这太突然，太奇怪了。

孟非凡的表情更是怪异，他的目光透露着悲哀和无奈，脸上却冒出腾腾的怒气和杀气。他脸上的肌肉一伸一缩的，仿佛是一幅稀奇古怪的画。

郭雁看懂了这幅"画"的含义，她知道一场灾难就要降临了。

孟非凡直视着郭雁，郭雁却凝视着窗外那轮弯弯的明月。在月光的映衬下，郭

雁忧郁而美丽的眼睛是那么楚楚动人。

孟非凡咬着牙说道："自古女人为祸水。"

郭雁有些气恼地问："我给谁带来了灾祸？"

孟非凡说道："你给孟天带来了灾祸。"

郭雁嗫嚅道："孟天他……"

孟非凡说道："他被打成了废人，现在生不如死。"

郭雁心想：孟天自从出道江湖以来，还没有遇到过对手，是谁把孟天打成了废人？

她心里头马上想到了一个人，说道："难道是穆勇？"

孟非凡说道："看来你心里一点都不糊涂，你早就猜到孟天迟早会栽在穆勇手里。"

郭雁说道："孟天是被自己不断膨胀的欲望和野心害了。"

"胡说！孟天就是被你们这些女人给害的！"孟非凡怒气冲冲地说道，"孟天最致命的弱点就是无法摆脱儿女情长的纠葛。一个想成就大事的男人，若陷入了缠缠绵绵的郎情妾意中，最终只能是自取灭亡。"

郭雁说道："照你这么说，我倒成了伤害孟天的元凶？"

"没错，所以你必须死。"他一边说，一边缓缓举起了右手，把追魂掌的掌气运至了手心。

孟非凡的武功高度是孟天都望尘莫及的。他的手轻轻一挥，就足以让郭雁倒地毙命。

眼看死亡马上就要降临，郭雁却依然显得十分平静，因为这完全在她的意料之中。自从她发现自己"心甘情愿"落入孟家父子手心时，她就知道这一天迟早会来到。

孟非凡的右手已举过头顶，随即就要劈下。

门外突然闪进一个人，急切地说道："老爷，请住手。现在杀她还不是时候。"

进来的人是娄力人，一个在风风雨雨中跟随了孟非凡二十年的最忠实的下属。孟非凡能够建立起威震江湖的大业，娄力人功不可没。

孟非凡眼睛眯成一条缝，冷冷地问道："为什么？"

娄力人说道："穆勇虽然没有娶郭雁为妻，但他心里真正爱的人是郭雁。若郭雁被我们控制在手里，穆勇的行动必然要瞻前顾后，这种情况对我们有利。郭雁若一死，穆勇必然无所顾忌，势必会放手一搏，与我们拼个鱼死网破。"

孟非凡"哼"了一声，说道："以我目前的武功，难道还怕穆勇吗？我就是要让他放手一搏，然后堂堂正正击败他。我如果需要这个贱女人做人质束缚住穆勇的手脚才能击败他，那岂不是赢得太不光彩了？天下英雄定会嘲笑我。"

娄力人说道："老爷，以你现在的功力，战胜穆勇定是小菜一碟。但是你的目标不仅仅是杀掉穆勇为孟天报仇，还要把地光金牌夺到手。如果穆勇横下一条心宁可一死也不交出地光金牌，那么我们就束手无策了。但是如果我们利用郭雁去胁迫他，利用儿女之情去动摇他的决心，那么夺取地光金牌的机会就会大大增加。"

孟非凡举过头顶的右手慢慢放了下来，他说道："也好，先把这贱女人留着，等我杀了穆勇，夺取了地光金牌，再处理她。"

郭雁大声叫道："你们这群卑鄙的畜生！如果你们留着我是为了要挟穆勇，那我宁可现在就死在这里。"

郭雁说着，一头就要向墙壁上撞过去。

孟非凡手指一动，就点住了她的穴位，使她在原地动弹不得。

孟非凡冷笑着说道："你就耐心地再活一段时间吧，等我的目的达到了，我会成全你，送你上黄泉之路。娄力人，你给我好好看着她。"

孟非凡说完，拂袖而去。

娄力人看着郭雁，狞笑道："想在我面前寻死可不是那么容易的事，你现在终于感觉到，活着原来比死去更可怕、更痛苦，对吧？哈哈……"

娄力人那阴森的笑声仿佛来自十八层地狱，令人毛骨悚然。

浩渺无边的南海，零零散散地分布着一座座大大小小的明珠般的岛屿。

可是现在，这些岛屿的平静被一阵阵烦躁不安的脚步声踏破了。南天岛的人像一群烦躁不安的狗，嗅找着这些岛屿的每一个角落。他们要找的人是穆勇。孟非凡已下定决心，要与穆勇决一死战，以确定武林盟主金牌的归属。

可是穆勇自从击败孟天，废除了孟天的武功之后，仿佛从人世间蒸发掉了，再也看不到他的踪影了。

穆勇到哪里去了？他是不是害怕孟非凡复仇而不敢露面了？

但是孟非凡不怕他躲到天上去，不管逃得多远，藏得多深，孟非凡总有办法找到他想找的人。

孟非凡想到了忘忧岛上的一个人——菊凤。菊凤是穆勇的母亲，没有人比母亲更清楚儿子的下落。找到了菊凤，也就等于找到了穆勇。

当南天岛的人来到了忘忧岛时，这里平淡祥和、与世无争的宁静生活就被打破了。他们像一群张牙舞爪的野兽，挥动着兵器，狂叫着，气势汹汹地从海滩上往里面冲。

落霞、孤鹜和一群姐妹正好在海滩附近，她们一看来者不善，赶紧各自拿出兵器，挡住南天岛人的去路。

落霞厉声喝道："你们这群不速之客，一个个杀气腾腾的，来到忘忧岛究竟想干什么？"

娄力人说道："我们要找穆勇，他有没有藏在忘忧岛？"

孤鹜正色道："忘忧岛住的全部是女人，我们从未收留任何男人。你们找错地方了，还是请回吧。"

娄力人眉毛一扬，说道："既然如此，我们要找菊凤。"

落霞说道："你们找菊凤做什么？"

娄力人说道："菊凤是穆勇的母亲，找到了菊凤，就不愁不知道穆勇的下落了。"

孤鹜怒喝道："菊凤已经脱离红尘，过着与世无争的隐居生活。你们要干扰她的安宁，就别怪我们不客气了。"

娄力人冷笑一声，说道："我倒要看看到底是谁对谁不客气。"他把手一挥，南天岛的人操刀舞剑，咆哮着冲杀过来。

忘忧岛的姐妹们也毫不示弱，她们纷纷拔刀相向，奋力阻挡。一时间短兵相接，杀声震天，忘忧岛平静沉默的海滩成了残酷搏杀的战场。

南天岛的人虽然来势汹汹，却是不堪一击的豆腐渣，没多大工夫，他们死的死、伤的伤，横七竖八地躺了一地。

落霞和孤鹜手中的利剑犹如蛟龙出海，直杀得南天岛的人魂飞魄散，纷纷败退。

孟非凡看着南天岛的人被打得落花流水的样子，气得破口大骂："白养了一群废物！"他右手一挥，一记凶猛的追魂掌向落霞袭来。

落霞感觉到背后一股凶悍猛烈的掌气已向自己击来，赶紧纵身起跳，想避开掌气。可是已经来不及，追魂掌袭击的速度快如旋风，一下子重重地击打在落霞的后背上。

落霞"哎哟"一声，一股鲜血从嘴里喷出，她重重地摔倒在海滩上。

孤鹜一看，气得鼻孔冒烟，她怒骂道："孟非凡，你竟然背后袭人，我非杀你不可！"她一纵身，手里的利剑向孟非凡猛刺过去。

孟非凡并没有躲闪，他出掌在孤鹜后面，速度却比孤鹜快得多。眨眼间，一记迅雷不及掩耳般的追魂掌已向孤鹜击来。

孤鹜的剑离孟非凡的胸膛尚有三寸，孟非凡的追魂掌已打到了孤鹜的身上。

孤鹜"哎哟"一声，一股鲜血从嘴里喷出，也重重地摔倒在海滩上。

中了追魂掌的人，没有谁能够活下来。落霞和孤鹜这对患难与共的姐妹就这样撒手而去。

看到落霞和孤鹜遇害，忘忧岛的其他姐妹义愤填膺，她们纷纷把孟非凡围在中间，欲取他性命。

孟非凡冷冷一笑，说道："不怕死的尽管上来，老夫奉陪到底。"

孟非凡左右开弓，两只手同时击出两记凌厉的追魂掌，忘忧岛又有几名姐妹中掌倒地。

这时候，沙滩上响起一个急促的叫喊声："姐妹们，不要跟他硬拼了，保护好自己要紧！"听到叫喊声，忘忧岛的姐妹纷纷撤向两边。

来人是浪花女。

看着沙滩上落霞、孤鹜以及数名姐妹的尸身，浪花女悲痛愤怒的眼泪夺眶而出。她咬紧牙关说道："孟非凡，你双手沾满了忘忧岛姐妹的鲜血，今天你休想活着离开这里。"

孟非凡说道："你若有本事取我性命，我就心甘情愿把命交给你。"

浪花女喝道："孟非凡，休得猖狂，我就不信我杀不了你！"她手一挥，亮出了雪白锃亮的虎骨笛。

孟非凡没有见过虎骨笛，但他心里清楚，这必定是一件威力非凡的武器。

孟非凡的瞳孔已缩小，他知道，在这件白亮白亮的笛子面前，稍有疏忽必定遭遇杀身之祸。

孟非凡感觉到耳畔响起了一阵波浪声，波浪翻腾着、撞击着、咆哮着。这波浪声不是来自大海，而是盘旋在孟非凡的头顶上，由小而大，由弱而强，渐渐地把孟非凡包围在中间。

孟非凡心里已经明白，这汹涌的波浪声实际是一股强悍的内力，充满了令人窒息的杀气。波浪犹如一条愤怒的蛟龙，在孟非凡身边上下翻腾。

汹涌的波浪声中突然出现了万道寒光，带着咄咄逼人的气势，闪着耀眼的光芒。这就是令人望而生畏的浪花针。

浪花针一发出，犹如暴风骤雨降临。

孟非凡运尽浑身内力，双掌合并奋力推出追魂掌的掌气，浑厚的掌气在他面前构筑成一道钢铁般的屏障。

追魂掌掌气和浪花针的万道银针在空中相遇，两股强大的力量碰撞后发出"轰隆隆"震耳欲聋的爆炸声，脚下的沙也被纷纷扬扬卷到半空中去。

久经沙场的孟非凡也被吓出一身冷汗。

孟非凡有掌气护体，浪花针没有伤到他，但是站在孟非凡周围的下属则一个个中针倒下，连呻吟都来不及便已命归黄泉。

孟非凡带来的南天岛的人已所剩无几。

孟非凡惊魂稍定，他运足内力，手一挥，欲用追魂掌袭击浪花女。

但此时，孟非凡感觉到一道闪电般的寒光向自己袭来。寒光中一柄锋利的刀刃离他的身体已仅有一尺。

孟非凡赶紧使出"燕子翻身"，纵身向后起跳翻腾，躲开了这致命的一击。

这时，一个敏捷迅疾的身影已出现在孟非凡面前。

来人手持一柄白亮亮的钢刀，瘦削的身躯透露出铮铮铁骨之气。他的脸上戴着一个面具。

他戴假面具，是因为他有难言之苦。他的脸已被毁成狰狞恐怖的形状，他不愿意他的脸暴露出来，给人带来痛苦和悲哀。

当然，这里所说的人，是指喜欢他的人和他喜欢的人，不包括他的敌人。

其他的人还在疑惑戴假面具的人是谁，浪花女眼中已闪耀出又惊又喜的光芒。

他就是浪花女朝思暮想的人。面具掩藏了他的脸，却掩藏不住他那铮铮铁骨之躯散发出来的侠义之气，那侠义之气正是浪花女所熟悉的，一辈子也忘却不了的。

在虎骨笛缠缠绵绵的悠扬的旋律中，浪花女忘不了他；在风风雨雨的惊魂噩梦中，浪花女忘不了他；在对痛苦往昔的悲切回忆中，浪花女忘不了他。

他就是周展，浪花女的丈夫，二十年前海尊派的三大护卫之一。

周展为海尊派奉献了所有的侠骨丹心。他的脸被毁之后，为了不让浪花女伤心，

他决定不在她面前出现。

但周展并没有真正离开过浪花女，近二十年来，他一直悄悄伴随在她周围，但又与她保持一定的距离，暗中保护着她。

每当他听到浪花女用虎骨笛吹起缠缠绵绵的旋律的时候，他心里总是充满了温馨和陶醉。他知道浪花女在用笛声倾诉对他的思念和期盼，两颗心在悠扬的旋律中一起跳动。

现在浪花女危在旦夕，他必须挺身而出，他决不允许任何人伤害他的爱人。

浪花女终于见到了自己日夜思念的爱人，惊喜之情犹如火山爆发般喷涌而出。

但是浪花女拼命控制住自己的情绪，因为现在不是表达感情的时候。周展面临孟非凡这样的致命对手，必须全神贯注应战迎敌，她不能分散周展丝毫的注意力。

她纵然对周展有千言万语，也必须在战斗结束之后再去诉说。

浪花女在心里默默地为周展祈求，祈求他一定要战胜孟非凡。

孟非凡无法透过假面具去判断一个人的身份，但从方才闪电般的一击之中，孟非凡已经清楚自己面前的对手究竟是谁。

孟非凡眉头微蹙，冷冷地说道："周展，我以为你已经死了，没想到你还活着。"

周展厉声说道："孟非凡，你背叛海尊派，致使许多海尊派弟子白白葬送性命。你犯下的天理难容的罪孽还没有得到惩罚，我怎么能死呢！"

孟非凡说道："人不为己，天诛地灭。我若仍留在海尊派束手缚脚的，怎么会成就今天的霸业？"

周展说道："一个人若是为了实现自己的目标就把仁义、道德、恩情抛到九霄云外，那么，这个人还有什么资格活在世上？"

孟非凡爆发出一阵大笑，说道："你爱怎么说就怎么说，但我必须告诉你，我完全有资格活在世上，而且活得比任何人都强。因为我是不折不扣的人上人。"

周展怒喝道："孟非凡，你不要太狂妄自大，今天我要为穆正海穆掌门铲除叛徒，为海尊派清理门户！"

孟非凡说道："那你就来清理吧！"

孟非凡的话音刚落，周展的快刀已经出手，一道闪闪的寒光划出一条长长的弧线，笼罩在孟非凡的头顶上空。

这一招叫作"流星追月"，二十年前孟非凡与周展同为海尊派护卫的时候，孟非凡就知道这一招非同小可，江湖中无数高手就丧命在此招之下。二十年后，周展的"流星追月"运用得更加纯熟，威力倍增。

孟非凡赶紧使出"金蝉脱壳"疾步闪退，他刚躲过一道弧线，另一道弧线又迎面扑来。

弧线一道接着一道，编织成一个密不透风的网，把孟非凡严严实实包围在中间。

孟非凡使出浑身解数，想摆脱这致命的"网"的束缚，可他总是摆脱不了。

周展的"流星追月"之后紧跟着"天女散花""群龙戏水""猛虎回首"，一招接一招，一环套一环，步步紧逼，层层推进，寒光闪闪的弧线编织成的"网"越来越紧，越来越密，压得孟非凡喘不过气来。

在这种情形下，孟非凡根本没有出手反击的机会。

周展手中的快刀飞舞到这个境界，表明他的武功已今非昔比。二十年来，孟非凡练成了"金衣甲"和追魂掌，周展也把手中的快刀练得出神入化、炉火纯青。

如果孟非凡没有办法摆脱这密集的网，他最终将被"缠"死在这快刀编织成的寒光闪闪的网中。

现在，孟非凡已被压得一筹莫展，他的嘴巴在大口大口地喘息，他的额头冒出了豆粒般大的汗珠。

再这么"缠"下去，孟非凡无异于坐以待毙。

看到周展占据了优势，娄力人的目光中透露出了阴冷的杀机。他悄悄取出一柄月牙形飞刀，夹在两指之间。

娄力人的内力不可小觑，他两指轻轻一弹，飞刀便倏地飞出，像一只凶相毕露的毒蜂，恶狠狠地扎向周展的后背。

周展感觉到背后有暗器飞来的风声，连忙把身子一侧，躲过了恶毒的月牙形飞刀。

飞刀没有扎中周展，但是他这么一躲，已给了孟非凡反击的机会。

孟非凡抓住这一眨眼的间隙，大吼一声，双手击出凶悍无比的追魂掌。

周展躲过飞刀之后，身子刚刚站稳，但追魂掌速度奇快无比，他已来不及闪身，胸膛上重重挨了一记追魂掌。

只听沉重的"砰"的一声，周展的身体被击出一丈有余，重重地摔倒在地上，一口殷红的鲜血从嘴里喷出。

浪花女发出撕心裂肺的一声惊呼，她跑过去抱住周展，大声叫道："周展！周展！你怎么样了？要坚持住！"

周展静静地看着浪花女，虽然假面具遮住了他的脸，但从面具里透露出的目光饱含着无法描述的深情。他心里有千言万语要对浪花女说，可是，他现在已无法说出来。

中了追魂掌的人，没有谁能够活下来。

近二十年来，浪花女终于第一次见到自己朝思暮想的人。但想不到的是，第一次见面竟成了永别。

难道冥冥之中命运早就做出了如此安排？

浪花女用自己滚烫的身躯拥抱着周展，可是周展的身体逐渐变得冰冷、僵硬。

浪花女回过头，怒视着孟非凡，目光里放射出仇恨的火花。

她必须为她的爱人复仇，哪怕是粉身碎骨，她也决不能放过孟非凡。

浪花女抓起周展手中的刀，大喊一声："孟非凡，快偿命来！"她挥动寒光闪

闪的刀，奋不顾身地朝孟非凡劈过去。

孟非凡咬着牙说道："贱妇人，快来送死吧。"他的手一扬，一记凶狠的追魂掌已猛然击出。

愤怒的浪花女只顾拼命往前冲，根本没有考虑保护好自己。她整个身体完全处在追魂掌的袭击范围之内。

若被追魂掌击中，浪花女必死无疑。

但是追魂掌没有击中浪花女，一种威猛火热的掌气已阻挡住了追魂掌的掌气。这两种掌气激烈地碰撞在一起，发出惊天动地的震荡声，周围的人都被这种可怕的力量吓呆了。

阻挡追魂掌的掌气是烈风神掌，穆勇不知什么时候已出现在了孟非凡的面前。

穆勇看着孟非凡，说道："你要找的人是我，为什么要伤害这么多无辜的人？"

孟非凡说道："我若是不伤害他们，你怎么会出来？"

穆勇说道："难道你杀了这么多人，仅仅是为了找到我？"

孟非凡说道："没错，我孟某人为了达到自己的目的就是要不择手段。不管这种手段有多么严重的后果，只要有助于达到我的目标，我都要采用。要不是这样，我孟某人怎能成就今天的江湖霸业！"

穆勇说道："不择手段，不计后果，这难道就是你建立江湖霸业的秘诀？"

孟非凡说道："正是。"

穆勇的眼睛中泛起了一道憎恶的光，他觉得自己是在跟一只凶残的野兽说话。

穆勇说道："你找我，究竟有何指教？"

孟非凡说道："在当今武林之中，只有你才有资格与我抗衡，所以我要与你决斗。我要堂堂正正地击败你，我要名正言顺地把地光金牌夺过来，实现武林盟主金牌的合二为一。我要向武林证明，我孟非凡是天下当之无愧的武林第一人！"

穆勇说道："你确信自己有把握能击败我？"

孟非凡反问道："你的烈风神掌可以击穿孟天的'金衣甲'，难道你认为也可以击穿我的'金衣甲'？"

穆勇说道："你的武功和孟天的武功不可相提并论。我的烈风神掌纵使再增加成倍的力量，也无法击穿你的'金衣甲'。"

孟非凡说道："你既然承认击穿不了我的'金衣甲'，那我为什么不能确信我能击败你？"

穆勇说道："两种武功的对抗，不仅仅取决于功底的深厚，在很大程度上还取决于它们是否站在正义的立场上。一个满腹恶念和贪婪的人纵使拥有盖世的武功，纵使他在对抗中占据明显优势，但他最终只会落得自取灭亡的下场。因为他代表的是邪恶的力量，邪恶的力量在正义的力量面前永远是不堪一击的。"

孟非凡冷冷一笑，说道："好哇，你代表正义的力量，我代表邪恶的力量，我倒要领教领教你这正义的力量如何击败我。"

穆勇说道："决斗的时间、地点如何定？怎么个决斗法？"

孟非凡说道："时间是八月十五，地点是南海中的傲天石。我带上天光金牌，你带上地光金牌，胜者将是两枚金牌的真正拥有者，让分散多年的武林盟主金牌从此实现合二为一。"

穆勇说道："好，我一定奉陪到底。"

一场血雨腥风暂时停止，忘忧岛又恢复了平静。

但忘忧岛姐妹们的心里掀起无法平静的波涛，她们都在关注穆勇和孟非凡的生死大战。

八月十五，一场武林中最高级别的正义和邪恶的较量就要发生。

这场决斗，将决定武林盟主金牌的归属，将决定以后武林的走向。

孟非凡拥有牢不可破的"金衣甲"，他把这种功夫练到了最高境界，足以抵御世上任何一种掌力，穆勇的烈风神掌能创造奇迹吗？

孟非凡的"金衣甲"是孟天所望尘莫及的。

这场决斗，充满了难以捉摸的变数。

（二十九）血洗罪孽

傲天石是坐落在忘忧岛和南天岛之间的一块巨石，它高高地凸出海面，形状就像一只展翅欲飞的鲲鹏。它的头朝着东方高高昂起，它的双翅向两边亮开，仿佛随时都会乘风而去。

在南海一带的英雄豪杰的心目中，傲天石就是一只充满力量和勇气的巨鹏。数百年来，虽经历了无数次的狂风巨浪，依然昂首挺立在南海海面上。

传说傲天石就是由很久以前的一只巨鹏变成的。这只巨鹏为了追赶太阳，不停地朝东方奋勇飞进，最后累死在南海水域里。

巨鹏虽死，但它的精神不死，它化作巨石凸出海面，面向东方昂首展翅，继续追求它的理想和目标。

数百年来，傲天石成为南海一带的英雄豪杰力量和勇气的源泉，激励着他们与各种恶势力做不屈的斗争。

八月十五，穆勇和孟非凡至少有一人将死在傲天石；或者，在决斗中他们玉石俱焚，同归于尽。

现在已是八月十三，南海上空的空气闷热得似乎凝固了，闷得一切有生命的东

西都喘不过气来。

一切都出奇地安静，安静得让人感觉不到生命的气息。海面上偶尔有惊慌失措的海鸟飞过，它们似乎无法承受这种几乎令所有生命窒息的安静。

罕见的安静，预示着罕见的风暴即将来临。

一艘小船，慢慢地停靠在忘忧岛的岸边，从小船上走下一位白发苍苍的老人。

他看上去精神还不错。他的虬髯在微微飘动，但是已经斑白得显出了苍老。他的脸仍旧比较红润，但是已经布满了纵横交错的皱纹。他的眼睛虽然在左顾右盼，但是目光已略显呆滞，表明他的生命已进入衰老阶段。

老人迈着沉重的步伐，在忘忧岛的沙滩上向前走了近百米，就被忘忧岛的一群姐妹彬彬有礼地拦住了。

一位姐妹说道："老人家，你到我们忘忧岛来有何贵干？"

老人说道："我叫郭云飞，是郭雁的父亲。我来这里是想找菊凤。"

这位姐妹说道："你想找菊凤？你是她的什么人？"

郭云飞说道："我曾经是菊凤的……我曾经跟她有过特殊的关系。我现在来找她，是因为我有一件特别重要的事情要告诉她。"

这位姐妹说道："既然如此，就请你在这里稍候，我到里面向菊凤姐禀告一声。"

郭云飞说道："那就拜托你了。"

这位姐妹进去一会儿，就慢慢地走出来了，她的脸色显得肃穆沉重。

她说道："菊凤姐说她不想见到你，你还是请回吧。"

郭云飞仿佛被什么东西扎了一下，浑身一阵颤抖，他的脸色变得煞白。

沉默了一会儿，郭云飞说道："这件事确实太重要了，我必须亲自告诉她，否则我会后悔一辈子，她也会后悔一辈子。"

这位姐妹说道："可是菊凤姐说不想见你，你又有什么办法？"

郭云飞说道："麻烦你替我再去求一下菊凤，告诉她，我只说一句话就走，这是关系生死存亡的一句话。这是我最后一次求她，以后我绝不会再来打扰她的清静生活。"

郭云飞说这话的时候，目光中充满了恳求，就差没跪下来。

这位姐妹说道："好吧，我把你的话再去跟菊凤姐说一下。"

没多久，这位姐妹又回来了，她依旧摇摇头，说道："菊凤姐已把话说得坚决果断，她这一辈子再也不想见到你，就算你说的事关系到天塌下来，她也不想知道，她什么都不想知道。"

菊凤的话说得如此坚决，郭云飞还有什么办法？他除了返回之外，还能做什么？

临走时，他仍不忘对这位姐妹说一声："谢谢你，麻烦你了。"

郭云飞上了自己的小船，缓缓而去。他那苍老的身影，在浩瀚的大海中显得越来越小，越来越模糊。

看着郭云飞远去的背影，这位姐妹突然觉得这位老人是多么可怜，多么孤独，多么渺小。

郭云飞到底想对菊凤说什么？

郭云飞已经知道，八月十五，穆勇和孟非凡将在傲天石展开生死大战。他也知道，孟非凡有牢不可破的"金衣甲"护体，有无坚不摧的追魂掌可以发动进攻，这一盾一矛的结合，穆勇若想击败他，是完全不可能的事。

但是郭云飞发现了"金衣甲"的一个软肋，这是"金衣甲"防守最弱的部位，穆勇若以浑身之功力对此部位展开攻击，那么获胜的机会就会增加。

这个软肋就在右小腹，在孟天和郭雁的婚礼上，孟天硬接郭云飞三掌时，郭云飞意外发现了"金衣甲"的这个软肋。

当时，郭云飞向孟天连击两掌，均击在孟天的胸膛上，孟天轻松地承受住了。第三掌，郭云飞不知何故突然打偏了，力道也不是很足，斜打在孟天的右小腹上。但第三掌却打得孟天口吐鲜血，脸色发青，痛苦难堪。

这表明，右小腹是"金衣甲"的软肋，是"金衣甲"这门功夫防守的薄弱部位。对手只有集中力量对这个软肋攻击，才有获胜的可能。

这就是郭云飞发现的秘密。

八月十五，穆勇和孟非凡的决战中，穆勇若想把握获胜的契机，就必须要知道这个秘密。

郭云飞急着要在八月十五之前让穆勇知道这个秘密，他希望穆勇能战胜孟非凡，他不想合二为一的武林盟主金牌落到孟非凡手里。

因为郭云飞觉得，孟非凡野心太大、太贪婪。武林盟主金牌若落在孟非凡手里，武林将面临一场空前的灾难。

郭云飞和孟非凡虽然是亲家，但他对孟非凡没有丝毫好感。

郭云飞想把"金衣甲"软肋的秘密告诉穆勇，但他不能直接找穆勇。因为他是穆勇的杀父仇人，他的双手沾满了海尊派弟子的鲜血。在穆勇心目中，他就是一个魔鬼，穆勇不想见到他，一辈子都不想见到他。

所以郭云飞只能去找菊凤，想通过菊凤把这个秘密告诉穆勇。

但是菊凤也不想见他，坚决不想见他。

一个人，若是谁都不愿意与他见面，那他活着还有什么价值？

郭云飞驾着小船，在南海海面上漫无目的地漂荡着，他觉得自己像一棵随风飘荡的蓬草，不知要飘向何方。

郭云飞突然想起了要去看望一下郭雁，他想知道郭雁在南天岛生活得怎么样。

人在孤独烦恼的时候，最渴望友情和亲情。对郭云飞来说，郭雁是这个世界上唯一能听他倾诉衷肠的亲人了。

郭云飞驾驶着小船，向南天岛的方向开去。

当郭云飞把小船停好，走上南天岛岸边的沙滩时，十几名彪形大汉已蛮横地挡住了去路。

为首的是一个红头发的人，他厉声喝道："来者何人，私自闯入南天岛想做什么？"

郭云飞说道："我是郭雁的父亲。我想来向你们的主人孟非凡问好，同时看望我的女儿郭雁。"

红头发长长地"哦"了一声，但是他并没有因为郭云飞和孟非凡是亲家而对郭云飞有所客气。他说道："八月十五，主人将有一场至关重要的决斗。他这段时间一直在闭门练功，不想接见任何人。你还是返回吧。"

郭云飞说道："孟非凡闭门练功是他的事，我来看望我女儿是我的事，这两者不冲突吧？"

红头发说道："这个我不管，主人已经有话在先，在八月十五决斗结束之前，任何人不准踏上南天岛一步。我们必须执行主人的命令。"

郭云飞骂道："这是什么臭规矩？我偏偏要上南天岛，看谁能把我怎么样。"

郭云飞一边骂，一边大步向前走。红头发和十几名彪形大汉亮开兵器欲强行阻拦。

郭云飞手掌连挥两下，两记冷水阴云功已击出。掌气过处，十几名大汉死的死、伤的伤，横七竖八躺了一地。

郭云飞清理了"路障"，继续大步朝前走。又走了大概一百米，一个笔直遒劲的身影出现在了他的面前。

此人正是孟非凡。

孟非凡脸色阴沉，冷冷地问道："郭教主，你硬闯我南天岛，打死打伤南天岛的人，究竟有何指教？"

郭云飞说道："我并不想出手，但是你手下的人实在是太蛮不讲理，太不像话。"

孟非凡说道："他们不是蛮不讲理，只是严格执行主人的命令，他们并没有错。"

郭云飞说道："我有资格来看望我的女儿，这一点我也没有错！"

他们唇枪舌剑，你来我往，仿佛已忘了彼此之间的关系是亲家。

孟非凡说道："你想来看望郭雁？你休想见到她，这女人是祸水。"

郭云飞心里一沉，问道："你这话是什么意思？"

孟非凡说道："因为娶了郭雁，孟天给自己埋下祸根。他已被穆勇废掉了武功。"

郭云飞说道："孟天技不如人，败在穆勇手里是活该，你怎么把责任都推到郭雁身上了？"

孟非凡说道："听你口气，好像郭雁本来就不该嫁给孟天，而应嫁给穆勇。"

郭云飞说道："没错，穆勇不论在哪方面都比孟天强。你们是不是把郭雁囚禁起来了？"

孟非凡说道："没错。"

郭云飞说道："你到底想怎么样？"

孟非凡说道："我要让所有对孟家不利的人付出代价。"

郭云飞的目光中喷出了怒火："想不到，郭雁嫁入孟家竟是掉进了虎口。我要你现在就把郭雁放了，你没有资格囚禁我的女儿。"

孟非凡冷笑道："江湖中说话做事都是以武力做后盾的，你若能击破我的'金衣甲'，我就乖乖地把郭雁放出来。你曾经身为武林盟主，这么简单的道理应该知道吧？"

孟非凡说这话的时候，脸上现出一副蔑视的神态。

郭云飞气得青筋暴露，他铁下心来，欲与孟非凡决一雌雄。

自从郭云飞与穆勇一战之后，他的功力只剩下了七成。但是他掌握了"金衣甲"软肋的秘密，若是集中所有的力量击中"金衣甲"的软肋，那么他就完全可以击败孟非凡。

郭云飞说道："孟非凡，你如此崇尚武力，以为自己天下无敌，我今天就要挑战你的'金衣甲'！"

孟非凡的瞳孔已经缩小，目光中流露出杀机，说道："有人挑战我是我最大的快乐，就在这里吗？"

郭云飞说道："就在这里！今天你我之间必须有一个人死！"

接下来是一阵沉默，两人开始了安静的对峙和积蓄力量。

郭云飞深知这一战意义重大，他若能击毙孟非凡，不仅可以救出郭雁，还可以避免穆勇和孟非凡在八月十五的那场生死大战，保证合二为一的武林盟主金牌不会落入孟非凡手里。

郭云飞是在为郭雁而战，为穆勇而战，为武林而战。

两人对峙了良久，孟非凡说道："郭教主，你是远道而来的客人，还是请你先出手吧。出于礼貌，我孟非凡先接客人三掌。"

郭云飞心里清楚，孟非凡请他先出手，是想利用"金衣甲"来消耗他的内力。待他的内力损耗到一定程度后，孟非凡便以追魂掌出击，以此取得后发制人的胜利。

这是孟非凡的诡计，但对郭云飞来说，这是一个不可错过的机会。因为他已知道了"金衣甲"软肋的秘密，他可以利用这个机会集中力量突袭"金衣甲"的软肋，取得出其不意的胜利。

郭云飞说道："既然如此，那我就恭敬不如从命了。"

郭云飞暗运一股内力，大吼一声："接掌！"一记犀利的冷水阴云功直击向孟非凡的胸膛。

掌力击打在孟非凡的胸膛上，发出低沉的"砰"的一声，孟非凡依旧昂首挺立，纹丝不动。

第二掌又是击在孟非凡胸膛上，孟非凡依旧稳如泰山。

郭云飞看着孟非凡，眼睛轻轻地转动一下。

前两掌，都是郭云飞的投石问路之举。一方面，他要试探孟非凡的功力；另一

方面，他要给孟非凡造成一种假象，让孟非凡认为他把进攻的重点集中在胸膛部位。所以前两掌，郭云飞并没有用尽全力。

第三掌，郭云飞竭尽全力大叫一声："孟非凡你死定了！"一记暴风骤雨般的冷水阴云功以排山倒海之势直击向孟非凡右小腹的位置。

这一掌，郭云飞用尽了浑身的功力。这是最猛烈的、势在必得的一掌。若击中孟非凡的软肋，即使孟非凡不死，也会武功全废。

这一掌不仅狠，而且准，正好打在孟非凡右小腹的位置上。

掌力击到右小腹，发出低沉的"砰"声，郭云飞眼睛里却露出惊异的目光。

这竭尽全力的一掌，郭云飞感觉仿佛是打在一层钢铁般厚实的屏障上，一股强大的内力凶猛地反弹回来。

这凶猛的反弹内力，直震得郭云飞后退丈余，差点摔倒在地。

孟非凡看着狼狈不堪的郭云飞，发出"哈哈哈"的一阵大笑。

击出第三掌，郭云飞已筋疲力尽，他疑惑不解地看着孟非凡，问道："这是怎么回事？难道右小腹不是'金衣甲'的软肋？"

孟非凡说道："右小腹曾经是'金衣甲'的软肋，但现在不是了。在孟天和郭雁的婚礼上，你的第三掌无意中击到了孟天的软肋。从那以后我加紧修炼，把'金衣甲'的软肋转移到更深更隐蔽的位置，而你还一直以为'金衣甲'的软肋就在右小腹，这是不是太可笑了？！"

孟非凡的一番话，等于宣告了郭云飞的彻底失败。

郭云飞的目光中冒出愤怒，又带着一丝无可奈何的绝望。

孟非凡说道："江湖中人最看重礼尚往来，你已击我三掌，现在是该我出手的时候了。"

话音刚落，孟非凡已击出一记凌厉的追魂掌。

郭云飞向孟非凡猛攻三掌之后，浑身内力已消耗殆尽。看到孟非凡的追魂掌急袭而来，他慌忙使出冷水阴云功阻挡。

无奈郭云飞已成强弩之末，无法阻止孟非凡凌厉的攻势。追魂掌的掌气冲破冷水阴云功的防线，直打到郭云飞身上。

郭云飞后退五尺，一口殷红的鲜血喷出。他勉强站稳脚步，总算没有倒下。

孟非凡挥起右掌，准备再击第二掌。但此时，他看到郭云飞的脸色逐渐发紫发黑。

孟非凡慢慢收回右掌，说道："你已败了。"他返回身，大步流星地向前走去。

他没有必要再击第二掌，他的第一掌已足以置郭云飞于死地。他确信不久之后，郭云飞就必定命归黄泉。

辽阔的南海，烟波浩渺。海面上一只小船漫无目的地在随波逐流，小船里躺着一位白发苍苍、面容憔悴的垂死老人。

老人不知道自己该归向何处，他任凭波浪把他送到任何一个地方。他睁着眼睛，看着天空中死气沉沉的云朵。

他是在等死，等待着阎王爷的召唤，等待着死神的最后降临。

他渐渐失去了知觉。

当他再次苏醒过来时，发现自己已躺在一片阴凉的椰林底下。他的周围站着一群女人，一双双关切的眼睛正望着他。

这群女人是忘忧岛的姐妹们，他是怎么来到忘忧岛的？

他只记得自己躺在小船里随波任意漂荡，却不知道小船是怎么漂到这里的。

突然，他的眼睛一亮，毫无生机的脸上仿佛也闪现出一丝生命力。

因为他看到了一个女人的脸，这是他熟悉的脸，是他在生命旅程中永远无法忘却的脸。

这个女人就是菊凤。

郭云飞说道："菊凤，想不到还能在这里与你见最后一面，我……我真应该高兴。"

菊凤说道："我也想不到还能见到你。你和穆勇决战之后，我以为你已经……"

郭云飞说道："在菊花镇的决战中，我被穆勇击下万丈悬崖之后，本应该魂归阴曹，但有一位避世者救了我的命，还帮我把冷水阴云功的功力恢复到七成。此后，避世者把我关在一间黑暗的密室里，让我对自己过去的所作所为进行反思。在那段黑暗的时光里，我脑海中时时刻刻浮现出自己曾经犯下的血淋淋的罪行，我为自己的贪婪愧疚，为自己的残忍难过。一种沉重的罪恶感整天把我折磨得痛苦不堪，我知道我对不起穆正海穆兄，对不起你，更对不起穆勇。当我无法忍受这种痛苦的折磨的时候，我企图挥掌自绝，但避世者在暗中制止了我。当一个月的黑暗时光过去后，避世者认为我原先的本性有了彻底改变，才把我放出了密室。"

停了一会儿，郭云飞又喘息着说道："后来我才知道那间黑暗的密室叫作'脱胎换骨室'，罪行累累的人被关到'脱胎换骨室'一段时间后，他的灵魂就会发生翻天覆地的变化，再邪恶的人也会产生良知，变成善良的人。从此，我跟避世者在一起修炼和生活，以期通过今后的努力来弥补自己之前犯下的罪孽。"

听着这位垂死老人断断续续的倾诉，忘忧岛的姐妹们都有点惊讶了。

菊凤也在聚精会神地听着，她知道郭云飞说的全是实话，因为一个即将死亡的人，是没有必要也不会说谎的。

郭云飞的目光中饱含着无奈和可怜，菊凤可以从中感觉到这位垂死的老人还有未了的心愿和期望。

菊凤说道："你在与孟非凡决斗之前曾经来找过我，对吗？你想对我说什么？"

在与孟非凡决斗之前，郭云飞想对菊凤说什么？他是想把"金衣甲"软肋的秘密告诉菊凤，让菊凤把这个秘密再转告给穆勇。但现在看来，这个秘密已经没有价

值，甚至成了一个致命的陷阱。他好心差点做了坏事。

他已经没有必要提起这个秘密，他现在想说的，是自己一桩未了的愿望。

郭云飞喘息了一阵，用最后一点力气艰难地说道："我死不足惜，但我最担心的是郭雁。孟家父子都是野心勃勃的人，从她与孟天成婚的第一天起，我就感觉到她嫁给孟天是个愚蠢的决定。事实证明，我当初的预料并没有错，郭雁确实是掉进了虎口中。郭雁是个倔强且又容易受伤的姑娘，这个世界上只有穆勇才能真正地保护好她，穆勇才是她最理想、最合适的爱人。现在，也只有穆勇才能真正把她从孟家的虎口中解救出来。他要救她不仅仅需要武力，更需要爱的力量。"

菊凤说道："这些都是年轻人之间的事情，我们当父母的，又怎能随意干预？"

郭云飞说道："其实我心里清楚，郭雁爱的人是穆勇而不是孟天。穆勇心里也爱着郭雁，但他始终下不了娶郭雁的决心，这完全是我郭云飞的缘故。穆勇是个孝子，我是他的杀父仇人，即使他对郭雁的爱再强烈，也无法下定决心去娶杀父仇人的女儿做妻子。"

在一旁的浪花女说道："两人深深相爱却不能结为伉俪，这对彼此来说是多么巨大的痛苦。"

郭云飞看着菊凤，说道："就算穆勇不能娶郭雁，我也希望你能告诉穆勇，现在的郭云飞与过去的郭云飞已完全是两个不同的人。过去那个贪婪残忍的郭云飞已死，现在的郭云飞是一个无奈无助、孤独善良的老人。如果人生真有来世，那么下辈子我愿意为穆正海穆兄当牛做马，以弥补这辈子犯下的罪孽。"

菊凤目光闪动，她的眼眶里已饱含着晶莹的泪花，她说道："郭教主，我知道你此刻的心情，你最大的也是最后的愿望，就是穆勇和郭雁能够结为连理。但现在这已是不可能的事，就算穆勇原谅了你过去所做的一切，可郭雁已嫁给孟天为妻，生米已煮成熟饭，根本已没有挽回的余地了。"

浪花女说道："怎么会没有挽回的余地？婚姻必须以心心相印的爱情作为基础，郭雁和孟天根本就没有什么爱情可言，他们原本就不应该结婚。郭雁爱的人是穆勇，她嫁给孟天只是一时赌气。穆勇爱的人也是郭雁，只是父辈的恩仇使他犹豫不决。他们之间的缘分未尽，他们还可以重来！"

穆勇和郭雁真的可以重来吗？听了浪花女的一番话，郭云飞的目光中闪现出了一丝希望。

这是他最后的期盼，最后的憧憬。

郭云飞的目光静静地注视着菊凤，他的眼睛中饱含着千言万语，却没有说出来。

也许是没有必要说出来，也许是已没有机会说出来。

菊凤的目光中忽然掠过一阵惊惧，因为她发现郭云飞的眼睛已无法转动。

这是一双丧失了生命力的眼睛，这是一双死不瞑目的眼睛。

郭云飞走了，永远地离开了这个世界。但他的眼睛依旧睁得大大的、圆圆的，饱含着深切的期待。

他的期待能成为现实吗？

（三十）台风中的较量

连续的闷热压抑的南海海域酝酿着惊天动地的风暴。八月十五，穆勇和孟非凡决战之日到来的时候，一场百年不遇的超级台风降临到了南海海域。

天空的颜色变得怪异可怕，若不是亲眼所见，人们无论如何都想象不出，平日纯净洁白的天空怎么会产生出如此恐怖的颜色来。犹如一张平时和颜悦色的脸，在突然之间变成了一张狰狞凶恶、杀气腾腾的脸。

整个天空就是张阴毒诡异的脸，在恶狠狠地盯着地上所有的生灵。它仿佛铁了心要毁灭所有生灵，要把这生机勃勃的世界变成一片荒凉寂寞的废墟。

在天空这种怪异可怕的颜色中，整个武林中弥漫着一种残酷冷漠、无情杀戮的气息。

风在丧心病狂地怪叫着，发出令人毛骨悚然的呼啸声。它狂舞着一把看不见的巨型刀，把它所遇到的一切摧毁得七零八碎。

不可一世的风，宣告一场百年不遇的台风灾害拉开了序幕。它驱散了南海海面上一切有生命的东西，打破了天地间的平衡与和谐，揭露了大海残暴凶猛、吞噬万物的恐怖面目，带来了人世间无法承受的灾难性的降雨。

狂风在大海中构筑起了一个个山头般的巨浪，铺天盖地地击打着海中的小岛和礁石。台风中的海浪就像丧失了理智的狂魔，把靠近它的一切物体撕得粉身碎骨。谁也不敢冒犯它，谁也不敢靠近它，只能远远地躲着它。

这就是台风的淫威，这就是海浪的淫威，任何事物在它们的淫威中都必须臣服和畏缩。

台风唯独不能征服的，是傲天石那股不可侵犯的傲气。狂风企图撕裂它，巨浪企图冲垮它，暴雨企图淹没它。然而，傲天石依旧像一只展翅欲飞的鲲鹏，傲然屹立在南海波涛汹涌的海面上。

台风中的惊涛骇浪，摧毁不了傲天石直指苍穹的傲气。它展开双翅面向东方，

台风的力量再凶猛残暴，也阻止不了它追求的目标。它追求的目标是太阳，是希望，是胜利。

今天，穆勇和孟非凡即将在傲天石进行生死决战。然而，海面上掀起的万丈狂澜足以把任何一只船抛到高空之中，在这种情形之下，他们如何到达傲天石？

可是，在这惊心动魄的巨浪中，有两只船依然在向傲天石靠近。这两只船上分别站着穆勇和孟非凡，他们果然来了，而且几乎是同时到达傲天石。

他们既然有决战约定，就必须来。如果一方不来，就等于自己承认失败。

他们驾船在惊涛骇浪中穿行，依靠的不是手和脚，而是普通人无法比拟和想象的内力。只有依靠超凡的内力，才能使自己和周围的环境融为一体，达到天人合一，才不至于被吞没在残暴的台风掀起的狂澜中。

江湖武林高手中，只有穆勇和孟非凡能做到这点。也只有他们，才有资格在恐怖的台风中来到傲天石进行生死决战。

孟非凡和穆勇登上了傲天石，他们见面后所做的第一件事就是各自掏出天光金牌和地光金牌，然后放在傲天石一个圆盘形状的凹陷处。决战后的生存者，将是合二为一的武林盟主金牌的拥有者。

在昏暗怪异的天色中，武林盟主金牌更显得光彩夺目，放射出威严庄重、神圣不可侵犯的光芒。

横扫一切的台风，合二为一的武林盟主金牌，展翅欲飞的傲天石，把力量、威严、勇敢都集中到了一起。在这样的氛围中决斗，虽死也是最壮烈的归宿。

在这样的背景中，人的生命已升华到了常人无法想象的高度。决斗，就是生命和生命之间的碰撞。

这场决战，不管谁输谁赢，武林将发生前所未有的变化。

孟非凡看着穆勇说道："老天真是善解人意，在我们决斗的时候提供了这么好的天气条件。能在狂暴猛烈的台风中进行决斗，岂不是一件令人痛快的事？"

穆勇说道："在台风中，老天肆无忌惮地暴露出疯狂恐怖的面目，一些人也赤裸裸地展现出凶残好斗的本性。古往今来，没有一次决斗比此次台风中的决斗更酣畅淋漓。"

孟非凡说道："你可知道，我为什么要决定与你决斗？"

穆勇说道："我击败孟天，废除了他的武功。你作为父亲，急于要为儿子复仇。"

孟非凡说道："你只说对了其中一部分，还有更关键的因素没说出来。"

穆勇说道："哦？还有更关键的因素没说出来？"

孟非凡说道："对，这个更关键的因素是：你只要在这个世界上多活一天，我就多坐立不安一天。"

穆勇说道："想不到，我的存在对你的威胁如此之大。"

孟非凡说道："也许你很少想这个问题，但是我天天都在想。你把烈风神掌练到了最高层，击败了武林盟主郭云飞、江湖魔鬼杀手宫鹰等多位绝顶高手，可见你的武功造诣已超过你的父亲穆正海。我若想称霸江湖，你就是我最大的敌人！"

穆勇说道："所以你处心积虑，必定要把我这个敌人置之死地而后快？"

孟非凡说道："没错。"

穆勇说道："现在你终于有机会达到你的目的了。"

孟非凡说道："所以你今天休想活着离开傲天石。"

穆勇说道："死在你这样的盖世高手的掌下，是一件既简单又正常的事。"

孟非凡冷冷地说道："不过，我要把你的死亡过程变成一种赏心悦目的艺术。"

穆勇微微一笑，说道："想不到，你的杀人方式还挺有艺术性。"

孟非凡说道："我喜欢用我偏爱的方式来处理掉我的任何一个敌人。二十年前，海尊派掌门人穆正海曾经说过，若能把烈风神掌练到最高境界，则可天下无敌。我今天正想领教烈风神掌的最高境界是什么样的。"

穆勇说道："烈风神掌再怎么厉害，也无法穿破'金衣甲'铜墙铁壁般的坚固屏障。"

孟非凡说道："看来你很有自知之明，你心里很清楚自己面临的结局是什么。"

穆勇说道："我从一脚踏上傲天石时，就已做好把命留在这里的打算。"

孟非凡凝视着穆勇，说道："不论从哪方面看，你都很像你的父亲——海尊派掌门人穆正海。"

穆勇说道："儿子像父亲，这本身是很正常的事。"

孟非凡说道："所以你也像你父亲一样，最终难以成就大业！"

穆勇说道："哦？那又是为何？"

孟非凡说道："因为你们无法铁下心来，把自己明的或暗的敌人彻底消灭；你们也无法黑下心来，为达到自己的目的去牺牲亲朋好友。"

穆勇说道："难道要成就大业，就必须做到铁石心肠？"

孟非凡说道："没错。铁石心肠虽不是成就大业的充分条件，却是必要条件。二十年前，穆正海和郭云飞结为兄弟，共创武林大业。但郭云飞不时表露出自己独霸武林的野心，对此，海尊派三大护卫之一的周展已有所察觉。周展向穆正海进言，要他多加提防郭云飞。但穆正海不以为然，认为郭云飞与他是情同手足的结拜兄弟，不会做出对自己不利的事情来。可是结果怎么样？不但穆正海被郭云飞暗算，海尊派也遭遇灭顶之灾。"

穆勇说道："所以这辈子你绝不会像我父亲那样做人做事。"

孟非凡说道："正是。我的做事原则是：凡被怀疑对我的利益和安全构成威胁的人，一律格杀勿论。二十年来，我的武功和霸业就是在冷酷凶残、无情杀戮中崛起的。"

穆勇说道："冷酷凶残、无情杀戮，难道就是你成功的秘诀？"

孟非凡说道："对。可惜人世间能真正做到这一点的人并不多，有不少人就是因为下不了狠心，致使霸业半途而废。"

穆勇厉声喝道："孟非凡，你错了！"

孟非凡一怔："哦？！"

穆勇说道："冷酷凶残、无情杀戮虽然能取得一时的胜利，但获得这些胜利之果的同时，已不可避免地把自己引向了绝路，因为他们不可能永远享受胜利之果。而以追求正义为目标、以仁慈友爱为原则的人，才能做到与天地万物相辅相成，吸收天地万物的力量，获取天地万物的帮助，他们的武功和事业才能达到巅峰。追求正义、慈悲为怀的人虽然会经历挫折，但最终的胜利一定属于他们，他们的胜利才是永恒的。"

孟非凡冷笑道："那我们今天就用事实证明，到底谁是最终的胜利者。"

狂风呼啸，海浪怒吼，穆勇和孟非凡在猛烈的台风中开始了惊心动魄、悲壮惨烈的殊死决斗。

在南天岛正中间那幢玲珑精巧的圆形房屋里，郭雁正坐在梳妆台前，聆听着外面疯狂号叫的台风声。

南海每年夏秋之际都有台风，可是这次台风为何如此凶猛？仿佛老天爷发出了灭绝一切的号令。

梳妆台前摆放着流光溢彩的珍珠玛瑙，一层雍容华贵的珠光宝气笼罩在四周。墙上挂着的形象逼真的图画流露出高雅尊贵的气质。

这样的居室环境本是贵妇人才能拥有的，可郭雁觉得自己与贵妇人丝毫沾不着边。

透过梳妆台的大镜子，郭雁静静地端详着自己的容颜。这些天来她显得十分憔悴、消瘦，脸上挂满了疲惫和困倦。

这并不奇怪，因为近来一桩桩的意外和心事困扰着她，使她寝食难安。

她本来应该好好地睡一觉，养养精神的，可是她丝毫没有睡意，脑海里不断闪现出各种回忆和奇异的念头。

郭雁通过镜子细看自己憔悴的脸，她的眼皮突然像被针扎似的倏地跳动了一下。莫非在这狂风骤雨肆虐的时候，一场难以预测的灾难即将降临？

这些天郭雁一直心神不宁，飘飘忽忽的俨然做噩梦一般。她心中隐隐约约有一种预感：江湖中即将发生一件惊天动地的事情。

透过窗户，郭雁看到远处的海面上，浪花被狂风高高地抛到天空，然后被撕成千万朵碎片，纷纷扬扬地四处散落。

狂风呼啸，大海轰鸣，在这充满暴力和恐怖的台风中，任何意想不到的灾难都有可能发生。

风声中，郭雁听到门外有人正在谈论着什么。说话的是负责"关照"郭雁的几名南天岛弟子。一开始郭雁并不在意，可是他们的谈话中不时出现穆勇的名字，很快就把郭雁的注意力吸引过去了。

他们为什么要谈论穆勇？莫非穆勇出了什么事？

这些天郭雁一直被幽禁在这幢豪华的房间里，外面到底发生了什么事，她一无所知。

郭雁把房间的门轻轻拉开一条缝，外面的谈话声就清晰起来了。

一个胖子说道："穆勇的烈风神掌再怎么厉害，在老爷的'金衣甲'面前，他是捞不到任何便宜的。只要他一脚踏上傲天石，就宣告他的生命到了尽头。"

这个胖子所说的"老爷"当然是指孟非凡。

一个瘦子说道："老爷击毙穆勇，夺取合二为一的武林盟主金牌后，非凡山庄将成为江湖中第一武林大派，我们就是第一武林大派的弟子了。"

胖子说道："获取武林盟主金牌后，我们就会知道黄金堡的秘密。把黄金堡的宝藏挖掘出来后，每个弟子都能分杯羹。"

瘦子说道："现在他们在傲天石的决斗已进行了五个时辰，穆勇应该已经命归黄泉了，老爷也应该回来了吧。"

胖子说道："未必这么快就结束。老爷说过，他并不急于杀死穆勇，他要领教烈风神掌到底有多厉害。他要慢慢地消耗穆勇的内力，直至穆勇痛苦地死亡。"

瘦子点点头，说道："老爷完全有能力控制整个决斗过程，所以他不带任何随从。他要独自体验武林中这场最高境界的决斗。"

胖子忽然长长叹了口气，说道："对这场武林中最重要的决斗，少爷竟然漠不关心，仿佛这场决斗与自己毫无关系。"

胖子所说的"少爷"，自然是指孟天。

瘦子说道："自从少爷被穆勇击败，废除了武功之后，好像变成了另外一个人，整天死气沉沉的，对任何人和事都那么冷漠。"

胖子面带同情地说道："其实少爷的这种状态是可以理解的，一个有雄心壮志的武林中人突然失去了武功，这种遭遇简直比死还可怕。"

瘦子说道："今天老爷杀死穆勇，既可以夺取武林盟主金牌，又可以为少爷复仇，真可谓一举两得。"

听到这里，郭雁心中明白了：在今天惊天动地的台风中，穆勇和孟非凡正在傲天石进行一场殊死决斗，决斗的获胜者将是合二为一的武林盟主金牌的拥有者。

郭雁心中产生一种难以抑制的恐惧的感觉,因为在目前的情况下与孟非凡决斗，穆勇必定凶多吉少。

她知道孟非凡的功力远非孟天可比，他的"金衣甲"已达最高境界，没有任何一种掌力能穿透，他的追魂掌也无坚不摧，与孟非凡决斗无异于自找死路。

郭雁的眼皮突然又倏地跳动了一下，莫非这真的是不祥之事降临的预兆？难道

天涯儿女

穆勇今天要死在孟非凡手里？

孟非凡若杀死穆勇夺走武林盟主金牌，武林将面临一场空前的变动和灾难。郭雁不由得浑身发出一阵颤抖。

她心中忽然萌发了一个强烈的、无法抵挡的念头：去傲天石找穆勇。不管穆勇是死是活，她一定要找到他。

要去找穆勇，她就必须冲出幽禁她的笼子，要冲出笼子，她就必须除掉看守她的南天岛弟子。

郭雁提起月形刀，猛地打开了房间的门。

正站在外面长廊里说话的胖子和瘦子同时转回了头。

胖子看着郭雁，冷冷地问道："郭雁小姐，外面这么猛的风，你出来做什么？"

郭雁说道："我要去傲天石找穆勇。"

瘦子带着讽刺的口吻说道："你去傲天石为穆勇收尸吗？放心吧，郭雁小姐，海里的鲨鱼会把他的尸体埋葬在最安全、最隐蔽的地方。"

郭雁厉声喝道："闭上你的臭嘴！"她一挥月形刀，只见寒光一闪，刀刃已从瘦子的脖子上划过。"咔嚓"一声，瘦子人头落地，鲜血四溅，尸体重重地倒了下来。

胖子吓得魂飞魄散，他赶紧拔出剑进行抵抗。但他还未出手，郭雁的月形刀已劈了过来，硬生生劈掉了他一只胳膊。胖子惨叫一声，丢下剑，落荒而逃。

这时，有几名南天岛弟子闻讯赶来，各自手执兵器，把郭雁围在中间。

郭雁毫不畏惧，她手中的月形刀舞得寒光闪闪，寒光中伴随着一股阴森森的冷气。她使出了郭云飞的传家刀法：冷水映月刀法。

转眼间，几名南天岛弟子死的死、伤的伤，横七竖八躺了一地。

连郭雁自己都觉得诧异：在这种情况下她的冷水映月刀法竟能发挥出如此威力！

她迈开步伐，毫不犹豫地向着海边走去。但是没走多远，一张冷若冰霜的面孔挡在了她的前面。

来人是娄力人。

他的目光透露出冷峻和杀气，他手里的一柄剑就像他的目光一样杀气腾腾。他浑身已被大雨打湿，头发和衣服紧紧粘在一起，显然他已在台风中站了很久。他那模样，仿佛是突然间不知从哪里冒出的怪物。

娄力人咬着牙说道："郭雁小姐，你一定要去傲天石找穆勇吗？"

郭雁说道："没错。"

娄力人说道："你太高估自己了，你有本事在如此风猛浪急的大海中行船吗？"

郭雁杏眼圆睁，说道："就算葬身大海，也比在这里当笼中之鸟强得多。"

娄力人说道："即使你到了傲天石，也只能找到穆勇的尸首。"

郭雁说道："不管他是死是活，我一定要找到他。"

娄力人看着郭雁月形刀的刀刃，刀刃上还滴着鲜血，这是南天岛弟子的鲜血。

娄力人说道："郭雁小姐，你出手太狠了。"

郭雁说道："他们没有资格限制我的自由，我为自由而战是天经地义的事。是他们自己找死，怨不得我。"

娄力人冷笑一声，说道："为自由而战？说得多么动听。你认为你有什么法子从我手里逃出去？"

郭雁怒喝道："我只要杀了你，就可以大大方方地从你身边走出去。"只见寒光一闪，她手中的月形刀已朝娄力人的头顶上劈过去，寒光中冒出阴森森的冷气，直逼人的五脏六腑。

娄力人赶紧侧身，躲开迅猛的寒光。

郭雁不等他站稳脚跟，把冷水映月刀的各种招式全部使出，第二刀、第三刀、第四刀……一刀比一刀猛，娄力人四周顿时布满了一阵阵冷气和一道道寒光。冷气积累得像一层密密的云朵，寒光编织成一个弯月形的光环，把娄力人严严实实笼罩在中间。

很明显，娄力人处在危险的包围之中。

但娄力人并非等闲之辈，只见他把手中的剑上下舞动，所用招式看起来是最普通的，但转眼间已把郭雁月形刀的冷气和寒光化解得无影无踪。

接着，娄力人连刺出三剑，剑剑直逼郭雁要害。郭雁赶紧挥刀阻拦，虽然她保护住了自己，但娄力人的三剑已震得她浑身发麻。

毋庸置疑，娄力人的武功远在郭雁之上。

他们又战了十几个回合，郭雁只有招架之功而毫无还手之力。娄力人完全占据了主导地位，郭雁的生死已彻底掌握于他的剑锋之下。

但娄力人并不急于杀郭雁，他要一招一招地把郭雁拖垮，让郭雁痛苦万分地倒下，这样他才感到快乐。

郭雁心里已绝望，她知道自己无论如何都逃不出娄力人的手心了。

这时候，在猛烈的台风中，传来一个平静的声音："娄力人，把剑放下，不要伤害她。"

说话人是孟天，他不知什么时候突然出现在娄力人和郭雁的面前。

娄力人收回剑，停止了进攻。他知道孟天这样吩咐他并不奇怪，孟天和郭雁毕竟是夫妻，不管妻子犯下什么样的罪行，当丈夫的总是不希望她受到惩罚。

娄力人看着郭雁，说道："公子不忍心伤害你，你应该知趣一点，赶快回到自己的房间里去。"

孟天说道："娄力人，既然她想走，就让她走吧，不必阻拦她。"

娄力人简直不敢相信自己的耳朵，他惊奇地问道："公子，你……你说什么？"

孟天说道："她想走就让她走，不必阻拦她。"

娄力人声音嘶哑地说道："公子，你为什么要这么做？你是怎么想的？"

孟天脸上毫无表情，他淡淡地说道："笼中之鸟渴望自由，她为了爱情和自由，宁愿在有恐怖台风的海面上远走高飞。那就让她出去飞翔吧。"

娄力人说道："老爷交代要看管好郭雁，等夺取了武林盟主金牌之后再处置她。公子，你现在让她走了，老爷回来后我怎么交代？"

孟天说道："这个用不着你担心，一切责任由我来承担。"

娄力人是孟家最忠心耿耿的属下，孟天的话他就是千百个不愿意，也只能执行。

郭雁盯着孟天毫无表情的脸，说道："你真的愿意放我走？"

孟天说道："我如果不愿意，为什么要这么说？"

郭雁说道："你为什么愿意放我走？"

孟天说道："我和你既无缘分，也无冤仇，我们本就不该走到一起。所以我现在决定放你走。"

娄力人说道："公子，你别忘了，若不是因为她，穆勇也不会废了你的武功。她应该也算是你的仇人。"

孟天说道："被废武功是我自作自受，我不埋怨任何人。"

娄力人说道："公子，你现在放走了她，将来你会后悔的。"

孟天说道："这些天我一直都在后悔，该后悔的我都后悔了，现在这世上已没什么东西值得我后悔的。"

娄力人说道："就算郭雁有本事到达傲天石，她也不可能找到活的穆勇。"

孟天说道："不管她找到活的穆勇还是死的穆勇，我都十分羡慕他们。穆勇对郭雁有着如此强大的吸引力，以至于她宁可在台风中冒着葬身大海的危险去寻找他，这是一种多么可怕而又可敬的爱的力量。在我的生命中如果有一个女人也这样爱着我，我会死而无憾。"

郭雁虽然嫁给孟天，但孟天知道郭雁的心仍然留在穆勇身边。孟天羡慕他们，也正因为他们，孟天才倍感孤独和痛苦。

娄力人长叹一声，说道："公子，你变了。"

娄力人的话说得一点儿都没错，自从被穆勇击败、废除武功之后，孟天仿佛变成了另外一个人。以前那个目空一切、狂妄不可一世的孟天已不复存在。

郭雁盯着孟天，说道："我们俩虽无缘分，却走到了一起，这到底是我的错，还是你的错？"

孟天说道："也许我们俩都没有错，这是命运之错。"

孟天的话并不假，古往今来，命运就像冥冥之中一只看不见的手在操纵，甚至捉弄着人们。它能给人带来痛苦，也能给人带来幸福。看似灿烂美丽的花朵，却结出苦涩的果子。

有多少屡遭挫折的人，在反复无常的命运面前只能摇头叹息，无可奈何。

之后，郭雁从屋里取出金光闪闪的吉祥金佛，递给孟天，说道："这是你送给我的订婚礼物，现在我把它还给你，但愿它保你一生平安。"

孟天接过吉祥金佛，喃喃地说道："吉祥金佛，真的能保我一生平安吗？"

郭雁说道："只要远离邪恶，驱逐野心，胸怀善念，吉祥金佛就一定能保你平安无事。"

孟天一声不吭地端详着手里的吉祥金佛，他的心已碎了。

郭雁驾舟离开了南天岛，她就像台风中一只勇敢无畏的海燕，冲向狂涛怒吼的大海。

孟天就像一尊笔直的雕塑，静立在风雨中，呆呆地看着郭雁远去的背影。暴风骤雨吹打在他身上，他却浑然不觉。

在茫茫无际的大海中，郭雁的小舟像一片渺小的树叶，在汹涌奔腾的海浪里时隐时现。

有时小舟跟随着海浪被掀到几十米的高空，然后又重重地落下来；有时一阵狂风夹着呼啸的波涛，恶狠狠地把小舟打出上百米远，几乎要把小舟打翻。

郭雁毫无畏惧地驾驶着小舟，运足内力竭尽全力维持小舟的平衡，不让它在狂猛的台风中倾覆。令她自己也感到吃惊的是，她竟然做到了。这是从哪里来的力量？

郭雁用她的纤纤玉手操控着小舟行驶了很长一段距离。

她在风魔的怀抱里穿行，与傲天石的距离逐渐缩小。死神在她的耳畔发出凶狠的号叫，她却早已把生死置之度外。

只有藐视死神，才能在危险的处境中不断前进。

但是驶到离傲天石不远处时，郭雁已筋疲力尽，陷入了寸步难行的境地。

她看到前面一百米处有一片珊瑚礁，便驾驶小舟努力向珊瑚礁靠拢。可是她无法做到，她的力气已消耗殆尽，她的小舟已被吹打得几乎散了架，在疯狂猛烈的风浪中她再也不能前进一步。

狂风像一只恶魔，狞笑着、吼叫着冲过来；海浪像丧失理智的怪兽，张牙舞爪地扑上来。郭雁用最后一点力气，无奈地挣扎着、等待着，等待着无情的大海把她吞噬。

万般绝望之中，郭雁的眼睛闪起了一道亮光。

她看到一条船顶着风浪朝她驶过来，船头上站着一个人，竟是浪花女。郭雁在绝地见到了救星，她高兴地叫道："大姐！大姐……"

浪花女把郭雁接到珊瑚礁上，珊瑚礁有一个深深的洞，是天然的遮风避雨的好地方。

郭雁在洞里休息了很长时间，才慢慢地恢复了体力。

郭雁问道："大姐，你怎么在这里啊？"

浪花女说道："在穆勇和孟非凡开始决斗之前，我就已经在这片珊瑚礁上等待了。"

郭雁说道："你在等待什么？"

浪花女说道："当然是等待穆勇和孟非凡谁胜谁负的消息。"

郭雁说道："等到消息了吗？"

浪花女摇摇头，说道："风浪阻隔，根本就不知道傲天石的决斗进行得怎么样了。"

郭雁和浪花女站在珊瑚礁的前沿，透过狂暴的海面眺望着远方，傲天石的轮廓隐隐约约出现在她们的视野里。

在凶猛的台风中，傲天石依然高高地凸出海面，它像一只展翅欲飞的鲲鹏，面朝着东方。它的头高高昂起，它的双翅向两边亮开，仿佛随时都会乘风而去。

傲天石似乎就是这次台风的中心，它四周风浪的强度远远超过了其他任何地方，这里掀起的任何一个波浪都让人触目惊心。

在傲天石周边，海浪似乎已承受不了狂风的肆虐和摧残，发出了撕心裂肺的悲鸣声，悲鸣声中带着死亡的恐怖和逼人的杀气。

郭雁看在眼里，心里不由得感到一阵毛骨悚然。她知道，台风已把傲天石四周的海域变成了死亡的区域，就算她有三头六臂，拥有世界上最好的船，也不可能跨越这片海域到达傲天石。

所以她们只能待在珊瑚礁上眼睁睁看着傲天石，想象着傲天石上那场惊心动魄的决斗可能出现的结果。

傲天石上，穆勇和孟非凡的决斗是已经结束了，还是仍在进行？

他们当中是不是已有一人魂归西天？还是两人已玉石俱焚，同归于尽了？

郭雁只觉得眼皮又倏地跳动了一下，她心中又升起了一种不祥的预感。她看着浪花女，问道："大姐，你认为穆勇和孟非凡的决斗，谁获胜的可能性最大？"

浪花女说道："孟非凡练就的'金衣甲'达到了炉火纯青的地步，足以抵御任何一种掌力，是武林中最坚固的'盾'；他的追魂掌无坚不摧，威力无穷，是锋利无比的'矛'。这一盾一矛的组合，使孟非凡无敌于天下，所以他获胜的可能性最大。"

郭雁明明知道浪花女说得完全不假，但她不愿意相信穆勇会败在孟非凡手里，她说道："穆勇的武功虽然不及孟非凡，但他在危急关头善于活学活用，利用外物沉着应对，他并非没有取胜的可能性。"

浪花女说道："在傲天石这种空间有限的地方，利用外物充其量只能使穆勇不会很快遭到孟非凡的毒手，却无法做到置孟非凡于死地。"

郭雁眼眶里喷涌出无奈、悲哀的泪水，说道："如此说来，穆勇是必死无疑了？"

浪花女说道："穆勇如果死了，你打算怎么办？"

郭雁说道："我打算陪他一起死。"

浪花女惊诧地问道："那又是为何？"

郭雁说道："因为他的死是我造成的。如果不是我，穆勇就不会陷入与孟家父子的纠葛、争斗之中，也不至于走上傲天石决斗的死亡之路。"

浪花女说道："所以你认为只有陪他一起死，才能摆脱你对他的歉意，是吗？"

郭雁说道："是的。"

浪花女提高嗓门，说道："其实你错了。"

郭雁愕然："我错了？！"

浪花女说道："即使没有你，穆勇和孟非凡的决斗终究是要发生的。自从穆勇在菊花镇击败郭云飞之后，孟非凡就把他当作江湖中唯一的对手，并发誓一山不能藏二虎，江湖中既有他就不能再有穆勇。所以他们二人迟早必须有一人从江湖中消失。"

郭雁忧郁而美丽的眼睛中忽然闪过一道异常的亮光，她问道："如果穆勇获胜了呢？"

这一问题，犹如令人绝望的黑暗中突然划过一道光芒四射的流星，带着希望和勇气。浪花女对这一提问感到无措，她从来没想过这个问题，因为她根本就没有勇气和胆量去想这个问题，毕竟穆勇获胜的希望太渺茫了。

沉默了一会儿，浪花女才说道："如果穆勇获胜，他将重返菊花镇，重建海尊派，重振海尊派的雄风，把穆正海未了的除恶扶弱、弘扬正义的武林精神继续发扬光大。并且，你将成为他最得力的贤内助。"

郭雁苦笑道："不管他是平步青云，还是落魄潦倒，我都永远不会成为他的贤内助。因为在他心目中，我永远是他杀父仇人的女儿。"

浪花女说道："以前是这样，但现在不同了。"

郭雁说道："现在又有什么不同？"

浪花女说道："你父亲郭云飞自从被穆勇击下悬崖之后，他已彻底脱胎换骨，成为一个远离邪恶的善良的老人。他坚持多行善事，努力弥补自己之前犯下的罪行……"

说到此，浪花女顿了顿，然后才费很大的劲继续说道："并且，他为了你的自由和穆勇获胜，已经付出了生命的代价。穆勇就算是铁石心肠，也不能漠视他为重塑灵魂所付出的一切。"

郭雁猛地一惊，问道："我父亲已经付出了生命的代价？！他老人家到底怎么啦？"

浪花女说道："他与孟非凡展开决斗，最终死在孟非凡的追魂掌下。"

这一消息犹如当头一个巨雷，震得郭雁差点晕倒。她望着傲天石，悲痛欲绝地哭道："孟非凡，我一定要杀了你，用你的首级来祭奠我父亲的亡魂！"

浪花女发出无奈的叹息，她自言自语道："你若能杀了孟非凡，武林中还会有这么多的悲剧发生吗？"

郭雁悲天怆地的啼哭声似乎打动了上天，台风中灭绝一切的杀气已收敛了八分，

281

咆哮的南海只剩下低沉的呻吟声和喘息声。

是风魔动了恻隐之心，还是它已折腾得筋疲力尽，无力再逞威风？

看着郭雁屠弱的身子哭得颤抖不已的样子，浪花女也不由得掉下伤心的眼泪。

她们同是天涯沦落人，也只有她们才能深深地感受到彼此心中的痛苦。

郭雁的泪已哭干，台风的暴虐也已发泄殆尽。天地间忽然恢复了平静，平静得让人一下子难以适应过来。

这是元气大伤的平静，这是筋疲力尽的平静。

狂暴的台风刮了一天一夜，穆勇和孟非凡的决斗也进行了一天一夜。

台风停止了，他们的决斗也该结束了。谁是最后的胜利者？还是两人已同归于尽了？

郭雁和浪花女驾着船，快速向傲天石驶去。一路上，她们的心里像装了十五个吊桶打水——七上八下。

她们在害怕一个结果，一个她们最不愿看到的痛苦、悲哀的结果。

但不论她们能否接受这样一个结果，她们都必须面对现实。不管现实是多么残酷，她们都无法逃避。

当船行到傲天石时，郭雁已紧张得几乎瘫软在船上。她不敢往傲天石上看，她害怕她再也看不到自己想找的人了。她不由自主地紧紧地闭上了眼睛。

她能闭上眼睛多久？难道闭上眼睛，就可以让不愿见到的结果从世界上消失吗？

浪花女突然发出惊喜的叫喊声："穆勇！穆勇还活着！穆勇胜利了！"

郭雁连忙睁开眼睛，顺着浪花女所指的位置向傲天石上望去，只见穆勇像一尊笔直的雕塑，屹立在傲天石的正中间。他的脚底下踩出了两个深深的凹坑，他的双脚深深地陷入凹坑里，直没至膝盖以上。

郭雁和浪花女像两只矫捷轻快的海燕，飞一般地冲上傲天石，直奔向穆勇。

穆勇脸上堆满了疲惫，目光里却闪耀着胜利的喜悦。

浪花女说道："孟非凡已被你击败了，对吗？他人呢？"

穆勇说道："他已葬身于茫茫的大海。"

浪花女说道："你把他击下了大海中？难道他的'金衣甲'没发挥作用吗？"

穆勇说道："他的'金衣甲'牢不可破，是一种强大的力量把他抛到了大海中。"

浪花女满头迷雾：孟非凡内力深厚，岂是其他力量能撼得动的？

郭雁却对穆勇脚下两个深深的凹坑产生了兴趣。傲天石硬如钢铁，要在它表面踩出如此深的凹坑，绝非一般的内力所能做到的。

郭雁问道："这两个凹坑是怎么形成的？你为什么要站在里面？"

穆勇说道："两个凹坑的形成，凝聚了我和孟非凡大部分的内力；我能站在凹坑里，是我战胜孟非凡的秘诀。"

郭雁和浪花女面面相觑，她们还是听不懂穆勇在说什么。

浪花女说道："穆勇，我们没有亲眼看到你如何击败孟非凡，这已是我们一生中最大的遗憾了。你若不把击败孟非凡的过程诉说出来，让我们痛快地享受这一过程，那我……那我真是急得要跳海了。"

穆勇说道："正如你们所预料的那样，我确实不是孟非凡的对手。决斗开始阶段，我连续向他击出五记烈风神掌，但他的'金衣甲'犹如铜墙铁壁，坚不可摧，我的掌气根本伤不了他一根毫发。击出五掌之后，我的内力已消耗了近一半。"

郭雁说道："既然孟非凡的'金衣甲'牢不可破，那后来你是用什么办法获胜的？"

穆勇说道："他的'金衣甲'无法击破，我当然也不可能找到获胜的办法。我唯一的希望就是绝不能在他的追魂掌面前倒下，以达到求和的目的。"

浪花女说道："求和？如此殊死的决斗，不是你死，就是我活，哪里有求和的道路可走？"

穆勇说道："我击出五掌之后毫无效果，只好停止了进攻。孟非凡问我还有什么招，我说我任何招都没有了。他说既然没招，那就等死吧。我说我已黔驴技穷，除了等死之外别无选择。于是他便使出追魂掌开始了进攻。"

郭雁说道："孟非凡的追魂掌威力无比，你要挡住他的攻势绝不是容易之事。"

穆勇点点头，说道："他的'金衣甲'要挡住我的烈风神掌只是小菜一碟；而我要挡住他的任何一记追魂掌，都必须付出沉重的代价。"

浪花女说道："如此说来，你是明显处于劣势了。"

穆勇说道："我确实一直处于劣势，但是我心里明白，不论怎么被动，我都决不能后退一步。我若后退一步，孟非凡就会逼上一步，直至把我逼到傲天石的边缘，最后必将把我击落到大海中。在这百年不遇的凶悍台风中，若落入大海，无异于掉进了死亡的地狱。"

郭雁说道："所以你就拼命死死守住你现在所站的位置，决不后退一步，对吗？"

穆勇说道："是的。孟非凡一口气向我击出了十八记追魂掌，我运用烈风神掌来阻挡。两种掌气相碰，产生强烈的力量，我感觉到自己所站的位置正逐渐往下陷。"

浪花女说道："他攻你守，他的内力和你的内力互相冲击产生了强大的力量，而你的双脚承受着这种力量，以至于向下踩出了两个凹坑？"

穆勇说道："没错。"

郭雁说道："进攻是最好的防守。你若一味地只守不攻，难免要吃大亏。"

穆勇说道："可是我毫无选择。孟非凡的追魂掌一记比一记猛，接连不断地向我袭来，我根本没有还手的机会。我在防守当中若出现半点闪失，必将丧命在他的追魂掌下。"

浪花女说道："难道你想不出什么办法来摆脱这种被动的困境吗？"

穆勇说道："陷入如此困境的我真是一筹莫展，只能不断消耗我的内力来阻止他的进攻，我的内力消耗完毕之际，便是我命归西天之时。"

郭雁说道："这种被动的挨打局面一定是很痛苦、很狼狈的，甚至是绝望的。"

穆勇说道："孟非凡又连续向我击出了十五记追魂掌，我用尽浑身力量拼命阻挡，虽然免受追魂掌伤害，但已是筋疲力尽、气喘吁吁了。我两脚踩出的凹坑越来越深，这时已陷至小腿。"

浪花女说道："双脚陷入这么深的凹坑，无异于脚上被套上了枷锁，情况必定是越来越糟糕和被动。"

穆勇说道："孟非凡看到我双脚陷入这么深的凹坑，他发出得意的狞笑，他说道：'你就老老实实站在坑里面等死吧。'我彻底陷入了绝望和无奈之中。"

郭雁说道："可是后来死的是孟非凡，而不是你，这究竟是怎么回事？"

浪花女瞪了郭雁一眼，说道："你这是什么话？你难道希望穆勇死在孟非凡手里吗？如果是这样，你又何必冒着生命危险来找穆勇？"

郭雁说道："我当然不希望穆勇死在孟非凡手里，穆勇若死，我也必定跟着死。我只是对决斗的最终结果感到不可思议。"

穆勇说道："孟非凡发出一阵狂笑之后，运足内力又向我击出了十三记追魂掌。求生的本能让我把所有的潜能都发挥出来，我在精疲力竭、几乎要倒下的情况下用尽最后一点力气，竟然挡住了他的十三记追魂掌，连我自己都惊讶这最后的力气是怎么来的。在两种掌气发生的强烈力量的碰撞作用下，我双脚下的凹坑也越来越深，已陷到了膝盖以上。"

浪花女说道："原来这就是你脚下的凹坑形成的过程。"

郭雁说道："那后来呢？后来又发生了什么情况？"

穆勇说道："挡住了孟非凡最后的十三记追魂掌之后，我体内的真气已彻底耗费完毕，我再也发不出任何掌气，我的双手已无法抬起。我只好慢慢地闭上眼睛，等待着命运的最终安排。"

郭雁和浪花女同时惊叫道："那此时孟非凡一定对你下毒手了。"

穆勇说道："这确实是他对我下毒手的最好时机，可是他已是心有余而力不足了。他跟我一样，身疲力尽，再也发不出任何掌气了。"

浪花女说道："孟非凡的真气也彻底耗费完毕了。如此说来，你们俩是战成了平局，谁也杀不了谁。"

郭雁说道："可后来孟非凡是怎么死的？"

穆勇说道："我闭上眼睛一阵子，孟非凡却没有对我下毒手。当我睁开眼睛时，发现他正惊慌失措、跌跌撞撞地在寻找着什么。"

浪花女说道："他究竟在寻找什么？"

穆勇说道："我和孟非凡的真气已完全耗尽，这时候，我们面临的最危险的敌人已不是彼此，而是南海海域里横扫一切的台风。台风是此时我和他共同的、最可怕的敌人。"

郭雁说道："当你们体内真气充足的时候，你们根本不必把狂风海浪放在眼里。可是当真气耗尽的时候，完全又是另外一种情况了。"

穆勇说道："正是这样。孟非凡当时惊慌失措、跌跌撞撞寻找的，正是可以避风的角落或是可以抓住的石头棱角。"

浪花女说道："可是傲天石是一块光秃秃的巨石，长期的风吹雨打把它的棱角已全部磨平，光滑得像泥鳅，哪有可避风的角落或能抓住的地方？"

穆勇说道："正因为这样，台风就成了致命的杀手。当时是南海风浪最急最猛的时候，孟非凡的双脚已站不稳，身子轻飘飘的，仿佛随时都会飞起来。他找不到任何安全的地方。他用无奈、沮丧、绝望的眼睛看着我，他的眼睛中原先那种目空一切、狂妄自大的气焰已荡然无存。"

郭雁说道："当意识到自己面临死亡的时候，任何人都骄傲不起来。"

穆勇说道："这时候一阵狂风携带巨浪铺天盖地打到傲天石上，淹没了整个傲天石。凶猛的巨浪打得我差点晕过去，我感觉骨架好像都要散开了。当巨浪退却之后，我发现孟非凡已从傲天石上消失，狂怒的大海中传来了几声他撕心裂肺的惨叫，那惨叫仿佛来自恐怖的十八层地狱，之后就只剩下狂风的吼叫声和海浪的轰鸣声。"

浪花女说道："若不是你双脚深深地扎根到凹坑里，恐怕风浪早已把你席卷到大海中了。"

穆勇说道："所以我应该感谢孟非凡，正由于他运用追魂掌发动一轮轮猛攻，才帮我把双脚扎下深深的凹坑，这等于让我立于不败之地。"

郭雁说道："脚扎凹坑获取胜利，这是决斗之前你做梦也想不到的吧？"

穆勇说道："我想到了。"

郭雁惊奇地问道："你连这个也想到了？"

穆勇说道："人是天地的产物，本事再大的人也不能忽略自然界对他的影响。决斗之前，天空沉闷、大海肃静，酝酿着一场百年不遇的强台风。我考虑到在这种环境下决斗，我将面临两个敌人，一个是孟非凡，一个是台风。当两人内力尚充足时，我的主要敌人是孟非凡。当两人内力消耗完毕时，我的主要敌人就是台风。决斗之前我详细考虑了内力耗完之后如何在台风中生存的问题。孟非凡在心里始终只想到我是他的敌人，却没有想到内力消耗完毕之后将面临什么样的危险。当决斗到最后，两人筋疲力尽，谁也杀不了谁的时候，他才意识到台风是此时最致命的杀手，但一切都已来不及了。我仅仅比他多考虑了一点，这已足够让我把握获胜的契机。"

浪花女说道："一场决斗原来是一场精心的策划。"

穆勇看着郭雁，忽然想起了什么，于是问道："郭雁，在这风猛浪急的台风中，你是如何离开南天岛来到傲天石的？"

郭雁说道："是孟天让我离开南天岛的。"

穆勇一怔，问道："孟天怎么会让你离开南天岛？"

郭雁说道："孟天说我和他既无缘分，也无冤仇，本来就不该走到一起。所以他阻止了娄力人对我的拦截，还送了一条船给我，让我离开了南天岛。"

浪花女盯着穆勇，说道："现在郭雁与孟家已是一刀两断，什么关系都没有了。"

穆勇长长地叹了口气，说道："她自己心甘情愿掉进泥潭里，如今又几番周折从泥潭里爬出来，这是何苦呢？"

浪花女狠狠瞪了穆勇一眼，说道："你说郭雁心甘情愿掉进泥潭里？这完全就怪你！"

穆勇愕然，说道："怪我？！这怎么怪我呢？"

浪花女说道："当初郭雁把地光金牌送给你的时候，你若接受了她的一片芳心，她怎么会赌气嫁给孟天？她怎会在南天岛遭受痛苦和煎熬？"

穆勇的脸上露出一丝歉意，当他把目光投向郭雁时，郭雁已把头转向一边。

她在默默地注视风平浪静、辽阔无边的海面。在湛蓝、清澈的天空中，一对海燕唱着欢乐的歌，展开轻快的翅膀，向着远方比翼齐飞而去。

浪花女直视着穆勇的眼睛，说道："郭云飞确实曾犯下累累罪行，但后来他脱胎换骨、立志从善，不断用善行去弥补过去的罪恶，最终他为正义付出了生命的代价。难道你现在还会因为郭雁是你杀父仇人的女儿而把她拒之千里之外吗？"

穆勇沉默，他没有回答浪花女的话，因为他的目光已聚集到离他不远的两枚寒光闪闪的金牌上。

那是合二为一的武林盟主金牌。在决斗前，他和孟非凡立下约定：谁若获胜，武林盟主金牌就归谁。现在，他已成为名正言顺的武林盟主金牌的拥有者。

穆勇慢慢地把双腿从深深的凹坑中拔出，向武林盟主金牌所在的地方走去。

郭雁那忧郁而美丽的眼睛依然注视着那对逍遥自在的海燕，海燕幸福恩爱、比翼双飞的背影已把她的心带到了无边无际的天空。

这时候，一只温暖的手搭到了郭雁的肩膀上。她回头一看，原来是穆勇。他的目光中饱含着深情，他把武林盟主金牌递到郭雁胸前，说道："送给你。"

郭雁看着寒光闪闪的武林盟主金牌，不解地问道："这本是你的东西，为什么要送给我？"

穆勇说道："我想把它当作订婚礼物，我希望你能成为我名正言顺的妻子。"

郭雁的心猛地颤动了一下，她简直不敢相信自己的耳朵，她望着穆勇的眼睛，说道："你说什么？"

穆勇也望着郭雁忧郁而美丽的眼睛，说道："我希望你能成为我的妻子。"

犹如一阵春风吹起了爱情的涟漪，一声春雷唤醒了幸福的热望。多少个日日夜夜，郭雁一直渴望这句话能从穆勇的嘴里说出，轻飘飘地传到她的耳畔。

这一天终于到来了。

这一天的到来，包含着多少辛酸和曲折、痛苦和眼泪。

一种说不出的感觉涌上郭雁心头，她一下子扑到穆勇怀里，放声痛哭起来。

如雨而下的泪水，打湿了郭雁的脸颊，打湿了穆勇的衣裳。

这泪水，既包含着幸福，也包含着悲哀。幸福的是，她终于在穆勇温暖宽大的怀抱里找到了可以依赖的港湾；悲哀的是，她失去了她的父亲郭云飞——这个世界上最疼爱她的人。

也许上天本来就是这样捉弄人，它在给予你某些东西的同时，也会剥夺你另外一些东西。它不会让你应有尽有，也不会让你一无所有；它不会让你十全十美，也不会让你一无是处。

当穆勇和郭雁紧紧依偎在一起的时候，浪花女把头偏向一边，她的脸上已挂满晶莹的泪珠。她想到了她生命中最重要的人——周展。二十年来，她在心里坚信周展还活着，并且总有重逢的机会。

可是，当浪花女终于有机会与心上人重逢的时候，他们竟然阴阳相隔了，只留下无限的悲痛和思念。

这难道也是上天的安排？

（三十一）尾声

又是一个风和日丽的日子，轻柔的浪花在南海博大的胸怀里欢乐地嬉戏着、跳跃着。太阳已收敛了往日的暴烈和毒辣，把金色的温馨和浪漫铺洒在烟波浩渺的海面上。秋风吹拂着天边轻飘飘的白云，白云下面一群海燕舒展自由自在的翅膀，在天和海之间尽情翱翔着。

一切都充满了诗情和画意。

海面上出现了一支缓缓而行的船队，向着北边的方向驶去。欢乐的浪花在船队周边轻快地跳跃着，友好地拍打着船舷，船舷却报之以刻板的沉默。

从这支船队散发出来的沉默气氛看，船上的人并没有赏景游玩的兴致。

当船队行驶到一块如鲲鹏般展翅欲飞的巨石旁边时，站在领头船甲板上的一位青年做出了停船的手势，整支船队顷刻间停了下来。

那青年是孟天，那巨石是傲天石。

孟天毫无表情地望着傲天石，眼中充满了困惑，他仿佛看不懂傲天石存在的含义和价值。

踌躇了良久，孟天终于踏上了傲天石。他的身后紧跟着娄力人，这位忠心耿耿的仆人时时刻刻都跟在主人身边，保护着他的主人。

孟天站在傲天石上，极目向四方眺望。辽阔的南海一望无垠，此起彼伏的浪花轻轻地掀起一页页瑰丽的诗篇。

上天像一位诗人，壮观的大海就是他创造出来的精彩诗篇。

这是一个"海阔凭鱼跃，天高任鸟飞"的地方。置身大海的怀抱，人的各种理想、幻想、欲望甚至野心就会喷涌而出，像一匹放荡不羁的野马四处奔腾。无拘无束的大海，为形形色色的人提供了大显身手的舞台和空间。

孟天想到自己初到南海时，心里装着各种各样的欲望。他要把自己看上的女人带回非凡山庄，要把合二为一的武林盟主金牌带回去，要把"孟家武功天下无敌"的名声传遍武林。

可是结果怎样呢？他失去了父亲，失去了武功。

孟天望着无边无际的海面，他的心胸顿时豁然开朗，他的灵魂瞬间幡然醒悟：是无法抑制的欲望让他变得如此。

无法抑制的欲望就是不断膨胀的野心，不断膨胀的野心就像越吹越大的气球。不管这个气球多么气势逼人，当它膨胀到一定的程度后，最终的下场就是破灭。

天底下拥有野心的人不少，但没有几个人能意识到野心就是越吹越大的气球。当气球最终破灭时他们才幡然悔悟，但往往为时已晚。

如果当初孟天和他的父亲孟非凡意识到这一点，他们就不会来这里，那么他们现在依旧拥有完整的家庭，依旧拥有显赫的名望和地位，依旧拥有美好的一切。

如果、如果……但世间没有"如果"。

孟天呆呆地站在傲天石上，静静地想着想着，仿佛已经忘却了自己的存在。

娄力人在他身后轻轻说道："少爷，时间不早了，我们该赶路了。"

孟天这才从沉思中醒悟过来。是的，他们确实该走了，就像他们本就不该来一样。

船队启动，缓缓而行。孟天依旧像一尊雕塑，站在领头船的甲板上一动不动。娄力人则忠实地站在主人的身后，时刻不离主人一步。

迎面出现了一艘船，船头上有一位亭亭玉立的姑娘。这艘船朝着孟天的船队直开过来。

孟天的瞳孔突然缩小了，眼睛里放射出惊喜的光芒。

这位姑娘，仿佛是从九重天外翩翩飞来的仙女。

她的身材、气质、容貌充分展示出她正处在最美好的豆蔻年华。

　　她那红润的嘴唇，好像带着露珠的花瓣，不断地把她那蕴藏着的青春的韵味表现出来。

　　来船的船头顶到了孟天的船头，孟天说道："花如月！"

　　花如月说道："孟天，我终于找到你了。"

　　孟天愕然，问道："你找我？！你找我做什么？"

　　花如月说道："我找你，是因为我已答应嫁给你，我要当你堂堂正正的妻子。"

　　孟天双眼凝视着花如月美丽迷人的脸蛋，仿佛在端详一幅他看不懂的图画。良久，他才徐徐说道："你当初既然答应嫁给我，为什么又要离开我？既然已离开我，为什么又要返回来？"

　　花如月说道："我当初答应嫁给你，是因为我惧怕你；现在我返回来，是因为你需要我。我知道你现在最需要什么。"

　　孟天一时不知该怎么回答。

　　当你有意识苦苦去追求某些东西的时候，往往是一无所获；当你心灰意冷不再去想的时候，它们却出乎意料地出现在你的面前。这难道是冥冥之中的安排？

　　沉默了一会儿，孟天说道："我现在最需要的是回到菊花镇的非凡山庄，过与世无争、默默无闻的普通人的生活。"

　　花如月说道："那么我就在非凡山庄，当你的与世无争、默默无闻的普通妻子。"

　　花如月已走到孟天身边，她将纤纤玉手轻轻搭上孟天有些发颤的手臂。孟天只觉得一股春天的甘泉流进了他近乎干涸的心田。

　　船队在辽阔的南海海域上越驶越远，载着两位偎依在一起的青年男女，朝着北边继续前进，慢慢消失在水天交接的地方。

　　又是一个阳光灿烂的日子，碧波万顷的南海海面上，傲天石依旧像一只巨大的展翅欲飞的鲲鹏，给人以勇敢和力量。

　　傲天石上摆了一桌丰盛的酒席，酒席边围坐着四个人：一个是穆勇，一个是郭雁，一个是菊凤，一个是浪花女。

　　一边沐浴着和煦的阳光、吹着凉爽的海风，一边品酒吃菜，这本是令人惬意愉快的事情，可是在他们的脸上却找不到笑容。

　　因为酒席结束之后，他们就不得不说出令人心碎的两个字——再见。

　　"再见"二字充满了温馨和关爱、祝福和期盼，同时也饱含着阻隔和思念、痛苦和泪水。

　　许多人害怕说"再见"，但又必须说"再见"。

　　酒席散了之后，穆勇将带着郭雁前往菊花镇，那里曾经留下他们的梦想和追求、喜悦和悲伤。他们的生命就是从那里起源的。

穆勇和郭雁重返菊花镇，绝不是简单的旧地重游，而是要重振海尊派，把穆正海尚未实现的除恶扶弱、弘扬正义的武林精神继续发扬光大。

菊凤和浪花女将继续留在忘忧岛。当她们花一样的青春在悲泣和创伤、曲折和无奈中逐渐消耗完毕之后，忘忧岛将是她们最理想的归宿。

她们可以远离人世纷争，但她们能远离悲哀痛苦吗？

傲天石是穆勇生命中一个重要的里程碑，所以菊凤选择在这里设酒为穆勇饯行。

酒是上等的竹叶青，下酒菜是海鲜。可是他们大部分时间只是默默地吃着喝着，很少开口说话。即使说了，也是寥寥数语。

因为此时此刻，他们每个人的心情都太复杂了。复杂的心情，是无法用语言来表达的。

菊凤一边给穆勇斟酒，一边静静注视着穆勇的脸，她的目光中饱含着母亲对儿子的深情和期望，但也隐隐约约流露出一丝愧疚。

令菊凤感到愧疚的，是二十多年来，穆勇在海南岛五指山孤独长大成人的过程中，她没有尽到作为一个母亲应尽的责任。

一个母亲，若只把孩子带到这个世界，却没有为孩子的成长奉献阳光、春风般的母爱，能算一个合格的母亲吗？

每当菊凤想到这个问题时，就觉得有无数只蚂蚁在咬噬她的心灵。

穆勇似乎已看出母亲的心思，他一边不停地给菊凤夹菜，一边说道："娘，你是这个世界上唯一疼爱我的人，不论我走到哪里，我都永远想着你。"

菊凤的眼眶里闪耀着晶莹的泪光，说道："穆勇，不管你走多远，都要时刻记住：娘的眼睛一直都在背后看着你。"

一个人的生命旅程中，时时刻刻都在为他牵肠挂肚的，除了他的母亲之外，还有谁呢？

时间在慢慢地流淌，亲情在断断续续地表达。酒席中的竹叶青已全部喝完，浪花女又拿出一瓶酒，这是最后一瓶酒，红色的酒。

当浪花女把酒瓶盖子打开时，一种沁人心脾的酒香顷刻弥漫在整个傲天石。穆勇尝过天下很多种美酒，但这样的酒香他是第一次闻到。

毋庸置疑，这绝不是一种普普通通的酒。

郭雁向来对酒的兴趣不是很浓，但现在她已深深陶醉在这令人飘飘欲仙的酒香里了。

郭雁不知道这酒的名字，但她知道这是一种魅力无穷的酒。她问浪花女："大姐，这是什么酒？我怎么从来没见过？"

浪花女说道："因为这种酒在酝酿的时候，你还没出生，当然不可能见过。"

四个人的酒杯全部倒满，接着说道，"这种酒的名字叫'玉琼液'，是在昆仑的高原环境中花一百多年的时间才酿造成功的。"

穆勇说道："这叫作'前人酿酒，后人喝酒'，酿酒人和喝酒人之间已隔遥遥义代。"

菊凤说道："所以喝玉琼液，不仅仅在于享受它与众不同的珍奇香味，更要仔细品味酒中蕴含的深远的价值和意义。"

穆勇端起酒杯，轻轻啜了一口玉琼液，那感觉确实不同凡响，浑身体验到的那种惬意和舒畅，是无法用语言表达的。

一个人只要喝了一口玉琼液，他的心中即便有再多的烦恼和忧愁，也都会化解得无影无踪。

郭雁问道："这么奇特的酒，是怎么得到的呢？"

浪花女说道："玉琼液仅由隐居在昆仑山中的海湖道长拥有，这一瓶玉琼液，是穆勇的师父天方道长长途跋涉数千里到达昆仑山，从海湖道长手中借来的。"

穆勇说道："喝了借来的酒，最终是要还给人家一瓶同等档次的酒的。"

菊凤说道："那当然，这是礼尚往来。"她说这句话的时候，脸上显出肃穆的神情。

郭雁说道："可是我们上哪里去找上百年的好酒来偿还呢？"

浪花女看看郭雁，又看看穆勇，笑着说道："偿还人家的酒并不需要上百年的好酒，天方道长和海湖道长都说，最好的酒，是你们的喜酒。两位道长都在翘首盼望你们的喜酒呢。"

郭雁听了，俊美的脸蛋"唰"地红了，一直红到耳根。

穆勇的神情依然显得很平静，他知道，要酝酿这杯喜酒，还得付出很多的努力和艰辛。

现在，穆勇和郭雁虽然走到一起，但他们还没有摆喜酒的心情。郭雁的父亲郭云飞刚刚去世，这种痛苦对郭雁来说，在短期内是难以愈合的，只能由流淌的时间慢慢抚去伤痕。对穆勇来说，重振海尊派的道路充满了难以预测的艰难险阻，要达到理想的彼岸，不知还要付出多少血汗和代价。他现在哪有心思去想喜酒？

但不论付出多大的代价，这杯喜酒终究是要酝酿的。当心灵的伤痕抚去，重振海尊派的大业完成时，这杯喜酒也就酝酿得最香、最诱人。到了那时候，穆勇和郭雁才有摆喜酒的心情和兴致。也只有到了那时候，天方道长和海湖道长才觉得他们喝的喜酒最值得。这就注定了这是一杯来之不易的喜酒。

浪花女问穆勇："你打算如何准备你的喜酒？"

穆勇说道："我用我的青春和生命来酝酿喜酒，用喜酒向所有追求正义的人表

达敬意。"

菊凤说道："所以这应该是一杯最纯、最真、最昂贵的喜酒。

菊凤看看穆勇，又看看郭雁，接着说道："为娘在余下的岁月中就是等着喝你们的喜酒了。"

穆勇把目光投向郭雁，郭雁也正向他投来炽热的目光。两人的目光碰在彼此心中撞击出光焰四射的火花。

长辈的鼓励和期盼，既是他们一往无前的动力源泉，又在他们心头压上沉的重量。他们意识到，喜酒的香，在于它包含了千辛万苦；爱情的甜蜜，在于它尽了曲折和磨难。

只有来之不易的东西，才能给人带来幸福的享受。

一阵鸟儿的歌声骤然传来，穆勇和郭雁抬头看时，只见蓝天白云下面，一群成双成对的海燕肩并肩齐头并进，它们舞动轻快的翅膀，披着灿烂的阳光，迎着习习的海风，向远方翱翔而去。